文春文庫

ドクター・スリープ
上

スティーヴン・キング
白石　朗訳

文藝春秋

かつてわたしがロック・ボトム・リメインダーズというバンドでたどたどしいリズムギターを弾いていたころ、ウォーレン・ジヴォンがよく共演してくれた。グレイのTシャツと〈巨大クモ軍団の襲撃〉のような映画を愛する男だった。あるコンサートがアンコールを迎えたとき、ウォーレンは自身の代表曲〈ロンドンの狼男〉でリードボーカルをとれとわたしにいった。わたしは力不足だといったんは断わった。ウォーレンは、そんなことはないといった。「キーはGだ」ウォーレンはそういった。「本気で遠吠えをあげろ。なにより大事なのはキース・リチャーズみたいにプレイすることだ」

いつまでたってもキース・リチャーズなみのプレイは望むべくもないわたしだが、つねに全力を尽くしてきた。それにウォーレンが横について一音ごとにあわせてくれ、頭がふっ飛ぶような馬鹿笑いをあげていれば百人力、わたしはいつも最高の気分だった。

ウォーレン、いまきみがどこにいようとも、この本はきみにむけた遠吠えだ。会えなくなって寂しいぞ、相棒。

中途半端ではどこにも行き着けなかった。私たちは転機に立たされていた。

——『アルコホーリクス・アノニマス—無名のアルコホーリクたち—』

生きたければ、怒りを手放さなくてはならない。（中略）アルコホーリクでない人間にとってなら、怒りはたまの楽しみのような一種の贅沢なのかもしれないが……（後略）。

——『アルコホーリクス・アノニマス—無名のアルコホーリクたち—』
（ＡＡ日本出版局訳編、ＮＰＯ法人ＡＡ日本ゼネラルサービス刊）

目次

（以下下巻）

主な登場人物

ダン（ダニー）・トランス……………〝かがやき〟を持つ男　ホスピス職員
ウェンディ・トランス…………………ダンの母
ビリー・フリーマン……………………ダンの友人　ティーニータウンの営繕スタッフ
ケイシー・キングズリー………………ビリーの上司　ダンのＡＡでの助言者《スポンサー》
アブラ・ストーン………………………〝かがやき〟を持つ少女
デイヴィッド・ストーン………………アブラの父　大学教授
ルーシー・ストーン……………………アブラの母
コンチェッタ・レナルズ………………アブラの曾祖母　詩人
ジョン・ドルトン………………………ストーン家のかかりつけの小児科医
ブラッド・トレヴァー…………………失踪した野球少年

レベッカ・クローセン……………ホスピス〈リヴィングトン館〉の事務局長
クローデット・アルバートスン……同　看護師
フレッド・カーリング……………同　看護助手
アジー…………………………………〈リヴィングトン館〉に居つく猫
ディック・ハローラン………………〝かがやき〟を持つ老人
ローズ・ザ・ハット…………………〈真結族〉のリーダー
クロウ・ダディ………………………〈真結族〉の一員　弁護士　ローズのパートナー
バリー・ザ・チンク…………………同　探知能力者
グランパ・フリック…………………同　一族の長老
スネークバイト・アンディ…………同　催眠能力者　本名アンドレア
ジミー・ナンバーズ…………………同　経理担当

ドクター・スリープ

単行本　二〇一五年六月　文藝春秋刊

その日まで

恐怖（FEAR）は、〝なにもかもうっちゃって逃げろ《ファック・エヴリシング・アンド・ラン》〟の頭字語だ。

――ＡＡ（〈無名のアルコール依存症者たち《アルコホーリクス・アノニマス》〉）の古い格言

金庫

1

ジョージア州のピーナツ農家出身の男がホワイトハウスで働いていた時代のある年の二月二日、コロラド州屈指のリゾートホテルのひとつが火事で焼け落ちた。〈景観荘《オーバールック》〉ホテルは全損と判断された。火災調査ののち、ヒカリーヤ郡の消防署長はボイラー故障が出火原因だという判定をくだした。出火当時ホテルは冬季休業中で、現場にいたのはわずか四人だけだった。そのうち三人が生き残った。ホテル休業期間中の管理人だったジャック・トランスは、ボイラーの蒸気圧力を減じようという、結局は失敗におわった（しかし英雄的な）努力のさなかに落命した――圧力調節弁が故障して動かなかったため、ボイラー内の蒸気圧力がすこぶる危険なレベルにまで高まっていたのだ。

生存者のうちふたりは、この管理人の妻と幼い息子。三人めの生存者はホテルの料理長《シェフ》だったリチャード・ハローラン。友人のあいだではディックの名で通っていたハローランは、トランス一家のようすを確かめるため、フロリダでの冬季の仕事をなげうってホテルに帰ってきていた——一家三人がなんらかのトラブルに直面しているにちがいないという、本人がいうところの〝強烈な第六感〟を得たからだ。生存者の成人二名は、いずれも爆発で重傷を負った。傷を負わなかったのは幼い少年ひとりだった。

少なくとも、体には。

2

ウェンディ・トランスとその息子は、〈オーバールック〉ホテルを所有していた企業から見舞金を受けとった。たいした金額ではなかったが、それでもウェンディが腰に負った怪我《けが》のせいで働けなかった三年のあいだ、親子が食いつなぐには充分な額だった。ウェンディが相談した弁護士は、ここで踏みこたえて相手に強硬な姿勢を見せれば、もっと高額の賠償金を受けとれるかもしれないといった——会社側が裁判沙汰を避けたがっていたからだ。しかしウェンディも会社側とおなじく、コロラドの悲惨な冬の出来事を過去のものにしたい一心だった。いずれは体も恢復《かいふく》するとウェンディはいい、実際に恢復はしたものの、そののち終生、腰の怪我の後遺症に苦しめられた。砕けた脊椎《せきつい》や折れた肋骨は治癒したが、激痛という悲鳴がやむことはなかった。

ウェンディことウィニフレッド・トランスとその息子のダニエル・トランスは、しばらくのあいだ中南部で暮らしていたが、やがてフロリダ州タンパに移り住んだ。ときには同州のキーウェストに住んでいたディック・ハローラン（強烈な第六感のもちぬし）が母子を訪ねてくることもあった。といっても、ディックの目当てはもっぱらダニーだった。ふたりのあいだには絆があった。

一九八一年三月のある日の早朝、ウェンディはディックに電話をかけて自宅まで来てもらえないかと頼んだ。ダニーが夜中にわたしを起こして、バスルームに行ってはいけない、といった――ウェンディはそう話した。

それっきり、ダニーがひとことも話をしなくなった、と。

3

尿意で目が覚めた。家の外では強い風が吹いていた。暖かな夜だった――ここ、フロリダでは一年じゅう暖かい。しかし、風の音はどうにも気に入らなかったし、この先好きになれるとも思えなかった。風の音が耳につくと、〈オーバールック〉を思い出してしまった。あのホテルには数多くの危険がひそんでいて、故障しているボイラーはもっとももちっぽけな危険でしかなかった。

いま母親とふたりで住んでいるのは、共同住宅の二階にある狭苦しい部屋だった。ダニーは母親の部屋の隣にある狭い自室から出て、廊下を横切った。風がうなりをあげ、建物の横にある枯れかけたパームツリーの葉ががさがさと鳴った。骸骨を思わせる音。この家ではシャワーやトイレをつかっていないとき、バスルームのドアをあけたままにする。錠前が壊れているからだ。しかし、今夜ドアは閉まっていた。ただし、母親がバスルームにいるから閉まっていたのではない。〈オーバールック〉で負った顔の傷のせいで、母親はいびきをかくようになっている——いまもその〝すぴー・すぴー〟という音が母親の寝室からきこえていた。

《そうだよ、母さんがうっかりドアを閉めちゃっただけ。それだけ》

このときでさえ、ダニーには分別があった（ダニーもまた強烈な第六感と直観の力をそなえていた）。しかし、ときには知らずにいられない場合もある。自分の目で確かめるしかない場合もある。〈オーバールック〉で——その二階の客室のひとつで——見出したことだ。

ダニーはわれながらあまりにも長く思える腕を——あまりにも伸縮性があるうえに、なんだか骨がないようにさえ感じられる腕を——伸ばしてノブをまわし、バスルームのドアをあけた。

二一七号室の女がそこにいた——まさに予想していたとおりに。女は裸で両足を広げて便器にすわっていた。青ざめた腿がふくらんでいた。緑色がかった乳房が萎《しぼ》んだ風船のように垂れ下がっていた。腹部の下に生えている体毛は白髪混じりの灰色。両目もまた、スチールの鏡を思わせる灰色だ。ダニーの姿を目にとめると、女の唇が大きく広がって笑みをつくった。

《目をつぶりゃいい》昔々、ディック・ハローランはそう教えてくれた。《いやなものが見えたら、ただ目をつぶりゃいい。目をつぶって、あんなものはありゃしないと自分にいいきかせ

りゃいい。次に目をあけたときには、それは消えてなくなる》

しかし五歳のときの二一七号室では効き目がなかったし、いまも効き目はなさそうだった。女の悪臭が鼻をついた。女の肉体は腐りかけていた。

女は——ダニーは女の名前を知っていた、マッシー夫人という名前だ——紫色の両足でよろよろと立ちあがり、ダニーにむけて両手を伸ばした。両腕の肉がだらりと垂れて、いまにも落ちそうに見えた。女は旧友の顔を久しぶりに見た人のような笑みをのぞかせていた。いや、とびきり美味なごちそうを見た人だろうか。

ダニーは、人が見れば冷静だと勘ちがいされそうな表情のまま、そっとドアを閉めてあとずさった。そのまま見ているとドアノブが右にまわり……左へまわり……ふたたび右にまわって……動かなくなった。

いまではもう八歳、恐怖のなかにあっても多少は筋道立てて物事を考える力は身についていた。またひとつには、心の奥底でいずれこうした事態が起こると予想していたこともある。ただし、いつか姿をあらわすのはホレス・ダーウェントだろうと思っていた。そうでなければ、父親がロイドという名前で呼んでいたバーテンダーかもしれない。それでもいざ現実にこんなことが起こる前に、マッシー夫人かもしれないということくらいは予想していて当然だった。なぜなら〈オーバールック〉に巣くっていた死霊たちのなかでも、マッシー夫人が最悪だったからだ。

頭のなかの理性の部分は、あの女は思い出せない悪夢のかけらにすぎない、それが眠りの外まで追いかけてきて、廊下を横切ってバスルームまでついてきただけだ、と告げていた。さらにその理性の部分は、いまふたたびドアをあければ、バスルームにはなにもいなくなっているはずだと主張してもいた。そう、もうなにもいなくなっているはずだ——ぼくはもう目覚めているのだから。しかしダニーの別の部分——〝かがやき〟をそなえた部分——にはもっと多くの知識があった。〈オーバールック〉はダニーと完全に手を切ったわけではないのだ。少なくともホテルの執念ぶかい霊のひとつが、はるばるフロリダまで追いかけてきた。かつてダニーは、バスタブに横たわっている女と出くわした。女はバスタブから出てくると、魚くさい（しかし恐ろしく力強い）両手でダニーを絞め殺そうとした。いまここでバスルームのドアをあけたら、女はあのとき中途半端になった仕事を最後までおわらせようとするはずだ。

結局はドアに耳を押しつけることで妥協した。最初はなにもきこえなかった。しかし、やがてかすかな音がきこえてきた。

死者が爪で材木をひっかく音。

ダニーは存在していないように思える足でキッチンへ行き、椅子にあがってシンクに小便をした。それから母親を起こして、わるいものがいるのでバスルームへは行かないように告げた。それをすませると、自分のベッドへもどって上がけの奥深くに身を沈めた。起きあがってシンクに小便をする以外は、できればずっとベッドにいたかった。警告の言葉を伝えおわったいま、もう母親と話すことにはなんの興味もなかった。

母親のほうは、ダニーのこういった〝だんまり状態〟にはなじみがあった。〈オーバールック〉の二一七号室にはいっていったあとのダニーが、こういった状態になったからだ。

「ディックになら話せる？」

ベッドに横たわって母親を見あげ、ダニーはうなずいた。早朝の午前四時という時刻だったが、母親は電話をかけた。

翌日遅く、ディック・ハローランがやってきた。ある品物をたずさえて。プレゼントを。

4

ウェンディがディック・ハローランに電話をかけると——ちなみに会話の声が息子にもきこえるよう心がけた——ダニーはふたたび眠りこんだ。もう八歳で学校では三年生なのに、ダニーはいまでも親指をしゃぶっていた。息子のそんな姿を見ると胸が痛んだ。ウェンディはバスルームまで行き、ドアをじっと見つめた。怖かった——ダニーのせいで恐怖を植えつけられていた——しかし、行かなくてはならない。ダニーのようにシンクをトイレ代わりにつかうつもりはなかった。カウンターのへりに危なっかしく腰かけ、陶製のシンクのふちからお尻を半分突きだした自分の姿がどう見えるかを思うと（その姿を見る人がこの家にいなくても）嫌悪で思わず鼻に皺が寄った。

片手には、夫に先立たれた女ならではの小さな工具箱からとりだしてきたハンマーがあった。ノブをまわしてドアを押しあけると同時に、ウェンディはハンマーをふりあげた。もちろん、バスルームにはだれもいなかった……ただし、トイレの便座がおろしてあった。床《とこ》にはいる前、ウェンディはかならず便座をあげておく。夜中にダニーが十パーセントしか目を覚ましていない状態でふらふらトイレにやってくれば、便座をあげることにまで頭がまわらずに小便でびしょ濡れにしてしまうからだ。それだけではなく、においも感じられた。不快な臭気。壁の内側で鼠が死んでいるかのような。

一歩、つづいてもう一歩バスルームにはいっていく。なにかが動く気配が目の隅に見えて、ウェンディはハンマーをふりあげながら身をひるがえした。ドアの陰に何者が

(どんなものが)

潜んでいようとも殴りかかるつもりだった。しかし、動いたのは自分の影だけだった。自分の影に怯える——笑われるかもしれないが、ウェンディ・トランス以上に自分の影に怯える権利のある者がいるだろうか？　あれだけのものを目にして、あれだけの経験をしてきたウェンディは、影が危険になりうることを知っていた。影が牙をそなえていてもおかしくない。

バスルームにはだれもいなかったが、トイレの便座には褪色したような汚れがあり、シャワーカーテンにもおなじ色の汚れがついていた。とっさに排泄物の汚れかもしれないと思ったが、人糞なら黄色がかった紫色のわけがない。近づいて丹念に見ると、肉と腐った皮膚の小さなかけらだった。おなじような汚れはバスマットにもついていた——汚れは足跡のかたちをしていた。大人の男の足跡にしては小さすぎる——そのうえ上品すぎる——ように思えた。

「なんてこと……」ウェンディはささやいた。

結局、ウェンディはシンクで用を足すしかなかった。

5

ウェンディは正午にダニーをなんとかベッドから引っぱりだした。そのあとわずかなスープとピーナツバターサンドイッチを半分だけ食べさせたが、当のダニーはすぐベッドへ引き返してしまった。あいかわらず、ひとこともしゃべろうとしなかった。ディック・ハローランは、いまとなってはもう年代物の（といっても整備は完璧、ボディは輝くほど磨きあげてある）赤いキャデラックを走らせて、午後五時を少しまわったころ到着した。ウェンディはずっと窓ぎわにたたずみ、外をながめながら待っていた――昔もよくこんなふうに、外をながめながら夫の姿が見えてこないかと待っていたものだ。ジャックが上機嫌で、そしてしらふで帰宅してくれることを願いながら。

ウェンディは急いで階段を駆けおり、《トランス　２Ａ》という表示のドアベルをディックが押す寸前にドアをあけた。ディックが両腕を伸ばすと、ウェンディはすぐその腕のなかへ飛びこんでいった――できることならこの腕に最低でも一時間はずっと包まれていたかった。いや、二時間は欲しいかも。

ディックはウェンディの体から腕を離し、まっすぐに伸ばして肩をつかんだ。「元気そうだな、ウェンディ。われらが小さな紳士はどうかね？　またしゃべるようになったかい？」

「いいえ。でも、あなたになら話をするかも。たとえあの子が最初のうちは口をつかって話そうとしなくても、あなたなら――」ウェンディはみなまでいわず、手の指で拳銃のかたちをつくって、ディックのひたいにつきつけた。

「いつもうまくいくとはかぎらんが」ディックはいった。微笑みをのぞかせると、ぴかぴかの新品の義歯があらわになった。前の入れ歯は、ボイラーが大爆発を起こしたあの夜に〈オーバールック〉に奪われた。ディックから歯を奪い、ウェンディから歩行能力を奪って、大股で歩くと片足をわずかに引きずる状態にしたのはジャック・トランスがふりまわした大槌だが、じっさいにはどちらも〈オーバールック〉が奪ったことは、ふたりとも知っていた。「あの子の力はとても強い。その気になれば、わしを閉めだしておけるくらいだ。実体験から知っているんだよ。それに、ちゃんと口をつかってしゃべったほうがいい。あの子のためになる。さあ、なにがあったのかをすっかり話してくれんか」

そこで一部始終を話してから、ウェンディはディックをバスルームへ連れていった。例の汚れはディックに見てもらおうと思って、手をつけずにおいてある。いってみれば、鑑識チームが到着するまで犯罪現場を保全しておく外勤巡査のようなものだ。じっさいここで犯罪行為があったのだ。息子を標的とした犯罪が。

ディックはなにひとつ手を触れずに長いこと見ていたのちに、ひとつうなずいた。「じゃ、ダニーが起きだして、もう動きまわってるかどうかを確かめるとするか」

ダニーは起きていなかったが、それでもだれがベッドに腰かけて肩に手をかけ、自分を揺り起こそうとしているのかがわかると、その顔に喜びの表情がのぞき、ウェンディの気分が明るくなった。

（やあダニー　きみにプレゼントをもってきたぞ）

（きょうは誕生日じゃないよ）

ウェンディはふたりを見つめていた。ふたりが会話をかわしていることはわかったが、内容はわからなかった。

ディックがいった。「さあ、起きるんだ、ハニー。ちょいとビーチの散歩につきあってくれんか」

（ディック　あの女が帰ってきた　二一七号室のマッシー夫人がもどってきた）

ディックはまたダニーの肩を揺すった。「ちゃんと声に出してしゃべらんか。お母さんが怖い思いをしちまうでな」

ダニーはいった。「プレゼントってなに？」

ディックはにこりと笑った。「そのほうがずっといい。おまえさんの声が好きなんだよ。母さんもおなじだぞ」

「ええ、そうよ」ウェンディにはそれ以上なにもいえなかった。言葉をつづければ、声の震えをふたりにききつけられて心配させてしまう。それは本意ではなかった。

「わしらが散歩に出かけてるあいだ、あんたにはバスルームの掃除をしておいてもらおうか」

ディックはそうウェンディにいった。「水仕事用の手袋はあるかな？」

ウェンディはうなずいた。

「けっこう。ちゃんと手袋をするようにな」

6

ビーチまでは約三キロの道のりだった。駐車場のまわりには、海水浴場にはつきものの安っぽい店――ファネルケーキの屋台、ホットドッグの屋台、それに土産物屋など――がならんでいたが、観光シーズンがもうおわっていたせいで、どの店も閑古鳥《かんこどり》が鳴いていた。ふたりはビーチを占拠しているも同然だった。アパートメントからビーチまでの車内で、ダニーはずっとプレゼントを膝に載せていた――かなり重い楕円形のパッケージで、銀色の紙で包んであった。

「プレゼントをあける前に、ちょっとばかり話につきあってくれ」ディック・ハローランはいった。

ふたりは波打ちぎわよりもわずかに陸側、海岸の砂が固くなって光っているところを歩いていた。ダニーはゆっくりと歩いていた――かなりの年寄りのディックにあわせていたからだ。いずれディックも死ぬのだろう。いや、もうじきかもしれない。

「わしならあと数年は大丈夫だぞ」ディックはいった。「いまはそんな心配をせんでいい。さあ、ゆうべのことを話しておくれ。なにひとつ省略せずにな」

話すのにそれほど時間はかからなかった。言葉だけでは伝えにくく感じられるはずのところもあった。いま自分が感じている恐怖、そして息が詰まるほど強い確信の部分だ――ひとたびもどってきたいま、あの女は二度と消えないにちがいない、という確信。しかし相手がディック・ハローランなら言葉は必要ではなかった。とはいえ、ダニーも多少は言葉を見つけて話した。

「あの女の人はまた来るよ。また来るってわかるんだ。ぼくをつかまえるまで、何度でもまた来るに決まってる」

「わしらが初めて会ったときのことを覚えてるかな？」

いきなり話題が変わったことに驚かされたものの、ダニーはうなずいた。〈オーバールック〉ホテルでの初日にダニーと両親をあちこち案内してくれたのは、ほかならぬディックだ。いまではそれが遠い遠い昔のことに思えた。

「だったら、わしが最初におまえさんの頭のなかで言葉を発したときのことは覚えてるかな？」

「もちろん」

「わしはなんといった？」

「いっしょにフロリダへ行きたくないかって、そうきかれたんだ」

「そうだったな。で、もう自分ひとりではないとわかって、どんな気分になった？　おまえさんだけじゃないとわかって？」

「うれしかったよ」ダニーはいった。「すっごくうれしかった」

「そうさな」ディックはいった。「ああ、うれしいに決まってる」

それから少しのあいだ、ふたりとも黙ったまま歩いた。何羽もの小さな鳥——母親が〝ぴいちく鳥〃と呼んでいる鳥——が波間に出入りをくりかえしていた。

「妙なことだとは思わなかったかい？　おまえさんがわしを必要としていたそのとき、わしが姿をあらわしたってことが？」ディックはダニーを見おろして微笑んだ。「いや。そんなわけはないな。妙に思う道理があるか？　おまえさんはまだちっちゃな子供だった。いまはちょっとは成長した。ある意味じゃ、うんと成長したといえる。わしの話をよくきくんだ、ダニー。この世界には、物事の釣りあいをたもっている仕掛けがある。わしはそう信じてる。こんな格言があるじゃないか——学ぶべき時にいたれば師が姿をあらわす。わしはおまえさんの師、先生だったわけだ」

「おじさんはただの先生じゃなかった」ダニーはいい、ディックの手を握った。「ぼくの友だちさ。ぼくたちを助けてくれたし」

ディックはこの言葉を無視した……いや、無視したように見えた。「わしのお祖母さんにも〃かがやき《ザ・シャイニング》〃があったんだよ——前にその話をしたのは覚えてるかな？」

「うん。おじさんとお祖母ちゃんはいっぺんも口をあけなくても、長い時間ずっと話をつづけていられたって」

「そのとおり。お祖母さんが教えてくれた。お祖母さんはずっとずっと昔、まだ奴隷制度が残っていた時分にひいお祖母さんから教わったんだ。ダニー、おまえさんにもいつの日か師になる順番がめぐってくる。生徒があらわれる」

「その前にぼくがマッシー夫人につかまらなければね」

ふたりはベンチにやってきた。ディックが腰かけた。「これ以上先へは進みたくないな。進んだら引き返せなくなりそうだ。さあ、隣にすわっておくれ。おまえさんにきかせたい話がある」

「話はききたくないよ」ダニーは答えた。「あの女がまたもどってくるんだよ——わかんない？　あの女がまたもどってくる、またもどってくる、またもどってくるんだ」

「口を閉じて耳の穴を大きく広げるんだ。教えたいことがある」そういってディックはにやりと笑い、輝く新品の義歯をあらわにした。「おまえさんなら話の勘所をつかめるはずだ。そうだろ、おまえさんは決して愚かじゃないからな、ハニー」

7

ディック・ハローランの母方の祖母——〝かがやき〟をもっていた女性——はフロリダ州のクリアウォーターに住んでいた。祖母は〈白の祖母ちゃま《ホワイト・グランマ》〉だった。いや、当然ながら白人だからそう呼ばれていたのではなく、善人だったがゆえの呼称だった。ディックの父方の祖父はミシシッピ州ダンブリーという、オックスフォードからも遠くない田園地帯の街に住んでいた。祖母はディックが生まれるずっと前に他界していた。その時代、そんな土地に住んでいる有色人種としては、祖父は裕福だった。葬祭場を所有していたのだ。ディックと両親は年に四回、この祖父のもとを訪ねたが、幼いディック・ハローランはこの祖父訪問が大きらいだった。祖父アンディ・ハローランが怖くてたまらず、祖父のことを——口に出せば頬に平手打ちを食らうに決まっていたので、あくまでも心のなかにとどめていたが——〈黒の祖父ちゃま《ブラック・グランパ》〉と呼んでいた。

「ペド野郎《キディ・フィドラー》のことは知ってるかい？」ディックはダニーにたずねた。「セックス目当てで子供を狙う連中のことは？」

「なんとなく」ダニーは注意深く答えた。知らない人と話をしてはいけないことや、知らない人の車に乗ってはいけないことは知っていた。そういった大人に妙なことをされるといけないからだ。

「アンディ祖父ちゃまはただのペド野郎というだけじゃなかった。とんだサディストでもあったんだ」

「なに、それ？」

「人を痛めつけるのを楽しむ連中のことさ」

ダニーはすぐに理解してうなずいた。「学校のフランキー・リストローンみたいなやつだね。あいつ、ほかの子の腕をタオルを絞るみたいにねじったり、ほかの子の頭にげんこつを押しつけて、強くぐりぐりしたりする。やられた子が泣きださなければやめるけど、相手が泣きだしたらぜったいにやめないんだ」

「それはひどい。でも、お祖父さんはもっとひどかった」

それからディックは、通りがかりの人には黙りこんでいるだけとしか見えない状態になった。しかし物語はひとつながりになった写真と、写真同士をつなぎあわせるフレーズのかたちでつづけられた。ダニーには〈黒の祖父ちゃま〉が見えた。本人の肌とおなじくらい黒いスーツを着て、頭には珍しいかたちの**〈フェドーラ〉**帽子をかぶっていた。口角にいつでも小さな唾の泡がついていたようすが見えたし、疲れているか、いましがた泣きやんだばかりのように目のまわりが赤く充血しているようすも見えた。祖父がディックを膝に載せるところも見えた――ディックはいまのダニーよりも幼かった。もしかしたら、〈オーバールック〉で冬を過ごしたときのダニーとおなじ年齢だったかもしれない。まわりにだれかがいれば、祖父はただくすぐるだけだった。ふたりきりの場であれば、祖父はディックの両足のあいだに手を差し入れ、あまりの痛みに気絶するのではないかと思えるほどの力で、タマをぎゅっと握りしめてきた。

「こうされるのが好きなんだろう？」アンディ祖父ちゃまはディックの耳もとで息をあえがせながらいった。吐息はタバコと〈ホワイトホース〉のにおいがした。「好きに決まってる。きらいな男の子なんぞおりゃせん。でももし好きじゃないとしても、人に話したらいかんぞ。話したら、おまえを痛めつけてやる。おまえを焼いてやる」

「なにそれ」ダニーはいった。「ひっどい話」

「これでおわりじゃない」ディックはいった。「でも、おまえさんに話すのはあとひとつにしておこう。祖母ちゃまが死んだあと、祖父ちゃまは家事や雑用をさせるために女の人を雇った。女の人は掃除や炊事をしてた。夕食の時間になると、この人はサラダからデザートまで、とにかくすべての料理をいっぺんにテーブルにならべた。それが祖父ちゃま好みの流儀だったからだ。デザートはいつもケーキかプディングと決まってた。いつもディナー皿のすぐ隣に、小さな皿かボウルに入れて置いてあった。だから、食べたくないものを食べてるあいだも、ずっとデザートが見えていて、早く食べたい気持ちにさせられたもんさ。だが、祖父ちゃまが決めた鉄のルールがあった——食事のあいだデザートを見るのはいいが、肉のフライと茹でた野菜とマッシュポテトを残らず平らげないかぎり食べてはいけない、というルールだ。平らげるには、グレイヴィソースも残らずきれいにしなくちゃいけない。これがまただまがあって、ろくに味のないしろものでね。皿にソースが残っていると、祖父ちゃまはわしにパンを手わたして、『そいつですっかり拭うんだよ、ディッキー・バード。犬が舐めたあとみたいに皿をぴかぴかにしろ』という。ああ、わしはそんなふうに呼ばれてた——ディッキー・バードとね。

ときには、どんなにがんばっても料理をすっかり食べられないことがあって、そういうときはケーキやプディングにはありつけなかった。祖父ちゃまがとりあげて全部食べてしまった。夕食を残さずに食べられたときだって、わしのケーキやバニラプディングに祖父ちゃまがタバコの吸殻を突っこんでいることさえあったよ。そんなことができるのも、祖父ちゃまがいつだってわしの隣の席だったからだ。そういうとき祖父ちゃまは決まって、これを盛大に笑えるジョークあつかいしてね。『おおっと、うっかり灰皿とまちがえちまった』といって。母さんも父さんも、たとえジョークにしても子供相手に仕掛けてもいいフェアなジョークじゃないとわかっていたはずなのに、いっぺんだってやめさせようとしなかった。ただのジョークだというように調子をあわせてただけさ」

「ほんとにひどいね」ダニーはいった。「お父さんやお母さんがおじさんのためにやめさせなくちゃいけなかったのに。ぼくの母さんならそうする。父さんだってそうしたはずだ」

「ふたりとも祖父ちゃまを怖がっていたんだよ。怖がるのも当たり前だった。アンディ・ハローランは暴走したら手に負えないオートバイだったからね。わしにこう話すんだ。『食べろよ、ディッキー。まわりを食べればいい。なに、体の毒にはなりゃせん』ってね。わしがひと口食べると、祖父ちゃまはノニー――というのは、祖父ちゃまのうちのハウスキーパーだ――にいって、新しいデザートをわしにもってこさせた。わしが口をつけなければ、デザートはそのままだった。そんなこんなで、しまいには胃がでんぐりがえって、とてもじゃないが料理を平げるのは無理になっちまった」

「だったらさ、ケーキやプディングを料理のお皿の反対側に移せばよかったんじゃない？」ダニーはいった。

「その作戦も試したよ。わしだって、そこまで馬鹿じゃなかった。でも祖父ちゃまが皿をもとの場所にもどして、デザートは右側と決まっている、というだけだった」ディックは言葉を切って沖に目を投げた――空とメキシコ湾を分かつ境界線上を、細長く白い船がゆっくりと進んでいた。「まわりにだれもいないと、祖父ちゃまがわしを嚙むこともあってな。あるとき、ほっといてくれないと父さんにいいつけてやると祖父ちゃまにいったことがあった。そしたら祖父ちゃまは吸いかけのタバコをわしの足に押しつけて火を消したよ。それから、『親父に話して、それでおまえにいいことがあるかどうか試してみたらいい。親父はわしの手口をよく知ってるし、どうせなにもいわないね。意気地なしだし、わしが死んだあとで銀行にあるわしの金を自分のものにしたがってるからさ――あいにくこっちは、近々死ぬつもりなんぞありゃせん』」

ダニーは目を丸くして、話に夢中になっていた。これまではずっと世界でいちばんおっかないのは青ひげの話だとばかり思っていたし、あれ以上怖い話があるはずはないとも思っていた。しかし、この話のほうがもっと怖い。実話だからだ。

「祖父ちゃまが、自分にはチャーリー・マンクスという悪人の知りあいがいると話すこともあったさ。祖父ちゃまのいいつけに従わなかったら、チャーリー・マンクスに長距離電話をかける。するとマンクスが高級車に乗ってやってきて、わしを悪ガキどものための場所へ連れていく、とね。そう話すと、祖父ちゃまはまたわしの股に手をつっこんで、ぐいぐい握りあげはじめる。『だから、黙っているのがいいんだ、ディッキー・バード。告げ口をすればチャーリー爺さんがやってきて、おまえをほかのガキといっしょに死ぬまで閉じこめるぞ。死んだら地獄へ落ちる。地獄で永遠に体を焼かれる。告げ口の罪でね。他人に信じてもらえたかどうかは関係ない。告げ口はあくまでも告げ口だ』とね。

それからも長いこと、わしは祖父ちゃまの話を信じてた。〝かがやき〟をもっていた〈白の祖母ちゃま〉にさえ話さなかった。話しても、いけないのはわしのほうだと思われるに決まってると考えてね。もう少し大きくなっていれば、そんなことを信じないだけの知恵もついていたろうが、あのころはちっぽけな子供でしかなかったしな」ディックは間をおいてつづけた。「理由はそれだけじゃない。どんな理由があったと思う、ダニー？」

ダニーは長いあいだディックの顔をのぞきこみ、そのひたいの奥に浮かぶ思考やイメージをさぐってみた。やがてダニーはいった。「お父さんが銀行のお金を受けとれるようにしてあげたかったんだね。でも、そうはならなかった」

「そのとおり。〈黒の祖父ちゃま〉は遺産をそっくり、アラバマ州にあった身寄りのない黒人の子供たちのための施設へ送ったんだ。そんなことをした理由も察しはつく。しかし、それはどうだっていい」

「じゃ、いいほうのお祖母さんは最後までなにも知らずにいたの？　見当ひとつつけなかった？」

「なにかある、と察してはいたさ。でもわしはその件を頭から閉めだしていたし、祖母ちゃまもそれについては話に出さなかった。ただ、いずれわしに話すだけの覚悟ができれば、そのときは話をきく気がまえができているといっただけで。ダニー、アンディ・ハローランが死んだときには——脳卒中だったよ——わしは世界でいちばん幸せな男の子だったね。母さんはわしが葬儀に出る必要はない、ローズ祖母ちゃま——またの名〈白の祖母ちゃま〉——のところに行けばいいといってくれた。でも、わしは行きたかった。〈黒の祖父ちゃま〉が本当にくたばったことを、この目で確かめたくてならなかった。

葬儀の日は雨だった。墓穴をかこんで立っている人のだれもが、黒い雨傘をさしていてね。わしの見ている前で祖父ちゃまの柩《ひつぎ》が——ああ、あいつの店ではいちばん大きな最高級品だったんだろうよ——地面の穴におろされていくあいだも頭のなかで思い返していたっけ。あいつにタマをぎゅっと握られたときのすべてを……やつがわしのケーキに突っこんだ吸殻のすべてや、わしの足に押しつけて消したタバコのこと、やつがシェイクスピアの芝居に出てくる狂った老いぼれの王様よろしく夕食の席を支配していたことなんかをね。チャーリー・マンクスのことも考えたし——あんなの、どうせ祖父ちゃまがゼロからでっちあげた悪党に決まっとる——いくら〈黒の祖父ちゃま〉がマンクスに長距離電話で夜になったらこっちに来てくれ、高級な車にわしを乗せて、さらってきたほかの男の子や女の子のいるところへ連れていってくれと頼みたくても、そんな頼みははなから無理だったとも考えていたさ。

わしは穴のへりから柩をのぞきこもうとした。母さんが引きもどそうとしたが、父さんは『見せてやれ』といってくれた。湿った土の穴におろされた柩を見ながら、わしは思ったね。『穴の底におろされて、地獄に二メートルばかり近くなったね、〈黒の祖父ちゃま〉。もうじき地獄にたどりつける。そうなれば悪魔が火のついた両手でせんずりしてくれるよ』」

ディックはスラックスのポケットに手を入れて、マルボロの箱をとりだした。セロファンと箱のあいだに紙マッチが押しこんであった。タバコを口にくわえたものの、マッチでタバコを追いかけなくてはならなかった。手が震えていたばかりか、唇もわなわなと震えていたからだ。ディックの目に涙がたたえられているのを目にして、ダニーはびっくりした。

このころには話の先行きもわかっていたので、ダニーはこうたずねた。「で、お祖父さんはいつもどってきたの？」

ディックはタバコを深々と吸い、笑みをたたえた口から煙を吐きだした。「答え知りたさにわしの頭のなかをのぞきこまなくてもいいのかい？」

「うん」

「半年後だよ。ある日、学校から家へ帰ると、祖父ちゃまが裸でわしのベッドに寝そべり、腐りかけたちんぽこをおったててた。祖父ちゃまはいったね。『さあ、こっちへ来てこれの上にすわるんだ、ディッキー・バード。こいつにせんずりしてくれたら、お返しに二倍の二千ずりをしてやるぞ』とね。わしは悲鳴をあげたが、家には悲鳴をききつけてくれる人がだれもいなかった。父さんも母さんも働いてたからね——母さんはレストラン、父さんは印刷工場だ。わしは部屋から走りでて、乱暴にドアを閉めた。〈黒の祖父ちゃま〉が起きあがって歩いている足音がきこえてきた……どすん……足音が部屋を横切って……どすん・どすん・どすん……次にきこえてきたのは——」

「爪の音だ」ダニーはほとんど存在しないくらいの小さな声でいった。「ドアを爪でひっかく音だよね」

「そのとおり。そのあと母さんと父さんがふたりとも帰ってくるまで、自分の部屋には一歩も足を踏み入れなかった。いざはいってみると、祖父ちゃまはいなくなってた……でも……あとに残っていたものがあって……」

「わかるよ。うちのバスルームとおんなじだね。だって、お祖父さんはわるいものになってたんだから」

「そのとおりだ。ベッドのシーツなんかは自分で交換した。二年前に母さんに教わっていたから自分でもできた。母さんはわしに、おまえくらい大きくなったらもうハウスキーパーはいらない、ハウスキーパーが必要なのは白人の坊っちゃん嬢ちゃんんだ、と話しててね。母さんは〈バーキンズ・ステーキハウス〉のウェイトレスになる前は、そういった白人の家で子供たちの世話をしてたんだ。それから一週間後、今度は公園のぶらんこにすわっている〈黒の祖父ちゃま〉を見かけた。そのときはスーツを着てたんだが、それが灰色のもので一面覆われていたな——たぶん、柩のなかで服に生えた黴《かび》だろうよ」

「そうだね」ダニーは答えた。生気のない囁き声だった。そんな声を出すのが精いっぱいだった。

「ただしズボンの前立てがひらいていて、そこから一物が突き立っていた。こんな話をきかせてすまんね、ダニー。この手の話をきかせるには、おまえさんはまだ幼すぎる。でも、知っておいてもらわなくては」

「そのときは〈白の祖母ちゃま〉に話した？」

「話さないではいられなかったよ。おまえさんが知ってることを当時のわしも知っていたからだ——そう、やつはこの先何度でももどってくる、とね。ただ、ほかとちがっていたのは……ダニー、おまえさんは死人を見たことがあるかな？　普通の死人のことだが……」そういってディックは笑った。自分の言葉が愉快に思えたからだ。ダニーにもそう感じられた。「つまり幽霊だよ」

「何度か見たよ。あるときには、踏切のまわりに三人の幽霊が立ってた。男がふたり、女がひとり。ティーンエイジャーだった。たぶん……あそこで死んじゃったんじゃないかな」

ディックはうなずいた。「死んでいるという状態に慣れれば先に進めるが、慣れない死者は生死の境を越えた現場にとどまりがちでね。おまえさんが〈オーバールック〉で目にした連中のなかにも、そういう者がいたな」

「うん、知ってる」こういった話題を口に出せること——それも知識のある者に話せること——は、言葉では表現できないほどの安堵をもたらしてくれた。「それからレストランで女の人の幽霊を見たことが一回ある。ええと、わかるかな——店先にテーブルを出しているようなレストラン？」

ディックはまたうなずいた。

「この女の人の幽霊は体が透きとおっていたわけじゃない。なのに、だれにも見えていなかった。女の人がすわっている椅子をウェイトレスが押すと、幽霊の女の人はすうっと消えちゃった。おじさんも幽霊を見ることがある？」

「わしはもう何年も見てない。でも、おまえさんには昔のわしよりもずっと強い〝かがやき〟がある。年をとれば、だんだん力が弱まりもするだろうが——」

「よかった」ダニーは熱っぽい口調でいった。

「——わしの見るところ、大人になっても、おまえさんにはまだたくさんの〝かがやき〟が残るだろうな。最初から、それはそれはたくさんの力をそなえていたからだ。普通の幽霊は、おまえさんが最初に二一七号室で見て、この前バスルームでまた目にした女とはちがう。そうなんだろう？」

「そうだよ」ダニーはいった。「マッシー夫人にはちゃんと体がある。自分のかけらをあとに残してく。かけらはしっかり目に見える。母さんにも見えた……母さんには〝かがやき〟がないのに」

「そろそろ引き返そう」ディックはいった。「わしのプレゼントを見てもらう頃合だ」

8

駐車場まで引き返すには、来たときよりもさらに多くの時間が必要だった。ディックが疲れきっていたからだ。

「タバコのせいさ」ディックはいった。「あんなものに手を出すんじゃないぞ、ダニー」

「母さんは吸ってる。ぼくが知ってるのに気づいてないけど、でも知ってるんだ。ディックおじさん、〈白の祖母ちゃま〉はなにかしてくれたんでしょう？　なにかしたに決まってる――だって、そうでなけりゃ、おじさんは〈黒の祖父ちゃま〉につかまってたはずだもん」

「祖母ちゃまはプレゼントをくれた――わしがおまえさんにあげるのとおなじものだ。それこそ、準備ができた弟子に師がしてやれることだ。そうとも、知識を学ぶのはそれ自体がプレゼントだな。知識こそ、人が授けたり受けたりする最上のものだ。

祖母ちゃまはアンディ祖父ちゃまを決してその名前で呼ばなかった。ただこんなふうに呼んでいただけだった――」ディックはにやりと笑った。「――へーんたい野郎ってね。わしはおまえさんとおなじことを話した――自分が見たのは幽霊じゃない、ちゃんと実体があったとね。すると祖母ちゃまは、そのとおりだ、なぜならわしが祖父ちゃまに実体を与えたからだと話した。〝かがやき〟の力で。祖母ちゃまは、ある種の霊は――なかでも怒りをかかえた霊は――

この世界から離れていこうとしない、なぜならこの世界の先に待っているのがもっとひどい場所だとわかっているからだ、と教えてくれた。そういった霊のほとんどはやがて飢えて無に帰ってしまうが、なかには食べ物を見つける霊もある。

『そういう霊にとってはね、ディック、〝かがやき〟が食べ物になるのよ』祖母ちゃまはそういった。『食べ物。あんたはあのへーんたい野郎に食べ物を与えてる。あんたにその気がなくても、与えてるんだよ。あの男は、ぐるぐるまわりを飛びまわっては、肌にとまって血を吸おうとしてる蚊みたいなもの。それについちゃ手の出しようがない。あんたにできるのは、あいつが近づいてくる目当てのものを、逆にあいつへの武器にすることだ』

ふたりはキャデラックのところへ帰りついた。ディックがドアロックを解除し、安堵のため息とともに運転席に身をすべりこませた。

「これでも昔は十五キロ歩いたあげく、七キロや八キロは走れたものだ。それがいまじゃ、ちょっと海岸を歩いただけでも、馬に腰を蹴り飛ばされたみたいになっちまう。さあ、もういいぞ、ダニー。プレゼントをあけるんだ」

ダニーが銀色の包装紙を引き剥がすと、なかから出てきたのは緑色に塗られた金属の箱だった。正面のラッチのすぐ下に小さなキーパッドがついていた。

「すごい、かっこいい！」

「そうかい？　気にいってくれたかな？　よかった。〈ウェスタンオート〉で買ったんだ。アメリカ製のスチール百パーセントだぞ。〈白の祖母ちゃま《ホワイト・グランマ》〉にもらったものには南京錠があって、いつも首に鍵をぶらさげてたものだが、それはもう大昔の話だ。いまは一九八〇年代、モダンエイジだ。数字が書いてあるキーパッドがあるだろう？ ぜったい忘れない自信がある五桁の数字を打ちこんで《**設定**》と書いてある小さなボタンを押すだけだ。箱をあけたくなったら、その暗証番号を打ちこめばいい」

ダニーは大喜びだった。「ありがとう、ディックおじさん！ ぼくの宝箱にするよ！」

この箱なら、とっておきの野球カードとカブスカウトのコンパスバッジ、幸運のお守りである緑の石を入れておけるし、父親といっしょに写っている自分の写真もしまっておける――前に住んでいたボールダーのアパートメントの前にあった芝生で撮影した写真だ。〈オーバールック〉へ行く前に。忌まわしいことが起こりだす前に。

「そりゃいいな、ダニー。好きなようにするがいいさ。でも、まだほかにもやってほしいことがある」

「なに？」

「まず、その金庫の外側も内側もすっかり知りつくしてほしい。ながめてるだけじゃだめだ。手で触れて感じろ。どこもかしこも残らず感じとれ。そのあと鼻を突っこんで、においがするかどうかを確かめるんだ。その金庫は――少なくともしばらくのあいだ――おまえさんの一の親友になる必要があるからね」

「どうして？」

「おまえさんはこれから、その金庫とそっくりおなじものを頭のなかに置くことになるからさ。それも、もっと特別な金庫をね。そうすれば、この次またマッシーのばあさんが姿をあらわしたときには、おまえさんには備えができているわけだ。これからその方法を教えてやる――昔、

〈白の祖母ちゃま〉がわしに教えてくれたように」

アパートメントへ帰る車中では、ダニーはほとんどしゃべらなかった。考えるべきことがたくさんあった。そのあいだずっとプレゼントの品を——頑丈な金属でつくられた金庫を——しっかりと膝に載せたまま。

9

マッシー夫人は一週間後にもどってきた。出現したのはおなじバスルームだったが、今回はバスタブのなかだった。ダニーに驚きはなかった。なんといってもバスタブはマッシー夫人が絶命した場所だ。夫人はにたにた笑いながら、ダニーを手招きした。ダニーもまたにやにや笑いながら近づいていった。ほかの部屋のテレビの音がきこえた。母親がコメディの〈スリーズ・カンパニー〉を見ていた。

「こんにちは、ミセス・マッシー」ダニーはいった。「ぼくからちょっとした贈り物があるんだ」

マッシー夫人は最後の瞬間にすべてを理解して、悲鳴をあげはじめた。

10

ほどなくして、気づけば母親がバスルームのドアをノックしていた。「ダニー？　大丈夫？」

「大丈夫だよ」バスタブにはだれもいなかった。多少の粘液は残っていたが、自分ですっかり始末できそうだった。少しの水で排水口へ洗い流せるだろう。「トイレをつかうの？　ぼくならすぐ出るよ」

「そうじゃなくて、ただ……おまえの大きな声がきこえた気がしたから」

ダニーは歯ブラシを手にとってからドアをあけた。「ほら、ぼくなら百パーセントなんでもないよ。わかった？」

そういってダニーは満面の笑みを見せた。マッシー夫人がいなくなったいま、笑顔を見せることもむずかしくなかった。

母親の顔から不安の色が消えていった。「よかった。奥歯にもちゃんと歯ブラシをあてるのを忘れないこと。食べかすは奥歯の裏に隠れるんだから」

「うん、わかった」

頭の内部、それもずっと奥のあたり、特別な金庫の双子が特別な棚に置いてあるあたりから、かすかにくぐもった悲鳴がきこえた。ダニーは気にかけなかった。どうせすぐに消えるだろうと思ったからだし、じっさいそのとおりになった。

11

その二年後、感謝祭の休日を翌日に控えた日のこと、アラフィア小学校の人けのない階段でホレス・ダーウェントがダニー・トランスの前にあらわれた。スーツの肩に紙吹雪が乗っていた。肉が腐った片手に黒い仮面をぶらさげていた。全身から墓場の悪臭がただよっていた。

「すてきなパーティーじゃないか、ええ？」ダーウェントはいった。

ダニーはくるりと身をひるがえすと、かなりの早足でその場を離れた。学校がおわると、ダニーはキーウェストのレストランで働いているディックに長距離電話をかけた。「また〈オーバールックの人々〉がひとり出てきたよ。あの金庫をぼくはいくつもてるの？　つまり……頭のなかに、という意味だけど」

ディックはくすくすと笑った。「そりゃ必要ならいくつでも。それこそ〝かがやき〟のすばらしいところさ。ひょっとしておまえさん、わしが金庫に閉じこめなくてはならなかったのが〈黒の祖父ちゃま〉だけだと思ってるのか？」

「あの連中は金庫のなかで死ぬの？」

今回、ディックは笑わなかった。今回ディックの声には、少年ダニーがそれまで耳にしたことのない冷ややかな響きがあった。「知りたいのか？」

ダニーは知りたくなかった。

ひとところ〈オーバールック〉ホテルの所有者だったダーウェントが次に姿を見せたのは、年が明けて間もないある日で――このときは寝室のクロゼット――今回はダニーにも備えができていた。ダニーはクロゼットにはいって扉を閉めた。ほどなく、心のなかの高い棚の上、マッシー夫人を閉じこめた金庫の隣にふたつめの精神の金庫が置かれた。前よりは騒がしい音がきこえたし、創意に富む罵倒の文句のなかには、ダニーが後年自分でつかうために覚えておいたものもあった。しかし、それもじきにやんだ。ダーウェントの金庫も、マッシーの金庫とおなじく静まりかえっていた。彼らがまだ生きている（亡者なりの流儀で生きているという意味だ）のかどうかは、もう重要ではなかった。

重要なのは、彼らが決して外へ出てこないことだった。ダニーは安全だった。

そう、このときダニーは自分が安全だと思っていた。いうまでもなく、このときダニーは酒が父親におよぼした影響を目《ま》のあたりにした自分なら、長じてもぜったいに酒を飲むまいと思いこんでいた。

さよう、ときにわたしたち人間はそんな思いちがいをする。

ガラガラ蛇

1

女の名前はアンドレア・スタイナー。アンディことアンドレアは、映画好きだったが、男好きではなかった。驚くことではない。八歳のとき、父親に最初にレイプされたからだ。そのあとも八年のあいだ、父親にレイプされつづけた。これをおわらせたのはアンディ自身だった――まず母親の編み針をつかって左右の睾丸をひとつずつ破裂させ、赤い鮮血がしたたるその針を父親というレイプ魔の左目に突き立てたのだ。睾丸は簡単だった。父親が眠りこけていたからだ。しかし、いくらアンディが特異な才能をつかったとはいえ、痛みは父親の目を覚ますに充分だった。それでもアンディは大柄な少女だったし、父親は酒に酔っていた。それゆえ、とどめの一撃《クー・ド・グラース》をくわえるあいだ、自分の体の重みで父親を押さえつけておくことができた。

そして八を四倍した年齢になったいま、アンディはアメリカ各地を転々とする漂泊者になり、ピーナツ農家の男に代わって元映画俳優がホワイトハウスのあるじになった。新しくあるじになった男は、俳優につきものの贋物《にせもの》くさい黒髪と、魅力的だが信頼できそうもない俳優らしい笑顔のもちぬしだった。アンディは以前、この男が出ている映画をテレビで見たことがあった。映画では、あとあと大統領になった男が列車に轢《ひ》かれ、両足を切断される男を演じていた。両足をなくした男というアイデアは気にいった。両足のない男なら、自分を追いかけてきてレイプすることはない。

映画、これはすばらしいものだ。映画は見る人を遠くへ運んでくれる。ポップコーンとハッピーエンドは決して裏切らない。いっしょに行ってくれる男がいればすなわちデート、よってお代は男もち。いま見ているのはいい映画だった——肉弾戦とキスとにぎやかな音楽にいろどられている。題名は〈レイダース／失われた《聖櫃《アーク》》〉。もっかのデート相手は片手をアンディのスカートの奥、それも剥きだしの太腿のかなり上まで忍ばせてはいるが、めくじらをたてることはない。手はしょせんペニスではない。男とはバーで会った。こんなふうにデートをする男とは、たいていバーで出会う。男は酒を一杯おごってくれた。しかし、無料酒《ただ》はデートではない——行きずりの相手を釣っただけ。

《これはなんだい？》あのとき男は指先をアンディの左の二の腕に走らせながら、そうたずねた。着ていたのはノースリーブのブラウスだったので、二の腕のタトゥーが見えていた。デート相手の男を物色しにいくときには、タトゥーを見せるのが好きだった。男たちに見せびらかしたかった。男たちからは変態チックなタトゥーだと思われた。入れたのはサンディエゴ、父親を殺した翌年のことだった。

《蛇よ》アンディは答えた。《ガラガラ蛇。牙が見えない？》

当然、男にも見えていた。頭部とはまったく釣りあわないほど大きな牙だった。その一本の先端から毒液がしたたっていた。

男は高価なスーツに身をつつんだビジネスマン風、ふさふさした髪を大統領スタイルに後方へ撫でつけていた。仕事でどんな書類いじりをしているのかはともかくも、午後は休みをとっているとのこと。ただし髪の毛はあらかた白く、見たところは六十歳前後だった。アンディのほぼ二倍の年齢。しかし男たちには、そんなことは問題にならない。この男にしたところで、アンディが三十二歳ではなく十六歳でも気にかけなかったはず。いや、たとえ八歳でも。あるとき父親が口にした言葉は、いまでも記憶に残っていた。《小便をする年齢になっていれば、おれにとっちゃ一人前の女さ》

《もちろん蛇だとわかってる》いま隣席にすわっている男は、そうバーで答えた。《でも、どういう意味があるんだい？》

《あなたにもそのうちわかるかも》アンディはそう答え、舌先を上唇に滑らせた。《もうひとつタトゥーを入れてるの。体のほかの場所に》

《見せてもらえるかい？》

《もしかしたら。ねえ、映画は好き？》

男は眉を寄せた。《どういう意味かな？》

《あたしとデートしたいんでしょ？》

この言葉がなにを意味しているかは——というか、世間ではどんな意味だとされているかは——男にはわかっていた。この店にはほかにも女たちがいる。その女たちがデートという単語を口にすれば、その意味はひとつだけだ。しかし、アンディの口から出た言葉にその意味はなかった。

《もちろん。きみはかわいいからね》

《だったらデートに連れてって。本物のデート。いま〈リアルト〉で、〈レイダース／失われた《聖櫃《アーク》》を上映してるの》

《それよりも二ブロック先にある小さなホテルはどうかなと思っていたんだがね。ルームバーとバルコニーのある部屋だ。どうかな？》

アンディは唇を男の耳に近づけ、乳房を男の腕に押しつけた。《映画のあとならそれもいいかも。まず映画に連れてって。あたしのぶんのチケットを買って、ポップコーンをおごって。暗いところへ行くと、体が火照ってくるの》

そんなわけで、ふたりはいまここにいた。スクリーンでは摩天楼サイズの巨大なハリソン・フォードが砂漠の砂塵のなかで鞭をふるっていた。髪を大統領スタイルに撫でつけた男はスカートのなかに手を忍ばせてきたが、アンディはポップコーンの容器をしっかりと膝に押しつけ、手が三塁ベースまではたどりつけても、ホームプレートには来られないようガードしていた。それでも、男はさらに奥まで触ろうとしていた。苛立たしかった。映画を最後まで見て、〈失われた聖櫃《アーク》〉の中身を知りたくてたまらなかったからだ。それがすんだら……。

2

ウィークデイの午後二時ということもあって、映画館には客がほとんどいなかった。しかしアンディ・スタイナーとそのデート相手の二列うしろの座席には、三人の客がすわっていた。ふたりの男が——ひとりはかなりの高齢、もうひとりは中年にさしかかったところに見える(が、外見は人の目を欺《あざむ》くこともある)——息をのむほどの美人をはさんですわっていた。女の頬骨は高く、瞳はグレイ、肌はクリームのようになめらか。いつもなら女はシルクハットを——くたびれた古いシルクハットを——かぶるのだが、きょうは住まいにしているキャンピングカーに置いてきた。映画館では高く突きだしたシルクハットをかぶるものではない。女の名前はローズ・オハラ。しかし、ともに旅をつづける流浪の一族の面々は〈帽子のローズ《ローズ・ザ・ハット》〉と呼んでいた。

中年になりかけている男はバリー・スミス。百パーセント白人の男だったが、一族のなかでは〈中国人バリー《バリー・ザ・チンク》〉と呼ばれていた。わずかに目が吊りあがっていたからだ。

「ほら、よく見てろよ」バリーはいった。「おもしろいじゃないか」

「たしかに映画はおもしろい」老人——通称に〝映画《フリック》〟をつかっている〈フリック爺さん《グランパ・フリック》〉——が低くつぶやいた。しかしこれは、いつものつむじ曲がりな発言にすぎなかった。フリックもまた、二列前のカップルを注視していた。

「おもしろい映画じゃないと困るの」ローズがいった。「だって、あの女はまだ本気でセクシー気分になってないし。少しはむらむらしてるけど――」

「お、いよいよだ、いよいよ女がはじめるぞ」バリーがいった。アンディが横に身を乗りだすようにして、デート相手の男の耳に唇を寄せていた。手にしている〈グミベアー〉の箱のことも、いまはすっかり忘れていた。「あの女がこうするのを三度も見てきたが、いまでも昂奮にぞくぞくするな」

3

ミスター・ビジネスマンの耳の穴には白い剛毛がびっしり生えていたうえに、クソそっくりの色をした耳垢が詰まっていたが、アンディは怯《ひる》まなかった――いまはこの街をおさらばしたかったし、懐具合が危険なほど低いレベルに落ちている。

「ねえ、疲れてるんじゃない？」アンディはおぞましい耳の穴にささやいた。「ひょっとしてひと眠りしたくなっちゃった？」

そのとたん男は力なくうなだれて、いびきをかきはじめた。アンディはスカートのなかに手を入れると、力をなくした男の手を抜きだして椅子の肘掛けに載せた。つづいてミスター・ビジネスマンの一見して高価なスーツの上着に手を伸ばし、ポケットをさぐりはじめた。財布は左の内ポケットにおさまっていた。好都合だ。男のでぶっ尻をもちあげなくてもすむ。いったん眠りこんだ男たちの体を動かすことには危険がともなう。

アンディは財布をひらいてまずクレジットカード類を床に捨て、しばし数枚の写真をながめた。ミスター・ビジネスマンがいずれも肥満体のミスター・ビジネスマンたちとならんでゴルフコースに立っている写真。妻とミスター・ビジネスマン。いまよりも若いミスター・ビジネスマンが息子と娘ふたりとともにクリスマスツリーの前に立っている写真。娘たちはサンタ帽をかぶり、サンタ服を身につけている。この男は娘たちをレイプしたことはなさそうだ。だからといって、この男が問題とすっかり無縁とはいえない。まんまと逃げきれるのなら、男はレイプするに決まっている——アンディが身をもって学んだことだ。文字どおり父親の膝に抱かれているころから。

札入れ部分には現金が二百ドル以上はいっていた。正直もっと多額の現金を期待していた——男と会ったバーは、空港周辺の娼婦よりも高級な娼婦が出入りするところだからだ。しかし、木曜の昼間の仕事としてはわるくない。それに、見た目のきれいな女を映画に連れてくる男にはこと欠かなかった。映画館なら、オードブル代わりのちょっとしたヘヴィペッティングが楽しめる。というか、男たちはそう期待するからだ。

「オーケイ」ローズはそういって腰を浮かせかけた。「確信がもてたわ。やってみましょう」

しかしバリーがローズの腕に手をかけて制した。「まあ、待て。見ていろよ。これからがいいところだ」

4

5

アンディはふたたびおぞましい耳の穴に口を近づけてささやいた。「もっと深くお眠り。これ以上は深く眠れないところまで眠るがいい。そうすれば、あんたが感じる痛みもただの夢になるよ」ハンドバッグをひらいて、持ち手にパールグリップが嵌《は》めこまれたナイフをとりだす。小さいが、刃はきわめて鋭利だ。「さあて、痛みはなんになるんだっけ？」

「ただの夢になる」ミスター・ビジネスマンはネクタイの結び目にむかってつぶやいた。

「そのとおりよ、かわいい人」アンディは片腕を男の体にまわすと、男の右頬にナイフで手早く二重のVの字を刻みこんだ——あまりの肉づきのよさに、もうじき頬ではなく垂れ肉と呼ばれそうな頬だった。アンディはちょっと手をとめ、映写機が発する天然色の夢の光の照り返しのなか、おのれの職人技の結果を惚れ惚れとながめた。一拍おいて鮮血があふれはじめた。男は顔に火がついたような激痛とともに目覚めるだろう——高価なスーツの右腕が血でびしょ濡れになり、一刻も早く救急救命室へ行く必要に迫られた状態で。

《奥さんにどう説明するつもり？　あんたのことだから、なにか言いわけを思いつくんでしょうね。でも整形手術を受けないかぎり、鏡を見るたびにあたしのつけたしるしを見るしかない。この先、ちょっとした珍味欲しさにあの手のバーへ行くたびに、ガラガラ蛇に嚙まれたことを思い出す。青いスカートと白いノースリーブのブラウスを着たガラガラ蛇にね》

アンディは二枚の五十ドル札と五枚の二十ドル札をハンドバッグにしまいこむと、音をたてて口金を閉めた。それから立ちあがろうとしたそのとき、肩にだれかの手が置かれ、つづいて耳もとで低い女の声がささやきかけてきた。

「ハロー、お嬢さん。映画の残りはまた機会をあらためて見ればいい。いまはわたしたちといっしょに来てちょうだい」

アンディは体の向きを変えようとした。しかし何本もの手に頭をつかまれていた。その手でなにが不気味かといえば……頭の内側に感じられたことだ。

そしてそれっきり——この中西部の街の郊外にある荒廃したオートキャンプ場にとまったローズのアースクルーザーの車内で目覚めるときまで——すべてはただ暗黒になった。

6

アンディが目を覚ますと、ローズがお茶をわたしてくれ、それから長いあいだ話をきかせてきた。アンディは一語もあまさずにききいっていたが、注意の大半は自分を拉致してきたこの女に奪われていた。存在感のある女だった——といっても、これは控えめな形容である。〈ローズ・ザ・ハット〉は身長百八十センチ、すらりと長い足に先細りの白いスラックスを穿き、ＵＮＩＣＥＦ《ユニセフ》のロゴと《子供を救うために必要なことはなんでも》という標語の書かれたＴシャツのなかの胸はつんと盛りあがっていた。顔は冷静沈着な女王そのもの、落ち着きはらっていて、なんの不安もなさそうだ。いまは束ねられていない髪は背中の半分まで垂れ落ちている。頭の上の傷だらけのシルクハットが玉に瑕《きず》といったところだが、それを別にすればローズはこれまでアンディことアンドレア・スタイナーが見たこともないほどの美人だった。

「これまでの話はわかってもらえた？　わたしはいまあなたに願ってもないチャンスを差しだしてるのよ——軽く受けとめられては困るわ。わたしたちがこういう提案を人にするのは、それこそ二十年ぶりかそれ以上なんだから」

「もしノーといったら？　そしたらどうなるの？　あたしを殺す？　あたしを殺して、その……」ローズはどういう言葉をつかっていただろうか？　「……ええと、命気《スチーム》とやらを奪うつもり？」

ローズは微笑んだ。ふっくらとしたコーラルピンクの唇だった。アンディは自分を無性愛者だと考えていたが、それでもあの口紅はどんな味がするのだろう……と考えてしまっていた。

「あなたにはわざわざ手をかけるほどの命気はないし、あなたにそなわっている命気はとうてい〝おいしい〟とはいえない程度。どうせ、老いぼれて固くなった牛の肉を下民どもが食べたときみたいな味でしょうね」

「げみ……なんですって？」

「気にしないで話をききなさい。わたしたちはあなたを殺したりはしない。あなたがノーといっても、ここでの会話の記憶をきれいさっぱり消すだけよ。気がつくとあなたは、どうってことのない街の道ばたに立っている自分に気がつく――そうね、カンザスのトピーカかノースダコタのファーゴあたり。所持金もなく、身分証もなく、どうしてそこへ来たのかという記憶もいっさいない状態で。あなたが最後に覚えているのは、あの男と映画館へはいったこと――あなたが金を奪って傷を負わせた男ね」

「傷を負わされて当然の男だったの！」アンディは吐き捨てるようにいった。

ローズは爪先立ちをして大きく伸びをした――指先がこのRV車の天井に触れていた。

「それはあなたの問題よ、ハニードール。わたしはあなたの精神分析医じゃない」ローズはブラジャーをつけていなかった。そのためTシャツに浮きあがった乳首という句読点がたえず位置を変えているようすが、アンディにも見えた。「でも、ここで考えてもらわなくちゃいけないことがある。わたしたちはあなたの所持金と、どう見たって偽造でしかない身分証だけじゃなく、あなたの能力も奪うことになる。この次暗い映画館で眠ったらどうかと男にささやきかけても、男は目を覚ましたままあなたに顔をむけて、それはなんの話だと質問してくるだけになるのよ」

アンディは冷たい恐怖が体をくすぐってくるのを感じた。「そんなこと、できっこない」しかしアンディは脳味噌の内側にまではいってきた恐ろしいほどの力を秘めた手のことを思い出し、この女ならいまの言葉どおりのことができる、と感じた。ひょっとしたら友人たちの多少の助力が必要になるかもしれない。母豚の乳首に群がる子豚の群れのように、このキャンピングカーをとりまいているRV車やモーターホームに乗っている友人たちの助けが。しかし、そう、まちがいない——この女ならできる。

ローズはアンディの言葉を無視した。「で、あなたはいまいくつ?」

「二十八歳」アンディはいわゆる三十の大台に乗って以来、実年齢を隠しつづけていた。

ローズはじっとアンディを見つめて微笑んだきり、なにもいわなかった。アンディは美しいグレイの瞳の視線を五秒ばかり受けとめていたが、自分の視線を下げずにはいられなかった。しかし視線を下げれば、目にはいってきたのはふたつのなめらかな乳房だった。支えるものとてないのに、垂れ落ちる気配をまったく見せていない乳房。ふたたび視線をあげても、ローズの唇から上に目をむけられなかった。あのコーラルピンクの唇。

「本当は三十二歳ね」ローズはいった。「どうしたって、少しは顔に出てる——でもそれは、あなたがぎりぎりの暮らしを送ってきたから。逃亡生活つづきだったせい。そうはいっても、まだ充分きれいよ。わたしたちのもとにとどまって、わたしたちといっしょに暮らしていれば、いまから十年後には本当に二十八歳になれる」

「そんな馬鹿なことがあるわけはないでしょう」

ローズは微笑んだ。「いまから百年後でも、あなたは見た目も気分も三十五歳というところ。でも、それも命気を吸いこむまで。いざ吸えばまた二十八歳になれて、おまけに気分はそれより十歳も年下になれる。命気をもっと頻繁に吸ってごらんなさい。長生きをして、若さをたもって、元気に食べていられる。わたしがあなたにもちかけているのは、つまりはそういうこと。さて、ご感想は？」

「いい話すぎて本当とは思えないわ」アンディはいった。「ほら、たった十ドルで生命保険に加入できますっていうあの手の広告みたい」

まったくの事実誤認でもなかった。ローズは（少なくともいまの時点では）ひとつも嘘をついていなかったが、話していないこともあるにはあった。たとえば、命気の供給が不足する場合もあること。だれもが〈回生〉後も生きつづけるわけではないこと。ローズはこの女なら生きのびると判断していた。〝真の結び目《トゥルー・ノット》〟を意味する〈真結族《しんけつぞく》〉の無免許医師であるウォルナットも、慎重な姿勢をくずさずに同意していた。しかし、なにが起こるかはだれにも予測できない。

「そしてあなたとお友だちは、自分たちを……どう呼んでいるんだっけ――？」

「あの人たちはただの友だちじゃない。わたしの家族よ。わたしたちは〈真結族〉」ローズは両手の指を組みあわせてアンディの顔の前にかかげた。「結びあわされたものは、決してほどいてはならない。そのことは理解してもらわないと」

アンディは——ひとたびレイプされた女は、二度とレイプ経験のない女になれないことを知っていたアンディは——この話をすっかり理解した。

「いまのあたしに、ほかの選択肢が本当にあるの？」

ローズは肩をすくめた。「ええ、選んではならない選択肢ならいくつもある。でも、あなたが自分から望むほうがいい結果が得られるの。そのほうが〈回生〉しやすくなるから」

「痛いの？　その〈回生〉って？」

ローズはにっこりと微笑むと、最初の真っ赤な嘘を口にした。「ぜんぜん」

7

中西部の街の郊外、夏の夜。

鞭をふるうハリソン・フォードを見ている人々がどこかにいた。元俳優の大統領は、どこかでまちがいなく信頼できないあの微笑みをのぞかせていた。そしてここ、オートキャンプ場ではアンディ・スタイナーがディスカウントストアで買ってきたローンチェアに横たわって、ローズのアースクルーザーとだれかのウィネベーゴが投げるヘッドライトの光を浴びていた。すでにローズは、〈真結族〉は各地にオートキャンプ場を所有しているが、ここは自分たちのオートキャンプ場ではないと説明していた。しかし〈真結族〉の先発要員は、こういった倒産寸前の青息吐息の経営のオートキャンプ場を借り切ることができた。アメリカは不況に悩まされていたが、〈真結族〉にとって金は問題ではなかった。

「その先発要員ってだれ？」アンディはそうたずねた。

「うん、人の心をつかむ魅力的な男よ」ローズは微笑みながら答えた。「それこそ、木にとまってる小鳥を魅力で落とすことができるほど。もうじき本人と会えるわ」

「特別な男？」

これをきくとローズは笑って、アンディの頬を撫でた。ローズの指先に触れられると、小さく熱い昂奮の疼《うず》きがアンディの胃に生まれた。いかれた話だが、昂奮が宿ったのは事実だった。

「あなたには〝きらめき〟があるんでしょう？　だから心配ないと思う」

そうかもしれない。しかしこうして横たわっているいま、昂奮は消え、アンディは怯えているばかりだった。頭のなかをニュースの記事がいくつも横切っていった——道路わきの側溝で発見された死体にまつわる記事、森の空地で発見された死体についての記事、涸《か》れた井戸の底で見つかった死体の記事。大人の女たち、年若い女たち。年齢は異なっていても、いつも決って女たちだ。アンディが怯えている相手は——正確にいうなら——ローズではなかった。ここには男たちもいた。

ローズがアンディの横にひざまずいた。ヘッドライトのぎらぎらする光を浴びているのだから、顔が明暗の極端な黒と白の醜い光景に変じて当然なのに、じっさいにはその正反対だった。強い光はローズをさらに美しくしただけだった。ローズはふたたびアンディの頬を撫でた。

「怖いことはないわ」ローズはいった。「怖くないから」

それからローズはほかの女のひとり――ローズが〈無口なセイリー《サイレント・セイリー》〉と呼ぶ青白く愛らしい顔の女――にむきなおると、うなずいて合図を送った。セイリーがうなずきかえし、ローズの巨大なRV車に乗りこんでいった。一方ほかの面々はローンチェアのまわりをとりまく円をつくっていった。これがアンディには気にいらなかった。どことなく、いけにえの儀式を思わせる雰囲気があった。

「怖がらなくていい。もうすぐあなたはわたしたちの一員になるのよ、アンディ。わたしたちとおなじにね」

《ただし》ローズは思った。《あなたが〝転死〟したら話はべつ。そうなったら、わたしたちは洗面所の裏の焼却炉であなたの服を燃やして、またあしたへと歩を進めるだけ。危険をおかさなければ、なにも得られない》

しかしローズは、そうならないことを願っていた。アンディには好感をもっていたし、誘眠《スリー》者《パー》能力はなにかと便利だ。

セイリーは魔法瓶のような外見の金属の容器を手にしてもどってきた。セイリーが容器を手わたし、ローズが赤いキャップをあけた。キャップの下からノズルとバルブがあらわれた。アンディの目にはその容器が、ラベルのない殺虫剤のスプレー缶に見えた。いまいきなりローンチェアから起きあがって、全速力で走って逃げようかとも思ったが、すぐに映画館でのひと幕を思い出した。頭のなかにまで伸びてきたあの何本もの手、体をその場に押さえつけていたあの何本もの手。

「〈グランパ・フリック〉？」ローズが声をかけた。「進行役をお願いできる？」

「ああ、喜んで」そう答えたのは映画館にいた老人だった。今夜の老人はぶかぶかのピンクのバミューダパンツに、痩せこけた脛《すね》から膝までをすっかりつつむ白い靴下とイエス・キリストが履いていたようなサンダルという姿だった。アンディにはこの老人が、強制収容所で二年ばかり過ごしたあとのウォルトン祖父さんのように見えた。フリックという老人が両手をかかげると、ほかの面々も両手をもちあげた。そうやって手をつなぎあわせ、それが交差するヘッドライトの光でシルエットになって黒く浮かびあがると、一同はひとつらなりになった不気味な紙人形のように見えた。

「われらは〈真結族〉なり」フリックという老人がいった。落ちくぼんだような胸から出てくるその声は、もうわななないてはいなかった――深みをそなえて朗々と響くその声は、もっと力強い若者の声にほかならなかった。

「われらは〈真結族〉なり」一同が応えた。「結びあわされたものは、決してほどいてはならじ」

「ここにひとりの女がいる」フリックがいった。「この者はわれらにくわわるのか？　この女はみずからの命をわれらの命とつなぎあわせ、われらとおなじになるのか？」

「イエスといいなさい」ローズがいった。

「イ……イエス」アンディはようやく声を押しだした。心臓はもはや鼓動を搏《う》ってはいなかった――いま心臓は電線のようにぶんぶんうなっていた。

ローズが容器のバルブをまわした。小さく悲しげな吐息めいた音と同時に、銀色の霧がひと筋噴きだした。夕方のそよ風に吹き散らされていくかと思いきや、霧の筋は容器のすぐ上に浮かんだままになっていた。ついでローズが顔を近づけてコーラルピンクの唇をいったん引き結んでから、やさしくふっと息を吹きかけた。筋状になった霧――科白《せりふ》がまったく書きこまれていない漫画の吹き出し《バルーン》のように見えた――がただよい動いて、空を仰いでいるアンディの顔と大きく見ひらいた目の上に移動した。

「われらは〈真結族〉なり。われらは生き長らえる者なり」〈グランパ・フリック〉が高らかに宣言した。

「サッバサ・ハンティ」一同がそう応じた。

霧がきわめてゆっくりと下がってきた。

「われらは選ばれし者なり」

「ロドサム・ハンティ」

「深く吸いこんで」ローズはいい、アンディの頰にそっとキスをした。「この次あなたと会うのは向こう側の世界よ」

いいかい、もしかしたらの話だ。

「われらは幸運に恵まれし者なり」

「カハンナ・リソーネ・ハンティ」

その次は全員が声をあわせて――「われらは〈真結族〉なり。われらは……」

しかし、もうアンディはそれを耳にしていなかった。いまでは銀色の霧のようなものが顔を覆っていた。ひどく冷たかった。体内に吸いこむと、霧は形状の定まらない生き物めいたものに変じて、アンディの内側で悲鳴をあげはじめた。霧でできた子供――男の子なのか女の子なのかはアンディにはわからなかった——が逃げようと暴れていたが、だれかがその子を切り刻んでいた。切り刻んでいるのはローズその人。ほかの面々はローズのまわりに（結び目《ノット》のように）寄りあつまって、十本もの懐中電灯の光を下へむけ、スローモーションで進行中の殺人行為を照らしていた。

アンディはローンチェアから一気に体を起こそうとしたが、そもそも起きあがる肉体がなかった。肉体は消え失せていた。そこにあるのは人体の形の痛みだけだった。それは死にゆく子供の痛み、アンディ自身の痛みだった。

《抱きしめなさい》その思念は、いまや燃えあがる生傷と化したアンディの体にそっと押しあてられた冷たい布のようだった。《それだけがこれを切り抜ける道よ》

《そんなの無理。これまでずっと、この痛みから逃げてきたんだもの》

《そのとおりかもしれない。でも、もう逃げる場所はないの。抱きしめなさい。受け入れなさい。命気をとりこまなければ死ぬしかないのよ》

8

〈真結族〉の面々は両手を高くかかげたまま、太古の言葉による詠唱をつづけていた——《サッバサ・ハンティ、ロドサム・ハンティ、カハンナ・リソーネ・ハンティ》と。一同が見まもっている前で、最前までアンディ・スタイナーの乳房をおさめて盛りあがっていたブラウスがぺしゃんこになり、スカートがまるで口を閉じるようにふわりとひらべったくなった。一同の見ている前でアンディの顔が乳白色のガラスに変じた。しかし目だけは残っていた——薄靄《うすもや》のような神経の筋にささえられて、小さな風船のようにその場に浮かんでいた。

《とはいえ、いずれはあれも消えるはずだ》医者のウォルナットはそう思った。《この女には必要なだけの力がなかった。あるかもしれないと思ったが、あれは見立てちがいだった。一度か二度はこちらへもどってくるだろうが、それっきり転死するだろう。あとに残るのは、ただ服だけだ》

ウォルナットは自分の〈回生〉を思い出そうとした。しかしあのときは満月で、ヘッドライトではなく篝火《かがりび》が焚かれていたことしか思い出せなかった。篝火、馬たちのいななき……そして痛み。人は痛みを本当に思い出せるのか？　そうは思えなかった。痛みが世の中に存在していると知っていることと、自分自身が過去に痛みで苦しんだ経験をもつこと——そのふたつはおなじではない。

アンディの顔がふわふわと実体をとりもどしかけていた——霊媒師のテーブルにあらわれる幽霊そっくりに。ブラウスの前が盛りあがってカーブをつくり、腰と太腿がこの世界に復活すると同時にスカートがもちあがった。

「われらは〈真結族〉なり。われらは生き長らえる者なり」一同は交差しあうRV車のヘッドライトのなかで詠唱をつづけた。「サッバサ・ハンティ。われらは選ばれし者なり、ロドサム・ハンティ。われらは幸運に恵まれし者なり、カハンナ・リソーネ・ハンティ」

すべてがおわるまで、詠唱はつづく。結果がどちらになるにせよ、もうそれほどの時間はかからないだろう。

アンディがふたたび消えはじめた。まず肉が曇りガラスのようになった。〈真結族〉の面々には、その肉を透かして骨やにたにた笑っているかのような頭蓋骨が見えていた。にたにた笑う口もとに、銀色の歯の詰め物がいくつか光っていた。肉体から離れた眼球が、もはや存在していない眼窩《がんか》のなかで荒々しく回転していた。アンディはいまもまだ悲鳴をあげていたが、いまではその声はもうかぼそく、反響するだけのものでしかなかった――長く長くつづく廊下のずっと先のほうで発せられた声のように。

9

ローズは、アンディがてっきりくじけてしまうものと思っていた。痛みがあまりにも激しいと人はくじけてしまう。しかしアンディは、なかなかタフな女だった。アンディはいま渦を巻きながら――しかもずっと悲鳴をあげつづけたまま――実体をとりもどしつつあった。新たに出現した両手がローズの手を度外れた力でつかんで下へ引き寄せた。ローズはその痛みもろくに意識しないまま、アンディに顔を近づけた。

「あなたがなにを欲しがってるかはわかってる。こっちへもどってくれれば、欲しいものが手にはいるのよ」ローズがアンディの口に口を近づけて上唇を舌で愛撫していくうちに、アンディの唇がうるんできた。しかしその両目は、ローズの目をひたと見すえたままだった。

「サッバサ・ハンティ」一同が詠唱していた。「ロドサム・ハンティ。カハンナ・リソーネ・ハンティ」

アンディがもどってきていた——じっと見すえている痛みに満ちた両目のまわりに顔が成長しつつあった。つづいて肉体が復活してきた。ローズにはアンディの両腕の骨や自分をつかんでいる手の骨が見えていたが、それも一瞬で、骨はふたたび肉という衣をまとってきた。

ローズはふたたびアンディにキスをした。痛みに苦しみながらもアンディはキスに応じた。

ローズは自身のエッセンスを、年下の女ののどに吹きこんでいった。

《この女が欲しい。欲しいものは、かならず手にいれるの》

アンディがふたたび薄れかけた。しかしローズには、アンディが抵抗しているのが感じとれた。相手を組み伏せている。のどに吸いこみ、肺にまでとりこんだ悲鳴をあげている生命力を——力ずくで押しだそうとはせず——みずからの養分にしている。

10

アンディは生まれて初めて、命気を吸収しているのだ。

そして〈真結族〉の最新メンバーはその夜をローズ・オハラのベッドで過ごし、セックスに恐怖と苦痛以外の要素があることを生まれて初めて発見していた。ローンチェアの上で悲鳴をあげどおしだったせいで、のどがひりひりと痛んでいたが、それでもアンディはこの斬新な感覚――先ほどの〈回生〉にともなっていた苦痛に匹敵するほどの快感――が肉体をとらえて、ふたたび透明化させられていくように思えるたびに、喜悦の声をあげつづけていた。

「好きなだけ声をあげなさいな」ローズはアンディの太腿のあいだから顔をあげて、そう声をかけた。「ここの連中は大声をいっぱいきいてる――よがり声も苦痛の悲鳴も」

「みんながみんな、こんなセックスをしてるの？」アンディはたずねた――もしそうなら、自分はどれだけのチャンスを逃してきたことか！　あの犬畜生のような父親にどれだけのものを盗まれたことか！　それなのにまわりの人たちからは、こっちが泥棒だと思われていたなんて！

「そう、わたしたちみんながこういった思いをするの――命気を吸いとったときには」ローズは答えた。「あなたはそれだけ知っていればいい」

ローズはふたたび顔を沈め、行為を再開した。

11

真夜中をまわってまもないころ、〈トークン・チャーリー〉と〈ロシア人ババ《ババ・ザ・ラシアン》〉は、チャーリーの愛車バウンダーの踏み段の低いところに腰かけ、月を見あげながら、一本のマリファナタバコをともに楽しんでいた。ローズのアースクルーザーからまた叫び声があがった。

チャーリーとババは同時に顔を見あわせて、にやりと笑った。

「あれがずいぶん気にいったみたいね」ババがいった。

「気にいらないやつがいるかよ」チャーリーが答えた。

12

一日の最初の光とともに目覚めたアンディは、自分がローズの乳房を枕代わりにしていたことに気がついた。生まれ変わったような気分だったし、なにも変わっていないような気分でもあった。頭をもちあげると、ローズがあのすばらしいグレイの瞳でじっと見つめていた。

「あんたはあたしを救ってくれた」アンディはいった。「あたしを連れもどしてくれたんだ」

「わたしひとりでは無理だった。あなた自身が帰るべき場所へ行きたがっていたからこそよ」

《それに、こっちでもイキたがっていたしね、ハニードール》

「あのあとであんたとやったあれ……あんなことはもう二度とできないよね？」

ローズは笑みをのぞかせて頭を左右にふった。「ええ。でも、それでいいの。世の中には決して乗り越えられない経験もある。それに、わたしのパートナーの男がきょうにも帰ってくるし」

「その人の名前は？」

「ヘンリー・ロスマンと呼ばれれば答える。でも、それは下民のときの名前。〈真結族〉の名前は〈鴉の父さん《クロウ・ダディ》〉よ」

「その男を愛してるの？　愛してるんでしょう？」

ローズは微笑み、アンディを近くへ引き寄せてキスをしたが、質問には答えなかった。

「ローズ？」

「なに？」

「あたしは……あたしは、いまでも人間なの？」

この質問にローズは、かつてディック・ハローランがダニー・トランスに返したのとまったくおなじ答えを返した――それもまったくおなじ、冷ややかな口調で。「知りたい？」

アンディは知りたくないと思うことにした。そして、いま自分は帰るべき場所にいると思うことにした。

ママ

1

なにやら混乱した曖昧な悪夢を見ていて——だれかが大槌をふりまわしながら、無限につづく廊下を走って逃げている自分を追いかけてきて、ひとりでに動くエレベーターが出てきて、動物のかたちに刈りそろえられた生垣が動きだし、じわじわと迫ってくる——それが最後には、ひとつの明瞭な思考になった——《おれは死んでいればよかったんだ》

ダン・トランスは目をあけた。瞼《まぶた》のあいだから太陽の光が射しいってきて、ずきずき痛む頭を直撃し、脳味噌がいまにも燃えあがりそうになった。あらゆるふつか酔いのなかでも、きわめつけのふつか酔い。顔が激しく疼いていた。鼻孔はどちらも詰まっていて、かろうじて左に小さなピンホール程度の穴を残すのみ——細い糸程度の空気しか通してくれなかった。左の鼻の穴？　いや、これは右だ。口をあければ呼吸はできたが、その口もウィスキーとタバコの味でひどいことになっている。胃は、入れてはならないものを詰めこまれた鉛のボールになっていた。このみじめきわまる気分のことを、昔の飲み友だちだったかだれだったかが、〝一夜明けてのジャンク腹〟と呼んでいたっけ。

隣から盛大ないびきがあがっていた。そちらへ顔をむけたが、そのとたん首が抵抗して悲鳴をあげ、またしても激痛の電撃が片側のこめかみまで一気につらぬいた。ふたたび目をあけたが、今回はごく細くあけたにとどまった――あのぎらぎら光る直射日光はもうごめんだ。まだ、いまのところは。そして、自分が剝きだしの床にじかに置いてある剝きだしのマットレスに横たわっていることがわかった。隣には、全身の素肌を剝きだしにした女が仰向《あおむ》けで横たわっている。足の方向へ目をむけると、自分も一糸もまとわぬ姿であることがわかった。

《この女は……たしか名前はドロレス？　ちがう。デビーか？　近づいた感じはするが、まだちがうぞ――》

ディーニー。女の名前はディーニーだ。ディーニーとは〈ミルキーウェイ〉というバーで出会った。とにかく、なにもかもが愉快でたまらなかったが、それが一転したのは――

思い出せなかったし、両手を一瞥《いちべつ》しただけで――どちらの手も腫れていたばかりか、右手の関節には切り傷や擦り傷がある――思い出さないことに決めたい気分になった。そもそも思い出すことが大事だろうか。基本的なシナリオは毎回変わらない。自分は酒に酔った……だれかがいってはならないことを口走り……そのあとは大混乱と酒場ならではの修羅場。ダンの頭のなかには危険な犬がいた。しらふの状態なら、犬をしっかりとリードでつないでおくこともできた。ところが、酒に飲まれるとリードが消える。

《このぶんだと、遅かれ早かれ人を殺すことになるぞ》

いや、なにもわからない以上、ゆうべ殺していてもおかしくはない。

《おい、ディーニー、おれのちんちん《ウィーニー》を握ってみろや》

もしや、本当にそんなことを口にしたのか？　口にしたと思うと心底ぞっとした。ところどころ記憶がもどってきていたし、全部ではなくても耐えがたかった。ビリヤードのエイトボールをしたこと。ちょっとだけ余分に回転させようとしたボールを撞《つ》きそこねて、台から飛びださせてしまった。おかげでチョークの粉のついた癪《しゃく》にさわるちっぽけなクソ野郎が跳ねて転がり、ジュークボックスのほうにまで行ってしまった——ちなみにジュークボックスはカントリーミュージックを流していたが、そもそもほかにどんな音楽がある？　ジョー・ディッフィーの歌だったような記憶もあった。それにしても、どうしてあんなに派手に打ちそんじた？　酔っていたからだし、うしろにディーニーが立っていて、台のすぐ下ではディーニーがちんちん《ウィーニー》を握っていて、そんなディーニーにいいところを見せたかったからだ。なにもかもが愉快だった。しかし、農機具メーカーの〈ケイス〉のキャップと派手なシルクのカウボーイシャツのあの男が声をあげて笑った。それがあの男のミスだった。

大混乱と酒場の修羅場。

口もとに指先を走らせると、ぼってりと太いソーセージがあるのがわかった。きのうの夕方、ジーンズの前ポケットに五百ドルを少し超える額の現金をおさめた姿で小切手換金屋をあとにしたとき、そこにはまだ唇があった。

《少なくとも、歯は一本残らず無事みたいなのが救い——》

そこまで思ったところで、水っぽい音をたてて胃がでんぐりがえった。ウィスキーの味が混じった酸っぱい粘液が口いっぱいになるほどこみあげてきたが、ダンはそれを飲みくだした。酸に焼かれる感覚が下へ移動していく。ダンは寝返りを打ってマットレスからおり、床に膝をついてから、よろよろ立ちあがったが、同時に部屋がゆるやかなタンゴを踊りはじめて、体がぐらぐらと揺れた。ふつか酔いで、頭が爆発していて、腹はといえば酒を押しこめておくために口にした安い食べ物でいっぱい……しかし、それだけではなく酒がまだ抜けていない。

ダンは床から下着をすくいあげて手でしっかり握りしめながら、寝室を出た。足を引きずっているとまではいえなかったが、左足をかばう歩き方であることは事実だった。〈ケイス〉のキャップのカウボーイに椅子を投げつけられたという漠然とした記憶があった――できれば、それ以上鮮明にならないでほしい記憶だ。ダンと〝ちんちん《ウィーニー》握りのディーニー〟が店をあとにしたのはその時点――走って逃げてはいなかったが、いかれたような高笑いをあげながら。

みじめなはらわたが、またしてもぐらりと揺れた。しかも今回は、つるつるのゴム手袋をはめた手ではらわたをぎゅっと握られたような感覚をともなっていた。それが、すべての嘔吐トリガーをいっせいに解放した。大きなガラス瓶でピクルスにされた固茹で卵の酢のにおい、豚の皮揚げのバーベキューソースの味、鼻血そっくりのケチャップに浮かんでいるようなフライドポテトの光景。ショットグラスで酒を飲むあいまに口に詰めこんでいたあらゆるジャンクフード。噴水のような勢いで吐きそうだというのに、イメージはひたすら次々にあらわれて、回転していた――悪夢のようなクイズ番組で賞品の数々が表示されているルーレットのように。

《さてさて、ジョニー、次の挑戦者にはどんなすばらしい賞品が用意されてると思う？　そうさ、ボブ、ビッグな皿に気前よく山盛り、**油ぎっとぎとのオイルサーディン！**》

バスルームはごく短い廊下をはさんで反対側だった。ドアはあいていて、便座はあがったまま。ダンは一気に前に進んで倒れるように膝をつき、便器に浮いていた大便の上に茶色がかった黄色い反吐の奔流をぶちまけた。それから顔をそむけ、水洗レバーを手さぐりし、つかんで押しさげた。水がどっと流れだしたが、あいにくいっしょにきこえるはずの排水の音はきこえない。ふたたび便器を見ると、危険を示す光景が目に飛びこんできた。半分ほど消化されかけたバースナックの海に浮かぶ大便——おそらくダン自身のもの——が、飛び散った尿はねだらけの便器のふちにじわじわ迫りつつあった。このままトイレから汚水がどっとあふれだせば、珍しくもない朝の悲劇を完成させる最後のひと筆になったところだが、寸前に排水パイプがごほんと咳払いをして詰まりがとれ、汚物が一気に流れていった。ダンはまた嘔吐してから、バスルームの壁に背をもたせかけてしゃがみこむと、がんがん痛む頭を低く垂らし、便器に流す水が水洗タンクにふたたびたまるのを待っていた。

《もうやめた。誓うぞ。もう二度と飲むものか。二度とバーには行かず、喧嘩もこれっきりだ》そんなふうにひとり誓いをたてるのも、これでもう百回めか。いや、千回めかもしれない。


ひとつだけ確かなことがあった。この街を出ていかなければ、トラブルにずっぽりはまりこむことになる。それが深刻なトラブルになることも、決してありえない話ではない。

《ジョニー、きょうの優勝者にはどんな賞品が用意されていると思う？ ボブ、なんと賞品は**——暴行傷害罪で州刑務所での二年の懲役刑！**》

そして……スタジオの観客が熱狂する。

トイレの水洗タンクはふたたび補充をおえて、いまは静かになっていた。手を伸ばしてレバーにかけ、〝一夜明けて／パート2〟を水で一気に流そうとしたところで、短期記憶にぽっかりとブラックホールがあることに気がついた。自分の名前は覚えているか？　イエス！　ダニエル・アンソニー・トランス。あっちの寝室のマットレスでいびきをかいている女の名前は？　イエス！　ディーニーだ。苗字は思い出せなかったが、どうやら女から教えてもらっていないようだ。では、いまの大統領の名前を知っているだろうか？

　ダンは思わずぞっとした――とっさにわからなかったからだ。ファンキーなエルヴィス風のヘアスタイルをして、サックスを吹く男――ちなみにサックスは絶望的に下手くそ。しかし、名前となると……？

《だいたい、いま自分がなんという街にいるのかもわかってないんじゃないのか？》

　クリーヴランド？　チャールストン？　そのふたつのどちらかだ。

　そのあとトイレの水を流した拍子に、いまの大統領の名前がすばらしく明瞭な記憶とともによみがえってきた。それにダンがいまいるのは、クリーヴランドでもチャールストンでもなかった。いまいるのはノースカロライナ州ウィルミントン。聖母マリア恩寵病院に看護助手として勤務している。いや、〝勤務していた〟というべきか。そろそろ、次の職場へ移る頃合だった。ほかの土地に腰を落ち着けられたら……ほかのいい土地に腰を落ち着けさえすれば、すっぱりと酒をやめて心機一転巻きなおしができるかもしれない。

　立ちあがって、鏡をのぞきこんだ。恐れていたほどのひどいダメージではなかった。鼻は腫れあがっていたが、じっさいには骨は折れていなかった――というかダンにはそう思えた。上唇の上には乾いた血がこびりついていた。右の頬骨のあたりに痣《あざ》ができていて（してみると

〈ケイス〉のカウボーイは左ききだったようだ）、中央に血の色をした指輪の痕がくっきり残っていた。左肩の鎖骨のくぼみにも痣が——それも大きな痣が——広がっていた。ビリヤードのキューでつくった痣だったような記憶がおぼろげにあった。

薬品戸棚の中身をあさってみる。化粧品のチューブや乱雑に置いてある市販薬のボトルのなかに、処方薬のボトルが三本あった。最初はダイフルカン。カンジダ症にいちばんよく処方される抗真菌薬だ。これを見てダンは包茎手術をしておいてよかったと思った。二本めはダルボン・コンプ65の名前で知られるアスピリンとカフェインとプロポキシフェンの混合鎮痛薬。ボトルをあけると半ダースばかりのカプセルが残っていたので、あとあと飲むために三錠をポケットにしまった。最後の処方薬はフィオリセット——ブタルビタールとアセトアミノフェンとカフェインを混合した強力な頭痛薬だ。ありがたいことに、ボトルはほぼ満杯だった。ダンは三錠を水で飲んだ。洗面所のシンクにかがみこむと頭痛がこれまで以上にひどくなったが、これもいずれはやわらぐはずだ。フィオリセットは偏頭痛や緊張性頭痛のための薬で、ふつか酔いの特効薬だ。いや……ほぼ特効薬というべきだろうか。

ダンはいったん戸棚の扉を閉めかけてから、あらためて目を走らせ、二、三の雑多な品をどけてみた。避妊リングは見あたらない。もしかすると、あの女がハンドバッグに入れていたのかも。そうであってほしかった。ダンはコンドームをもち歩いていなかった。あの女をファックしたのだとしたら——はっきり思い出せなかったが、おそらくファックしたことだろう——ゴムをつけずに挿入したことになる。

ダンは下着を穿いてすり足で寝室へ引きかえすと、ひととき戸口で足をとめ、ゆうべ自分をこの家へ連れてきた女をながめた。両手と両足を大きく広げていたので、なにもかもが丸見えだった。ゆうべこの女は太腿もあらわなレザースカートとコルクサンダル、クロップドトップにループイヤリングという服装で、西欧世界の女神にさえ見えていた。けさダンの目に見えていたのは、飲酒癖のせいで腹が出つつある、たるんだ白いパン生地のような姿だった――あごの下に、二重あごの最初のきざしができていた。

しかし、もっと困ったものも見えた――ディーニーは一人前の成人した女ではなかったのだ。手を出せば刑務所行きになるほどの低年齢ではないにしても（どうか、どうかそんな若い子ではありませんように）、二十歳になるやならず、たぶんまだ十代のおわりというところだ。壁のひとつには――ぞっとするほどの子供っぽさ――ジーン・シモンズが火を吹いているKISSのポスターが貼ってある。別の壁には、驚きもあらわな目をした愛らしい子猫が木の枝にぶらさがっている写真のポスター。写真の下には《**しっかり踏んばれよ、ベイビー**》というアドバイスがあった。

とにかく、ここから出なくては。

ふたりの衣類は、マットレスの足の側でもつれあったままになっていた。ダンは女のパンティーから自分のTシャツを引き剝がすと、頭からかぶって引き下げ、ジーンズに足を通した。つづいてジッパーを半分まであげたところで、全身が凍りついた――きのうの午後、小切手換金所をあとにしたときにくらべ、左の前ポケットがぎょっとするほど薄くなっていたからだ。

《馬鹿な。そんなはずがあるか》

心臓の鼓動が速まるにつれ、それまでほんの少し、ほんのわずかながらも快方へむかいかけていた頭がふたたびずきずき激しく痛みはじめた。片手をポケットに突っこんだが、出てきたのは十ドル札一枚と二本の爪楊枝だけだった。おまけにその一本の先端が人差し指の爪の下、敏感な皮膚にずぶりと突き立ってしまった。しかし、痛みにもろくに気づかなかった。

《いくら飲んだといっても五百ドルがすっからかんになるまで飲むものか。そんなはずはない。そんなに浴びるほど飲んでれば、いまごろふたりとも死んでるはずだ》

財布は定位置である尻ポケットにおさまっていた。万にひとつのはかない望みをいだきつつ抜きだしたが、はたして失望におわった。財布にいつも入れている十ドル札を、ゆうべのあいだに前ポケットへ移したにちがいない。そうやってバーでの出費への前ポケットの備えをさらに固めたのだが、いまではそれがとびきり笑えるジョークに思えた。

ダンはマットレスで大の字になって高いびきをあげている娘に目をむけ、近づきはじめた。体をがくがく揺さぶって起こし、おれの金をどうしたんだと問いつめるつもりだった。いや、必要なら首を絞めあげて叩き起こしてやる。いや、おれの金を盗んだのなら、女がおれを自宅へ連れてくる道理があるか。いや、それだけではなかったのでは？　ふたりで〈ミルキーウェイ〉を出たあとで、またちがう冒険のひと幕があったのでは？　いまこうして頭が澄んでくると、タクシーをつかまえて鉄道の駅へ行った記憶が――漠然とながらも事実にまちがいないという記憶が――よみがえってきた。

《いつも駅でぶらぶらしてる男を知ってるのよ、ハニー》

ディーニーは本当にそういったのだろうか？　それともおれの勝手な想像か？

《いや、あの女はたしかにそういった。おれがいるのはウィルミントン、大統領はビル・クリントン、おれたちは駅へ行った。駅にはたしかに、ひとりの男がいた。商売の取引を男子洗面所のなかですませるタイプ――とりわけ、客が生まれたときとは異なる顔だちになっているような場合には。男から、だれを怒らせてそんな目にあわされたのかとたずねられ、おれがどう答えたかといえば――

「よけいなお世話はやめろと、そう答えたんだ」ダンはつぶやいた。

ふたりで駅へ行ったとき、ダンはデート相手のディーニーを楽しくさせるために一グラムばかり買うだけのつもり、それだけだった――もちろん混ぜ物のマンニトールで二倍に増やしたようなブツでなければ、である。コカインはディーニーの好みだったのかもしれない。しかし、ダンの好みではなかった。コカインをアスピリン系の弱い鎮痛薬になぞらえた〝金持ちのアナシン〟という呼び名を耳にしたことはあるが、どのみちダンは金持ちにはほど遠かった。そのときだった――トイレの個室からひとりの男が出てきた。ビジネスマン風の男で、膝にブリーフケースがあたっていた。ミスター・ビジネスマンが手を洗いにシンクへ近づいた拍子に、たくさんの蠅が顔を這いまわっているのが見えた。

死の蠅だ。ミスター・ビジネスマンは歩いている死人――ただし本人はまだ知らない。最後となると自分は小さくなったのではなく、反対に大きくなったのかもしれない。ただし、最後の土壇場で心変わりを起こしたかもしれない。ありえない話ではなかった――なんといっても、ろくに記憶がないのだから。

《でも、蠅のことはちゃんと覚えていたんだぞ》

そのとおり。蠅のことは記憶にあった。アルコールが〝かがやき〟を抑え、あの力を殴って気絶させた。しかし、蝿が〝かがやき〟の一片だったのかどうかさえ、ダンにははっきりわからなかった。酔っていようとしらふだろうと、やってくるときには〝かがやき〟はやってくる。

ダンはまた思った。《ここから出ていかなくては》

そして、またこう思った。《おれは死んでいればよかったんだ》

2

ディーニーは低くいびきをかきながら寝返りをうって、無慈悲な朝の光に背をむけた。

床に敷いてあるマットレス以外には、家具と呼べるもののない部屋だった——リサイクルショップで調達した衣裳簞笥さえない。クロゼットの扉があいたままになっていて、ディーニーのごくわずかなワードローブ一式がふたつのプラスティックのバスケットに雑然と山積みになっているのが見えた。ハンガーにかけられている服もわずかながらあったが、どれもバーめぐり用のコスチュームのようだ。きらきらしたスパンコールで前身頃に《**セクシーガール**》という文字を入れた赤いTシャツと、当世風に裾にほつれをつくってあるデニムスカートが見えた。スニーカーが二足、フラットシューズが二足、そして〝一発やって《ファック・ミー》〟といっているようなストラップ式のハイヒールが一足。しかし、コルクサンダルは見あたらなかった。それをいうなら、ダン自身のくたびれきった〈リーボック〉も見あたらない。

この部屋にふたりで来たときにスニーカーを蹴り脱いだ記憶はなかったが、脱いだとすれば居間にあるはずで、そんな記憶もあった——漠然とだが。だったらディーニーのハンドバッグも居間にあるのだろう。ひょっとしたら、手もとに残っていた金を——金額はともあれ——安全な場所にしまってほしいとディーニーに託したのかもしれない。まず考えられなかったが、ありえないとも断言できなかった。

ダンはがんがん痛む頭を低く垂らして短い廊下を歩き、このアパートメントにあとひとつしかないと思える部屋を目指した。いちばん突きあたりはキッチンだった。設備といえばホットプレートとカウンター下に押しこめられた小型の冷蔵庫だけだ。居間には、クッション素材が大量にはみだしたうえ、片側の脚の下に二個の煉瓦が敷いてあるソファ。ソファとむかいあっている大型テレビは、画面中央に大きなひび割れがあった。ひび割れは梱包用のガムテープで修復してあったが、いまではテープの片端が垂れ落ちてしまっている。テープの粘着面に二匹の蝿がつかまっていた——しかも一匹はまだ弱々しくもがいている。ダンはおぞましいもの見たさで蝿をじっと見つめながら、目の前にどんな光景が広がっていようとも、ふつか酔いの目はその場でいちばん醜いものをたちどころに見つけだす不気味な能力をもっている……などと考えていた（そう考えるのも初めてではなかった）。

ソファの前にコーヒーテーブルがあった。テーブルには吸殻が山盛りになった灰皿と、白い粉が詰まったビニール袋があり、ピープル誌もあった——雑誌の表面にもコカインの粉末が散っていた。雑誌の隣には、この絵を完成させるピースがあった——まだ一部が丸まったままの一ドル紙幣。ふたりで何ドルぶんのコカインを吸いこんだかはわからない。しかし残っている金額から察するところ、あの五百ドルにはもうさよならのキスを送ったほうがよさそうだ。

《くそ。だいたいおれはコカインなんか好きじゃないのに。だいたい、おれがどうやって吸いこんだっていうんだ？　鼻からはまともに空気も吸えないのに》

そう、ダンは吸いこんではいなかった。吸いこんだのはディーニー。ダンは歯茎に擦《す》りこんだ。すべてが思い出されてきた。できれば忘れたままでいたかったが、もう遅い。

洗面所にいた死の蠅……蠅はミスター・ビジネスマンの口に出入りし、両目の濡れた表面を這いまわっていた。ミスター売人はダンに、おまえはなにを見ているのかとたずねた。ダンはなんでもない、どうでもいいことだ、それよりもどんなブツがあるのかを見せてくれ、と答えた。ミスター売人は豊富なブツをもっていた。あの連中はいつもそうだ。そのあとはまたタクシーでディーニーの部屋にむかったが、ディーニーはそのさなかにも手の甲で早くもコカインを吸いはじめた――意地汚くて待ちきれなかったか、欲求が高じてやむにやまれなかったのか。ふたりはスティクスの〈ミスター・ロボット〉を歌おうとした。

ドアのすぐ内側に、ディーニーのサンダルと自分の〈リーボック〉が落ちているのが目に飛びこんできて、またもや黄金の記憶がよみがえってきた。ディーニーはサンダルを蹴って脱いだりはしていなかった。足から払い落としただけだ。――あのときダンは両手でしっかりとディーニーのケツをつかんで支え、ディーニーはダンの腰に両足をきつく巻きつけていたからだ。ディーニーの首は香水のにおい、呼気はバーベキューソース風味の豚の皮揚げのにおいだった。ビリヤード台の前へ移動する前に、ふたりはともにひとつかみの皮揚げをがつがつ食べていた。

ダンはスニーカーを履くと、部屋を横切ってキッチンへむかった。ひとつきりの戸棚にインスタントコーヒーでもあるだろうと思ったのだ。コーヒーは見つからなかったが、ディーニーのハンドバッグが床に落ちているのは見つけた。それを見て、ディーニーがハンドバッグをソファへ投げたものの、狙いをはずして馬鹿笑いをあげていたことが思い出された。中身が半分ばかり床にこぼれ落ちていた。赤い合成皮革の財布もあった。ダンは一切合財をハンドバッグへ詰めもどし、キッチンまでもっていった。いまではあの金がミスター売人のデザイナージーンズのポケットで暮らしていることはわかっていたが、多少は残っているはずだとしつこく主張している部分もあった——少しでも残っていてもらわなくては困るから、そう思っただけかもしれないが。十ドルなら酒が三杯飲めるし、ビールの六缶パックをふたつ買える。しかし、きょうはそれ以上の金が必要になるのだ。

ダンはディーニーの財布を抜きだしてひらいてみた。数枚の写真がはいっていた——どう見ても血がつながっているとしか思えないほどよく似た男とディーニーがいっしょに写った写真が二枚。赤ん坊を抱いている写真が二枚。卒業記念パーティー用のドレスを着た写真では、おぞましい青いタキシード姿の若者がいっしょだった。紙幣ポケットは大きくふくらんでいた。ダンはこれに希望をいだいたが、いざひらくと詰まっていたのは食料切符の束だった。それ以外には多少の現金——二十ドル札が二枚、十ドル札が三枚。

《これはおれの金だ。なにはどうあれ、あの金の残りだ》

本気でそんなふうに考えないだけの知恵はあった。なにがどうあろうと、一週間ぶんの給料をへべれけに酔った一夜の相手にわたして、保管してくれなどと頼むわけがない。だから、ここにあるのはディーニーの金だ。

いかにもそのとおり。しかしコカインを買いこもうというのはディーニーの思いつきだったのでは？　けさ、こんなふつか酔いになったこととおなじで、すっからかんになったのもディーニーのせいなのでは？

《まさか。おまえがふつか酔いなのは、おまえが飲み助だからだ。おまえがすっからかんになったのは、おまえが死の蠅を見たからさ》

それはそうかもしれない。しかし、そもそも駅まで行ってコカインを仕入れようなどとディーニーがいいだしたりしなければ、死の蠅を見ないですんだのではないか。

《ディーニーだって、食べ物を買うのにその七十ドルが必要かもしれないぞ》

そのとおり、ピーナツバターをひと瓶、いちごジャムをひと瓶。それを塗る食パンを一斤《いっきん》。残りは食料切符でまかなえる。

《まだ家賃があるかも。この金は家賃にあてるのかも》

家賃が必要なら、あのテレビを売り払えばいい。ひび割れがあろうとなかろうと、知りあいの密売人が買ってくれるかもしれない。だいたい七十ドルでは、いくらこんなごみため同然の部屋でも、とうてい家賃にとどくわけがないぞ――ダンはそう理屈をつけた。

《あなたのお金じゃないのよ、ドック》母親の声だった。最悪のふつか酔いに悩まされて切実に一杯の酒を必要としているいま、いちばん耳にしたくない声だ。

「うるせえんだよ、おふくろ」低い声だったが、本心からの声でもあった。ダンは金を手につかむとジーンズのポケットに押しこめ、財布をハンドバッグにもどして体の向きを変えた。

すぐそこに、ひとりの子供が立っていた。

見たところは一歳半ほどか。アトランタ・ブレーブスのTシャツを着た男の子。Tシャツは膝まで届いていたが、それでも下に穿いているおむつは見えていた。内側に〝お荷物〟をためこんでいるせいで、足首のあたりまでずりさがっていたからだ。ダンの胸の奥で心臓が一回だけ大きく跳躍し、同時にすさまじい衝撃が頭に襲いかかってきた——頭のなかで北欧のトール神が槌をふるったかのようだった。一瞬だったがダンは本気で、自分は脳卒中か心臓発作を——あるいはその両方を——起こしたにちがいないと信じこんだ。

ついでダンは深々と息を吸いこんで吐きだした。「いったい全体、おまえはどこから出てきたんだい、ちびのヒーロー？」

「ママ」幼児はいった。

これは質問への申しぶんない回答だった——ダンもまた、母親の胎内からこの世界へ出てきたのだ。しかし、なんの役にも立たない答えだった。がんがん痛む頭のなかでひとつの恐るべき推論がかたちをとりつつあったが、それをどうすればいいのかもわからなかった。

《この子はおまえが金を盗むところを見てたんだぞ》

そうかもしれないが、そういった推論ではなかった。金を抜きとるところをこの子に見られていたとして、それがなんだ？　まだ二歳にもなっていない。このくらい幼い子供は、大人がやっていることをなんでも当たり前だと受け入れるものだ。たとえ母親が逆さになって天井を歩きながら指先から炎を噴きだしていても、この子はすんなり受け入れるだろう。

「きみの名前は、ヒーロー？」そうたずねた声は、まだ落ち着きをとりもどしていない心臓の鼓動にあわせてわなないていた。

「ママ」

《おいおい、ほんとかよ？　そんな名前だといざハイスクールに行ったら、ほかの子たちからからかわれるぞ》

「隣から来たのかい？　それとも外の廊下の先にある部屋？」

《頼む、そうだといってくれ。なぜって、おれの推論はこうだからさ——これがディーニーのガキなら、あの女は自分のガキをクソ溜め同然の部屋にたったひとり閉じこめて、バーのはしごにうつつを抜かしてたことになるからだ》

「ママ！」

それから子供はコーヒーテーブルのコカインを目にとめると、濡れて重くなっているおむつを揺らしながら、そちらへむかってよちよち歩きだした。

「キャンニィ」

「ちがう、そいつはキャンディじゃない！」ダンはいったが、実際にはこの子のいうとおりだ——コカインは別名〝鼻《ノーズ》のキャンディ〟ともいう。

子供はダンの言葉も意に介さず、白い粉へむかって片手を伸ばした。その拍子に、子供の二の腕の青痣が目にとまった。だれかに強くつかまれたときにできる種類の痣だ。

ダンは片手を子供の腰に、もう一方の手を足のあいだにさしいれた。その体をすくいあげてテーブルから離れるあいだ（ちなみにぐっしょりと濡れたおむつが圧迫されて、小便のしずくがダンの指のあいだから床にぽたぽたと垂れ落ちた）、頭のなかが、一瞬とはいえ苦痛に思えるほど明瞭なイメージで満たされた——財布のなかの写真の男、ディーニーにそっくりなあの男が、この赤ん坊をつかみあげて揺さぶっている姿だった。そうすることで指の痕を残しながら。

（ちょっとトミー　いますぐ出ていってという言葉くらいわかるでしょ？）

（ランディ　やめて　まだそんな小さい赤ちゃんなのに）

それは去っていった。しかしダンには、ふたつめの声――弱々しく抗議している声――はディーニーの声であり、ランディがディーニーの兄だとわかった。それで辻褄があう。虐待をするのはボーイフレンドだけとはかぎらない。兄弟の場合もある。おじの場合もある。またときには

（さあ、出てこい、役立たずの青二才、いますぐ出てきて罰をうけるんだ）

愛する父さんの場合もある。

ダンは赤ん坊を――トミー、この子の名前はトミーだ――寝室へ運んでいった。赤ん坊は母親を見るなり、逃げようとして身をくねらせはじめた。「ママ！　ママ！　マーマ！」

ダンが床におろしてやると、トミーはよちよち歩きでマットレスへ近づき、這ってディーニーに体をすり寄せていった。ディーニーはまだ眠っていたが、片腕をトミーの体にまわして、しっかり引き寄せていた。ブレーブスのTシャツがめくれあがって、足にも青痣があることがダンにもわかった。

《兄の名前はランディ。ぜったい見つけだしてやる》

その思いは、一月の湖に張った氷なみに冷たく透きとおっていた。財布にあった写真を手にとり、激しく疼く頭痛を無視して一心に神経を集中させれば、ディーニーの兄を見つけだすこ

ともでき、、、るだろう。おなじことは前にも経験がある。

《やつにいくつか青痣を残してやろう。そして、この次おなじことをしたら殺すと申しわたしてやる》

とはいえ、〝この次〟はない。ウィルミントンの街はもう用ずみだ。ディーニーとふたたび会うことも、わびしく狭苦しいこのアパートメントを目にすることも二度とない。ゆうべのことも、けさのことも、もう二度と考えないはずだ。

今回きこえてきたのはディック・ハローランの声だった。《そうはいかんぞ、ハニー。〈オーバールック〉でのあれこれなら金庫にしまいこめる。でも、記憶はしまいこめん。ぜったいに。記憶ってやつは本物の幽霊さ》

ダンは戸口に立って、ディーニーと痣のある息子を見つめた。赤ん坊はふたたび眠りこみ、朝日を浴びているふたりはまるで天使のように見えた。

《あの女が天使なものか。そりゃ痣を残した当人じゃないかもしれないが、わが子をひとり部屋に残して飲み歩いていた女だぞ。あの子が起きてきたとき、おまえがあの場にいなかったら、あの子は居間へはいっていって……》

《キャンディ》あの子はそういいながらコカインに手を伸ばした。まずいぞ。なにか手を打つ必要がある。

《そうかも。でも、おれがなにかする必要はない。こんなつ、ら、をぶらさげて、社会福祉省だかへ育児放棄の通報なんかしにいけるもんか。酒と反吐のにおいをぷんぷんさせてるのに。市民の義務を果たすご立派な市民づらをして》

《でも、女の人にお金を返すことはできるわ》母ウェンディがいった。《そのくらいならできるのよ》

じっさいに金を返しかけた。嘘ではない。ポケットから金を抜きだし、しばらくその手に紙幣を握っていた。それればかりかディーニーのハンドバッグのところまで足を進めさえした。そんなふうに歩いたことが役に立った――いいことを思いつけたからだ。

《なにかもっていくなら、コカインにすればいい。残っている分を売れば百ドルくらいにはなる。あまり買い叩かれなければ二百ドルにはなるかも》

ただし、買い手候補らしき相手が麻薬捜査官だったら――そういうめぐりあわせになりがちだ――結局はブタ箱行きだ。そんなことになったら〈ミルキーウェイ〉でやらかした愚行の罪もあわせて問われるかもしれない。やっぱり現金のほうが安全だ。全部で七十ドル。

《わけるとしよう》ダンは決めた。《ディーニーに四十ドル、残り三十ドルがおれ》

とはいえ、三十ドルではとうてい充分ではない。それに食料切符があったではないか――馬ののどを詰まらせるほどどっさりと。あれをつかえば、子供に食べさせてやれるはずだ。

ダンはコカインの袋と粉をかぶったピープル誌を手にとると、子供の手の届かないキッチンのカウンターの上に置いた。シンクに食器用スポンジがあった。それをつかってコーヒーテーブルに落ちていた粉末をきれいに拭きとった。そのあいだも、まだこの作業をおわらせないうちにディーニーがよろよろと姿をあらわしたら、金は全額そっくり返してやろう、と自分にいいきかせた。このままいびきをかきつづけているのなら、あいつがどんな目にあおうと自業自得だ、ともいいきかせた。

ディーニーは姿を見せなかった。いびきをかきつづけていた。

ダンは拭き掃除をおえてスポンジをシンクへ投げもどし、置手紙を残していこうかとちらりと思った。しかし、なにを書けばいい？　たとえば《子供の世話をもっとちゃんとしてやれ。ところで、おまえの金はもらっていくよ》とでも？

オーケイ、置手紙はなし。

ダンは金を左の前ポケットにしまいこんでアパートメントをあとにした――出ていくときには、ドアを荒っぽく閉めないように気をつけた。おれは思いやりのある人間だ、とひとりごちながら。

3

正午ごろ――ディーニーからいただいたフィオリセットとチェイサー代わりのダルボンという薬のおかげで、ふつか酔いの頭痛は過去のものになっていた――ダンは酒と輸入ビールのディスカウント店〈ゴールデンズ〉に近づいていった。このあたりは街の旧市街地区、建物はどれも煉瓦づくりで歩道におおむね人影は見あたらず、質屋がいたるところにあった（どの質屋も、折り畳み式剃刀《かみそり》の見事なコレクションを陳列していた）。もともとは激安ウィスキーの徳用大瓶を買うつもりだったが、店先にあったものを見て気が変わった。ホームレスがめちゃくちゃなとりあわせの所持品を積みこんだショッピングカートだった。問題のホームレスは店内で店員となにやら口論の最中。荷物のなかに毛布があった——丸めて紐でくくられ、荷物のいちばん上に載せてあった。染みがちらほらあるのはわかったが、全体としてはわるい品ではない。ダンは毛布をつかむと、わきの下にはさみこんで足早にその場を離れた。深刻な虐待問題をかかえたシングルマザーから七十ドルを盗んできたいま、ホームレスの魔法の絨緞《じゅうたん》を盗むのはちっぽけな罪でしかないように思えた。自分がどんどんちっぽけに思えてきた理由は、そのあたりにあったのかもしれない。

《そうさ、おれはいま〝縮みゆく人間〟だ》ダンは新たな戦利品をかかえたまま、早足に歩いて角を曲がった。《あといくつか盗みをはたらけば、おれの姿はもうだれの目にも見えなくなっちまう》

ホームレスの怒りにあふれた怒号がきこえるのではないかと耳をそばだてていたが——あの連中は頭がいかれていればいるほど、怒鳴り声が大きくなる——なにもきこえてこなかった。あと一回角を曲がれば、犯行現場から鮮やかに姿をくらませた自分を祝ってやれる。

そしてダンは角を曲がった。

4

その日の夜、ダンはケープフィア記念橋の下のスロープにある、雨水管から水を流す大きな吐口《はきぐち》近くにすわっていた。借りている部屋はあるにはあったが、何カ月も未払いの家賃という小さな問題があった——しかもその家賃をきのうの午後五時までにぜったい完済すると約束までしていた。問題はそれだけではない。いま部屋へもどれば、バーでの乱闘事件に関連して、ベス・ストリートにある要塞のような市庁舎ビルに招待される羽目にもなりかねない。ひっくるめて考えれば、部屋には近づかないにかぎる。

ダウンタウンには〈希望の家〉という名前の救護施設《シェルター》があったが（いうまでもなく、アルコール依存症のホームレスたちからは〈絶望の家〉と呼ばれている）、そこに行くつもりはなかった。無料で宿を利用できても、酒をもっていれば没収されてしまう。ウィルミントンには安宿や安モーテルがどっさりあって、そういうところではだれがなにを飲んだり吸ったり注射したりしていようと、だれも気にしない。しかし、暖かくて雨も降っていないいま、貴重な飲み代をわざわざベッドと屋根につかう道理があるだろうか。ベッドと屋根の心配は、いざ北へむかいはじめてからで間にあう。いうまでもなく、家主に勘づかれることなくバーニー・ストリートの部屋から所持品をいくつかもちだすという仕事もだ。

川の上の空へ月がのぼりつつあった。毛布は背後の地面に広げてあった。もう少ししたらその上に身を横たえ、毛布を繭《まゆ》のように体に巻きつけて眠ろう。幸せな気分を感じる程度にはハイになっていた。離陸と上昇のあいだは揺れに見舞われたが、低高度の乱気流はすでに背後に去っていた。まっとうなアメリカ人のいう模範的な生活を自分が送っているとはとても思えなかったが、さしあたって問題はひとつもない。手もとには〈オールドサン〉が一本あり（ディスカウント店〈ゴールデンズ〉から安全といえるほど遠く離れた店で買った）、あすの朝食用にはヒーローサンドイッチが半分残っている。未来には雲が垂れこめていたが、今夜は月が輝いていた。すべてがあるべき姿を見せている。

（キャンニィ）

いきなり、あの幼児がいっしょにいた。トミーが。いまこの場に。コカインの粉に手を伸ばして。腕にはいくつもの痣。青い目。

（キャンニィ）

その光景が、苦痛さえ感じるほど明瞭に見えていた。〝かがやき〟のせいでもなんでもなかった。見えたのはそれだけではなかった。仰向けでいびきをかいて寝ているディーニー。赤い合成皮革の財布。**《合衆国農務省》**の文字がある食料切符の束。現金。七十ドル。ダン自身が盗んだ紙幣。

《月のことを考えろ。川の上にのぼっていく月がどれだけ穏やかに見えているかを考えるんだ》

しばらくは月のことだけを考えていられた。しかしすぐに仰向けで寝ているディーニーや赤い模造レザーの財布や食料切符の束や、哀れをもよおすような金額のくしゃくしゃの紙幣（もうあらかたなくなっていた）が見えてきた。なかでもいちばん明瞭に見えたのは、ひとでのような手をコカインの粉へむけて伸ばしている子供の姿だった。青い目。痣だらけの腕。

《キャンニィ》と子供がいった。

《ママ》と子供がいった。

　ダンはうまく酒の量を配分するこつを身につけていた。そのほうが酒が長持ちするし、酔い心地もまろやかで、翌日の頭痛も軽く、対処しやすくなる。それでもときには、配分にしくじることがある。そうなると厄介だ。たとえば〈ミルキーウェイ〉での一件のように。あれは大なり小なり事故のようなものだった。しかし今夜、一本をいずれも長々と時間をかけて、わずか四口で飲み干したのには理由があった。人の精神は黒板。そして酒は黒板消しだ。

　ダンは横たわると、盗んだ毛布を体に巻きつけた。無意識の訪れを待つ。無意識はやがてやってきたが、その前にまずトミーがやってきた。アトランタ・ブレーブスのTシャツ。ずり落ちたおむつ。青い目、痣のある腕、ひとでのような手。

《キャンニィ。ママ》

《このことはぜったいしゃべらないぞ》ダンは自分にそういった。《だれにも話すもんか》

　月がノースカロライナ州ウィルミントンの街の上空にかかるころ、ダン・トランスは無意識のなかに落ちていった。〈オーバールック〉ホテルの夢を見たが、目を覚ましたときには忘れているだろう。目を覚ましたときにも覚えているのは青い目と痣のある腕と、伸ばした手、それだけだ。

ダンはなんとか自分の所持品を回収して、北へむかった——最初はニューヨーク州北部、そのあとはマサチューセッツ。二年が過ぎた。ときどきは人を、おおむね老人たちを助けた。ダンは助け方を心得ていた。酒に溺れた夜は多すぎるほどで、そういった夜にあの子供を思い出すことはめったになかったが、一夜明けたふつか酔いの朝にはまっさきに思い出した。もう酒はやめようと自分にいいきかせるとき、いつも考えるのはあの子供のことだった。来週にはやめよう……来月にはかならずやめられる。子供。目。腕。伸ばしたひとでの手。

《キャンニィ》

《ママ》

第一部　アブラ

第一章　ティーニータウンへようこそ

1

　ウィルミントンを出たあと、毎日飲むことはやめていた。

　一週間、ときには二週間もダイエットソーダ以上に強い飲み物を一滴も飲まずに過ごすこともあった。そういうときには朝ふつか酔いで目覚めることもなく、これはありがたかった。のどの渇きをおぼえて、みじめな——飲みたい、いい——気分で目覚めることもあって、これには悩まされた。朝のあとには夜がやってきた。あるいは週末が。テレビに流れる〈バドワイザー〉のCMがスイッチになることもあった——ビール腹のもちぬしがひとりもいない、いずれも爽やかな顔だちの若者たちが、熱気あふれるバレーボールの試合のあとでよく冷えたビールを飲むCM。ときにはしゃれた小さなカフェ——店名はフランス語で、店内のあちこちに鉢植えが吊られているような店——の外のテーブルで、器量のいいふたりの女が仕事あとの一杯を楽しんでいる光景がスイッチになった。女たちが飲んでいるのはほぼ決まって、小さなパラソルが添えてあるたぐいの酒だった。ラジオで流れる歌がスイッチになることもあった。あるときは〈ミスター・ロボット〉を歌うスティクスだった。しらふのときには、一滴も体に入れない完全なしらふだった。飲むときはとことん酔っ払った。目が覚めたとき隣に女がいれば、ディーニーとブレーブスのTシャツを着た男の子のことを思い出した。七十ドルを思い出した。それだけではなく、雨水管の大きな吐口のそばに残してきた盗んだ毛布のことも思い出した。いまもまだあそこにあるかもしれない。あるとすれば、いまごろはもう黴《かび》だらけになっているだろう。

酒に酔って欠勤することもあった。それでもしばらくは働かせてくれたが――なんといっても、その道では腕がいい――しかし、いずれは〝その日〟がやってきた。そうなるとダンは感謝の言葉を述べてバスに乗った。ウィルミントンがニューヨーク州オルバニーになり、オルバニーが同州ユティカになった。ユティカがやはりニューヨーク州のニューパルツになった。ニューパルツはマサチューセッツ州のスターブリッジに変わった。この街でダンはフォークの野外コンサートで酔っ払い、翌朝は手首を骨折して拘置所で目を覚ました。次に行ったのは同州のウェストン。そのあとはマーサズヴィニヤード島の老人ホーム。いやはや、ここは長つづきしなかった。働きはじめて三日めに主任ナースがダンの呼気に酒くささを嗅ぎつけて、たちまち――さよなら、わたしがあんたじゃなくてよかったわ。〈真結族〉のたどった道筋を横切ったことも一度あったが、気づかなかった。いや、意識のいちばん表面のレベルでは気づかなかった、という意味だ。しかし、もっと深いところ――かつて〝かがやき〟を帯びていた部分――では、なにかをとらえていた。においい……薄れかけた不愉快なにおい……悲惨な交通事故からまだ日が浅い高速道路の路面に残っている、焼け焦げたゴムの残り香のような、そんなにおい。

マーサズヴィニヤード島からはマスラインズの定期船でニューベリーポートへ。ここでは、〝そんなこと・たいして・気にかけやしないさ〟的な退役軍人専用の老人ホームの職を得た。車椅子の老兵たちが無人の診察室の外に長いこと放置され、導尿バッグがいっぱいになって中身が床にあふれていることもままあるたぐいの施設。居住者にとっては災難な場所だが、ダンのようなへまの常習犯にはましな働き場所だった――といっても、ダンやほか数名のスタッフは、老兵たちからすれば精いっぱいよく働いていたといえる。ダンは、その時がやってきたふたりの老兵が乗り越えるのを助けさえした。ここでの仕事はしばらくつづいた――そのあいだに、サックス吹きの大統領がホワイトハウスの鍵をカウボーイ大統領にゆずりわたしたほどの期間だった。

ニューベリーポートでは何回か飲んだくれて夜を過ごしたこともあったが、いつも休みの前日の夜だったので問題はなかった。こうしたミニ宴会のあとで、《少なくとも食料切符だけは手をつけなかったぞ》と思いながら目を覚ましたことがあった。その思いが引金になって、昔のいかれたクイズ番組コンビが登場してきた。

《残念、ディーニー。きみの負けだ。でも、この番組はだれも手ぶらで帰さないよ。さあ、ジョニー、こちらの女性にはどんなすてきな賞品が用意してある？》

《まかせてくれよ、ボブ。ディーニーは賞金こそ逃したけど、おみやげを用意してある――番組特製の自宅用ゲームとコカイン数グラム、それからどっさりたくさんの**食料切符**！》

ダンが得た賞品は、一滴も飲まずに過ごした一カ月の日々だった。この一カ月の日々は、一種異様な罪滅ぼしという賞品だったのではないか——ダンはそう思った。ディーニーの住所を知ってさえいれば、七十ドルぽっちのはした金などずっと昔に送り返していたのに——そんなふうに思うことも一度ならずあった。ブレーブスのTシャツ姿でひとでの手を伸ばしていた子供の記憶に終止符を打てるのなら、金額を倍にして送ったことだろう。しかし住所を知らなかったので、その代わりに禁酒の日々を送った。自分で自分を鞭でこらしめながら。禁酒という鞭で。

そしてある夜、ダンは〈漁夫のいこい《フィッシャーマンズ・レスト》〉という酒場の前を通りかかった。窓から店内に目をむけると、バーカウンターにひとりすわるブロンド美女の姿が見えた。穿いているタータンチェックのスカートは太腿の半分までの長さ。うら寂しげなたたずまいに引かれるようにして店にはいっていくと、女が最近離婚したばかりだとわかった。ああ、それは本当に残念なことをしたね。そして……三日後、ダンは昔ながらの記憶のブラックホールとともに目を覚ました。そのあと一抹の望みとともに、床のモップがけや電球交換などの仕事をしていた退役軍人専用のホームに顔を出したが、お払い箱にされただけだった。〝そんなこと・たいして・気にかけやしないさ〟は、〝どんなことも・気にかけやしないさ〟とはちがう——差はわずかでも差に変わりない。ロッカーにあったわずかな私物を手にしてホームを出ていくときには、コメディアンのボブキャット・ゴールドスウェイトの科白が頭をよぎった。「わたしの仕事はまだありますよ。ただ、いまはほかの人がやっていましてね」という科白。そこでダンはまたちがうバスに乗りこみ、ニューハンプシャー州を目指した。乗車前には、ガラスの容器にはいった有毒な液体を買いこんだ。

バスでは最後列の通称〝酔いどれシート〟、つまりトイレの横の席にすわった。これまでの経験から、バスに乗って酔っ払うならすわるべきはその席だとわかっていたからだ。茶色の紙袋に手を入れて、有毒な液体の詰まったガラス容器のキャップをあけると、茶色の芳香が鼻をついた。その芳香は言葉を話すことができた――といっても、話せるのはこれだけだった。

《ハロー、旧友》

ダンは、キャンニィと思った。

ダンは、ママと思った。

いまごろトミーはもう学校に行っているだろうと思った。トミーのことを思うときには決まって、ランディ伯父に殺されていないことを前提にしていた。

ダンは思った――《こいつをおわらせることができるのは、たったひとり、おまえだけさ》

この思いはこれまでにも何度となくダンの頭をよぎっていたが、今回は新たな思いがこれにつづいた。《おまえが望むなら、こんなふうに暮らさなくたっていい。もちろん、こんな暮しをしてたっていい……ただ、その必要はないってことさ》

あまりにも奇妙な声、ふだんのダンの内面からきこえてくる対話の声のどれにもまったく似ていなかったこともあって、最初は他人の内面がうっかりきこえてしまったのかと思った――ダンにはそういう力があったが、意図しないまま交信してしまうことは最近ではめったになかった。その種の思念を閉めだすすべは身につけていた。それでもダンは、通路の先へ目を走らせた――こちらをふりかえって見ている乗客がいるにちがいないという気分だった。しかし、ひとりもいなかった。寝ているか隣席の客と話をしているか、さもなければ灰色に閉ざされたニューイングランドの昼間の景色を見ている客ばかりだった。

《おまえさえ望めば、こんなふうに暮らさなくてもいいのに》

あとは、この言葉が真実でありさえすれば……。それでもダンは瓶のキャップを閉めて、隣の座席に置いた。そのあと瓶を手にとったことは二回。最初はまた元の場所へもどした。二回めは紙袋に手を入れ、またキャップをあけそうになった。しかし手を動かしているあいだに、バスは州境を越えてニューハンプシャーにはいったところのサービスエリアに停車した。ダンはほかの乗客といっしょに〈バーガーキング〉へはいっていき、途中一回だけ足をとめ、ごみ箱のひとつに中身ごと紙袋を捨てた。背の高い緑色の金属製ごみ容器の側面には、こんなステンシル文字がはいっていた。《**ご不用になったものがあれば、こちらへお捨てください**》

《そりゃいい話じゃないか》紙袋が底に落ちたときの音を耳にしながら、ダンは思った。《ああ、マジでいい話じゃないか》

2

その一時間半後、バスはこんな標識の横を通りすぎた——《**フレイジャーへようこそ！　あらゆる季節《シーズン》に理由《リーズン》がある街！**》という文字があり、その下にこう添えてあった。《**ティーニー**

タウンのある街！》

　バスはフレイジャー公民館の前でとまって乗客を乗せた。旅の最初の部分では酒瓶が置いてあったダンの隣席から、トニーが話しかけてきた。トニーがはっきりした声で話しかけてきたのはずいぶん久しぶりだったが、それでもだれの声かはすぐにわかった。

（ここがその場所だよ）

《どこだっておんなじさ》ダンは思った。

　網棚にあげていたダッフルバッグをつかみおろし、ダンはバスを降りた。歩道にたたずみ、走り去るバスを見おくる。西に目をむけると、ホワイト山脈がのこぎりになって空を切り裂いていた。これまで各地を転々とする生活をつづけるなかで、ダンはずっと山地を避けていた。なかでも、ぎざぎざの山稜という怪物が地面をふたつにへだてている土地は鬼門だった。いまダンは、《結局、こうして標高の高い山国へ帰りついちまった。いや、前々からいずれこうなると自分でもわかっていたんだな》と思っていた。しかし、この街から見える山々は、いまもなお夢に出てくることがある山脈よりもずっとなだらかだったし、これなら――当面のことだけかもしれないが――我慢して住むこともできそうだ。つまり、ブレーブスのTシャツを着ていた子供のことを忘れられればの話。酒に頼るのをやめられればの話。動きつづけるのが無意味だと、そう悟る時期がある。どこへ行こうとも、結局は自分自身という荷物をもち運んでいくしかないことを悟る時期が。

　あたりには、ウェディングドレスのレースのようにこまかな雪がひらひらと舞い踊っていた。見れば幅の広いメイン・ストリートの左右に立ちならんでいるのは、十二月のスキー客と六月の避暑客に食事を出す店が大半だった。九月と十月には紅葉見物の観光客もやってくるだろうが、いまはニューイングランド北部では春といいならわされている季節、寒さと湿気というクロームめっきがほどこされた、はなはだ過ごしにくい八週間にあたっている。フレイジャーの街は、この季節《シーズン》に街へ来るべき理由《リーズン》をまだ思いついていないらしい。その証拠に目抜き通り――クランモア・アヴェニュー――には、まったく人どおりがなかった。

ダンはダッフルバッグを肩にかけると、ぶらぶらと北を目指して歩いていった。それから錬鉄製のフェンスの前で足をとめ、あちこち建増しされて伸び広がっているヴィクトリア朝様式の建物をながめた。建物は、もっと新しい煉瓦づくりのふたつの建物に左右をはさまれていた。どちらの建物も、屋根つき通路でヴィクトリア朝様式の建物とつながっていた。左側の邸宅の屋根には小塔があるのに右側の建物にはなにもない。それが一風変わったアンバランスな雰囲気をつくっていて、ダンはどことなく心を引かれた。建物が大柄な女だとすれば、《そうよ、あたしの体の一部が落っこちたの。それがなによ。そのうち、あんたもおなじ目にあうんだから》とでもいっているかのようだ。ダンの顔に笑みが浮かびかけた。ついで、その笑みが死んだ。

トニーが小塔の部屋の窓ぎわに立ち、ダンを見おろしていた。見あげるダンの視線に気がつくと、トニーは手をふった。子供時代の記憶に残っているとおり、あのころトニーがしじゅう見せていた、まじめくさった手のふり方だった。ダンはいったん目を閉じ、すぐにひらいた。トニーはいなくなっていた。いや、そもそもトニーがあそこにいたのだろうか？　いたとして、どうして自分に見えたのか？　あの窓は板が打ちつけられているのに。

芝生の立て看板――屋敷そのものとおなじ緑色を背景にして金文字があしらわれている――にはこうあった。《**ヘレン・リヴィングトン館**》。

《屋敷では猫を飼ってるな》ダンは思った。《きっと灰色の猫で、名前はオードリーだ》

この推測は一部が正解で、一部がまちがっていたことがのちに判明した。たしかに猫はいたし、灰色の猫だったが、去勢された雄猫で、名前はオードリーではなかった。

ダンは立て看板を長いこと見つめてから――雲に切れ目ができて、そこから聖書の世界を思わせる光の柱が降ってくるほどの長い時間だった――また歩きはじめた。日ざしはかなり強くなって、〈オリンピア・スポーツ〉や〈フレッシュデイ・スパ〉といった店の前に斜めにとまっている数台の車のクロームめっきの部品をきらめかせてはいたが、あたりにはまだ雪が舞っていた。その光景にダンは、ずっと大昔に母親が口にした言葉を思い出した。まだヴァーモントに住んでいたころ、きょうとおなじような天気の春のある日、母親はこういったのだった――《悪魔が奥さんを殴ってるのよ》。

3

ホスピスから一、二ブロックほど北上したところで、ダンはまた足をとめた。町庁舎と道をはさんで反対側が、フレイジャーの公共広場だった。五、六千平方メートルほどの芝生はちょうど緑色に芽吹きだしたところだった。野外音楽堂、ソフトボール場、舗装されたバスケットボールのハーフコート、ピクニックテーブル、さらにはゴルフのパット練習場まであった。どれもすこぶるいい状態だったが、ダンの興味を引きつけたのはこんな看板だった。

フレイジャーの〝小さな驚異〟
ティーニータウンへようこそ！
記念にティーニータウン鉄道にもご乗車を！

天才ではなくても、ティーニータウンがクランモア・アヴェニューの縮小版レプリカだということはすぐにわかった。ついさっき前を通ってきたメソジスト教会があった――教会の尖塔が二メートルの高さで空へむかってそびえていた。〈ミュージックボックス劇場〉があった。アイスクリーム店の〈スポンデュリックス〉。本屋の〈マウンテン〉。〈シャツ&スタッフ〉。高品質の複製画を専門にしている〈フレイジャー・ギャラリー〉。また小塔をひとつそなえた〈ヘレン・リヴィングトン館〉の腰高の完璧なミニチュアもあった――しかし、左右の煉瓦づくりの建物は省略されている。かなり醜悪な建物だからだろうか――ダンは思った――中央の建物と比較すると、醜さがひときわ目立つことだし。

ティーニータウンの先にはミニ列車があった。客車は幼児よりも体の大きな者にはとても乗れないサイズで、側面に《**ティーニータウン鉄道**》という文字が記されている。ホンダのバイク〈ゴールドウィング〉ほどの大きさでまばゆい赤に塗られた機関車は、煙突から威勢よく煙を噴きあげていた。ディーゼルエンジンの低いうなりが耳をついた。機関車の側面には古風な書体の金文字で《ヘレン・リヴィングトン号》とある。この女性は街の篤志家のようだ。となるとフレイジャーのどこかには、女性の名を冠した通りがあるのだろう。

太陽はまた雲間に隠れて、あたりは吐く息が白くなるほど冷えこんでいたが、ダンはその場になおしばらく立っていた。子供時代はずっと電動の模型列車が欲しかったが、結局手にはいらずじまいだった。ティーニータウンの先にあるのは、子供なら愛さずにはいられない模型列車のジャンボサイズ版だ。

ダンはダッフルバッグを反対の肩へ移し変えると、道路を横切っていった。ふたたびトニーの声を耳にしたことで――姿を目にもしたことで――落ち着かない気分になってはいたが、いまではこの街に立ち寄ってよかったと思っていた。もしかしたら、ここは本当にこれまでさがしもとめていた地なのかもしれない――危険なほど傾いてしまった生活を建て直す方法を、ようやく見つけられる土地なのかもしれなかった。

《どこへ行こうとも、結局は自分自身という荷物をもち運んでいくしかないのに》

ダンはその思いを頭のなかのクロゼットに押しこんだ。得意技だ。クロゼットには、およそありとあらゆるものが押しこめてあった。

4

機関車は左右両側をエンジンカバーで覆われていた。しかしダンは、ティーニータウン駅の低い軒の下にあった踏み台を運び、その上に立った。機関士が乗りこむ運転席には、シープスキンのカバーがかかったバケットシートがふたつならんでいた。古いデトロイト製の高馬力のスポーツカーからはずされて再利用されたように思えた。コックピットや操縦装置類も、デトロイト名物の自動車をつくりかえたもののようだった。ただし、Zを書くように動かすタイプの古風なシフトレバーが床から突き立っているところだけはちがう。シフトパターンの表示はなかった。最初ついていたグリップが、にたにた笑っているような髑髏《どくろ》に交換されていたからだ。髑髏の頭に巻かれた赤いバンダナは、長いこと人の手に握られていたせいで色褪せ、いまでは淡いピンクに変わっていた。ハンドルは上半分が切り落とされていて、軽飛行機の操縦桿のように見えた。ダッシュボードには黒い字で——褪せてはいたが、まだ充分に読みとれた——**《最高時速六十五キロ　厳守》**と書いてあった。

「気にいったかい？」その声はダンのすぐ背後からきこえてきた。

ダンはあわてて身をひるがえした拍子に、踏み台から落ちそうになった。風雨にさらされた大きな手がダンの前腕をつかんで、体を支えてくれた。声の主は、見たところ五十代後半か六十代はじめ。綿いりのデニムジャケットを着て、赤いチェックの狩猟帽をかぶり、耳当てをおろしている。あいているほうの手には工具箱。上ぶたに《フレイジャー市備品》と打たれたダイモテープが貼ってあった。

「ああ、ごめん」ダンは踏み台から降りながらいった。「なにも、変なことをするつもりでは――」

「いいってことよ。ここで足をとめて、なかをのぞきこんでいく人は珍しくない。まあ、だいたいが鉄道模型マニアのたぐいだね。あいつらにとっちゃ、夢が現実になったようなものなんだな。夏の観光シーズンでここが混雑して、〈リヴィングトン号〉を一時間に一回走らせるようなときには、おれたちは見物人を遠ざけもする。だけど一年のいまの時期だと、もう〝おれたち〟じゃない――おれだけさ。そんなことは気にしないけどな」男はさっと片手を突きだした。「ビリー・フリーマン。この街の営繕スタッフだ。〈リヴィングトン号〉はおれが手塩にかけた子供でね」

ダンは差しだされた手を握った。「ダン・トランスだ」

ビリー・フリーマンはダッフルバッグに目をむけた。「バスから降りたばかりのようだね。それとも、親指を立ててヒッチハイクの最中かな？」

「バスだよ」ダンは答えた。「で、こいつのなかにはどんなエンジンがはいってる？」

「それがおもしろいところでね。まあ、おまえさんじゃシボレー・ヴェラネイオなんて、きいたこともないだろうさ」

たしかに初耳だったが、ダンは知っていた。フ、リ、ー、マ、ン、が知っていたからだ。もう長いことめぐりあえていなかったほど、はっきりとした〝かがやき〟だった。そのせいで、物心ついてまもない子供時代に——〝かがやき〟がどれほど危険になりうるかを知る以前に——感じていた喜びの亡霊めいたものが呼び覚まされた。

「ブラジリアン・サバーバンじゃなかったっけ？　ターボディーゼル」

フリーマンがもじゃもじゃの眉毛を一気に吊りあげて、にっこりと笑った。「そうそう、そのとおり！　上司のケイシー・キングズリーが去年オークションで買ったんだよ。どえらいしろもんさ。めちゃくちゃ馬力がある。計器板のパネルは、やっぱりシボレーのサバーバンだ。シートはおれが自分でとりつけた」

〝かがやき〟は薄れかけていたが、ダンはかろうじて最後の情報を仕入れた。「ＧＴＯジャッジからだね」

フリーマンが満面の笑みをのぞかせた。「そのとおりさ。スナピー街道のほうの廃車置場で見つけてきた。シフトレバーは一九六一年型マック。九速だ。イカすだろ？　で、おまえさんは仕事をさがしてるのかい？　それともただの見物？」

いきなり話題の方向が変わって、ダンは思わず目をぱちくりとさせた。はたして自分は仕事をさがしていたのか？　そうかもしれない。ふつうに考えれば、まずはクランモア・アヴェニューをぶらぶら歩いている途中で前を通ったホスピスが職場としては妥当だろうし——〝かがやき〟か、ただの直観なのかはわからなかったが——ホスピスが求人中だとわかってもいた。ただ、自分が本当にそこで働きたいのかどうか、まだ見きわめがつけられなかった。トニーの姿を小塔で見かけたことで落ち着かない気分にさせられていた。

《それにな、ダニー、あのホスピスへ行って就職願書を請求するのなら、とりあえず最後に飲んだ酒からもう少しばかり距離をとるのもわるくないかもしれんな。たとえむこうが欲しがってるのが、スナックカウンターの夜勤係だけだとしてもさ》

ディック・ハローランの声。びっくりだ。もうずいぶんディックのことは考えていなかった。最後に考えたのはウィルミントンだったかもしれない。

夏になれば——フレイジャーへ来るべき理由《リーズン》が確実に存在する季節《シーズン》になれば——ありとあらゆる働き口での求人があふれるだろう。しかし、地元ショッピングモール内の〈チリーズ・グリル・アンド・バー〉とティーニータウンのどちらかを選べるものなら、ティーニータウンを選びたい。ダンは口をひらいてフリーマンの質問に答えかけたが、言葉が口を出るよりも先にディック・ハローランがふたたび声をかけてきた。

《おまえさんもじきにいよいよ三十の大台だぞ、ハニー。働くチャンスがすっからかんになることも考えられるんだ》

そのあいだビリー・フリーマンはあけっぴろげで隠しもしない好奇心もあらわに、じっとダンを見つめていた。

「そうだな」ダンは答えた。「仕事をさがしてるんだ」

「ティーニータウンでの仕事だったら、長くは働けないぞ。夏が来て学校が休みになれば、キングズリーは地元の連中を雇うからね。だいたいが十八歳から二十二歳の若者だ。市政委員たちからそう要望されてるんだよ。そもそも、若い連中なら人件費が安くあがる」フリーマンがにやりと笑うと、かつて歯があった二カ所に残された隙間がのぞいた。「それでも、金を稼ぐのにもっとひどい職場はまだほかにある。きょうのところは屋外仕事もあまり楽には思えないだろうな、なに、こんな寒さはじきにおわるさ」

そう、この先長くはつづかないだろう。公共広場のそこかしこで多くの設備が防水布をかけられたままになっているが、いずれは布もとりはらわれて、リゾート地である小さな街の夏ならではの建築構造物が姿をあらわすはずだ——ホットドッグの屋台、アイスクリームのブース、メリーゴーラウンドとおぼしき円形の建物。そしてもちろんミニ列車がある——小さな客車と大型ターボディーゼルエンジンがそなわった列車が。もし酒から身を遠ざけ、つかえる人材であることを明らかにすれば、このフリーマンなり上司——キングズリー——なりから列車の運転を一、二回はまかせてもらえるかも。その点が気にいった。もう少し先、学校が休みになったばかりの若者を市当局が雇いだす段になっても、まだホスピスという働き口がある。

もしこの街に腰を落ち着けると決めれば。

《そりゃ、どっかに腰を落ち着けるのがいい》ディック・ハローランがいった——きょうはダンがさまざまな声をきき、さまざまな幻を見る日らしい。《早いうち、どっかに腰を落ち着けるがいいさ。でないと、どこにも落ち着けなくなっちまう》

ダンは自分が笑い声をあげたことに驚かされた。「いい話に思えるな、ミスター・フリーマン。うん、ほんとにいい話に思えるよ」

5

「公園のメンテナンス仕事の経験はあるかい？」ビリー・フリーマンがたずねた。いまふたりはゆっくりと列車の横を歩いていた。車輛の屋根がようやくダンの胸とおなじ高さしかないので、なんだか自分が巨人になった気分だった。

「雑草とりや木の植えこみならできる。落葉を吹っとばすリーフブロアーやチェーンソウのつかい方の心得もある。それほど厄介な故障でなければ、小型エンジンの修理もできるな。運転席のある芝刈機を動かしても、うっかり小さな子供を轢いたりはしないよ。ミニ列車となると……そっちはまったく不案内だね」

「その件はキングズリーさんに許可をもらわないとな。保険だのなんだの面倒があってね。ああ、そうだ、紹介状をもってるかい？　キングズリーさんは、紹介状のない人間は雇わないんだ」

「何通かはある。ほとんどが管理人仕事か病院の看護助手の仕事のだ。ミスター・フリーマン――」

「水くさいのはやめて、ビリーと呼んでくれ」

「ここの列車は、とても客を乗せられそうにないじゃないか。この大きさで、どうやって客がすわるんだ？」

ビリー・フリーマンは機関車へ引き返して、上体を運転席に入れた。それまで気だるげにアイドリングをつづけていたエンジンが回転速度をあげて、黒々とした煙のジェットをリズミカルに噴きあげはじめた。〈ヘレン・リヴィングトン号〉の先頭から最後部までを、油圧のうなり音が走り抜けた。つづいて客車と最後部の車掌車——あわせて九両——の屋根がいきなりもちあがりはじめた。ダンにはそれが、九台のまったく同一のコンバーティブルがならび、いっせいにルーフをあげているところのように見えた。上体をかがめて窓から車内をのぞくと、どの車輛にも中央部分に硬いプラスティックの座席がならんでいた。客車に六席、車掌車には二席。つまり合計で五十席だ。

ビリーがもどってきたとき、ダンはにやにや笑っていた。「満員になったとき、この列車はさぞや珍妙に見えるんだろうね」

「ああ、そうとも。みんな腹をかかえて笑い転げて、フィルムが焼け焦げそうな勢いで写真をぱちぱち撮りまくる。これを見ろよ」

それぞれの客車のいちばんうしろに、スチールプレートの踏み段があった。ビリーは踏み段をつかって客車のひとつに乗りこみ、通路を歩いて座席に腰をおろした。奇妙な視覚の目くらまし現象が起こり、ビリーは実物よりもずっと体が大きくなったかに見えた。それからビリーはダンに大きく手をふってよこした——『ガリヴァー旅行記』のブロブディンナグ国に住む巨人が総勢五十人、その巨体のせいで小さく見える列車に乗りこんで、堂々とティーニータウン駅から出発していく光景がたやすく想像できた。

ビリー・フリーマンが座席から立ち、うしろむきに踏み段を降りてくると、ダンは拍手で迎えた。「賭けてもいいけど、五月末の戦歿将兵記念日《メモリアル・デイ》から九月はじめの〝労働者の日〟までのあいだに、絵葉書が十億枚は売れるんだろうね」

「おまえさんがケツを賭けても大丈夫だ」

ビリーは上着のポケットをさぐって、タバコの〈デューク〉のくしゃくしゃになった箱をとりだし——ダンもよく知っている安物のタバコで、アメリカ全土のバス停留所やコンビニエンスストアで売られている——さしだしてきた。ダンは一本もらった。ビリーがふたりのタバコに火をつけた。

「楽しめるうちに楽しんでおいたほうがいいな」ビリーが自分の吸っているタバコを見ながらいった。「どうせあと何年もしないうちに、タバコが禁止されるに決まってる。いまだって〈フレイジャー婦人クラブ〉がそんな話をしてるんだ。そりゃまあ、口やかましいおばさん連中だよ。ただ、世間じゃこんなふうにいうじゃないか——クソったれゆりかごを揺らす手こそが、このクソったれな世界を支配している、と」いいながら、鼻孔から煙を噴きだす。「まあ、あのばあさん連中の大半は、ニクソンが大統領だった時代からこっち、ゆりかごなんざ揺らしたためしがないがね。それをいうなら、あのころから〈タンパックス〉のお世話にだってなってないかも」

「でも、タバコの禁止もわるくないかもしれない」ダンはいった。「子供たちは、大人たちがやっていることを真似するからね」

いいながら思っていたのは父親のことだった。父、ジャック・トランスが一杯の酒以上に愛していたのは――というのは、かつて母ウェンディが世を去る少し前にいっていた言葉だが――十杯の酒だけだ。もちろんウェンディが愛していたのはタバコで、それが母を殺した。だから、ダンはもう昔々に、自分はそんな悪習には決して染まるまいと自分に誓った。そのダンも、やがて人生とはひとつながりの皮肉な待ち伏せ攻撃のようなものだと達観するにいたった。

ビリー・フリーマンは、瞼がすっかり閉じるほど片目を細めてダンを見やった。

「たまに他人のことで頭に直観がひらめくことがある。で、おまえさんのことで直観がひらめいたのさ」ビリーは〝ひらめいた《ガット》〟をニューイングランド風に〝グット〟と発音していた。「おまえさんがこっちをふりむく前から、顔が見えていたくらいだよ。おまえさんなら、いまから五月末までにやらなくちゃならない春の園内大掃除にうってつけの男じゃないかと思う。おれにはそんなふうに感じられるし、おれは自分の直観を信じる男でね。ま、いかれた話かもしれんが」

ダンは、いかれているともなんとも思わなかったし、意図してききとろうとしていたわけではないのに、なぜビリー・フリーマンの思考が明瞭にきこえてきたのかもこれで理解できた。ディック・ハローランから昔きかされた話が記憶によみがえってきた――《わしが〝かがやき〟と呼んでいるこの力を、ごくわずかにもっている人は大勢いるんだよ。ただし、たいていの場合はごくちっちゃな〝きらめき〟程度だ――ほら、ラジオでDJが次になんの曲をかけるかがわかったり、電話がもうじき鳴りだしそうだなとわかったりするのは、その力のおかげなんだよ》

ビリー・フリーマンにはその小さな〝きらめき〟がある。ちらちらとした光が。

「そのケイリー・キングズリーという人と会って話をしなくちゃならないんだね？」

「ケイリーじゃなくてケイシーだ。でも、そのとおり――会うべきはその男だ。この街の役所サービス関係の仕事をもう二十五年も切りまわしている男だよ」

「会うならいつがいい？」

「いわせてもらえば、思いたったらなんとやらさ」ビリーは指さした。「筋向かいにあるあの煉瓦の山みたいなのがフレイジャー市庁舎で、役場はあそこにある。キングズリーさんがいるのは地下、廊下のいちばん奥だ。なに、天井からディスコ・ミュージックがきこえてくるんで、場所はわかるはずさ。毎週火曜と木曜は、あそこのジムで女性むけのエアロビ教室がひらかれてるんでね」

「ああ、わかった」ダンは答えた。「これから、いわれたとおりのことをするよ」

「紹介状は手もとにあるのかい？」

「ある」ダンは、ティーニータウン駅の壁にもたせかけてあったダッフルバッグを軽く叩いた。

「まさかとは思うが、自分ででっちあげた紹介状とかじゃないだろうな？」

ダニーはにっこり笑った。「ちがうよ。どれもみんな本物だ」

「だったら会ってくるがいいさ」

「オーケイ」

「そうだ、あとひとつ話しておきたいことがある」いったんダンが離れかけてから、ビリーがそう声をかけてきた。「キングズリーは酒が大きらいだ。もしおまえさんが酒好きで、やつに質問されたら、おれのアドバイスはたったひとつ――嘘をつけ」

　ダンはうなずき、理解したしるしに片手をあげた。その手の嘘なら、これまでにも口にしたことがあった。

6

　鼻の頭に血管が浮いているところから察するに、ケイシー・キングズリーは昔から酒が大きらいだったわけでもなさそうだった。大柄な男だった――狭苦しく散らかった自分のオフィスに身を置いているというよりも、オフィスを身にまとっているといったほうがいい。いまキングズリーはデスクの奥の椅子に背中をゆったりとあずけ、青いファイルに整理しておさめてあるダンの紹介状に目を通していた。うしろの壁に飾ってある木の十字架に、後頭部がいまにも触れそうになっていた。その十字架の隣には、家族写真のフレームがかかっている。写真では、いまよりも若く体もスリムなキングズリーが、どこかの海岸で妻や水着姿の三人の子供たちとポーズをとっていた。天井からは――音が衰えることなく、ほとんどそのまま――ヴィレッジ・ピープルの歌う〈YMCA〉が響き、同時に大人数がいっせいに足を踏みならす音も響いてきた。ダンは巨大な百足《むかで》を連想した――それも地元の美容院に最近行ったばかりで、おおよそ九メートルの長さがある鮮やかな赤のレオタードを着た百足だ。

「ほう・ほほう」キングズリーがいった。「ほう・ほほう……ああ……なるほど、なるほどね……」

デスクの隅にキャンディの詰まったガラス容器があった。キングズリーはダンの薄い紹介状の束から目を離すことなく、容器のふたをあけてひとつとりだし、ぽんと口に投げこんだ。

「きみもよかったらとりたまえ」

「いえ、けっこうです」ダンは答えた。

奇妙な考えがダンの頭をよぎった。ずいぶん昔に父親もこれと似た部屋にすわって、〈オーバールック〉ホテルの冬季管理人になるための面接をうけたにちがいない。あのとき父ジャックはなにを考えていたのか？　本気であの仕事が必要だと？　これが最後のチャンスだと？　かもしれない。そうであっても不思議はない。ただし、あのときのジャック・トランスは、いわば妻子という人質をとられて背水の陣だった。その点、ダンはちがう。この仕事にありつけなかったら、またどこかへ流れていけばいい。あるいはホスピスへ行って運だめしをするか。しかし……この街の公共広場が気にいっていた。ごく普通の体格の大人を聖書の巨人ゴリアテにも思わせる、あのミニ列車が気にいっていた。ティーニータウンも好きだった――馬鹿げているところも陽気なところも、そしてどこか尊大なスモールタウンならではのアメリカン・ウエイを堂々と体現しているところも。ビリー・フリーマンにも好意を感じていた――ほんのわずかな〝かがやき〟をそなえ、おそらく自分ではそのことを知らないあの男にも。

頭上ではそれまでの〈ＹＭＣＡ〉に代わって、グロリア・ゲイナーの〈恋のサバイバル〉が流れはじめた。そんなふうに曲が変わるのを待っていたかのように、キングズリーがダンの紹介状をファイルの書類ポケットへもどし、デスクの反対側へ滑らせてよこした。

《採用しないつもりだな》

しかし、きょうはこれまで的中つづきだった直観が、今回にかぎってははずれた。「じつに立派なものだね。しかし、思ったんだが、きみほどの者ならニューハンプシャー中央病院なり、この街のホスピスなりで働いたほうが適材適所なんじゃないかね。いや、いっそ〈ホーム・ヘルパーズ〉の訪問介護士になる資格だってありそうだ——医療関係や応急処置関係の資格があるようだからね。この書類には、心臓の応急処置につかうＡＥＤもつかいこなせるとある。〈ホーム・ヘルパーズ〉のことは知ってるかね？」

「ええ。ホスピスも考えました。でも、そのあとで街の公共広場を目にしました——ティーニータウンやミニ列車を」

キングズリーはうなった。「してみると、交替で列車の運転を引き受けるのもやぶさかじゃないと、そういうことなんだね？」

ダンは一瞬もためらわずに嘘を口にした。「いいえ、ちがいます。そういうことをしたいとは思ってません」

ＧＴＯからサルベージされてきたシートに腰かけて上半分を切り落としたハンドルに手をかけたい気持ちはあったが、それを認めれば話題は必然的に運転免許証におよぶだろうし、つづいてどんな経緯で免許が失効したのかという話が出る。そうなれば、ミスター・ケイシー・キングズリーのオフィスからお引き取りを願われてしまうのは見えていた。

「それよりも、ぼくには熊手や芝刈機をつかう仕事がむいてます」ダンはいった。

「紹介状のたぐいを見たところでは、むしろ短期雇用むきの男にも見えるな、きみは」

「近々、どこかに腰を落ち着けるつもりです。これまでの暮らしで、旅をしたいという気持ちをようやくつかいきったようなので」自分の耳にすらおためごかしにきこえるのだから、キングズリーにもおなじように感じられるだろう――ダンは思った。

「きみに頼める仕事といっても、短期のものだけになるよ」キングズリーはいった。「学校が夏休みにはいれば――」

「はい、その話はビリーからききました。夏になってもまだこの街に住みつづけるとなったら、ホスピスのほうを当たってみます。それに、もちろんあなたの許可をいただけたらの話ですが、ホスピスには早めに志願書類を提出しておいてもいいと思っています」

「わたしはどちらでもかまわんよ」キングズリーはいぶかしげな目でダンを見つめた。「死につつある人たちのそばにいるのが気にならないのかね？」

《あんたのお母さんがあそこで死んだんだね》ダニーは思った。〝かがやき〟は完全にうしなわれたわけではないらしい――それどころか、存在を隠そうともしていなかった。《いざお母さんが息を引きとるときには、あんたはその手を握ってた。お母さんの名前はヘレンだ》

「ええ、気になりません」ダンはいい、自分でも理由がわからないままこういい添えていた。「どうせ人間はみんな死につつあります。この世界自体が、新鮮な空気のあるホスピスにすぎないんです」

「おやおや、きみは哲学者だね。ともあれ、ミスター・トランス、きみを雇おうと思う。ビリーの判断をわたしは信用しているんだよ――こと人を見る目となったら、あの男が眼鏡ちがいをすることはめったにない。くれぐれも遅刻しないように。酒に酔っての出勤も厳禁だ。また赤く充血した目でマリファナくさい息のまま出勤するのも禁止だからね。もしどれかひとつでも違反した場合、きみはこの街から出ていったほうがいい。〈リヴィングトン館〉もまた、きみといっさいかかわりをもとうとしなくなるからだ――その点はわたしが確実を期す。そのあたりはわかってもらえたかな？」

ダンは憤りがずんと突きあげてくるのを
（ふんぞりかえった小役人め）

感じたが、すぐに抑えつけた。ここはキングズリーの野球場、ボールはキングズリーのものだ。

「わかりました」

「きみさえかまわなければ、あしたからでも働いてもらおう。街には下宿屋がたくさんある。きみが望むのなら、わたしから一、二軒に問い合わせの電話をかけてもいい。最初の給与小切手を手にするまで、週九十ドル程度の部屋代を払う余裕は？」

「あります。ありがとうございます、キングズリーさん」

キングズリーはさっと手をふった。「話のついでにいっておけば、わたしのおすすめは〈レッドルーフ・イン〉だ。経営者は別れた妻の兄でね。部屋代はその男にきいてくれ。これで話はすんだかな？」

「はい、すみました」ここまでは、なにもかもめまぐるしいスピードで展開してきた――たとえるなら、むずかしい千ピースのジグソーパズルの最後の数ピースが所定の位置にはまっていく感じだった。ダンは、その感覚を信じることのないようにと自分をいましめた。

キングズリーが立ちあがった。巨体の男だったので、これは時間のかかるプロセスだった。

ダンもおなじく立ちあがり、キングズリーが散らかったデスクの上にハムのような腕をさっと伸ばしてきたときには、その手を握った。天井からはKC&ザ・サンシャイン・バンドが、おれたちにはそれがグッとくるぜ・ア・ハー、ア・ハーと世界に告げていた。

「この手のディスコとかいうクソ音楽が大きらいでね」キングズリーがいった。

《ちがうな》ダンは思った。《あんたがきらいなのは音楽じゃない。この曲が娘さんを思い出させるからで、その娘さんが近ごろはあんたのところに寄りつかないからだ。というのも……娘さんがあんたを許してないからだね》

「気分でもわるいのかな？」キングズリーがたずねた。「顔色があまりよくないぞ」

「疲れただけです。バスの長旅だったので」

〝かがやき〟が復活していた――強力になって。問題は――なぜいまなのか、というところだった。

7

ダンが仕事をはじめて三日め――その三日間は、野外音楽堂のペンキ塗りや去年の秋の落葉を広場から吹き飛ばす仕事をして過ごした――キングズリーがぶらぶらとクランモア・アヴェニューをわたって近づいてくると、ダンさえよければの話だが、エリオット・ストリートにいい部屋がある、と話しかけてきた。バスタブとシャワーのある専用バスルームつきの部屋。週あたりの家賃は八十五ドル。ダンは住みたいと答えた。

「だったら、昼休みをつかって見にいくといい」キングズリーはいった。「ミセス・ロバートスンをたずねるように」そういって、関節リウマチ症の最初の兆候が見えているねじくれた指をつきつける。「くれぐれもしくじらんようにな、若いの。あの人はわたしの古い友人だ。いいか、わたしが薄っぺらい書類とビリー・フリーマンの直観だけを根拠にきみを信用して採用したことを、くれぐれも忘れないようにな」

ダンはしくじらないようにすると答えたが、声に特段の誠意の響きをこめようとしたせいで、自分の耳にさえ嘘っぽく響いた。そしてここでもまた、父親のことを思い出していた——ヴァーモント州での教師の職をうしなったあと、裕福な旧友に頭をさげて就職先の世話をお願いするしかない立場にまで落ちぶれた父親。自分を殺しかけた男に同情をいだくのは理屈にあわない話だったが、それでもダンはあのころの父親に同情していた。まわりの人は、父親にしくじらないよう注意する必要を感じていただろうか？　おそらくは。それでもジャック・トランスはしくじった。壮大なスケールで。五つ星クラスの。原因のひとつは明らかに飲酒だが、いったん他人が地面に倒れると、手を貸して立ちあがらせるどころか、その反対に背後から忍び寄って首根っこを足で押さえつけたいと思う者もいる。卑劣なことだが、人間の性質はあらかた卑劣なものだ。もちろん、負け犬仲間と足なみそろえて走っていれば、ほかの犬の足と爪とケツの穴以外のものは目にはいらない。

「それからビリーに、その足にあうサイズのブーツを見つくろってもらえ。あいつは用具小屋にブーツを十足ばかりもためこんでる——ただこの前見たときには、そのうち半分は左右がちぐはぐだったけどな」

　この日は上天気で、空気はかぐわしかった。ジーンズとユティカ・ブルーソックスのTシャツ姿で仕事をしていたダンは、ほとんど雲のない青空を見あげてからケイシー・キングズリーに目をもどした。

「ああ、どんな天気かはわたしだってわかってる。でも、ここは山地なんだよ、若いの。海洋大気庁の予報だと、これから北東の強風が吹いて、三十センチばかり雪が積もるらしい。なに、長つづきはしないだろうが——ニューハンプシャーでは四月の雪を〝貧者の肥料〟と呼んでる——強風クラスの風が吹くらしい。とにかく、予報じゃそういってる。だからおまえさんがリーフブロアーだけじゃなく、噴射式除雪機《スノーブロアー》の心得もあるとありがたい」キングズリーは言葉を切った。「ついでにいえば、きみの腰が丈夫であることを祈るよ。あしたになれば、ビリーといっしょに風で落ちた枯れ枝をどっさり拾う羽目になるからだ。倒れた木を切る必要もあるかもしれん。チェーンソウはつかえるか？」

「はい、つかえます」ダンは答えた。

「それはよかった」

8

ダンはミセス・ロバートスンと良好な関係をきずいた——夫人は共同キッチンでエッグサラダとコーヒーでもどうかとダンを誘いさえした。ダンは好意に甘えつつ、内心ではどういういきさつでフレイジャーへ来たのかとか、ここへ来る前はどこにいたのかとか、その手の質問責めにあうことを覚悟した。ところがじつに新鮮だったことに、そういった質問はいっさい出なかった。その代わり夫人は、本人いうところの〝ちょいとした風〟にそなえて、一階の窓の鎧《よろい》戸《ど》を閉める仕事を手伝ってもらえないか、といってきた。ダンは快諾した。もとより生きていくうえでのモットーはそれほど多くはないが、数少ないモットーのひとつは〝大家の女性には親切にするべし〟だった。いつ家賃の支払い延期を頼む必要に迫られるかわからないからだ。

公共広場へもどると、ビリーが雑用仕事のリストを手に待っていた。前日ふたりは、子供むけの各種の乗り物にかかっていた防水布をはずす作業をすませていた。この日の午後、ふたりは防水布を残らずかけなおし、さまざまなブースや屋台に雨戸を立てていった。この日最後の仕事は、〈リヴィングトン号〉を機関庫に入れることだった。それをすませると、ふたりはティーニータウン駅の横に出した折り畳み椅子にすわってタバコを吸った。

「なあ、きいてくれよ、ダン公」ビリーがいった。「いまのおれはくたくたにくたびれた悲しき宮仕《みやづか》えさ」

「あんたひとりじゃないさ」とは答えたが、ダンはいま気分爽快だった――全身の筋肉がしなやかになって、ちりちりとしていた。同時にふつか酔いを退治しようとしていないかぎり、戸外で体を動かすたぐいの仕事がどれほどいいものかをすっかり忘れていた。

空は一面雲に覆われていた。ビリーは空を見あげて嘆息した。「雪も風もラジオの予報でいってるほどひどくならんようにと祈っちゃいたが、結局はそうなる雲行きだな。おまえさん用にブーツをさがしておいたよ。見た目はしょぼいが、とにかく右と左はちゃんとペアになってるさ」

そのあと街を横切って新しい住まいへと引き返すときには、ダンはそのブーツを手にもっていた。そのころには風が強くなりはじめ、空は暗くなりつつあった。朝のうちフレイジャーは、もうあと一歩で夏になりそうな陽気だった。それが夕方には、雪が接近しているときならではの顔が凍えそうな湿った空気が立ちこめていた。大通りからそれた脇道からは人影がすっかり消えて、家々はきっちりと服のボタンをかけるように備えていた。

モアヘッド・ストリートから角を曲がってエリオット・ストリートにはいったところで、ダンは足をとめた。昨年秋の枯葉がたてる骸骨を思わせる乾いた音といっしょに、歩道を風に吹かれて転がってくるのは……くたびれたシルクハットだった。マジシャンがかぶるようなタイプのシルクハット。

《あるいは……昔のミュージカル・コメディの俳優がかぶるようなシルクハットだな》ダンは思った。シルクハットを見ていると、骨が冷えてくるのが感じられた。なぜなら、シルクハットはそこに存在していないからだ。現実にはないシルクハット。
ダンは目を閉じると、強さを増しつつある風がすねのあたりでジーンズの布地をぱたぱたといわせているあいだ、ゆっくりと五まで数えてから、ふたたび目をあけた。枯葉はまだ歩道にあったが、シルクハットは消えていた。〝かがやき〟のなせるわざにすぎなかった――人の心をかき乱すような、真に迫っていながら、つねに無意味な幻のひとつ。しかも酒を絶ったあとしばらくは一段と強まるのがつねだったが、フレイジャーに来てからは、これまでになかったほど強まっていた。この街の空気が、ほかの土地とどこか異なっているかのようだった。〝どこかほかの惑星〟から送られてくる、あの手の奇怪な電波の伝導率が高いのか。特別な場所。
《あの〈オーバールック〉ホテルが特別だったのとおなじ意味で――》
「まさか」ダンはいった。「まさか……そんなことを信じるものか」
《酒の二、三杯も飲めば、あんなものはすっかり消え失せるさ、ダニー。こっちの話なら信じるかい？》
不幸なことに、ダンはそれを信じた。

9

ミセス・ロバートスンの家は建増しをくりかえして広がった植民地風の建物で、三階にあるダンの部屋からは西にある山脈の景色が見えた。なかなかの景観だったが、ダンにとっては欠けていても困らないものだった。長い歳月で〈オーバールック〉の記憶は淡い灰色にまで薄れていたが、わずかな所持品の荷物をほどいているあいだに、ある記憶が表面に浮かびあがってきた……たしかに、表面を割って姿をあらわしたという表現にふさわしいものだった。たとえるなら深い湖の水面に、なにやら忌まわしい生体組織が（たとえば小動物の腐った死体のようなものが）ぽっかりと浮かびあがってきたようなものだった。

《いよいよ本格的な雪が最初に降ってきたのは、ある日の夕暮れだった。ぼくたちはあの大きな古いホテル、ほかにだれもいないホテルのポーチに立っていた。父さんがまんなか、母さんとぼくがその両側。父さんはぼくたちふたりの肩に腕をかけていたっけ。そのころは問題もなかった。父さんはまだ酒に手を出していなかった。最初のうち雪はまっすぐ垂直に線を描いて降っていたけれど、そのうち風が強くなってきて横なぐりになり、ポーチの左右に雪だまりをつくり……それから雪がかぶさっていったのは──》

ダンはその記憶をブロックしようとしたが、記憶ははいりこんできた。

《──あの動物の形の生垣。見ていないときを狙って動くこともあったあの動物たち》

窓からあわてて顔をそむけるときには、両腕にさあっと鳥肌がたってきた。〈レッドアップル〉という店でサンドイッチを買ってきていたし、おなじく〈レッドアップル〉で目にして買ったジョン・サンドフォードのペーパーバックを読みながら食べるつもりだったが、ほんの数口だけかじったところでやめ、サンドイッチを包みなおして窓枠に置いた。そこなら冷たいままになるだろうと考えたからだ。残りはあとで食べればいいとは思ったが、今夜は九時を過ぎたら起きていられそうもなかった――本を百ページも読み進められれば御《おん》の字だ。

戸外ではあいかわらず風がどんどん勢いを増していた。風はときおり一瞬で血が凍るような悲鳴じみた音を軒先で鳴りわたらせ、そのたびにダンは本から顔をあげた。八時半前後に雪が降りはじめた。重く水気をはらんだ雪がたちまち部屋の窓をふさいで、山脈の景色を見えなくした。ある意味で、これはさらに歓迎できない事態だった。雪は〈オーバールック〉の窓もふさいでしまっていた。最初は一階の窓だけだったが……やがて二階の窓も雪に覆われ……ついには三階の窓も雪に埋もれた。

そんなふうにして家族三人は、活発な死者とともに葬られた。

《父さんはあの連中から支配人にしてもらえると思っていた。そのために必要なのは、忠誠心を身をもって示すこと、それだけだった。あの連中に実の息子をさしだすことで》

「たったひとり、さずかった息子を」ダンは低くつぶやき、ほかのだれかがその言葉を発したかのようにあたりを見まわした……たしかに、だれかが部屋にいる気がしてならなかった。自分ひとりという気分ではない。風がふたたび建物に吹きつけてきて悲鳴をあげ、ダンはぞくりと身を震わせた。

《いまからでも遅くないから〈レッドアップル〉にもう一度行け。なんでもいいから酒を一本買え。それでこの手の不愉快な思考をまとめて眠らせちまえ》

いや。そんなことはせずに本を読むつもりだった。本のなかでは主人公ルーカス・ダヴェンポートが事件の捜査を進めていた。だから、本を読み進めよう。

ダンが本を閉じ、ありふれた下宿屋のベッドにはいったのは九時十五分過ぎだった。

《眠れっこない》ダンは思った。《あんなふうに風が悲鳴をあげているんだから》

しかし、ダンは眠った。

10

ダンは雨水管の吐口《はきぐち》のそばにすわり、ケープフィアー川の土手の雑草に覆われた斜面と、川にかかる橋をながめおろしていた。晴れわたった夜空には満月。風はなく、雪も降ってはいなかった。〈オーバールック〉は消えていた。いや、たとえピーナッツ農家出身の大統領の任期中に全焼しなかったとしても、ホテルがあるのはここから千キロ以上も離れたところだ。だったら、どうして怖がる必要がある？

なぜなら、ここにいるのは自分だけではないから——それが理由だ。だれかが背後にいる。

「アドバイスをあげましょうか、ハニーベア？」

声は水っぽく、不安定に揺らめいていた。ダンの背すじを冷たいものが走りおりた。足はそれ以上に冷たくなって、小さな星形の鳥肌が浮かんでいた。ぷっくり突きでた白い鳥肌が見えているのは、半ズボンを穿いているからだ。半ズボンに決まっている。脳味噌は一人前の大人かもしれないが、いまその脳味噌は五歳児の体のてっぺんに乗っているのだ。

《ハニーベア。だれだ——？》

とはいえ、もうわかっていた。ディーニーには名前を教えたが、あの女はダンを名前では呼ばず、ずっとハニーベアと呼んでいた。

《おまえはそれを忘れていたんだ。だいたい、これはただの夢じゃないか》

そう、夢に決まっている。いまいるのはニューハンプシャー州フレイジャーのミセス・ロバートスンの下宿屋、春の嵐が戸外で荒れ狂っているなかで眠っている。それでもなお、うしろをふりむかないほうが賢明に思えた。そのほうが安全でもある――そういうこと。

「アドバイスはけっこう」ダンは川と満月をながめたまま答えた。「アドバイスならその道の専門家にもらってきた。バーや理髪店には、その手の専門家がどっさりいるよ」

「シルクハットをかぶった女に近づいてはだめよ、ハニーベア」

《シルクハットってなんの話だ？》そうたずねることもできたが、なぜわざわざそんな手間をかける？　ディーニーが話しているシルクハットのことは知っている――風に吹かれて歩道を転がっていくところを見たではないか。外側は罪のように真っ黒、内側には白いシルクが張ってあった。

「あの女は〈地獄城のあばずれ女王〉よ。むやみに手を出せば、生きながら食われるのがおち」

ダンは顔をうしろへめぐらせた。自分でもとめられなかった。ディーニーが背後の雨水管の吐口のなかで、ホームレスの毛布を裸の肩に巻きつけた姿ですわっていた。髪の毛がべったりと頬にへばりついている。顔はむくんで、ぽたぽたと水を垂らしていた。両目はどんよりと濁っている。ディーニーは死んでいた――おそらく何年も前から墓にいるのだろう。

《おまえは現実じゃない》ダンはそういうつもりだったが、口から言葉が出てこなかった。五歳に逆もどり、ダニーは五歳、〈オーバールック〉は灰と骨だけ、しかしここには死んだ女がいる……それも、前に盗みをはたらいた相手の女だ。

「そんなことはどうでもいい」ディーニーがいった。腫れあがったのどの奥からこみあげてくる、泡立っているような声。「あのあとコカインを売ったの。ちょっとばかり砂糖を混ぜてかさを増やしたら、二百ドルになったわ」にたりと笑うと、歯のあいだから水がこぼれ落ちた。「あんたが好きだったのよ、ハニーベア。だからこうやって、あんたに注意しにきたわけ。シルクハットをかぶった女に近づかないこと」

「にせの顔だ」ダンはいった……その声はダニーの声だった。引き攣《つ》ったかぼそい声、おまじないをとなえる子供の声だ。「にせの顔……そこにはない……本物なんかじゃない」

ダンは目を閉じた――その昔〈オーバールック〉で忌まわしいものが見えてきたときに、よくそうしていたように。女が悲鳴をあげはじめたが、ダンは目をあけまいとした。悲鳴は高くなり低くなりながら延々とつづき、やがてそれが風の音だとわかった。そう、いまいるのはコロラド州でもノースカロライナ州でもない。ここはニューハンプシャー州。自分は悪夢を見ていた……しかし、その悪夢はおわったのだ。

11

愛用の〈タイメックス〉によれば、いまは夜中の二時だった。部屋は寒かったが、両腕も胸も汗に濡れてぬるぬるしていた。

《アドバイスをあげましょうか、ハニーベア？》

「いらない」ダンはいった。「おまえからのアドバイスはけっこう」

《あの女は死んだ》

そんなことを知っているはずはない。それでも、知っていた。ディーニー——腿の上のほうまでの短いレザースカートにコルクサンダルという姿が西欧世界の女神にも見えていた女——は死んだ、と。それればかりか、どんなふうに死んだのかもわかった。薬を飲み、髪をピンで留め、湯を張ったバスタブへはいって眠り……体が滑って湯に沈んで溺死したのだ。

うつろな脅し文句をたっぷりはらんだ風のうなりは、忌まわしいほど耳になじみがあった。風は世界じゅういたるところで吹いているが、こんな音をたてて吹くのは高度のある山地だけだ。怒れる神が空気の大槌で大地を打ちすえているかのような音だ。

《あのころ、父さんが飲む酒を〃いけないもの〃と呼んでたっけ》ダンは思った。《でもたまに、〃いいもの〃になった。悪夢から——少なくとも半分は〃かがやき〃だとわかっている悪

夢から——目覚めたら、酒は〝とってもいいもの〟になる》

ここで一杯の酒を飲めばまた寝つけるだろう。三杯飲めば、夢も見ずにぐっすり眠れること請けあい。眠りは自然の医者だ——そしていまダン・トランスは具合をわるくしていて、効き目の強い薬を必要としていた。

《どこの店もあいてないぞ。その点は運がよかったな》

たしかに。そうかもしれない。

ダンは寝返りを打って横をむいた。その拍子に、なにかが背中にごろりと当たった。いや、〝なにか〟といった品物ではない。〝だれかが〟というべきだ。だれかがいまダンといっしょのベッドに転がりこんでいる。ディーニーがおなじベッドにはいりこんでいた。いや、ディーニーにしては小さすぎるように感じられた。この大きさからすると、むしろ——

ダンはあわててベッドから這いでていき、ぶざまな体勢で床に落ちてから、頭をめぐらせてうしろへ目をむけた。ディーニーの幼い息子のトミーだった。頭蓋の右半分が陥没していた。血にまみれた金髪のあいだから骨の破片が突きでていた。不気味な灰色の粘液——脳組織——が片頬で乾燥しかかっていた。そんな重傷では生きているはずはないのに、トミーは生きていた。生きて、ひとでの手の片方をダンへ伸ばしていた。

「キャンニィ」トミーはいった。

ふたたび悲鳴がはじまった——といっても、今回はディーニーの悲鳴でもなければ、風の悲鳴でもなかった。

今回はダニー自身の悲鳴だった。

12

二度めに目を覚ましたとき——このときは本当に目を覚ました——ダンはまったく悲鳴をあげておらず、胸の奥深いあたりから低くうなるような声を洩らしていただけだった。荒い息をつぎながら上体を起こすと、腰まわりに上がけが水たまりのように広がった。ベッドにいるのは自分だけだったが、夢がまだ分解しきっていなかったこともあって、目で見るだけでは安心できなかった。シーツの上に手を滑らせて、たちまち薄れていくぬくもりや、小さな腰と尻がつくったマットレスのくぼみがないかどうかをさがす。ひとつもなかった。ないに決まっている。そのあと念のためにベッドの下ものぞいたが、借りてきたブーツがあるだけだった。

風は最前よりは弱くなっていた。完全に過ぎ去ったわけではないにしても、嵐の勢いは弱まっていた。

ダンはバスルームへむかったが、途中でいきなり——背後のだれかを驚かせでもするように——ふりかえった。そこにはただベッドがあるだけで、いま上がけはベッド後方の床に落ちていた。ダンはシンクの上の照明をつけて顔を水で洗うと、ふたが閉まった便器に腰をおろし、ゆっくりと、つづけて何回も深呼吸をした。立ちあがって、部屋のひとつだけある小さなテーブルの本の横に置いてあるタバコの箱から一本抜きだそうかとも思ったが、足はいまゴムのように感じられ、自分の体を支えてくれるとは思えなかった。どのみちいまは歩けそうもない。そこで、すわったままでいた。ベッドは見えたし、そのベッドにはだれもいない。部屋全体ががらんとしていた。なんの問題もなかった。

ただし……まったくの無人とは感じられなかった。まだ、いまは。やがてだれもいなくなったように思えると、そろそろベッドにもどれそうな気分になった。しかし眠るためではなかった。今夜にかぎれば、睡眠時間はもうおわりだった。

13

いまから七年前、オクラホマ州タルサのホスピスで看護助手として働いていた当時、ダンは末期の肝臓癌に苦しめられていた高齢の元精神科医と親しくなった。ある日、その精神科医のエミール・ケマーが自分の知っているもっとも興味深い症例のいくつかを（あまりプライバシーに配慮することもなく）あれこれ回想していたおり、ダンは子供時代から自分で〝二重夢〟と呼んでいるものに悩まされている、とケマーに打ち明けた。こういった症状をよく知ってはいないか？　またこういった症状に名前はついているのか？

働き盛りのケマーは大男だったが――ベッド横のテーブルに置いてある結婚式のときの古いモノクロ写真が証拠だった――なんといっても癌は窮極のダイエットプログラム、ダンとこの会話をした日には体重は九十一歳という年齢の半分以下、つまり四十キロを若干超える程度だったはずだ。ただし、頭のほうは切れ味をたもっていた。いまふたを閉めた便器に腰かけて、戸外で衰えつつある嵐の音をききながら、ダンはあのとき老精神科医がのぞかせたいたずらっぽい笑みを思い返していた。

「いつもはね」ケマーはドイツ訛《なまり》が濃く残る声でいった。「報酬をもらわなければ診察しないことにしてるんだよ、ダニエル」

ダンは笑みを誘われた。「つまり、ぼくは運がないってことですか」

「そうともいえないかもしれないぞ」ケマーはじっとダンを見つめた。その瞳は明るいブルーだった。そんな想像自体が悪辣《あくらつ》きわまる不公平な仕打ちだとわかっていながら、石炭いれに似たナチス武装親衛隊のヘルメットの下からその目がのぞいているところを想像してしまった。「そういえばこの〝死の家〟には、きみが死にゆく人々を助ける力をもった若者だという噂が流れている。この噂は真実かな？」

「そういうこともあります」ダンは注意深く答えた。「いつもではありませんが」とはいえ、〝ほぼいつでも〟というのが正直な答えだった。

「では、いざその時になったら、わたしを助けてくれるか？」

「ぼくにできるのなら、ええ、喜んで」

「ありがたい」ケマーは上体を起こそうとした。見るからにつらくて痛そうな動きだったが、ダンが近づいて手を貸そうとしても、ケマーは手をふってダンを遠ざけた。「きみが〝二重夢〟と名づけた症状は精神科医のあいだではよく知られているし、ことにユング派は強い関心をいだいて、〝偽の覚醒〟という名前をつけている。第一の夢はいわゆる明晰夢――ひらたくいうなら、夢を見ている当人がそれを夢だと自覚していて――」

「そうです！」ダンは思わず声を高めた。「でも、二回めの夢では――」

「夢を見ている人物は自分が覚醒していると信じている」ケマーはいった。「ユングはこれに大きな意味があると考えたばかりか、人間の予知能力はこういった夢によって生成されるとまで述べている……しかし、もちろんわれわれはそんなものが存在しないことを知っている――そうではないかな、ダン？」

「もちろんです」ダンはうなずいた。

「そもそも詩人のエドガー・アラン・ポーは、カール・ユングが生まれるよりもずっと前にこの〝偽の覚醒〟現象を書き記しているではないか。いわく――『私たちの見るもの　見えるものは／ことごとく夢の夢に過ぎないというのに』と。さあ、これできみの質問に答えたことになったかね？」

「ええ、そう思います。ありがとうございました」

「どういたしまして。さてと、できればそろそろジュースを少し飲みたい気分だな。林檎《りんご》ジュースを頼む」

14

《人間の予知能力……しかし、もちろんわれわれはそんなものが存在しないことを知っている》

ダンはこれまで長いあいだ〝かがやき〟のことをほぼ自分ひとりの胸にしまっていたが、たとえそうでなかったとしても、死にかけている男に厚かましく反論しようとは思わなかったはずだ……相手が冷徹な好奇心にあふれる青い瞳のもちぬしなのだからなおさらだ。しかし真実をいうなら、ダンが見る〝二重夢〟の片方なり両方なりが予知の意味をそなえていることは珍しくなかった。ただし、その意味をダン自身は半分しか理解していないか、まるっきり理解できなかった。しかしいま下着姿で便器のふたに腰かけて身を震わせながら、ダンは理解したくないことまで理解してしまっていた。

トミーは死んでいる。虐待癖のあった伯父に殺されたと見て、まずまちがいあるまい。そのあとほどなくして、母親のディーニーは自殺した。夢のほかの部分についていうなら……あるいは、その前に歩道をころころと転がっていくのを見たあの幻についていうなら……。

《シルクハットをかぶった女に近づいてはだめ。あの女は〈地獄城のあばずれ女王〉よ》

「どうだっていいさ」ダンはいった。

《むやみに手を出せば、生きながら食われるのがおち》

その女とやらに手を出すことはおろか、そもそもそんな女と会うつもりさえなかった。ディーニーについていうなら、癇癪《かんしゃく》もちの兄がいたり子供が育児放棄されていたりしたことの責任は自分にはない。わずか七十ドルぽっちの金を盗んできたことでも、もう罪悪感をかかえこんでいる必要もなくなった。ディーニーがコカインを売って金を得たことで——夢のこの部分がまぎれもなく真実であることには確信があった——いわばおあいこになったからだ。いや、じっさいにはおあいこどころではないが。

いま関心があるのは、酒を手にいれることだった。いや、飾らずあけすけにいうなら酔っ払うことだ。立ちあがろうとしてもぶっ倒れ、ぶざまに尻もちをつくほどぐでんぐでんに酔っ払うこと。たしかに朝の日ざしのぬくもりはいいものだし、たっぷりと酷使した筋肉の心地いい感覚も、朝にふつか酔いを感じないで目覚めるのもいいことだ。しかし、そのためには、あまりにも高い代償がついてくる——通りすがりの赤の他人の思考が、おりおりにダンの防衛線を突破して無作為に頭にはいりこんでくることはいうにおよばず、あの手のいかれきった夢や幻覚の一切合財という高い代償が。

耐えきれないほどの高い代償が。

15

そのあと部屋に一脚だけの椅子に腰かけ、ひとつだけのスタンドの明かりでジョン・サンドフォードの長篇を読みすすめるうちに、街に二軒ある教会の鐘が午前七時を告げた。ダンは新しい（少なくとも自分にとっては新しい）ブーツを履いて、ダッフルコートを着こむと、一夜でソフトな印象へと変わった世界へと出ていった。直線的な輪郭はどこにも見あたらなくなっていた。雪はまだ降っていたが、その勢いはずっと弱まっていた。

《やっぱりこの街を出るべきだな。フロリダへもどろう。ニューハンプシャー州なんかクソ食らえだ——奇数の年には七月四日の独立記念日にも雪が降るかもしれない、こんな土地は》

ディック・ハローランの声が答えた。まだ子供だったころ、ダンがダニーだったころの記憶と変わらず親切な声音だったが、その下には硬質のスチールが隠されていた。《どっかに腰を落ち着けるがいいさ、ハニー。でないと、どこにも落ち着けなくなっちまうぞ》

「うるさいよ、老いぼれ」ダンはつぶやいた。

ダンはまた〈レッドアップル〉をたずねた。度数の高い酒を売っている店は、最低でも一時間しないと店をあけないからだ。

ダンはワインの冷蔵ショーケースとビールの冷蔵ショーケースのふたつの前をゆっくりと何

度も往復しながら、頭のなかであれこれ考えたのち、どうせ酔っ払うならとことん下品に酔っ払ってやれと肚《はら》をくくった。安ワインの〈サンダーバード〉を二本つかみとり（アルコール度数十八度というのは、ウィスキーが一時的に入手できない場合の許容範囲内だ）、レジへむかって通路を歩きはじめ……足をとめる。

《あと一日だけ待ってみよう。おまえ自身にあと一回だけチャンスをくれてやるんだ》

そのくらいならできる自信はあったが、しかしどうして？　またトミーといっしょのベッドで目覚めるため？　頭蓋骨の半分が陥没したトミーと？　いや、次はもしかしたらディーニーかもしれない――いいかげんノックしつづけることにうんざりした管理人がマスターキーで部屋にはいって発見するまで、バスタブに二日のあいだ横たわっていたディーニーかも。ダンがそこまで知っているはずはないし、この場にエミール・ケマーがいたらこれ以上はないほどの熱意をこめて賛同してくれたはずだが、それでもダンは知っていた。知っていたのだ。だったら手間をかける必要はない。

《この〝超常意識〟は薄れて消えるかもしれない。ただの途中経過かもしれない――アルコール依存症にともなう振顫譫妄《しんせんせんもう》の心理版かもしれない。この現象に、あと少しだけ時間をくれてやれば……》

しかし、時間は変化する。これは酒飲みとヤク中にしか理解できない。眠れないときや、うつかりなにかを見てしまうのではないかという恐怖であたりを見まわせないとき、時間は引き延ばされ、鋭い牙をそなえてしまう。

「どうかしましたか？」店員が声をかけてきて、ダンは自分が店員を不安にさせていたことを

（忌ま忌ましい〝かがやき〟、クソったれなあれ）

知らされた。それも当然だ。寝癖のついた髪、黒い隈《くま》のある目、おまけにぎくしゃくした不規則な体の動きとくれば、店員から覚醒剤《メタンフェタミン》の中毒者だと思われてもおかしくない――それも、頼りになる安価な小型拳銃《サタデイ・ナイト・スペシャル》を抜いて、レジのあり金をそっくりわたせといおうかどうしようか迷っている中毒者に。

「なんともない」ダンは答えた。「うっかり財布を家に忘れてきたことに、いま気がついただけだよ」

ダンは二本のワインを冷蔵ケースにもどした。ケースの扉を閉めていると、ワインのボトルがやさしく――旧友に語りかける旧友のように――声をかけてきた。

《また近いうちにな、ダニー》

16

ビリー・フリーマンは眉毛まで完全武装した姿でダンを待っていた。ビリーはダンに、正面に《**アニストン・サイクロンズ**》と刺繍の文字がはいっている古めかしい型のスキー帽をさしだしてきた。

「この〝アニストン・サイクロンズ〟というのは、いったいなに？」ダンはたずねた。

「アニストンってのは、西へ三十キロちょっと離れた街だ。フットボールとバスケットボールと野球にかけては、フレイジャーの宿命のライバルだよ。だからだれかがその帽子を見れば、頭のてっぺんあたりに雪つぶてのひとつも食らうかもな。残念なのは、手もとにその帽子がひとつしかないことでね」

ダンはスキー帽を頭に載せて引きさげた。「だったら――いいぞ、その調子だ、サイクロンズ」

「そりゃいい。おまえさんもおまえさんが乗る馬も、みんなまとめてクソ食らえ」ビリーはダンの全身をながめまわした。「具合でもわるいのかい、ダン公？」

「ゆうべはあまりよく眠れなくてね」

「ああ、わかるよ。ゆうべの風ときたらまるで悲鳴みたいだったじゃないか。ちょうど、月曜の夜に愛しあうのもいいかもしれないって話をもちかけるたびに、うちの女房があげる声みたいなやかましさだった。仕事にかかる準備はできたか？」

「ああ、準備ばっちり、どんと来いだ」

「いいぞ。さあ、はじめるぞ。きょうは忙しくなりそうだ」

17

じっさい忙しい一日だったが、正午には太陽が空に顔を出して、気温はふたたび摂氏十度台にまで上昇した。雪が溶けはじめると、ティーニータウンはしたたり落ちる水滴がたてる百もの小さな音に満たされた。ダンの気概も気温とともにあがり、公共広場に隣接する小さなショッピングセンターの中庭で噴射式除雪車を往復させているあいだ、気がつくと歌を歌ってさえいた(ヤングマン! おれも昔はおんなじだったのさ)。空を見あげると、金切り声をあげて吹きすさぶゆうべの強風とはうってかわった穏やかなそよ風に吹かれて、**《ティーニータウン特別価格での春の大バーゲン》**という横断幕がぱたぱたと音をたてていた。

幻はひとつも見なかった。

勤務をおえると、ダンはビリーを誘って〈チェック・ワゴン〉へ行き、ステーキディナーを注文した。ビリーはせめてビールを奢《おご》らせろといった。ダンはかぶりをふった。

「アルコールは遠ざけてるんだ。いっぺん飲みはじめたが最後、なかなか切りあげられなくなるからでね」

「だったらキングズリーにその話をしてみたらいい。あの男は十五年前に酒が理由で離婚した。いまはすっかり真人間だが、娘さんには、いまだに話しかけてももらえないしな」

ふたりは食事のあいだコーヒーを飲んだ。それも、たっぷりと。

エリオット・ストリートにある下宿屋の三階の部屋へ帰りついたときには、ダンはくたくたに疲れ、温かな料理をたらふく詰めこんだ状態で、しかも酒を一滴も飲まなかったことに安心していた。部屋にはテレビがなかったが、ジョン・サンドフォード作品の最後の部分がまだ残っていて、二時間ほど小説の世界に没頭した。そのあいだも戸外の風の音に耳をそばだてていたが、風が強まることはなかった。ゆうべの嵐は、冬がひっかけていった〝最後っ屁〟のようなものだったのではないか。それならそれでかまわない。ベッドにはいったのは十時で、ほとんど即座に寝ついた。早朝に〈レッドアップル〉まで行った一件は、早くもぼやけていた——高熱にうかされたまま店へ足を運びはしたが、いまでは熱がすっかりおさまったかのように。

18

目が覚めたのは未明のまだ暗いうちだった。風が強かったからではなく、小便をしたくて矢も楯もたまらなかったからだ。ベッドから起きあがり、そそくさとバスルームへはいると、ドアのすぐ内側にある明かりのスイッチを入れる。

バスタブにシルクハットがあった——血をなみなみとたたえたシルクハットが。

「よせ」ダンはいった。「夢を見てるだけだ」

もしかしたら二重夢かもしれない。あるいは三重夢。四重夢だとしてもおかしくない。そういえば、エミール・ケマーにも話さなかったことがある——そのうち幻のナイトライフという迷宮で迷ってしまい、二度と外へ出られなくなるのではないかという恐怖があることだ。

《私たちの見るもの　見えるものは／ことごとく夢の夢に過ぎないというのに》

ところが、これは現実だ。あのシルクハットも現実。たしかに自分以外にはだれの目にも見えないが、それでなにかが変わるはずもない。あのシルクハットは現実の存在だ。この世界のどこかにある。ダンはそれを知っていた。

シンクの上の鏡になにかが書きつけてあるのが、目の隅にちらりと見えた。なにかが口紅で書きつけてある。

《見ちゃいけない》

もう遅かった。ダンの頭が動きだしていた——首の腱が古いドアの蝶番《ちょうつがい》のようにきしむ音まできこえた。そもそも、そんなことが問題だろうか？　なにが書いてあるかはもうわかっている。マッシー夫人はいなくなった。ホレス・ダーウェントもいなくなった。ふたりとも、ダンが頭のずっと奥にしまいこんでいる箱のなかにしっかり閉じこめてある。しかし、〈オーバールック〉はまだダンと手を切る気はないらしい。鏡に——口紅ではなく血で——書いてあったのは、この一語だった。

REDRUM《レドラム》

その下のシンクには、血の染みがあるアトランタ・ブレーブスのTシャツが横たわっていた。《いつまでもおわらないんだ》ダニーは思った。《あの〈オーバールック〉は焼け落ち、ひときわ恐ろしい亡霊たちは金庫に閉じこめたというのに、ぼくは〝かがやき〟を閉じこめられない。〝かがやき〟はぼくのなかにあるんじゃない、ぼくそのものだから。酒なら少なくともこいつを気絶させることはできるけれど、酒がなくてはこの手の幻影がこれからもあらわれつづけて、ぼくは正気をなくしてしまうだろう》

自分の顔が鏡に見えていた。顔の前に浮かんでいるREDRUM《レドラム》の文字が、ひたいに焼きつけられた烙印のようだった。これは夢ではない。洗面台のシンクには殺された幼児のTシャツ。バスタブには血をたたえたシルクハット。狂気が着々と近づきつつある。大きく見ひらいて飛びだしそうな自分の目のなかに、近づく狂気が見えていた。

そのときだった——闇をつらぬく懐中電灯の光のようなディック・ハローランの声。

《若いの、なにかが見えているかもしらんが、どれもこれも本の挿絵みたいなもんだ。まだ子供だったころのおまえさんは、〈オーバールック〉で決して無力じゃなかったし、いまだって無力じゃない。その正反対だ。目を閉じろ。そのあと目をあければ、くだらんものは残らず消えてるはずだ》

目を閉じて、しばらく待っていた。頭のなかで秒数をかぞえようとしたが、十四から先の数字は混乱して荒れ狂う思考の嵐に飲みこまれてしまった。だれかの——だれかは知らないが、あのシルクハットのもちぬしだろう——両手が首を絞めあげてくるにちがいないと半分本気で思っていた。しかし、その場を動かなかった。行ける場所はじっさいにはひとつもなかった。

ありったけの勇気をふりしぼって、ダンは目をあけた。バスタブにはなにもなかった。洗面台のシンクにはなにもなかった。鏡にはなんの文字も書かれていなかった。

《でも、またもどってくるんだ。今度はあの女の靴かもしれない――コルクサンダルだ。あるいは、バスタブのなかにあの女がいるかも。不思議はない。ぼくがマッシー夫人を見たのはバスタブだったし、ふたりはおなじようにして死んだんだから。ただマッシー夫人からは、金を盗んで逃げてこなかっただけで》

「あと一日の時間をくれてやったんだ」ダンはだれもいない部屋にいった。「それが精いっぱいだぞ」

そのとおり。きのうは忙しい一日だったが、同時にいい一日でもあった。そのことを認めるのにやぶさかではない。一日のうちでも昼間は問題ではなかった。ただし、夜ともなれば……。

人の心は黒板。そして酒は黒板消し。

19

ダンはそのまま眠らずに六時までベッドに横たわっていた。六時になると着替えて、ふたたび〈レッドアップル〉まで行った。今回はまったくためらわなかった――前回冷蔵ケースからとりだした〈サンダーバード〉は二本だったが、今回は三本になっただけ。昔からいうではないか――大きく打って出ろ、さもなければおとなしく帰れ。店員はなにもいわず安ワインを紙袋におさめた――早朝にワインを買っていく客には慣れっこなのだ。ダンはぶらぶらと街の公共広場まで歩いていき、ティーニータウンのベンチに腰をおろすと、ワインの一本を紙袋からとりだし、ヨリックのしゃれこうべを見つめるハムレットよろしく瓶を見おろした。緑色のガラスを透かして見ると、中身の液体はワインではなく殺鼠剤にも見えた。

「〝いけないこと〟と呼んだっていいかも」ダンはそういって、キャップをまわした。

今回話しかけてきたのは、母親のウェンディ・トランスだった。母親は痛ましく死ぬ直前までタバコを吸っていた。自殺するほかはなくなっても、そのための武器だけは自分で選ぶことができるからだ。

《そんなふうにおわらせてしまうの、ダニー？　これまでのことはすべて、そんなことのためだったの？》

ダンはキャップを時計と反対の向きにまわした。それから力を入れてきつく締める。そのあと反対にまわす。今回はキャップを瓶からはずした。ワインは酸っぱいにおいがした――ジュークボックスの音楽と場末のバーのにおい、無意味な口論とそれにつづく駐車場での殴りあいのにおいだ。つまるところ人生は、あの手の喧嘩沙汰にも負けないほど馬鹿馬鹿しいもの。世界は新鮮な空気のあるホスピスではない。世界はとこしえにパーティーがつづく〈オーバールック〉ホテルだ。死者が永遠に生きつづけるところ。ダンはボトルを唇にまでもちあげた。

《ふたりであの忌まわしいホテルからあれほどがんばって逃げてきたのは、そんなことをするためだったの、ダニー？　あれだけ戦ってふたりで新しい人生をつくったのはなぜだと思う？》母の声に責める響きはなかった――あったのは悲しさだけだ。

ダニーはふたたびキャップを締めた。それからゆるめた。締めた。ゆるめた。

ダニーは思った。《もし飲めば、〈オーバールック〉が勝つ。ボイラーが爆発して完全に焼け落ちたとしても、勝つのはあのホテルだ。もし飲まなければ、ぼくは正気をなくしちまう》

ダニーは思った。《私たちの見るもの　見えるものは／ことごとく夢の夢にすぎないというのに》

なにかがおかしいという漠然とした不安にとらわれて、朝早くに目を覚ましたビリー・フリーマンがその姿を見つけたとき、ダンはあいかわらずキャップを締めたりゆるめたりすることをくりかえしていた。

「そいつを飲むつもりかい、ダン？　そのままキャップでマスをかきつづけてるだけか？」

「飲むんだろうな。ほかになにかするあてもないしね」

そこでビリーはダンに話をした。

20

その日の朝八時十五分過ぎに自分のオフィスへ出勤したケイシー・キングズリーは、新しく雇い入れた職員がオフィスの外にすわっているのを見ても、心の底から驚きはしなかった。そればかりかダン・トランスが両手でかかえこんでいる酒瓶を見ても驚かず、ダンが瓶のキャップをゆるめてはまた締めなおしているのを目にしてもやはり驚かなかった――最初からダンは、あの特別な目つきを見せていたからだ。千メートル先を見ているかのような、酒のディスカウント店〈カッピーズ〉を連想させる目つきを。

ビリー・フリーマンには、ダンのような強い〝かがやき〟はなかった。ダンの域に近いとさえいえなかったが、わずかな光のちらつき以上のものはあった。初対面のあの日、ビリーはダンが道をわたって市庁舎へむかうと同時に、用具小屋からキングズリーに電話をかけていた。若い男が仕事をさがしてる――ビリーはそう話した。紹介状だけを見るならそれほどたいしたことはないが、自分の見るところ戦歿将兵記念日《メモリアル・デイ》まで仕事を手伝わせるのにうってつけだと思う。キングズリーにはこれまでもビリーの直観にしたがった経験が――それもいい結果になった経験が――あったので、このときも賛成した。

《人を雇わなくちゃならないのはわかっていたしね》キングズリーはそう答えた。

この言葉へのビリーの返答は奇妙なものだった――しかし、それをいうならビリー自身が奇妙な男だった。二年前のことだが、ひとりの幼児がぶらんこから落ちて頭蓋骨骨折を負う事故の二分前に、ビリーが救急車を要請したことがあった。

《おれたちがやつを必要としている以上に、やつはおれたちを必要としてるよ》ビリーはそういったのだ。

そのダン・トランスがここへ来ていた。早くも次のバスに乗っているかのように――あるいはバーのとまり木《スツール》に腰かけてでもいるように――背中を丸めてすわっている。キングズリーの鼻は廊下の十メートル先からでも、ワインのにおいを嗅ぎつけていた。この種の香りに通じているグルメ鼻のキングズリーには、酒のブランドまで嗅ぎわけることができた。〈サンダーバード〉だ。昔からあるCMソング――《合言葉はなんだ！　サンダーバード！……お値段おいくら？　五十の二倍さ！》――の酒。けれども若きダンが顔をあげると、澄みわたったその目に浮かんでいるのは絶望だけだとわかった。

「ビリーにいわれて来ました」

キングズリーはなにもいわなかった。若者が自分をしっかりとたもち、必死に自分と戦っていることが見てとれた。そのことは目に見てとれた。両の口角を引き下げているところからも見てとれた。いちばん明らかに見てとれたのは、ダンが酒瓶をかかえているようすだった――酒を憎んでいると同時に愛し、同時に酒を必要としている。

そしてダンは、生まれてからずっと逃げつづけていたひとことをようやく口に出していた。

「ぼくには助けが必要です」

それからダンは腕をもちあげて目もとをこすった。それと同時にキングズリーは上体をかがめて、ワインの瓶をとりあげた。ダンはしばらく瓶をつかんでいたが……やがてその手を放した。

「きみは病気で、おまけに疲れているね」キングズリーはいった。「わたしにもそこまではわかる。しかしきみは、病気や疲れにうんざりしている――それこそ、病気になって疲れてしまうほどね」

ダンはキングズリーを見あげながら、のどをひくひく動かした。そのあともひとしきり言葉を模索したのち、ダンはこういった。「どの程度なのか、あなたにはわかりませんよ」

「わかるかもしれないぞ」キングズリーは巨大なスラックスから巨大なキーホルダーをとりだし、曇りガラスに《フレイジャー市民サービス課》と書いてあるドアの錠前に一本の鍵を挿しこんだ。「こっちへ来たまえ。話しあおうじゃないか」

第二章　忌まわしい数字

1

イタリア流のファーストネームと百パーセント・アメリカ流のファミリーネームをあわせもつ高齢の詩人は、眠っている曾孫《ひまご》を膝に抱き、孫娘の夫デイヴィッドが三週間前に分娩室で撮影したビデオを見ていた。ビデオはまず、《**アブラがこの世界へやってきた！**》と書かれたタイトルカードからはじまった。映像はがくがくと揺れていたし、デイヴィッドはあまり生々しい場面の撮影を避けていたが（ありがたや）、それでも詩人コンチェッタ・レナルズには孫娘ルチア、通称ルーシーのひたいの汗に貼りついた髪の毛が見えたし、ナースのひとりからもっといきむようにいわれたルーシーの「やってるわ！」と応じる叫び声がきこえた。また、青いシーツに小さな血の染みが点々と飛んでいるのも見えた――それほど多くはなかったが、コンチェッタ自身の祖母ならば〝ずいぶんたくさん〟と表現したほどはあった。もちろん、祖母ならら英語をつかったはずはない。

赤ん坊がようやく見えてきて映像が激しく乱れ、ルーシーが悲鳴のような声で、「この子には顔がないわ！」と叫ぶところにさしかかると、コンチェッタは背中と腕を鳥肌が駆け降りていくのを感じた。

ルーシーの隣のデイヴィッドがくすくすと笑った。なぜなら、いうまでもなくアブラにはちゃんと顔が——それもかなり愛らしい顔が——あったからだ。コンチェッタは自分を安心させようとするように、曾孫の顔を見おろした。それから再度ビデオ画面に目をむけたときには、新生児は新米ママの腕におさまっていた。そのあと三、四十秒ほど不安定な映像がつづいたのちに、二枚めのタイトルカードが画面にあらわれた——**《誕生日おめでとう、アブラ・ラファエラ・ストーン！》**。

デイヴィッドがリモコンの停止ボタンを押した。

「お祖母ちゃまは、このビデオを目にする数少ない人のひとりよ」ルーシーが一歩も引かないかまえも明らかなきっぱりした声でいった。「こんなに恥ずかしいことってないわ」

「すばらしいビデオじゃないか」デイヴィッドがいった。「それに、このビデオを確実に見ることになる人があとひとりいるよ——アブラ本人さ」いいながらソファで隣にすわっている妻のルーシーをちらりと見やる。「それなりの年齢になったらだよ。もちろん本人が見たいといえばの話だ」いいながらルーシーの膝を軽く叩き、義理の祖母であるコンチェッタににやりと笑いかける。「その日まで、このビデオは貸金庫に預けておきますよ——保険証書や家の権利証書や、ぼくがドラッグ密売で稼いだ数百万ドルのキャッシュといっしょにね」

コンチェッタはジョークだとわかったしるしに笑みを見せたが、ほんのお義理の笑みは、ことさら愉快なジョークだと思っていないことを示していた。その膝の上ではアブラがひたすらすやすや眠っていた。ある意味では赤ん坊はだれしも大網膜《カウル》という羊膜の一部、幸運の帽子をかぶってこの世に生まれてくる――コンチェッタは思った――そう、赤ん坊の小さな顔は神秘と可能性のヴェールをまとっているのだ。これは書く価値があるかもしれない。そんな価値はないかもしれない。

十二歳のときにアメリカへやってきたコンチェッタは、すこぶる英語らしい英語を話すことができた――これは驚くにあたらない。なんといっても名門ヴァッサー大学の卒業生にして、ほかならぬその英語を専門とする教授（いまは名誉教授）なのだから。しかし頭のなかにはいまでも、ありとあらゆる迷信や老婆が語り継ぐたぐいの伝承が生きつづけていた。そういったものが命令をくだすこともままあったし、話しかけてくるときにはイタリア語で話しかけてきた。芸術分野で仕事をしている人の大半は高機能統合失調症であり、自分も例外ではない――それがコンチェッタの考えだった。迷信が愚かしいことはわかっている。それでいて鴉《からす》か黒猫が前を横切れば、指のあいだから唾を吐くおまじないを欠かさなかった。

こんなふうに自分が二方向に分裂してしまった原因の大半は、慈悲修道女会にあったといえる。彼らは神を信じていた。イエスの神性を信じ、鏡は人の心を奪う力を秘めた水たまりだと信じ、あまりにも長いあいだ人を見つめる子供は相手にいぼを生やすと信じていた。七歳から十二歳までのコンチェッタにいちばん大きな影響を与えたのが、こういった修道女会の女たちだった。この女たちはベルトにいつも定規をはさんでもち歩き――なにかの長さを測るためではなく生徒をぶつためだ――子供たちとすれちがえば、その耳をねじりあげずにはいられなかった。

ルーシーが赤ん坊へむけて腕を伸ばしてきた。赤ん坊を母親に返すとき、コンチェッタは名残惜しさを感じなくもなかった。曾孫は愛らしい荷物だったからだ。

2

コンチェッタ・レナルズに抱かれて眠っているアブラの南東約三十キロのところでは、ダン・トランスがAA、すなわち〈無名のアルコール依存症者たち《アルコホーリクス・アノニマス》〉のミーティングに出席していた。ミーティングではひとりの若い女が、別れた夫との性生活をだらだらと話していた。ダンはケイシー・キングズリーから、九十日のあいだに九十回のミーティングに出席するように命じられ、きょうのミーティング——フレイジャー・メソジスト教会の地下室で昼休みにひらかれている——はその八回めだった。しかも最前列にすわっていた。こういった会場で〈でかぶつ《ビッグ》ケイシー〉の二つ名で呼ばれるキングズリーからそう命じられたのだ。

「自分の恢復《かいふく》を願う病人は前にすわるものなんだよ、ダニー。AAのミーティングでは、うしろの座席は〝否定席〟と呼ばれているんだ」

キングズリーからはノートを一冊わたされた。表紙には海に突きだした岩に波が当たって砕けているところの写真があしらわれていた。写真の上には標語がひとつ——いわんとするところは理解できたが、ダンにはあまり関心がなかった——《偉業は一日にしてならず》。

「そのノートに出席したミーティングをすべて記録しておきたまえ。わたしが見せろといったら、いついかなるときでもズボンの尻ポケットからノートを出し、ミーティングに皆勤していることを示せるようにしておくことだ」

「病気でも休んじゃいけませんか？」

キングズリーは笑った。「きみは毎日ずっと病気なんだよ、わが友——きみは飲み助のアルコール依存症者だ。わが助言者《スポンサー》たちがわたしになんといったかを教えてやろうか？」

「もううかがいましたよ。たしか……いったんピクルスにしたら、二度と生のきゅうりにはもどせない、でしたっけ？」

「きいたふうな口を叩かず、話をきけ」

ダンはため息をついた。「はい、うかがいます」

「『ミーティングにはケツ持参のこと』」キングズリーはいった。「『ケツが体から落っこちていたら、袋に入れてミーティングへもってこい』だ」

「すてきですね。でも、もしケツを忘れたら？」

キングズリーは肩をすくめた。「そのときは、またちがうスポンサーをさがすんだね——忘れっぽさに価値があると信じているスポンサーをね」

ダンは——高い棚のへりぎりぎりに危なっかしく置かれてはいるものの、かろうじて落ちないでいる壊れやすい品になった気分だったこともあり——スポンサーを変えることはおろか、どんなことでも変えることは避けたかった。気分はわるくなかったが、まだ無防備だった。あつけなく傷つくほどの無防備。皮膚が存在しないといっていいほど。フレイジャーの街に来てから見はじめた幻覚の数々は消えていたし、ディーニーとその幼い息子のことはしばしば考えたが、以前ほどつらい思いをせずにすんだ。ほぼすべてのAAのミーティングの締めくくりには、だれかが〈約束〉の言葉を読みあげた。そのひとつに、《わたしたちは過去を悔やむこともなければ、それにふたをしようとも思いません》というのがあった。ダンは自分がこの先もずっと過去を悔やむだろうとは思っていたが、過去にふたをしようとはもう思っていなかった。ふたがまたあくのはわかりきっているのだから、そんなことをしても無駄だ。ふたにはちゃんとした錠前はおろか、ただの掛け金さえない。

そしていまダンはキングズリーからわたされた小さな手帳のいちばん新しいページに、ひとつの単語を書きつけはじめていた。大きく丁寧な文字で書くことを心がけながら。なぜ自分がそんなことをしているのかも、その単語の意味もわからなかった。その単語とは――

《ABRA《アブラ》》。

そのあいだ語り手はみずからの資格を述べおわる段階に達し、いきなりわっと声をあげて泣きはじめ、別れた夫は人間の屑だが、いまでもそんな男を愛しているとはいえ、こうして酒を絶ってまっとうな人間でいられることを感謝している、と涙ながらに宣言した。ダンは〝昼休み集団《ランチ・パンチ》〟の面々とも拍手を送り、書きつけた文字にペンで色をつけはじめた。文字の線を太くする。はっきりと目立たせていく。

《この名前をぼくは知っているのだろうか？　たぶん》

次の話し手がスピーチをはじめ、コーヒーのお代わりをもらうためにポットまで歩いていった拍子に合点がいった。アブラというのは、ジョン・スタインベックの長篇『エデンの東』に出てくる女の子の名前だ。あの本なら読んだことがある……どこで読んだのかは忘れてしまった。過去のいつか。どこかの土地で。そんなことは問題ではない。

いきなり別の思考が

（あれはとっておいたの）

精神の表層まで泡のように浮かびあがってきて、ぽんと弾けた。

とっておいた……なにを？

〝昼休み集団《ランチ・バンチ》〟の古株のひとりでミーティングの司会をつとめるフランキー・Pが、〈チップ・クラブ〉をつかさどりたい者はいるかとたずねた。だれも手をあげないと、フランキーは指さした。「きみはどうかな――うしろでコーヒーポットのそばにいるきみは？」

ダンは人の目を意識しながら、チップの色の順番を思い出せますようにと祈りつつ、部屋の前へ出ていった。最初が何色かは――断酒初心者は白のチップ――覚えていた。チップやメダルが散らばっているクッキーの空き缶を手にしたそのとき、先ほどの思考がふたたび浮かびあがってきた。

あれはとっておいたの？

3

おなじくこの日、ＫＯＡ社傘下にあるアリゾナ州内のオートキャンプ場で冬を過ごしていた〈真結族〉の面々は荷物をまとめ、あちこち立ち寄りながら東へ帰る旅をはじめていた。一行はいつものキャラバンを組んで、州道七七号線をショウロウ方面へむかった――十四台のキャンピングカーだ。ほかの車を牽引しているキャンピングカーもあれば、車体後部にローンチェアや自転車をくくりつけているものもあった。サウスウィンドがあり、ウィネベーゴがあり、モナコやバウンダーがあった。このパレードの先頭を走っていたのは、ローズのアースクルーザー――七十万ドルの値打ちのある動く鋼鉄の塊ともいうべき車は、およそ金で買えるなかでは最上のＲＶ車だ。とはいえ制限速度をきっちりと守った、ゆっくりしたパレードだった。

それに彼らは急いではいなかった。時間ならたっぷりある。饗宴はまだ何カ月も先だった。

4

「あれはとっておいたの？」コンチェッタは、ブラウスの前をあけてアブラに乳房をむけるルーシーを見ながらそうたずねた。アブラは眠そうにまばたきをして、ちょっと乳首をさぐっただけで、すぐに興味をなくしていた。

《乳首が痛むようになったら、おねだりされないかぎり、そんなふうにおっぱいを差しださなくなるわよ》コンチェッタは思った。《その子が限界まで声を張りあげておねだりをしないかぎりは》

「とっておいたって、なにを？」デイヴィッドがたずねた。

ルーシーにはわかっていた。「この子を抱かせてもらった直後に、わたしは気をうしなってしまったの。デイヴが話していたけれど、危なくこの子を落としかけたんですって。だから、そんなことをする時間はなかったわ」

「ああ、あの子の顔にかぶさっていたべたべたか」デイヴィッドがさもいやそうにいった。「スタッフがすぐに顔から引き剝がして捨てたよ。いわせてもらえば、それでよかったと思うね」

デイヴィッドの顔は笑みを見せていたが、その目はコンチェッタに挑戦していた。

《あなただって、この話をつづけないほうがいいとわかってるはずだ》目はそういっていた。《わかっているはず、だからこの話はここまでにしてくれ》

たしかにコンチェッタにはわかっていたが……話をやめることはなかった。若いときの自分も、いまのように両面性をそなえていただろうか？　思い出せなかったが、そのくせ〈聖なる秘儀〉についての講義の中身や、黒衣のならず者というべき慈悲修道女会の面々によって与えられた永遠の痛みの地獄のことはすっかり思い出せた。浴槽につかっている兄の裸身をのぞき見したことで視力を奪われてしまった少女の物語も、教皇を冒瀆する言葉を口にしたばかりに殴り殺された男の物語も。

《子供たちをまだ小さいうちに、わたしどもへお預けになるがよろしい。そうすれば、その子が成績優秀者用の特別授業をどれだけ受けようとも関係なくなります。それをいうなら、そののちどれだけ多くの詩の本を書いたとか、そうした本の一冊があらゆる有名な賞を受賞したとか、そういったことも関係なくなる。ですから、子供たちを小さいうちにわたしどもに委ねるがよろしい……そうすれば子供たちは永遠にわたしたちのもの》

「あの羊膜はとっておくべきだったのよ。幸運のしるしなのだから」

コンチェッタはデイヴィッドを完全に無視して、孫娘のルーシーにだけ話しかけていた。デイヴィッドはまっとうな男だったし、ルーシーことルチアにとってはよき夫だったが、あのいやそうな口調には腹が立ってならなかった。挑戦するような目つきには、その二倍も腹が立った。

「とっておきたかったけど、その機会がなくて。それにデイヴィッドはなにも知らなかったのだし」いいながら、ブラウスのボタンをかけなおす。

コンチェッタは身を乗りだし、アブラの頬のなめらかな肌に指先で触れた――老いた肉体の一部が新しい肉体の上を滑る。「羊膜が顔にかぶさって生まれてくる子には、特別な視力がそなわっているといわれてるのだもの」

「まさか、そんなことを本気で信じてはいないでしょうね？」デイヴィッドがたずねた。「大網膜を吉兆のしるしという人はいますが、しょせんは羊膜の一部にすぎません。つまり……」

デイヴィッドの言葉はまだつづいていたが、コンチェッタはもうきいていなかった。いつしかアブラが目をあけていた。その両目のなかにあったのは詩の宇宙、いまだかつて書き記されたこともない卓越した言葉の数々。あるいは人の記憶に残ったことがないほどの言葉。

「いいの、もう気にしないで」コンチェッタはそういって赤ん坊を抱きあげ、なめらかな頭部の泉門の脈が感じられるところにキスをした――すぐ下に精神という魔法がひそんでいるところに。「過ぎてしまったことだもの」

5

アブラが出生時に頭巾《カウル》のようにかぶっていた大網膜《カウル》にまつわる議論といえない議論から五カ月ほどたったある夜のこと、ルーシーはアブラが泣いている夢を見た――いましも心臓が張り裂けそうな泣き方だった。この夢でアビーことアブラはもうリッチランドコートにある自宅の主寝室ではなく、どこかの長くつづく廊下の先にいた。ルーシーは泣き声の方角に走った。最初のうち廊下の左右にはドアがならんでいたが、それが座席に変わった。高い背もたれのついた青い座席。飛行機に乗っているのか、あるいはアムトラックの列車内だったのかもしれない。何キロも何キロも走ったように思われたのち、ルーシーは洗面所のドアにたどりついた。愛娘はそのドアの奥で泣いていた。空腹時の泣き方ではなかった。恐怖の泣き声だった。もしかしたら

（ああ、神さま、マリアさま）

痛みを感じて泣いているのかも。

ドアに鍵がかかっていて打ち壊すしかないのではないかという恐ろしい思いがこみあげたが——悪夢のなかでは、いつも決まってそういった展開になるのでは？——ノブはなにごともなくまわり、ルーシーはドアを押しあけた。そのさなか、恐怖が襲いかかってきた。アブラが便器に落ちていたら？　そういった事件の記事はあちこちで見かける。便器のなかの赤ん坊、大型ごみ収集容器のなかの赤ん坊。公共輸送機関にそなわっている、あの見た目も醜悪なスチール製の便器にアブラが落ちていて、消毒薬いりの青い水に口や鼻までつかった姿で溺れかかっていたらどうすればいい？

しかし、アブラは床に横たわっていた。丸裸だった。涙に濡れた目が母ルーシーを見上げていた。そして胸には血にそっくりな赤いもので数字の《11》が書かれていた。

6

デイヴィッド・ストーンは愛娘アブラの泣き声を追って、果てしなくつづいているエスカレーターを駆けあがっていた。エスカレーターはその反対、下り方向へゆっくりと、しかし仮借《かしゃく》なく動きつづけていた。情況をさらに悪化させていたのは、エスカレーターが設置されているのがショッピングモールであり、そのモールが火事になっていることだった。エスカレーターをのぼりきる前に息が切れて窒息してしまうのが当然だったが、火事にともなう煙はいっさいなく、ただ炎が地獄のように燃えさかっているだけだった。石油をたっぷりまぶした松明《たいまつ》のように燃えている人々も目についたが、きこえてくるのはアブラの泣き声だけだ。ようやくエスカレーターをのぼりきると、だれかが床に捨てたごみのように、アブラが床に転がされているのが見えた。まわりを男女がアブラに一顧だにせず走りまわっていて、火がまわっているにもかかわらず動いている下りエスカレーターで逃げようとしている人はひとりもいなかった。人々はただやみくもに四方八方へと全力で走っているばかり――農夫の鍬《くわ》で巣を掘り返された蟻そのままだった。ピンヒールを履いているひとりの女が、あやうくデイヴィッドの娘の体を踏みそうになった。もし踏まれていれば、アブラは確実に死んでいたはずだ。

アブラは裸だった。その胸に《175》という数字が書きこまれていた。

7

ルーシーとデイヴィッドのストーン夫妻はいっしょに目を覚ました。どちらも最初は、いまきこえている泣き声がそれまで見ていた夢の名残にちがいないと思いこんでいた。しかし、ちがった——泣き声はたしかにおなじ部屋のなかからきこえていた。アブラはゆりかごのなか、〈シュレック〉のキャラクターたちのモビールの下に横たわって、ちっちゃなこぶしをふりまわし、頭が吹き飛びそうな勢いでわんわん泣いていた。

おむつを交換しても泣きやまず、乳房をさしだしても泣きやまず、だっこしたまま何キロにも思えるほど廊下を往復しても、〈バスのうた〉をそれこそ千通りにも思える歌詞で歌っても効果がなかった。ここにいたってルーシーは心の底から怖くなり——アブラは最初の子供だったし、ルーシーは途方に暮れていた——ボストンの祖母コンチェッタに電話をかけた。夜中の二時だったが、祖母は二回めの呼出音で電話に出た。コンチェッタは八十五歳、その眠りは自身の肌とおなじように薄くなっていた。ルーシーは自分たちが試した夜泣きへの定番の対処法を混乱した調子で物語ったが、コンチェッタはその話よりも曾孫のアブラが泣き叫ぶ大声のほうに注意深く耳をかたむけ、そののち適切な質問を発した。

「熱はないの？　片方の耳を自分で引っぱったりしてない？　うんち《メルダ》を出したがっているみた

いに足をばたばたさせてないの？」

「いいえ」ルーシーは答えた。「そういったことはひとつも。大声で泣いてるせいで体が少しあったかくなっているけど、熱は出てないみたい。お祖母ちゃま、どうすればいい？」

このときにはもう机の前にすわっていたコンチェッタは、ためらわずに即答した。「あと十五分待っても泣きやまず、お乳も飲まなかったら、アブラを病院へ連れていきなさい」

「なんですって？　まさかブリガム&ウィメンズ病院？」混乱しているうえに動顚《どうてん》もしていたので、ルーシーが思いついたのはボストンにあるハーヴァード大学関連のその病院だけだった。アブラを産んだ病院だ。「二百五十キロも離れてるのよ！」

「ちがうの、そうじゃない。ブリッジトン病院よ。州境を越えてメイン州にはいるの。少なくともニューハンプシャー中央病院よりは近いわ」

「ほんとに？」

「あら、わたしがいま見ているのはコンピューターの画面ではなくって？」

アブラは泣きやまなかった。夫婦が赤ん坊を連れてブリッジトン病院に到着したのは午前四時十五分前、そのときもアブラはまだ声をかぎりに泣きわめいていた。いつもならアキュラに乗せて走りまわることには睡眠導入剤以上の効き目があったが、この日の夜中はちがった。デイヴィッドはいったんは脳動脈瘤《りゅう》の破裂を疑い、そんな自分は正気をなくしているとひとりごちた。赤ん坊は脳卒中など起こさない……のでは？

「デイヴィー？」三人を乗せた車が《**救急患者専用**》と書かれた標識に近づいてとまると同時に、ルーシーがかぼそい声でたずねた。「赤ちゃんは脳卒中や心臓発作を起こしたりしないもの……でしょう？」

「そのとおり。そんなことがあるはずはないよ」

しかし、デイヴィッドの頭にまた新しい考えが浮かんできた。この子がどこかで安全ピンを飲みこんでしまい、それがお腹のなかで弾けてひらいたのだとしたら？

《馬鹿なことを考えるな。この子には安全ピンをつかわない〈ハギーズ〉の紙おむつをつかってるし、そもそも安全ピンのあるところに近づいたりしていないんだぞ》

だとすれば、なにかほかの品だ。ルーシーの髪から落ちたヘアピン。はずれた画鋲《がびょう》がゆりかごに落ちたとか。いやいやひょっとしたら——神さま、お助けを——シュレックかドンキーかプリンセス・フィオナの人形から剝がれたプラスティックの破片とか？

「デイヴィー？　なにを考えてるの？」

「なんにも」

モビールの人形はなんともなかった。そのことには確信があった。

いや、ほぼ確信があるというべきか。

アブラはなおも泣きわめきつづけていた。

8

デイヴィッドは当直の医師が娘アブラに鎮静剤を与えてくれることを願ったが、診断前の乳幼児への投与は規則で禁じられていた。アブラ・ラファエラ・ストーンには、どこもわるいところがなさそうだった。発熱はなかったし、発疹も出ていなかった。エコー検査では幽門狭窄《ゆうもんきょうさく》が除外された。レントゲン検査では、のどにも胃にも異物は見つからず、腸閉塞も見つからなかった。基本的には、アブラはただ泣きやまないだけだった。火曜日の未明ということもあって、救急救命室にやってきたのはストーン一家だけで、三人いる当直のナースたちが交替でアブラをあやして静かにさせようとした。なにひとつ効き目はなかった。

「この子になにか食べ物を与えなくてもいいんでしょうか？」ルーシーは、ようすを見にふたたび顔を見せた医師にたずねた。《乳酸リンゲル液》というフレーズがふと頭をかすめた。十代のころジョージ・クルーニーにひとめ惚れして以来、あれこれ見てきた医療もののドラマのどれかできかじった言葉だ。しかしなにも知らない以上、乳酸リンゲル液とは足に塗るローションかもしれないし、抗凝血薬かもしれず、さらには胃潰瘍《かいよう》に出す薬かもしれない。「お乳も飲まないし、哺乳瓶も受けつけないんです」

「本当にお腹がすけば飲むようになりますよ」医師は答えたが、ルーシーもデイヴィッドもあまり安心できなかった。その理由のひとつは、医師が自分たちよりも年下に見えたことだ。もうひとつの理由は(こちらのほうがずっと困る理由だった)、医師の口調に本心からの確信の響きがなかったことだ。「かかりつけの小児科医には連絡しましたか?」いいながら、書類にチェックマークを入れる。「ドクター・ドルトンでしたね?」

「留守番電話サービスにメッセージを残しました」デイヴィッドはいった。「ただし、向こうからの連絡は午前のなかば以降になりそうですし、そのころにはこれもおわっているかもしれませんね」

《どちらに転ぶにせよ、だ》デイヴィッドがそう思うと同時に、ろくに睡眠をとれないうえに過度の不安で制御不能におちいっている精神が、鮮明であると同時にぞっとするようなイメージを送りつけてきた。小さな墓を囲んで立っている弔問客たちの姿。そして墓よりもなお小さな柩《ひつぎ》。

9

朝の七時半、ストーン夫妻といっときも休むことなく泣き声をはりあげつづけている愛娘が押しこめられている診察室へ、コンチェッタ・レナルズが飛びこんできた。大統領自由勲章の受勲候補者として名前があがっているとの噂さえある詩人は、ストレートのジーンズと片肘に穴のあいたボストン大学のロゴいりトレーナーという服装だった。この服装のせいで、コンチェッタが過去三、四年のあいだにどれだけ痩せたかがあらわになっていった。

《あなたがそんなふうに思っているといけないからいっておくけれど、癌ではないわ》ランウエイを歩くモデルなみの体形――ふだんはゆったりとしたワンピースやカフタンで隠している――について質問されると、コンチェッタはいつもそう答えた。《長距離走の最後のコース一周にそなえてトレーニングしているだけ》

いつもなら髪は編んであるか、ヴィンテージもののヘアクリップのコレクションを見せる目的で凝ったスタイルにまとめてあるのだが、この日はととのえられていないアインシュタイン風の雲になって頭の周囲で突き立っていた。化粧もいっさいしていなかったので、不安でいてもたってもいられなかったとはいえ、ルーシーはいやでも祖母がどれほど年をとっているかに気づかされてショックをうけていた。そう、いうまでもなくコンチェッタは年老いている。八十五歳はかなりの高齢だ。しかし、きょうの朝以前には、せいぜい六十代後半の女性のように見えていたのも事実だった。

「うちに来てベティの世話をしてくれる人が見つかりさえすれば、一時間は早くここに着けたはずなのにね」コンチェッタはいった。ベティというのは、コンチェッタが飼っている病んだ老齢のボクサー犬だ。

コンチェッタは、デイヴィッドがいやそうな目をしたのを見逃さなかった。

「ベティは死にかけているのよ、デイヴィッド。それにね、電話であなたたちからきいた話だけで判断するかぎり、アブラのことはそれほど心配はしていなかったし」

「いまはもう心配になってるというわけですか？」デイヴィッドがたずねた。

ルーシーは夫に警告の視線を送ったが、コンチェッタのほうは言外の非難を喜んでうけとめているようだった。

「ええ、そのとおり」そういって両手を前へさしだす。「ルーシー、その子を抱っこさせてちょうだい。ばあばのために静かにしてくれるかどうかを確かめましょうかね」

ところがコンチェッタがどんなふうにあやしても、アブラはいっこうに泣きやまなかった。驚くほど美しい声で静かな子守歌を歌っても（デイヴィッドにいわせれば、しょせん〈バスのうた〉のイタリア語版でしかなかった）、効果はなかった。三人全員がふたたび歩行療法を試した。最初はアブラを抱いて狭い診察室を歩き、次には外の廊下をずっと先まで歩いていって診察室まで引き返した。悲鳴じみた泣き声はそのあいだもひたすらつづいた。途中で外が騒がしくなった――はた目にもわかるような重傷を負った怪我人がかつぎこまれてきたのだろうとデイヴィッドは見当をつけた――が、診察室の四人はまったく注意をむけなかった。

九時五分前に診察室のドアがあき、ストーン家のかかりつけの小児科医、ジョン・ドルトンが部屋へはいってきた。ドクター・ドルトンは、ダン・トランスなら知っている男だった。といっても、その名前で知っていたわけではない。ダンにとってはただの〝ドクター・ジョン〟であり、毎週木曜日の夜にノースコンウェイでひらかれる〈無名のアルコール依存症者たち《アルコホーリクス・アノニマス》〉のミーティングでコーヒーを淹《い》れている男だった。

「ああ、よく来てくださいました！」ルーシーはそういいながら、泣き叫ぶ赤ん坊を小児科医の両腕へむけて突きだした。「わたしたち、もう何時間も前に家を出てきたんですよ！」

「メッセージをきいたときには、こっちにむかっていました」ジョン・ドルトンはアブラを自分の肩よりも高いところまでもちあげた。「このあたりをまわったら、そのあとキャッスルロックへ行きます。なにがあったのかは、もうおふたりもご存じですね？」

「なにがあったって……なにがあったんです？」デイヴィッドはたずねた。診察室のドアがあいていたので、いまになってようやく外がかなり騒がしくなっていることが意識されてきた。人々が声高に話しあっていた。なかには泣いている人もいる。ストーン一家をこの病院へ受け入れたナースが廊下を歩いて通りすぎていった——その顔は赤く、化粧が崩れてしみだらけになり、頬が濡れていた。そばで赤ん坊が金切り声で泣いているのに、ナースはちらりとも目をむけなかった。

「旅客機がワールドトレードセンターに突っこんだんです」ドルトンはいった。「事故だと考えている者はひとりもいません」

突っこんだのはアメリカン航空の一一便だった。その十七分後の午前九時三分には、ユナイテッド航空一七五便がワールドトレードセンターの南タワーに突入した。その九時三分、アブラ・ストーンはいきなり泣きやんだ。九時四分には、アブラはすやすやと眠りこんでいた。

車でアニストンへ引き返す途中、デイヴィッドとルーシーはカーラジオに耳をかたむけていた。アブラは後部座席のチャイルドシートのなかでぐっすりと眠っていた。ニュースはきくに耐えない内容だったが、どちらもスイッチを切ろうとは考えもしなかった……とはいえそれも、アナウンサーが事件に関係する旅客機の航空会社と便名を口にするまでだった。ニューヨークに二機、ワシントン近郊に一機、ペンシルヴェニア郊外にクレーターを穿《うが》ったのが一機。ここにいたってデイヴィッドはついに手を伸ばし、洪水のように流れてくる大惨事を断ち切った。

「ルーシー、話しておきたいことがある。ぼくは夢を見て――」

「知ってる」ルーシーはショックを味わったばかりの人ならではの平板な声で答えた。「わたしも夢を見たの」

州境を越えてニューハンプシャーへもどるころには、デイヴィッドもあの大網膜にまつわる話にはなにがしかの意味があったのかもしれない、と信じるようになっていた。

10

ニュージャージー州のある街のハドソン川西岸に、この街のもっとも有名な住人にちなんで名づけられた公園があった。好天に恵まれれば、公園からはロウアー・マンハッタンのすばらしい景色が一望できた。〈真結族〉は九月八日にホーボーケンに到着し、十日間にわたって貸し切った駐車場に車をとめていた。この交渉を担当したのは〈クロウ・ダディ〉だった。ハンサムで社交的、見た目は四十歳前後、いちばんお気に入りのTシャツには《**おれは人づきあいのいい男**》とある。とはいえ、〈真結族〉の代表として交渉ごとにあたるときには、このTシャツは着ない――そういった場ではスーツとネクタイ着用にかぎっている。下民たちからそう期待されるからだ。この男の本名はヘンリー・ロスマン。ハーヴァード大学出身の弁護士で

（一九三八年卒業組だ）、いつでも現金をもち歩いている。〈真結族〉は世界各地の金融機関に総計で十億ドルにのぼる資産を有していた――純金のかたちをとっているものもあれば、ダイヤモンドや稀覯書《きこうしょ》、珍しい切手や絵画のかたちをとっているものもある。しかし、支払いに小切手やクレジットカードをつかうことは決してなかった。だれもが――ピーとポッドのコンビのように、見た目はまるで子供のような者でさえ――いつでも十ドルと二十ドルの紙幣をもち歩いていた。

かつて〈数字のジミー《ジミー・ナンバーズ》〉はこういった。「おれたちのモットーは〝いつもにこにこ現金払い〟だ。おれたちは現金を払い、下民がおれたちに仕えるわけでね」

ジミーは〈真結族〉の経理担当者だ。下民だった時代には、のちに（南北戦争がおわってからなりたってから）〈クァントリル襲撃隊〉という名前で知られるようになったゲリラ部隊の一員だった。当時のジミーはバッファローの毛皮の上着を着てシャープス銃をもち歩く荒くれの若者だったが、それ以来の歳月で角がとれて人間が丸くなった。昨今では愛車のＲＶに、直筆サインいりのロナルド・レーガンの写真をフレームに入れて飾っていた。

九月十一日の朝、〈真結族〉の面々は駐車場に立って四つある双眼鏡をまわしあいながら、ツインタワーへの攻撃のようすを見物していた。シナトラ公園のほうがもっとよく見えたはずだが、早くから人があつまっていれば無用の疑いを招くし、ローズがいちいちいわずとも、そのくらいはみんなもわかっていた……これから何カ月も何年にもわたって、アメリカはすこぶる疑い深い国になっていく。《なにかを見たら、なにかを話せ》がモットーの国に。

午前十時ごろになると――そのころには川岸ぞいにはずらりと大勢の人があつまって、もう安全になっていた――一同は公園へと移動した。〈ちっちゃな双子《リトル・ツインズ》〉のピーとポッドが〈グランパ・フリック〉の車椅子を押した。フリックは《おれは帰還兵》と宣言している野球帽をかぶっていた。長く伸ばしている赤ん坊なみに細い白髪が野球帽のへりからはみだし、唐綿《とうわた》のようにただよっていた。ひところフリックはまわりの者に、自分は米西戦争の帰還兵だと話していた。それが第一次世界大戦になった。このごろでは第二次世界大戦だ。あと二十年かそこらしたら、身の上話の中身がヴェトナム戦争に切り替わることが予想されている。話のもっともらしさが問題になったことは一度もない。フリックは軍事史マニアなのだ。

シナトラ公園は人でごったがえしていた。大多数の人々は押し黙っていたが、さめざめと泣いている者もいた。この点では〈エプロン・アニー〉と〈黒目のスー《ブラックアイド・スー》〉が役に立った――ふたりとも意のままに涙を流せるからだ。それ以外の面々は悲しみに沈んだり、沈痛だったり、あるいは驚愕したりといった、この場にふさわしい表情を顔に貼りつけていた。

総じていうなら、〈真結族〉はこの場にうまく溶けこんでいた。それこそが彼らを進ませてきたものだった。

見物人たちの顔ぶれは変わったが、〈真結族〉は日中ほぼその場にとどまっていた。雲ひとつなく晴れた好天の一日だった（といっても、ロウアー・マンハッタンから立ち昇っては渦を巻いている忌まわしい煙をべつにすればの話）。一族の面々は鉄の手すりにそって立ち、仲間うちで話もせずにひたすら景色を見つめていた。見つめながら、ゆっくりと深く空気を吸いこんでいた――それは中西部からメイン州へやってきた観光客が、ペマクィド岬やクォディ岬といった名所に初めて足を運び、新鮮な潮風を深々と吸いこむさまにも似ていた。またローズは弔意を表するためにシルクハットを脱いで、体の脇にかかえていた。

午後四時になると一同はすっかり元気をとりもどした状態になり、駐車場にしつらえたオートキャンプ場へそろって引き返した。翌日も、その翌日も、そのまた翌日も公園へ行くつもりだった。そうやって良質の命気が尽きるまでは公園に足を運び、尽きたらふたたび移動しはじめる。

そのころには、〈グランパ・フリック〉の白髪は鉄を思わせる灰色になっているだろうし、車椅子も必要なくなるはずだった。

第三章　スプーン

1

フレイジャーからノースコンウェイまでの距離は三十キロ強——しかしダン・トランスは、毎週木曜日に車を走らせた。ひとつには、それが可能だったからだ。いまでは〈ヘレン・リヴィングトン館〉で働いて、それなりの給料を稼ぐ身になり、運転免許証も再取得していた。あわせて買ったのは、たいした車ではなかった——三年前のカプリスでタイヤは普通のブラックウォール、ラジオは動作が怪しいが、エンジンの状態は良好で、ダンはこの車のエンジンをかけるたびにニューハンプシャーでいちばん幸福な男になった気分を味わった。バスの旅をふたたび強いられる羽目になるのなら、喜んで死んでやりたいくらいだ。これが二〇〇四年の一月のこと。まれに不規則な思考やイメージが流れこむことがあっても——むろん、これにくわえてダン自身がホスピスでおこなっていることという例外はあれ——〝かがやき〟はずっとなりをひそめていた。いずれにしてもホスピスでのボランティア仕事をすることになっていたはずだが、ＡＡ――〈無名のアルコール依存症者たち《アルコホーリクス・アノニマス》〉――で過ごしたいまは、仕事を贖罪のひとつだと見なすようになっていた。依存症から立ちなおりつつある人々にとって、贖罪は最初の一滴の酒から身を遠ざけることにも負けないほど重要だと考えられていた。ダンもあと三カ月のあいだ酒を一滴も体にいれない状態をたもてれば、めでたく断酒三周年を迎えられる。

　ケイシー・キングズリーが強く求めている〝感謝にまつわる日々の瞑想〟のなかでも（なぜなら――キングズリーは断酒プログラムの大ベテランならではの確信とともに話していた――感謝を忘れない元アルコール依存症者は決して酔っ払わないからだ）、ふたたび車を運転できるようになったことは大きな意味を占めていたが、ダンが木曜日の夜に車を走らせていたのは、もっぱら『大きな本《ビッグ・ブック》』こと『アルコホーリクス・アノニマス』にまつわるミーティングに心の安らぎを感じていたからである。いや、じっさいには人と親密になれるからだった。この地区の公開討論中心のミーティングのなかには落ち着かなくなるほど規模の大きなものもあったが、ノースコンウェイでの木曜夜のミーティングがそのようになることは決してなかった。七月四日の独立記念日から九月第一月曜日の〝労働者の日〟のあいだ――夏の観光シーズンまっさかりの時期――ですら、退役軍人会ホールで小槌の音が開会を告げたとき、ミーティングの場に十人以上の人々がいることはめったになかった。結果としてダンは、五十人から多ければ七十人のアルコールやドラッグの元依存症者があつまるミーティングでは決して出ないような話をあれこれ耳にした。そういったミーティングでは発表者は定番の話に逃げこみがちであり（定番の話は数百はあった）、個人の内情については口をつぐむ傾向にある。そこでは《心の平穏は利益をもたらしてくれます》だの《わたしに贖罪をさせてくれる気があれば、わたしのことをすっかり調べてかまいません》といったせりふは耳にできるが、まかりまちがっても《ある晩、兄貴の女房と酔った勢いで一発ファックしたんだ》などという話はきけない。

木曜夜の〈断酒勉強会〉という名のミーティングでは、少人数の参加者たちがＡＡの共同創設者のひとり、ビル・ウィルスンの書いた青い表紙の『ビッグ・ブック』を最初から最後まで通して読むことを目的に、前回のミーティングで読みおえた箇所から読みはじめることになっていた。最後まで読みおわると、一同はまた最初にもどって、「医師の意見」の章から読みはじめる。一回のミーティングで読むのはおおむね十ページ前後。これにほぼ三十分かかる。残りの三十分は、いましがた読んだ文章を題材に話しあいをすることになっていた。しかし、話しあいの内容がちがう方向にそれていってしまうことは珍しくなかった――神経質になった十代の少年少女の指を置かれたプランシェットが、霊応盤《ウイージャボード》の上をでたらめに動きまわるように。

酒を断ってから八カ月後に出席したある木曜夜のミーティングのことを、ダンはいまでも覚えていた。そのとき議論の対象になっていたのは「妻たちへ」と題された章だった――プログラムに参加している若手の女性メンバーから毎回のように熱い反応を引きだす、昔ながらの推論に満ちた章だ。女性たちは、『ビッグ・ブック』が初めて刊行されてからほぼ六十五年にもなるのに、どうしていまもなおだれも「夫たちへ」という章を追加していないのか、その理由を知りたがるのだ。

その記憶に残っている夜、ジェンマ・Ｔ――三十代の女で、感情が〝怒り〟と〝心底からの憤り〟のふたつに限定されているとしか思えなかった――が手をあげて発言をもとめたとき、ダンはフェミニズムがらみの大演説をきかされるものと予想した。しかしジェンマは、このときばかりはいつもよりもずっと静かな口調でこう語った。

「みなさんにきいてもらいたいことがあります。十七歳のときから、ずっと心に秘めていたことです。いまほかの人に話さないことには、これから先もコカインとワインから身を遠ざけていられそうにありません」

一同は待った。

「あるパーティーから酒に酔って帰宅する途中、車でひとりの男の人を撥《は》ねたんです」ジェンマはいった。「まだサマーヴィルにいたころのことです。わたしは道ばたに横たわったその人を残して逃げました。死んでいるのか、生きているのかもわかりませんでした。いまもってわかりません。そのうち警官たちがあらわれて逮捕されるにちがいないと思っていましたが、そのようなことはありませんでした。わたしは罪をまぬがれてしまったのです」

そういってジェンマは笑った――ことのほか出来がいいジョークを耳にした人のような笑い方だった。それからジェンマはテーブルに顔を伏せ、いきなり深くからこみあげる嗚咽《おえつ》の声をあげはじめた――鉄道のレールなみに痩せた体が震えるほどの激しい嗚咽だった。このときダンは、〝自分のこと一切合財を正直に〟というモットーを実践した場合、どれほど恐ろしいことが起こりかねないかを初めて実感したといえる。ダンは、自分がディーニーの財布から現金をごっそり盗んできたことや、あのとき幼い男の子がコーヒーテーブルのコカインへむけて手を伸ばしていたようすなどを思った――いまもまだ、あのときのことをおりにふれて考えていた。ジェンマにはいくばくかの畏怖をいだいたが、あれほどあけすけにすべてを語る正直さはダンにはなかった。あのときのことを人前で話すか、それとも酒を飲むかという二者択一を迫られたら……

《酒を選ぶだろうな。ああ、まちがいなく》

2

今夜の読書会の課題は「どん底の虚勢」——『ビッグ・ブック』のなかで、「彼らはほぼすべてをうしなった」という陽気なタイトルがつけられたセクションの一篇だった。語られているのは、ダンにはすでにおなじみのパターンを踏襲した物語だった。堅実な家庭、日曜日の教会通い、最初の酒、最初のどんちゃん騒ぎ、成功するはずのビジネスの酒での失敗、ふくれあがっていく嘘の数々、最初の逮捕、更生するという約束を守れなかったこと、施設への収容、最後にハッピーエンド。『ビッグ・ブック』に載っている話はすべてがハッピーエンドだった。それがこの本の魅力のひとつだ。

寒い夜だったが、室内は暖房で暑いほどで、ダンがうっかりうとうとしかけたそのとき、ドクター・ジョンが手をあげてこう発言した。「わたしはこれまで、あることで妻に嘘をつきつづけています。しかも、その嘘をやめるすべを知りません」

これをきいてダンはぱっちりと目を覚ました。DJことドクター・ジョンには好意を感じていた。

話によれば、ジョン・ドルトン医師は妻からクリスマスに腕時計をプレゼントされたとのことだった。きわめて高価な腕時計だった。そして二日ばかり前の晩、妻からあの時計をなぜ腕にはめていないのかと質問されて、ジョンはオフィスに置いてあると答えたという。

「ところが、腕時計はオフィスにはないんです。すみずみまでさがしましたが、どこにもなかった。わたしは各地の病院をずいぶんまわります。手術着に着替える必要があれば、医師専用更衣室のロッカーをつかいます。ロッカーにはダイヤル錠がついていますが、めったにつかいません。そもそも、それほど多くの現金はもち歩かず、盗む価値のある品もないからです——といってもあの時計だけは、まあ、例外でしょう。時計を腕からはずしてロッカーにしまった記憶はありません——ニューハンプシャー中央病院だろうと、ブリッジトンの病院だろうとね。しかし、そうしたにちがいありません。値段の問題じゃないんです。ただこんな嘘をついていると、毎晩のようにへべれけになるまで酒をがぶ飲みし、翌朝は仕事にかかるために少量の覚醒剤《スピード》をつかっていたころにやらかした愚かなあれこれを思い出してしまって……」

このひとことにミーティングの参加者たちがしきりにうなずき、罪悪感から嘘をついてしまったという似たような経験談を披露した。助言をする者はいなかった——助言は差出口《クロストーク》と呼ばれて顰蹙《ひんしゅく》を買う。参加者はただ自分の体験を話すだけだ。ドクター・ジョンは顔を伏せ、両手を膝のあいだにはさんで他人の話をきいていた。バスケットが一同にまわされたのち（「わたしたちAAはメンバーの自発的な献金によって完全に自立しています」）、ジョンはほかの面々が話をしてくれたことに感謝した。その表情を見たダンには、ほかの面々の話がジョンにはあまり役立っていないことを察した。

全員で主の祈りをとなえたのち、ダンは残ったクッキーを片づけ、グループがつかっているくたびれた『ビッグ・ブック』を積み重ねて、《AA用品》としるされたキャビネットにしまいこんだ。まだ数人の人々が吸殻用のブリキ缶が置いてある外の喫煙所にたむろしていたが――いわゆるミーティング後のミーティングだ――キッチンにいるのはダンとジョンだけだった。話しあいのあいだ、ダンはずっと黙っていた――というのも内心で自分と議論を戦わせるのに忙しかったからだ。

このところ〝かがやき〟はずっとなりをひそめていたが、いなくなったわけではなかった。ダンはボランティア仕事の実践経験から、〝かがやき〟の力が子供時代よりもはるかに強くなっている一方、制御能力も当時より格段に高まっていることに気づかされていた。そのせいで〝かがやき〟の恐ろしさが薄れ、前よりも有用なものに変わっていた。〈リヴィングトン館〉の同僚はダンがなにかをそなえていることを知っていたが、それを共感の力と呼んで、それ以上は追及しなかった。生活がようやく安定しはじめたいま、ダンにとっていちばん望ましくないのは、霊能者のようなものだという評判が立ってしまうことだ。いかれた話はすべて自分の胸ひとつにしまっておくにかぎる。

とはいえ、ドクター・ジョンは善人だ。おまけにいまは胸を痛めている。

ジョンはコーヒーポットをさかさにして水切りかごに置くと、ガス台の把手にかけてあるタオルをつかって手の水気をぬぐい、ダンにむきなおって笑みをむけてきた――先ほどダンはクッキーや砂糖の容器といっしょに、本物のクリームの代用品である〈コーヒーメイト〉もしまったが、ジョンの笑みもその〈コーヒーメイト〉程度には本物らしかった。

「さて、これでおわりだな。きみとは、また来週も会えそうだね」

最後には決断がひとりでにくだされていた――この男をいまのような顔つきのままにしておくことは、ダンには無理だった。ダンは両腕を広げた。「さあ、身をゆだねて」

ＡＡの有名な男同士のハグ。これまでにも男同士のハグは何度も目にしていたが、ダンが自分から誘ったのは初めてだった。ジョンはつかのま疑わしげな顔を見せたものの、すぐ前へ進みでてきた。ダンはその体を引き寄せながら、こう思った。《なにもわからないかもしれないぞ》

ところが、すっかりわかった。まだ子供だったころに母や父の失せ物さがしを手伝ったときと変わらず、たちどころに答えが見えてきた。

「話をきいてください」ダンはジョンを解放しながらいった。「あなたはグーシェー病の子供の患者のことを心配してますね」

ジョンはあとずさった。「いったいなんの話だ？」

「病名を正しくいえなかったのは、自分でもわかってます。グーシェー？　グラッシェー？とにかく骨に関係する病気です」

ジョンの口があんぐりとひらいた。「もしやきみはノーマン・ロイドのことを話してるのかね？」

「教えてください」

「ノーマンはゴーシェ病にかかってる。代謝障害の一種だ。遺伝性で、きわめて稀な難病だよ。脾臓《ひぞう》が腫れ、神経障害が引き起こされて、おおむねは早いうちに痛ましい死にいたる。かわいそうに、ノーマンは簡単にいえば骨が全部ガラスになったようなものでね、十歳を迎える前に死ぬだろう。しかし、なぜきみがそんなことを知ってる？　もしや両親から話をきいたのか？　ロイド一家の自宅はずっと離れたナシュアだぞ」

「先生はその患者と話すことに不安を感じてますね──末期患者と話をすると、決まっていたたまれなくなるからです。だからあなたは、ティガーの絵がある洗面所に立ち寄り、洗う必要もない手を洗って時間を稼いだ。そのときあなたは腕時計をはずして、棚に置いた──赤っぽい消毒剤だかなんだかのプラスティックのボトルが置いてある棚にです。なんという名前かは知りません」

ジョン・Dは、ダンが正気をうしなったと思いこんでいるかのように目を見ひらいていた。

「その子供が入院している病院は？」

「エリオット病院だ。時間の前後関係はあっているし、途中で小児科のナースステーション近くにある洗面所に立ち寄って手を洗ったのも事実だよ」ジョンはいったん言葉を切って眉を寄せた。「ああ、いわれて見れば洗面所の壁には、ミルンの『くまのプーさん』に出てくるキャラクターの絵があったように思う。しかし、腕時計をはずしたかどうかはあいにく思い出せない……」言葉が尻すぼみに消えた。

「ほら、思い出したじゃないですか」ダンはそういって、にこりと笑った。「いま思い出したんだ。ちがいますか？」

ジョンはいった。「エリオット病院の遺失物係には問いあわせたよ。いっておけば、ブリッジトン病院とニューハンプシャー中央病院にもだ。そんな忘れ物はないという返事だった」

「オーケイ。だとしたら、だれかがそのあとやってきて時計を目にとめ、盗んでいったのかもしれない。もしそうなら、先生はじつに運がわるかった……でも、奥さんになにがあったのかを話せるじゃないですか。どうしてそんなことになったのかも。あなたはその子のことを考え、その子のことを心配していた……それで洗面所を出るときに、うっかり腕時計をはめなおすのを忘れてしまった、と。すっきり筋の通った話だ。それに、ほら、もしかしたら時計はまだ棚にあるかもしれません。かなり高い棚ですし、あのプラスティックのボトルにはいった消毒液をつかう人はめったにいない。シンクのすぐそばに、液体石鹸のディスペンサーがありますからね」

「棚に置いてあるのはベタジン——ポピドンヨウド剤だよ」ジョンは答えた。「子供の手が届かない高い棚に置いてあるんだ。気づかなかったな。しかし……ダン、きみはエリオット病院に行ったことがあるのかね？」

できれば答えずにすませたい質問だった。「とにかく、棚を調べてみることです、ドック。ひょっとしたら幸運に恵まれるかもしれませんよ」

3

翌週の木曜夜の〈断酒勉強会〉に、ダンはミーティングの場所へ早めに行った。もしドクター・ジョンが紛失した七百ドルの腕時計のことで結婚生活を投げうち、ひょっとしたら医師としてのキャリアも投げ捨てると決めたのなら（アルコール依存症者がもっと少額の金を理由に結婚やキャリアを捨てるのは日常茶飯事だ）、だれかがコーヒーを淹れる係をつとめなくてはならない。しかし、ジョンは出席していた。それも腕時計をはめて。

　そして今回、男同士のハグを誘ったのはジョンのほうだった。きわめて心のこもった熱いハグだった。このままでは左右の頰にフランス人流のキスをされるのではないか――ダンは半分本気でそう思ったが、ジョンはダンの体から腕を離した。

「時計はきみがいっていたとおりの場所にあったよ。十日もたっていながら、置いたままの場所にね。これこそ奇跡だな」

「いえいえ」ダンは答えた。「たいていの人間は、めったに目の高さより上を見ないんです。事実として証明されてます」

「なんでわかったんだね？」

　ダンは頭を左右にふった。「ぼくにも説明できません。たまに、なにかがふっとわかることがある、というだけで」

「なにをすれば、きみへのお礼になるかな？」

　これはダンが待ち望んでいた質問、問いかけられたいと願っていた質問だった。「AAの〈十二の伝統〉の十二番めを実践してください」

　ジョン・Dは両眉を吊りあげた。

「無名《アノニミティ》であることです。もっと簡単にいえば――口を閉じて、このことはだれにもしゃべるな、ですね」

ジョンの顔に理解の表情がのぞいた。ジョンはにやりとした。「それならできるな」

「よかった。さあ、コーヒーを淹れてください。ぼくは本をならべます」

4

ニューイングランド各地のAAでは、記念日は〝誕生日《バースデイ》〟と呼ばれ、ミーティングのあとにケーキで祝うパーティーをひらくしきたりだった。まもなくダンが禁酒三周年をこの流儀で祝うころ、デイヴィッド・ストーンとアブラの曾祖母のふたりはジョン・ドルトン――あるサークル内ではドクター・ジョンとかＤＪの名で通っている医師――のもとを訪れて、また別の三周年を祝う誕生パーティーに招待した。こちらはストーン家の面々がアブラのためにひらくパーティーだった。

「それはご親切に」ジョンはいった。「顔を出せれば、ええ、喜んで出席します。ただ……まだほかにもお話があるように思えてならないのはなぜでしょう？」

「まだほかにも話があるからよ」コンチェッタがいった。「それにね、ここにいるミスター頑固が、ようやくこの件を話しあう時期だってことに納得してくれたから」

「アブラになにか問題でも？　問題があるのなら、きかせてください。この前の定期健診では問題はひとつもなかった。恐ろしいほど聡明。社会的技能は文句なし。話し言葉の能力は天井知らず。読む能力も同様。この前ここへ来たときには、『アメリカワニです、こんにちは』を読んでくれましたよ。おそらく機械的な丸暗記でしょうが、それだってまだ三歳にならないことを思えば驚異的だ。ルーシーは、おふたりがきょうここへ来ていることを知っていますか？」

「ルーシーとコンチェッタは、この件では共同戦線を張ってぼくに迫ってます」デイヴィッドはいった。「いまルーシーは、自宅でアブラとパーティー用のカップケーキをつくってます。ぼくが出てきたときには、うちのキッチンは強風に見舞われた地獄のようなありさまでした」

「だったら、ここでなにを話そうとしてるんです？　もしや……そのパーティーにわたしを一種の観察者として同席させたいとか？」

「そのとおり」コンチェッタが答えた。「わたしたちには、なにかが起こるとはっきり断定はできない。でも、あの子が昂奮すると、なにかが起こりがちだし、いまあの子はパーティーのことでとても昂奮してるの。保育園の小さなお友だちがみんな来ることになっているうえに、マジックを披露してくれる男の人も呼んでるのでね」

ジョンはデスクの抽斗をあけ、黄色いレポート用紙をとりだした。「それで、どのようなことが起こると予想されているんです？」

デイヴィッドが口ごもった。「それが……ひとことではいいにくくて」

コンチェッタは孫娘の夫にむきなおった。「話してさしあげて。いまさらやめられないわ」

その声音は軽く、陽気な響きさえたたえていたが、ジョン・ドルトンにはコンチェッタの顔に不安がのぞいているように思えた。いや、ふたりともだ。「アブラが泣きはじめて、そのあともぜんぜん泣きやまなかったあの夜のことから話すといいわ」

5

デイヴィッド・ストーンは大学の学部生にアメリカ史と二十世紀のヨーロッパ史をかれこれ十年教えていた。そのため、内側に通っている論理の道筋がきき手にはっきり伝わる話の組み立て方を心得ていた。今回の話をはじめるにあたってデイヴィッドがまず指摘したのは、娘アブラがまだ赤ん坊だったころ、際限もなく泣きわめきつづけていたにもかかわらず、二機めのジェット旅客機がワールドトレードセンターに突入した瞬間、すっぱり泣きやんだ、という事実だった。そこから時間軸をさかのぼったデイヴィッドは、妻ルーシーの夢ではアブラの胸にアメリカン航空機の便名の数字が書いてあり、自分が見た夢ではユナイテッド航空機の便名だった、と語った。

「ルーシーは夢で、飛行機の洗面所にいるアブラを見つけました。ぼくが見た夢では、アブラは火事になっているショッピングモールにいました。これについては、先生がご自分で結論を導きだしてください。いや、そうしなくてもけっこう。ぼくにとっては、ふたつの便名の数字だけでもかなり明確なのではないかと思います。ただし、それでなにが明確になったのかはわかりません」デイヴィッドはおもしろくもなさそうに笑うと、両手をいったんかかげてから、また下におろした。「たぶん、知るのを怖がっているんでしょう」

ジョン・ドルトンは9・11の朝を――アブラがノンストップで泣き叫んでいたことも――よく覚えていた。「話を整理させてもらいます。きみは娘さんが――当時まだ生後わずか五カ月だった娘さんがテロリストによる攻撃を予知し、そのことをきみたち両親にテレパシーかなにかで伝えたと、そう信じているのですね？」

「ええ、そうよ」コンチェッタがいった。「簡にして要を得たまとめ。お見事」

「他人にどうきこえるのかはわかってます」デイヴィッドはいった。「だからこそ、ルーシーとぼくはこれまでだれにも打ち明けませんでした。いえ、コンチェッタを別にすればの話です。あの晩、ルーシーが話したんですよ。妻はお祖母さんになんでも話しますからね」

そういってため息をついたデイヴィッドを、コンチェッタは冷ややかに一瞥《いちべつ》した。

「あなたはそのたぐいの夢は見なかったんですか？」ジョンがコンチェッタにたずねた。

コンチェッタはかぶりをふった。「わたしはボストンにいたの。つまりあの子の……どういえばいいのかしら……その……送信範囲の外にいたみたいね」

「9・11はかれこれ三年前ですな」ジョンはいった。「その三年間に、さぞいろいろなことがあったとお察ししますが……？」

それはもう、ほかにもいろいろなことがあった。いちばん最初の（いちばん信じがたい）話を口に出しおえたいま、デイヴィッドはそれ以外のあれこれを比較的容易に話題に出せるようになった自分に気がついていた。

「ピアノです。ええ、次はピアノでした。ルーシーがピアノを弾くのはご存じですね？」

ジョンはかぶりをふった。

「とにかく妻はピアノを弾きます。小学校時代から。傑出した演奏とまではいきませんが、まずまずの腕前です。うちには、両親が結婚にあたってプレゼントしてくれたフォーゲルのピアノがあります。ピアノは居間にありますが、以前はアブラのベビーサークルも置いてありました。それで……二〇〇一年のクリスマスにぼくがルーシーに贈ったプレゼントのひとつが、ビートルズの曲をピアノ用に編曲した楽譜集でした。アブラはよくベビーサークルのなかで寝転がって、おもちゃで遊びながら、ピアノの音をきいてました。そうしながらにこにこ笑ったり足を蹴りあげたりしていたので、音楽が気にいっていることはわかりました」

ジョンはこの点に疑問をさしはさまなかった。たいていの赤ん坊は音楽が大好きだし、赤ん坊なりにそのことをまわりに知らせようとする。

「楽譜集にはヒット曲が残らず収録されていました――〈ヘイ・ジュード〉も〈レディ・マドンナ〉も〈レット・イット・ビー〉も。しかしアブラがいちばん好きなのはマイナーな曲、いってみればシングルのB面に収録されるような曲のひとつ、〈ナット・ア・セカンド・タイム〉でした。ご存じですか？」

「曲名だけではわかりません」ジョンはいった。「曲を耳にすれば思い出すかも」

「アップテンポの曲なんですが、ビートルズのアップテンポの曲の大多数がふつうのギターサウンドを中心に組み立てられているのにひきかえ、ピアノのリフが中心になってます。ブギウギではないにしても、まあ、近い曲ですね。アブラはこの曲が大好きでした。ルーシーが弾くと、足をばたばた蹴りあげるだけでなく、自転車を漕ぐように両足を動かしていたんですよ」

明るいすみれ色のジャンプスーツを着せられて仰向けに寝ていたアブラが、まだ二本の足で立って歩くことはできないものの、ディスコクイーンのように〝ゆりかごダンス〟を披露していた姿を思い出して、デイヴィッドは口もとをほころばせた。「間奏はほぼピアノだけで、これも非常に単純な演奏です。左手は一音ずつ弾いているだけです。音符は二十九個——数えました。子供だって弾けます。げんにうちの子も弾けました」

ジョンは眉毛をぴくんと吊りあげた——眉毛が髪の生えぎわに接してしまうほど上まで。

「はじまったのは二〇〇二年の春です。そのときはルーシーとふたり、ベッドにはいって本を読んでいました。テレビで天気予報をやっていたので、十一時からのニュース番組の半分あたりだったのでしょうね。アブラは子供部屋にいました——ぼくたちはあの子がぐっすり眠りこんでいると思っていました。そのうちルーシーが、そろそろ寝たいのでテレビを消してくれといい、ぼくはリモコンで電源を切りました。そのときです、あれがきこえてきたのは。〈ナット・ア・セカンド・タイム〉の間奏のピアノの二十九個の音。完璧でした。ミスタッチは一回もなし。音は一階からきこえていました。

先生、ぼくたちはどっちも震えあがりました。てっきり、家に賊が侵入したものと思いこみました。でも、銀食器を盗む前に足をとめて、ビートルズの曲のほんの一部分だけを弾くような泥棒がいますか？　うちには銃がなく、ゴルフクラブはガレージにしまってありました。だから、目につく範囲にあったいちばん大きな本をつかみあげて、正体不明の侵入者に立ちむかうべく一階へ降りていったんです。ええ、とんでもなく愚かな行為だったのはわかってますって。ルーシーには、もしぼくが大声をあげたら、すぐ九一一に緊急通報するようにいいました。でも、一階にはだれもいませんでしたし、ドアには残らず錠前がおりていました。ピアノの鍵盤蓋は閉まっていました。

それで二階へ引き返し、異状はないし、だれもいなかったと伝えました。それからふたりで廊下の先にある子供部屋へアブラのようすを見にいきました。いえ、話しあったわけではなく、ただそうしたんです。どちらもアブラがやったことだと察していながら、そう口にするのをためらっていたんだと思います。アブラは目を覚ましていました。じっとゆりかごで仰向けに寝たまま、ぼくたちを見あげていました。赤ん坊がなにやら賢そうな小さい目をしてるってこと、先生ならご存じですよね？」

ジョンは知っていた。言葉を話すことさえできるのなら、大宇宙の秘密の数々を教えてくれそうな目だ。本気でそうかもしれないと信じていた時期もある。赤ん坊が〝ばぶばぶ〟以上のちゃんとした言葉をしゃべれるようになるころには、それまで知っていたことをすべて忘れるように神さまがはからっているのだ、と――どれほど真に迫った夢を見ても、目を覚ましてから二時間もするとすっかり忘れてしまうように。

「アブラはぼくたちの顔を見ると、にっこり笑って目を閉じ、そのまま寝入ってしまいました。次の夜も、おなじことが起こりました。時間もおなじです。居間から二十九音がきこえてきて……静かになり……子供部屋へ行くとアブラが目を覚ましていました。むずかってもいなければ、親指をしゃぶってさえいなかった。ただゆりかごの柵のあいだから、ぼくとルーシーを見ていただけです。そして、すっと寝入ってしまったのです」

「その話は事実ですね」ジョンはいった。本心から質問していたわけではない――話をきっちり整理しておきたかっただけだ。「わたしをかつごうとしているのではなく」

デイヴィッドはにこりともしなかった。「ええ、そんなつもりはまったくありません」

ジョンはコンチェッタにむきなおった。「あなたはその音をおききになったんですか？」

「いいえ。とりあえずデイヴィッドに最後まで話をさせてあげて」

「そのあと二日は、夜になってもなにもありませんでした。それから……ああ、あなたなら、親として成功する秘訣はつねに計画を立てることだという言葉をもちろんご存じですね？」

「いかにも」というのも、これは新しく父親や母親になった人々にジョン・ドルトンがきかせる説教の中心部分だったからだ。夜間の授乳はどうすればいいのでしょうか？　だれかがすぐに対応できて、だれかひとりが疲れすぎないようにスケジュールを組むことです。子供が毎日を規則正しく――つまりは快適な――習慣で過ごせるようにするためには、入浴や授乳や着つけや遊び時間などをどのように算段すればいいですか？　スケジュールを作成することです。計画を立てることです。緊急事態にはどのように対処すればいいのでしょうか？　ベビーベッドの倒壊から異物をのどに詰まらせる事故まで？　計画を立てていれば対処できます。そもそも二十回のうち十九回までは、結局はたいしたことなく無事におわるものですよ。

「そこで、ぼくたち夫婦はそのとおりにしました。それから三夜、ぼくはピアノのすぐ前のソファで寝ました。三日めの夜、ぼくがそろそろ寝ようとソファに体を横たえるのと同時に、音楽がはじまったんです。フォーゲルのピアノの鍵盤蓋は閉まっていたので、急いで近づいて蓋をあけました。鍵盤はひとつも動いていなかった。といっても、それほど意外に思ったわけではありません。というのも、そのときには音楽がピアノからきこえているのではないことに気づいていたんです」

「というと……？」

「音はピアノの上からきこえていました。なにもない空間から。このときにはルーシーがアブラの部屋に行ってました。それまでぼくたち夫婦は、アブラの部屋ではひとことも話しませんでした——衝撃が強すぎたんです。でも、このときにはもうルーシーにも心がまえができていました。ルーシーはアブラに、もう一度弾いてくれといいました。すると、わずかな間ののち、アブラは演奏しました。すぐ近くに立っていたので、その気になれば空中で音符をつかむこともできそうでした」

ジョン・ドルトンのオフィスが静まりかえった。レポート用紙にメモをとっていた手がとまっていた。コンチェッタが真剣なまなざしでジョンを見つめていた。しばらくして、ジョンはようやく口をひらいた。「いまもその現象がつづいている？」

「いいえ。ルーシーがアブラを膝に載せて、これからは夜にピアノを弾いてはいけない、父さんと母さんが眠れないからだ、といいきかせました。それで、この件はおわりました」デイヴィッドは言葉を切って考えをめぐらせた。「いえ、ほとんどおわったというべきでしょうね。そのあと一回だけ、三週間ばかりあとでしたが、また音楽がきこえてきたことがありました。とても小さな音でしたが、このときには二階からきこえてきました。アブラの部屋から」

「あの子は自分にきかせるために演奏してたのよ」コンチェッタがいった。「夜中に目が覚めて、そのあとうまく寝つけなかったものだから……自分で自分に子守歌を演奏していたんだわ」

6

ツインタワーの崩落からほぼ一年が過ぎたころのある月曜日、アブラが――このころにはもう歩くようになり、ひっきりなしに口からあふれる早口に理解できる単語が混じりはじめていた――よちよち歩きで正面玄関へ行ってぺたんと腰をおろし、いちばんお気に入りの人形を膝に載せた。

「なにしてるの、スイートハート?」ルーシーがたずねた。このときはピアノの前にすわって、スコット・ジョプリンのラグタイムを演奏していた。

「ダーダ!」アブラが高らかにいった。

「あらあら、父さん《ダーダ》は夕食の時間まで帰ってこないのよ」ルーシーはそういったが、その十五分後、アキュラがドライブウェイにはいってきてとまり、デイヴィッドがブリーフケースをさげて車から降りてきた。毎週、月水金に講義をしている建物の給水本管が壊れたため、すべての講義が臨時休講になったのだという。

「この話はルーシーが教えてくれたの」コンチェッタはいった。「もちろんそのときには、9・11の夜泣きの件も幽霊ピアノの話もきいてたわ。一週間か二週間後、アブラたちの家へ行ったの。ルーシーには、わたしが訪ねることはアブラには黙っているようにといってね。でも、アブラは知っていた。わたしが家に着く十分前には玄関の前にちょこんと腰かけてたそうよ。だれが来るのかとルーシーがたずねると、アブラは『ばあば《モーモ》』と答えたんですって」

二〇〇三年の晩春、ルーシーは夫婦の寝室にいるアブラを見つけた。アブラはルーシーのドレッサーの二番めの抽斗を引っぱってあけようとしていた。

「おーか！」アブラは母親にいった。「おーか、おーか！」

「あなたがなにをいってるのかはわからない」ルーシーはいった。「でも、見たかったら抽斗のなかを見てもいいのよ。どうせ古い下着やつかい残しの化粧品しかないけど」

しかし、どうやらアブラは抽斗にはなんの関心もないようだった――ルーシーが抽斗をあけて中身を見せようとしても、アブラは目もくれなかった。

「らー！　おーか！」それから深々と息を吸いこんで、「おーか、らー、ママ！」

赤ちゃん語を流暢《りゆうちよう》につかいこなせるようになる親はいないが――身につけるよりも早く赤ん坊が成長するからだ――それでもある程度まで理解できるようになる。ルーシーもやがて娘の関心はドレッサーの抽斗の中身ではなく、裏《らー》にあるなにかにむけられていることを察した。

ルーシーは好奇心にかられて抽斗を完全に抜きだした。アブラはすぐに、そこの隙間にもぐりこんでいった。たとえ虫や鼠はいないにしても埃がたまっているはず――ルーシーはそう思いながら、あわてて手を伸ばして娘のシャツの背中をつかもうとして、つかみそこねた。ルーシーがなんとかほかの抽斗も抜いて自分でももぐりこめるほどの隙間をつくったころには、アブラは二十ドル紙幣をつかんだ手をかかげていた――どうやらドレッサーの上にあったものが、鏡と壁の隙間から裏に落ちてしまっていたらしい。

「ほら！」アブラはうれしそうな声をあげていた。「お金《おーかー》！　アブラ、アブラのお金《おーかー》！」

「だめ」ルーシーはいいながら、アブラの小さな拳から紙幣を抜きとった。「子供にはお金《おーかー》なんか必要ないんだから、お金《おーかー》をもってなくていいの。でもね、あなたはいまソフトクリーム代を自分で稼いだのよ」

「ソッ・クィーム！」アブラが歓声をあげた。「アブラのソッ・クィーム！」

「さて、そろそろジャドキンズさんの話をドクター・ジョンに話してあげたらどうです？」デイヴィッドがコンチェッタにいった。「あの場にいらっしゃったんですから」

「ええ、たしかに」コンチェッタはいった。「たしかあれは、七月四日の独立記念日をはさんだ週末のことよ」

二〇〇三年の夏ともなると、アブラは――まだ多少の巧拙こそあれ――単語だけではなく、完全なセンテンスで話せるようになっていた。コンチェッタは独立記念日とその週末をいっしょに過ごすために、ストーン家を訪れていた。七月六日は日曜日で、その日デイヴィッドは裏庭でのバーベキューのために新しい〈ブルーライノ〉のガスボンベを買っておこうと〈セブン-イレブン〉へ行った。アブラは居間でブロック遊びをしていた。ルーシーとコンチェッタはキッチンにいて、おりおりにどちらかがアブラに目をやり、テレビのコンセントを抜いたりかじったりしていないか、ソファへの登山を試みてはいないかと確かめていた。しかし、アブラはそういったものには目もくれていなかった。乳幼児用のプラスティックの積み木で、一見したところストーンヘンジらしきものを一心不乱に組み立てていたのだ。

そしてルーシーとコンチェッタが食洗機から食器を出しはじめたそのとき、いきなりアブラが悲鳴をあげた。

「死にかけてるみたいな声だったわ」コンチェッタがいった。「どれほど恐ろしいものかはご存じね？」

ジョンはうなずいた。知っていた。

「この年齢になると、ただ走るだけでもそう簡単じゃないの。でもあの日のわたしは、往年の金メダリストのウィルマ・ルドルフみたいに走ったわ。ルーシーの二倍も速く居間にたどりついたのよ。アブラが怪我をしたにちがいないと思いこんでいたせいだと思うけど、最初は本当に血が見えたの。でもアブラは無事だった。少なくとも体に怪我をしていなかったという意味ではね。アブラはわたしに駆け寄ってきて、足にぎゅっと抱きついてきた。わたしはあの子を抱きあげた。そのころにはルーシーも追いついてきて、ふたりでなだめるうちに、なんとかアブラも少しは落ち着いてきたわ。『ウォニー、ウォニーが転んだ！』アブラはそういってた。『ウォニーを助けてあげて、ばあば！　ウォニーが転んじゃった！』ウォニーがだれなのか、わたしにはわからなかったけれど、ルーシーが知ってたわ——ウォンダ・ジャドキンズ、お向かいに住んでいた女性よ」

「いっておけば、アブラがいちばん好きなご近所さんですよ」デイヴィッドがいった。「クッキーをつくってくれるからですし、アブラのところへいつも名前入りのクッキーをもってきてくれるんです。レーズンで書いてあることもあれば、糖衣《アイシング》で書いてあることもあります。旦那さんを亡くして、いまはひとり暮らしです」

「それで、わたしたちはお向かいへ行ったの」コンチェッタが話を再開した。「わたしが先に立って、アブラを抱いたルーシーがあとからね。ノックをした。でも、だれも出てこなかった。『ウォニーは食堂にいる！』アブラはそういった。『ウォニーを助けてあげて、ばあば！　だって怪我してて、血が出てきてるんだもん！』

ドアの鍵はあいてたわ。それで、わたしたちは家のなかへはいった。最初に気がついたのは、クッキーの焼けるにおい。ミセス・ジャドキンズは食堂の床に倒れていて、床に脚立《きゃたつ》があった。ついさっきまで壁と天井の接ぎ目を掃除するのにつかっていた雑巾を、まだ手に握ったままでしたっけ。そして、たしかに血が流れだしてた――夫人の頭のまわりに、まるで後光のように血だまりが広がっていて。もう手おくれだ――わたしはそう思った。息をしているように見えなかったから。でもルーシーが、まだ脈があるといったの。床に倒れたことで頭蓋骨にひびがはいっていたし、わずかな脳内出血こそあったけれど、翌日には意識をとりもどした。夫人はアブラの誕生日のパーティーに来る予定よ。先生もいらっしゃるのなら、夫人に挨拶もできるわ」コンチェッタは一歩も引かぬかまえで、アブラ・ストーンの小児科医を見つめた。「救急救命室のお医者さまは、もし夫人がもっと長いことそのままだったら死んでいたはずだし、そうでなかったにしても、医学用語でいう〝遷延性《せんえんせい》植物状態〟になっていたはずだ、と話してたわ……あくまでもわたしの意見だけど、死よりもなお悲惨なことになりかねなかったわけ。いずれにしろ、うちの曾孫はあの女性の命を救ったわけ」

ジョンは手にしていたペンをレポート用紙にぽんと投げ落とした。「なにをいえばいいのかもわかりません」

「これだけではないんですよ」デイヴィッドはいった。「しかし、これ以外の話は明確に断定できるようなものではありません。というのも、おそらくルーシーもぼくもこれに慣れてしまったからだと思います。たとえば……生まれつき目の不自由な子供のいる家庭が、そのことにいつしか慣れるようなものでしょうか。ただし、うちの場合はその正反対です。ぼくたち夫婦は、例の9・11の事件の前からそのことに気づいていたようです。いえ、それこそ病院からあの子を家へ連れ帰ったそのとき、すでになにかに気づいていたのかもしれません。たとえるなら……」

　デイヴィッドはふうっと息を吐き、霊感でも待っているかのように天井を見あげた。コンチエッタがデイヴィッドの腕をつかんだ。「話をつづけなさいな。なにはともあれ、先生はまだ頭のおかしな人をつかまえる網をもった男たちを呼んではいないのよ」

「オーケイ。そう、たとえるなら、家のなかにいつも風が吹いていながら、その風を感じることができず、風がなにをしているのかが見えていないような感じでした。いつも、じきにカーテンが大きく波打ったり、壁の絵が吹き飛ばされるような気がしてならなかった——でも、そんなことはいっぺんもなかった。でも、それ以外にいろいろなことがありました。たとえば週に二、三回は電気のブレーカーが落ちました——ときには一日に二度も三度もね。それでふたりのちがう電気技術者を、前後四回にわたって家へ呼びました。技術者はうちの電気系統を調べて、回路にはなんの問題もないといってくれました。朝になって一階へおりると、椅子やソファのクッションが床に散らばっていたこともあります。アブラには、寝る前におもちゃをきれいに片づけるようにいってました。疲れすぎていたり機嫌がわるかったりしたときはともかく、普段は片づけの得意な子でした。でも翌朝になると、おもちゃ箱のふたがあいて、床に逆もどりしているおもちゃがあったりしました。たいていは積み木でした。アブラのいちばんのお気に入りは積み木だったんです」

デイヴィッドはしばし黙りこみ、今度は反対の壁にある視力検査表を見つめた。ジョンは今回もコンチェッタが話の先をうながすものと思ったが、コンチェッタは静かにしていた。

「オーケイ。いかれきった話なのは百も承知です。でも、誓っていいますが、どれも事実です。ある夜テレビをつけると、すべてのチャンネルが〈ザ・シンプソンズ〉を流していたことがありました。アブラはこれが世界で最高に笑えるジョークだというみたいに、げらげら笑ってました。ルーシーはかんかんになって、『アブラ・ラファエラ・ストーン、あなたがやっているのなら、いますぐやめなさい！』といいました。妻はめったなことではアブラをきつく叱ったりはしません。ルーシーからそんなふうに叱られると、アブラはあっさり引き下がりました。その夜もそんなふうな展開になりました——ぼくがいったんテレビを消してから、あらためてスイッチを入れなおすと、すべてが正常にもどっていたのです。この手の出来事というか……事件というか……現象というか……ともかくほかにも半ダースの例を話せます。でも、ほとんどはごく些細で、いちいち気にもとめないようなことです」デイヴィッドはここで肩をすくめた。「さっきもいいましたが、慣れてしまうんですね」

ジョンはいった。「パーティーにはうかがいますよ。これだけの話をうかがったあととなったら、とても抵抗できるものじゃない」

「でも、なにも起こらないかもしれませんよ」デイヴィッドはいった。「蛇口の水漏れをどうやったら直せるかという昔からのジョークを知ってますか？　水道工事屋に電話をかけるだけでいい、っていうのがおちですね」

　コンチェッタがふんと鼻を鳴らし、「もし本気でそんなことを信じているのなら、あんたは驚きに見舞われるかもしれないわ」といって、ジョン・ドルトンにむきなおった。「この人をここへ連れてくるだけでもひと苦労だったのよ」

「その話は勘弁してくださいって、お祖母さん」デイヴィッドの頬が朱に染まりはじめていた。

　ジョンは思わずため息をついた。このふたりのあいだに敵意があることは、以前にも感じたことがあった。理由はわからないが――ふたりでルーシーを相手に張りあっているのかもしれない――いまこの場でいきなりその話題をもちだすつもりはなかった。ふたりはいま風変わりな用件でここへ来ている。そのことが、かりそめとはいえふたりを同志にしていたし、ジョンとしてはできればいまの状態をたもっておいてほしかった。

「角を突きあわせるのは控えてください」ジョンがそれなりに厳しい口調でいいわたすと、ふたりはおたがいに顔をそむけ、驚いたようすでジョンに目をもどした。「おふたりの話を信じますよ。むろん、わずかなりとも似通った話でさえ耳にしたことはないが……」

　いや、本当に初耳だろうか？　声が尻すぼみに小さくなるなかで、ジョンはいったんはなくしたものと思いこんだ腕時計のことを思い出していた。

「先生？」デイヴィッドがいった。

「ああ、すまない。脳味噌がこむらがえりを起こしました」

　この冗談にふたりはにっこりと笑った。ふたたび同志にもどれた。ひと安心。

「ともあれ、だれも白衣の男たちを呼んできておふたりをどこやらへ強制入院させたりはしませんよ。おふたりとも、ヒステリー状態になりやすいとか幻覚を見やすいという傾向のない、ごく平均的な人間だと思っています。かりに、そういった現象が……超常現象が……多々あったと主張する人がひとりだけなら、病気を装うミュンヒハウゼン症候群のきわめて珍しい例だと思ったかもしれません。しかし、そうではない。あなたがたご家族が三人とも主張している。さて、そこでわたしから質問です。みなさんは、わたしになにをお望みなのですか？」

デイヴはどう答えればいいかもわからなかったようだが、義理の祖母コンチェッタはちがった。「アブラを観察してほしいの。先生が病気の子供を相手にいつもなさっているように——」

いったんは薄れかけていたデイヴィッドの頰の紅潮だったが、これを耳にしてふたたび頰が赤らんできた。それも一瞬にして。

「アブラは病気なんかじゃない」と、切り口上でいう。

コンチェッタは孫の夫にむきなおった。「そんなことはわかってるわ！　まったく《クリスト》！　お願いだから途中で口をはさまないで」

デイヴィッドはいかにも我慢しているという顔になり、両手をさっとふりあげた。「ええ、すいませんでした、わるうございました、ごめんなさい」

「とにかく、わたしの喉笛を狙って、隙あらばつかみかかるような真似はよして」コンチェッタがデイヴィッドにいった。

ジョンがいった。「いいかな、子供たち、いがみあいをやめないのなら、ふたりまとめて隔離室にはいってもらいますよ」

コンチェッタは嘆息した。「このことでとてもストレスがたまっていて。わたしたち全員がね。あやまるのはわたしのほうよ、デイヴィッド。言葉の選び方をまちがっていたわ」

「いいんです。この件では、ぼくたちは仲間ですし」

コンチェッタはちらりと笑みをのぞかせた。「そうね。ええ、仲間。ドルトン先生、まだ診断のついていない症状を見せている子供の患者に接するように、あの子を観察してもらえません？ わたしどもの頼みはそれだけだし、いまはそれで充分だと思う。先生ならなにか思いつくかもしれません。そうであってほしいものね。おわかりでしょうが……」

コンチェッタは途方にくれた表情をデイヴィッド・ストーンへむけた。この女性の力強い顔だちにこんな表情がのぞくのは珍しいのではないか、とデイヴィッドは思った。

「ぼくたちは怖いんです」デイヴィッドはいった。「ぼくもルーシーもコンチェッタも——三人とも死ぬほど怯えてます。アブラが怖いのではなく、アブラのことを思って怯えているんです。おわかりですか、あの子がまだ小さいからですよ。あの子がそなえている力が……〝力《パワー》〟という以外にどう呼べばいいかもわかりませんが……まだ成長しきっていなかったら？ いまもまだ成長しつづけていたら？ ぼくたちはどうすればいいんでしょう？ もしあの子がその力で……ああ、ぼくにはわからない」

「この人にはわかってるのよ」コンチェッタがいった。「もしあんな力をもったまま、癇癪を起こして自分なり他人なりを傷つけたらどうするのか？ それがどの程度までありそうな話なのかは知らない。でも、そういうことが起こりかねないと考えるだけで……」いいながらジョンの手を握る。「恐ろしくてたまらないの」

7

旧友のトニーが窓から――改めて見なおすと、板でふさがれていた窓から――手をふっているのを見たあの瞬間以降、ダン・トランスは自分がいずれ〈ヘレン・リヴィングトン館〉の小塔の部屋に住むことがわかっていた。ダンが事務局長のミセス・クローセンに小塔の部屋について問いあわせたのは、〈リヴィングトン館〉で清掃スタッフ兼看護助手として働きはじめてから半年たったときのことだった。これ以外にも、住みこみの非公式な医師としての仕事もしていた。もちろん、忠実なる助手のアジーとともに。

「あの部屋にはがらくたがぎっしり隙間なく詰めこまれてるわ」

ミセス・クローセンはそのときそういった。六十代で、とても本物とは思えない赤毛のもちぬし。話しぶりは皮肉っぽいだけでなく、ときに口汚くもなったが、賢明で同情心をそなえた管理職だった。それ以上にすばらしかったのは――〈ヘレン・リヴィングトン館〉の理事会の立場から見た場合だが――寄付金をあつめる段になると信じられないほどの凄腕を発揮したことだった。この女性に好意を感じているのかどうか、ダンにはわれながらわからなかったが、いつしか敬意をいだくようになっていた。

「自分で片づけますよ。あき時間にね。ぼくがここに寝泊まりしていたほうがいいとは思いませんか？　常時待機できますし」

「ダニー、ひとつ教えてちょうだい。あなたはどうやって、いまの仕事をそこまで上達させたの？」

「自分でもわかりません」少なくとも半分は真実だった。いや、七十パーセントまでは真実かもしれない。生まれてからずっと〝かがやき〟と暮らしていながら、いまもって理解できていなかった。

「がらくただけじゃなくて、小塔は夏は暑いし、冬場はそれこそ〝タマも縮みあがるほど厳しい寒さ〟そのままよ」

「なんとか対処できます」ダンはそう答えた。

「わたしの前で大腸がどうこうという話はよして」ミセス・クローセンは半フレームの眼鏡ごしに厳しい視線でダンをにらみつけた。「わたしがあなたにどんな仕事をさせていたかを理事会に知られてごらんなさい。たちまちわたしはナシュアにある老人ホームに飛ばされて、日がな一日バスケットを編まされる羽目になるに決まってる。ほら、壁がピンク一色で、そのうえBGMにマントヴァーニ・オーケストラが流れてるところ」ふんと鼻を鳴らして、「ドクター・スリープとはよくぞいったものね」

「ドクターはぼくではありません」ダンは静かにいった。今回の要望がかなえられることはもうわかっていた。「その名前をもつドクターはアジーです。ぼくは助手にすぎません」

「アズリールなんてただの猫じゃないの」ミセス・クローセンはいった。「通りから迷いこんできた毛なみのわるい野良猫よ。飼いはじめたのはここの居住者のひとりだけど、当人はとっくの昔に〝偉大なるなんとかさん〟のもとに召されてる。だいたいあの猫が興味をもっているのは、一日二回ボウルで食べさせてもらえる〈フリスキーズ〉のことだけでしょうが」

ダンはこの言葉になにも答えなかった。その必要はなかった。いまの言葉が真実でないことは、ふたりともわかっていたからだ。

「たしかあなたは、エリオット・ストリートに申しぶんのない住まいがあるのではなくって？家主のポーリン・ロバートスンは、あなたのお尻の穴から日ざしが照り輝いていると思ってるくらい。なんでそこまで知ってるかといえば、教会の合唱隊であの人といっしょに歌ってるからよ」

「いちばん好きな賛美歌はなんですか？」ダンはたずねた。「〈いつくしみクソ深き〉あたりですか？」

相手の顔にレベッカ・クローセン版の微笑みがのぞいた。「とにかく、話はわかった。あの部屋をきれいに片づける。引っ越す。電気の配線を自分ですませるなり、四チャンネルのステレオシステムを設置するなり、ホームバーをつくるなりしなさい。わたしが気にするはずがないでしょう？　わたしはただのボスなんだから」

「ありがとうございます、ミセス・C」

「そうそう、忘れずに小型ストーブを買っておくこと。どこかのガレージセールで、コードがいい感じにほつれてるストーブが見つかるかどうかを確かめてね。冷えこんだ二月の夜あたりに火事を出して、あの忌ま忌ましい建物を全焼させてちょうだい。そうすれば、左右両側にある出来そこない同然の建物に釣りあう煉瓦づくりの不格好な建物をつくってもらえそうだもの」

ダンは立ちあがると、手の甲をひたいにあてて中途半端なイギリス流の敬礼をした。「おおせのままに、ボス」

ミセス・クローセンはダンへむけて手をふった。「さあ、わたしの気が変わらないうちに出ていって、ドック」

8

たしかにダンは小型ストーブを部屋へ運び入れたが、コードはほつれていなかったし、そもそも転倒すればすぐ火が消える安全タイプのストーブだった。小塔三階のこの部屋にはどう工夫してもエアコンをとりつけることは不可能だったが、〈ウォルマート〉で買った二台の扇風機をひらいた窓の前へ置けば、室内をいい感じに風が通り抜けていってくれた。それでも夏のあいだ部屋はかなりの暑さになったが、そもそも昼間はほとんど部屋にいなかった。それにニューハンプシャーの夏の夜はかなり涼しかった。

部屋に積みあげられていた品の大半は廃棄してもかまわないがらくただったが、壁のひとつにもたせかけてあった昔の小学校にあったような大きな黒板だけは、捨てずにとっておいた。黒板はかれこれ三十年も、修復不可能なほど壊れている大昔の車椅子の鉄材の裏に隠れていた。

黒板は役に立った。ここにダンはホスピスの滞在者とその部屋番号をまとめて書きとめ、死者がでればその名を消し、新たな滞在者がやってくれば名前を書き足した。二〇〇四年の春、黒板にあったのは三十二人の名前。十人が〈リヴィングトン一号館〉に、十二人が〈リヴィングトン二号館〉に収容されていた――このふたつは、ヴィクトリア朝様式の邸宅を左右からはさんでいる煉瓦づくりの醜悪な建物のことだ。中央の邸宅にはかつてヘレン・リヴィングトンが住み、ジャネット・モンパルッスというきらびやかな筆名でサスペンス風味のロマンス小説を書いていた。それ以外の滞在者は、ダンが住む狭苦しいが不便のない小塔の小部屋より下の階に詰めこまれていた。

《そういえばミセス・リヴィングトンは、不出来な小説を書いていたこと以外でも有名なんですか？》ホスピスで働きだして間もないころ、ダンはクローデット・アルバートスンにそうたずねた。そのときふたりは喫煙可能エリアで、忌まわしい悪習にふけっていた。クローデット――NFLの左タックルなみの肩をもつアフリカ系アメリカ人の陽気な正看護師――は顔を大きく上へむけて笑い声をあげた。

「そりゃ有名よ！　馬鹿みたいにたくさんの金を街に残していったことでも有名なの！　それにもちろん、ここの邸宅を街に寄付したことでもね。年寄りには威厳をもって死ぬための場所が必要だ――ミセス・リヴィングトンはそう考えたのね」

はたして〈リヴィングトン館〉では、ほとんどの者がその言葉どおりに旅立っていった。ダンは――アジーという助手ともども――いまではその一部だった。ダンは自分が天職を見つけたと思っていた。ホスピスがいまではわが家のように感じられた。

9

アブラの誕生パーティーの日の朝、ダンがベッドから起きだすと、黒板に書いてあった滞在者の名前がすっかり消されていた。名前があった場所には、苦労のあともあらわな大きな文字でたったひとつの単語がこう書きつけられていた。

hEll©（ハロー）

ダンは下着姿のままベッドに腰かけて、ただその文字を見つめていた。それから立ち上がって文字に手を走らせると、文字がわずかにかすれた――〝かがやき〟の到来を期待してのことだった。いや、わずかな〝きらめき〟程度でもいい。やがてダンは手を離し、手についたチョークの粉を剝きだしの太腿ではたき落とした。

「きみにもハローといわせてもらうよ」ダンはいった……それから――「もしかして、きみの名前はアブラ？」

反応はなかった。ダンはバスローブを着て石鹼とタオルを用意すると、二階にあるスタッフ用のシャワールームへむかった。もどってくると、黒板といっしょに見つけた黒板消しを手にとって、例の単語を消しはじめた。半分まで消したところでひとつの思考が頭をかすめた。**(父さんは風船がもらえるっていってた)**

ダンは手をとめて、つづきを待った。しかし、それ以上は思考が頭にたどりつかなかったので、黒板の文字をすべて消し、月曜日の付添メモを参照しながら、あらためて滞在者の名前と部屋番号を書きつけていった。昼休みに部屋へもどってきたときには、黒板の文字と数字がきれいに消されて、ふたたび《hEll☺》に置き換えられていることを半分期待していた。しかし、黒板はダンが部屋を出たときのままだった。

10

アブラの誕生パーティーはストーン家の裏庭でひらかれた。裏庭にはなだらかな芝生が広がって、林檎やはなみずきの木があり、ちょうど花が咲きはじめているところだった。庭のいちばん突きあたりには金網フェンスがあり、フェンスにもうけられたゲートにはコンビネーション錠がかけてあった。フェンスはどう見ても見苦しかったが、デイヴィッドもルーシーも気にかけていなかった。フェンスのさらに先に、ソーコ川が流れていたからだ。川はここから南東にむかって蛇行しながらフレイジャーを抜け、ノースコンウェイを抜け、州境を越えてメイン州へ通じている。ストーン夫妻の考えでは、川と幼児はそりがあわない。とりわけ雪解け水で川幅が広がって水流も強くなる春先は。毎年この時期の週刊地方新聞には、川での溺死事故の記事が毎号一本は載っていた。

きょうは、子供たちを芝生から離さないだけの余興が用意されていた。あつまった子供たちがまともに遊べたゲームは〝大将ごっこ〟だけで、それもごく短い一回だけでおわったが、それでも子供たちは芝生を走りまわったり（あるいは転げまわったり）する程度には成長していたし、アブラの滑り台つきジャングルジムに猿のようによじのぼることも、デイヴィッドがほかの父親たちと組み立てた子供用トンネルにもぐりこむことも、いたるところに浮かんでいる風船を叩いてまわることもできた。風船はどれも黄色で（アブラのいちばんお気に入りの色として公認ずみだった）、少なくとも六十個あることはジョン・ドルトン医師が証言してくれるはずだった。ルーシーやその祖母コンチェッタともども、ジョンも風船をふくらませるのを手伝ったからだ。八十代の女性にしては、コンチェッタはかなりの肺活量のもちぬしだった。

パーティーに参加した子供たちはアブラを入れて九人。その全員の親が――少なくとも父母のどちらかは――出席していたので、監督役の大人は充分な人数がそろっていた。家の裏手のウッドデッキにはローンチェアが配されていた。パーティーが盛りあがって巡航速度に達したころ、ジョンはコンチェッタの隣のローンチェアに腰をおろした。コンチェッタはデザイナージーンズに、**《世界一のひいお祖母ちゃん》**と書いてあるトレーナーという服装で、バースデイケーキの大きなひと切れを相手にして奮闘中だった。冬のあいだに贅肉《ぜいにく》という積み荷を数キロばかりかかえこんだジョンは、ストロベリー・アイスクリームをひとすくいだけ食べることで妥協していた。

「それだけ食べたものがあなたのどこへ行ってしまうのかが謎ですな」ジョンは、紙皿の上でまたたく間に減っていくケーキをあごで示しながら、コンチェッタにいった。「体につかないんですからね。あなたはいわば中身の詰まった紐だ」

「そうかもしれない。でも、わたしの足は中身のない筒よ」コンチェッタはあたりを走りまわる子供たちをざっと見わたし、深々とため息をついた。「娘が生きていて、これを見られたらどんなによかったか。悔やむことはもうあまりないけれど、この気持ちは後悔のひとつね」

ジョンはこの方向の話題には深入りしないことに決めた。コンチェッタの娘、つまりルーシーの母親は、ルーシーがまだいまのアブラよりも幼いころに交通事故で死去していた。ストーン夫妻が共同作業のように語りきかせてくれた家族史で、そのことを知ったのだった。

どちらにしても、コンチェッタが自分から話題の方向を変えた。「あの年ごろの子供たちで、わたしがなにをいちばん気にいっているかをご存じ？」

「いいえ」ジョンは年ごろに関係なく子供たちが大好きだった……少なくとも十四歳になる前ならば。十四歳を迎えると、子供たちの体内で内分泌腺が過激なほど活発になりはじめるせいで、彼らのほとんどはつづく五年間をクソ生意気なクソガキとして過ごすことを義務だと思いこむ。

「ほら、あの子たちをごらんなさいな。エドワード・ヒックスが描いた〈平和な王国〉の子供たちバージョンでしょう？　白人の子が六人――それもそうよね、ニューハンプシャーなのだもの――でも、黒人の子がふたりいて、すばらしく愛らしい韓国系の女の子もいる。ほんと、〈ハナ・アンダースン〉のカタログの子供服モデルになってもおかしくない子ね。教会の日曜学校で歌うこんな歌を知っていて？　《赤と黄色と黒と白、どれも神さまの大事な色です》という歌。ここにあるのは、あの歌そのままの世界よ。もう二時間もたっているのに、怒ってこぶしをふりあげたり、ほかの子を小突いたりする子がひとりもいないの」

　ジョンは——これまでにも他人を蹴ったり小突いたり殴ったり嚙んだりする乳幼児を数多く見てきたジョンは——皮肉と願望がきっちり等分にブレンドされた笑みをのぞかせた。

「むしろ、こうならないほうが不思議ですよ。あの子たちはみんな〈リトルチャムズ保育園〉に行ってる。このあたりではハイクラスの保育園で、いっておけば保育料もハイクラスだ。となれば親は最低でも中流の上に位置していて、おまけにみんな大卒、だれもが子供のころから〝みんな力をあわせて仲よくやろう〟のモットーを実践しているわけです」

　ジョンはそこで口をつぐんだ。コンチェッタが渋面で自分を見ていることに気づいたからだが、それさえなければ話をつづけることもできた。またこんなふうに話すこともできた——七歳かそのあたり、いわゆる〝ものの道理のわかる年齢〟になるまで、たいていの子供は感情面の反響室のようなものだ、と。まわりに協力しあう大人たちがいて、彼らが怒鳴るようなことがなければ、子供たちもおなじようになる。その反対に、嚙みついたり怒鳴ったりする者がまわりにいれば……あとは推して知るべし、だ。

　子供たちの医療にたずさわって二十年（いうまでもなく自身でもふたりの子供を育て、いまは〝みんな力をあわせて仲よくやろう〟的な私立の進学校《プレップ・スクール》に通わせている身だ）、いまも最初に小児科医を目指すと決めたときのロマンティックな考えのすべてが壊れているわけではなかったが、それだけの歳月のあいだには考えも多少はすり減ってきた。なるほど、かのワーズワースが自信たっぷりに断言したように、子供たちは栄光の雲を曳《ひ》きつつこの世界に登場するのかもしれない。しかし、それなりに育って知恵がつくまでは、パンツにクソを垂れつづける存在でもあるのだ。

11

銀を思わせる涼しげなベルの響き――アイスクリームの移動販売車が鳴らしているような音――が午後の空に鳴りわたった。子供たちはなにごとかと、いっせいにそちらへ顔をむけた。ストーン邸のドライブウェイから芝生に進みでてきたのは、愛すべき幽霊とでもいうべきものだった――ひとりの若い男が、とんでもなく大きな赤い三輪車を走らせてやってきたのだ。男は白い手袋と滑稽なほど肩幅が広いズートスーツという服装だった。片方の襟のボタン穴には、温室栽培の蘭なみに大きな造花を挿している。ズボン（ジャケットとおなじくやたらにだぶだぶ）はいま、ペダルを漕ぐ関係からか膝までめくりあげてあった。三輪車のハンドルにはいくつものベルが吊られ、男は一本の指でベルをちりんちりんと鳴らしていた。三輪車は左右にふらついていたが、どちらにも倒れなかった。この新参者は馬鹿でかい茶色のダービーハットをかぶっていて、その下にいかれた青いかつらをつけていた。そのうしろをデイヴィッド・ストーンが歩いていた――片手に大きなスーツケースをさげ、片手で折り畳み式のテーブルを運んでいる。その顔はどこかぼうっとしているように見えた。

「やあ、ちびっ子たち！　やあ、ちびっ子たち！」三輪車の男は大声をはりあげた。「あつまれ、あつまれ、みんなあつまれ、もうじき楽しいショーのはじまりはじまり！」

この呼びかけを二度くりかえす必要はなかった。子供たちはそれぞれ笑ったり歓声をあげたりしながら、早くも三輪車のまわりにあつまってきていたからだ。

ルーシーがジョンとコンチェッタのところへやってきて腰をおろし、〝やれやれ〟といいたげなおどけた表情で下唇を突きだしたまま息を吹いて、目もとの髪を払った。あごにケーキのチョコレートコーティングのこすれた汚れがついていた。

「さあ、マジシャンにご注目。あの人は夏の観光シーズンになるとフレイジャーとノースコンウェイに来ているストリートパフォーマーなの。デイヴが無料配布のミニコミ紙で名前を見かけて、オーディションしてから仕事を発注したのよ。名前はレジー・ペルティア。でも本人は芸名で〈ザ・グレート・ミステリオ〉と名乗ってる。お上手なマジックをたっぷり近くで見せたあと、どのくらいあの子たちの興味を引きつけていられるかが見ものね。わたしはせいぜい三分と見てる」

ジョンはこのルーシーの意見がまちがっていると思った。あの男の登場ぶりは、小さな観客たちの想像力をしっかりとらえるよう計算されつくしていたし、男のかつらは恐怖をかきたてるというよりも、むしろ笑いを引きだすものだ。陽気なその顔になにも化粧をしていない点もよかった。ジョンの意見では、ピエロは過大評価されている。六歳以下の子供たちにとって、ピエロは死ぬほどおっかない存在だ。そしてそれより年上の子供たちには、ただ退屈なだけである。

《おっと、きょうのおまえさんは気むずかし屋だな》

そんな気分になっているのも、なにやら奇怪な現象を観察する気満々だったにもかかわらず、これまでなにも起こっていないからかもしれない。ジョンの目には、アブラがまったくふつうの幼児としか見えなかった。ほかの子よりも多少陽気かもしれないが、この気質は先祖ゆずりだ。コンチェッタとデイヴィッドが角を突きあわせているときだけは例外だが。

「ちっちゃなお友だちの注意持続時間を低く見積もってはいけませんな」ジョンはコンチェッタの前を横切るように身を乗りだし、ルーシーのあごからチョコレートの汚れを紙ナプキンで拭きとった。「あの男が芸に秀《ひい》でていれば、子供たちの注意を少なくとも十五分は引きつけていられますね。あるいは、そう、二十分は」

「もし芸といえるものができればね」ルーシーは疑わしそうにいった。

結局〈ザ・グレート・ミステリオ〉ことレジー・ペルティアは芸を披露できたばかりか、かなり芸に秀でた男だということがわかった。忠実なる助手をつとめている〈グレートとはいえないデイヴィッド〉がテーブルを設置しているあいだに、ミステリオは誕生日を迎えたきょうの主役とその客みんなにむかって、襟の花をよく見てほしいと頼んだ。子供たちが顔を近づけると、いきなり花から彼らの顔めがけて水が噴きだした。最初は赤、そのあと緑、最後に青。子供たちは大喜びで、砂糖を燃料とした甲高い笑い声をあげた。

「さてさて、おぼっちゃんにお嬢ちゃん……おおお！　あああ！　こ、こりゃた、たまらん！　くすぐったい！」

ミステリオはダービーハットを脱いで、そこから白い兎《うさぎ》をとりだした。子供たちは驚きに息をのんだ。ミステリオは兎をアブラにわたした。アブラは兎をひとしきり撫でてから、なにもいわれないまま、ほかの子に兎をまわした。兎は子供たちにかまわれても、いっこうに気にしていないかのようだった。おそらく――ジョンは思った――マジックショーの前に、鎮静剤《ヴァリアム》をまぶした餌を数粒ばかり食べさせられているのだろう。最後の子供が兎を返すと、ミステリオはそのまま兎をシルクハットにもどし、その上で手を横に動かした。それから、あらためてその内側を子供たちに見せる。アメリカ国旗をデザインした内張りの布以外、シルクハットのなかは空っぽだった。

「うさちゃんはどこに行ったの？」子供のひとり、スージー・スーン＝バートレットがたずねた。

「お嬢ちゃんの夢のなかへ行ったんだよ」ミステリオは答えた。「だから今夜見る夢には、兎がぴょんと出てくるはずさ。さてさて、魔法のスカーフを欲しい子はいるかな？」

男の子からも女の子からもひとしく、《欲しい、欲しい》という声があがった。ミステリオは握り拳から次々にスカーフを抜きだしては、子供たちに与えた。そのあとも矢継ぎ早にいくつものマジックがつづいた。ジョン・ドルトンの腕時計によれば、子供たちがミステリオを半円形になってとりまき、目を丸くして見入っていたのは少なくとも二十五分間。そして落ち着きのなさの最初の兆候が観客のあいだに見えてくるなり、ミステリオはしめくくりにかかった。まずスーツケースから五枚の皿をとりだして（最初に見せたときには、スーツケースは空っぽだったのだが）ジャグリングをはじめ、皿を投げあげては受けとめながら〈ハッピー・バースデイ・トゥ・ユー〉を歌った。たちまち子供たちも声をあわせて歌いだし、アブラは幸せで天にものぼる心もちの表情を見せていた。

五枚の皿がスーツケースにもどされた。ミステリオがふたたび子供たちに見せたときには、スーツケースはまた空になっていた。つづいてこの男はそこからスプーンを十本ばかりとりだした。さらにスプーンを顔のあちこちにぶらさげていき、最後の一本を鼻の頭に吊ってみせた。これが誕生日を迎えた女の子には大受けだった——アブラは芝生にぺたんとすわりこみ、大声で笑いながら喜びに自分自身を抱きしめていた。

「アッバにもできるもん」アブラはいった（アブラはいま自分を好んで三人称で呼ぶ段階にいた——デイヴィッドはこれを、試合中に自分の名前を主語にしたひとりごとをいうことで有名な野球選手にちなんで〝リッキー・ヘンダースン段階〟と呼んでいた）。「アッバにもチュプーン吊りできるもん」

「それはよかったね、ハニー」

ミステリオはいったが、本気で関心をむけているわけではなかった。無理はない、とジョンは思った。なんといってもミステリオは子供たち相手の大変な昼公演をおえたばかりだ。あたりには川から涼しいそよ風が吹きつけていたが、ミステリオの顔はまっ赤で、しとどの汗に濡れていた。しかも、これからまだ壮大な退場が待っている。今回は巨大な三輪車で斜面をのぼっていかなくてはならないのだ。

ミステリオは上体をかがめ、白い手袋をした手でアブラの頭をぽんぽんと叩いた。「お誕生日おめでとう。それから、あつまってくれたみんなも、いい子で見ていてくれてありが——」

家の内部から音楽のような大きな金属音が響いてきた――ゴジラ用にも見える三輪車のハンドルに吊り下げられているベルの音に似ていなくもない音だった。子供たちは家のほうを一瞥しただけで、またすぐに三輪車で去っていくミステリオに目をむけた。しかしルーシーだけは立ちあがって、キッチンでなにかが床に落ちていないかどうかを確かめにいった。

二分後、ルーシーは家から出てもどってきた。

「ジョン」と医師に声をかける。「ごらんになったほうがいいみたい。あなたがきょういらしたのは、ああいうものを見るためだと思うの」

12

ジョンとルーシーとコンチェッタの三人はキッチンに立ち、天井を見あげたまま言葉をなくしていた。デイヴィッドがキッチンへやってきても、顔をむける者はひとりもいなかった――三人とも茫然と見入っているばかりだった。

「いったいなにが――」デイヴィッドはいいかけて、三人とおなじものを目にした。「これは驚いた」

これに応じる者はいなかった。デイヴィッドはそれからも少しその光景を見あげ、自分の目が見ているものの意味をつかもうとしてから出ていった。一、二分後にもどってきたデイヴィッドは愛娘の手を引いていた。アブラは風船を手にもっていた。腰には〈ザ・グレート・ミステリオ〉からもらったスカーフをサッシュの要領で巻きつけている。

ジョン・ドルトンはアブラの横に片膝をついてしゃがみこんだ。「あれはきみがしたことかな、ハニー？」

いちおう質問のかたちをとってはいたが、すでに答えがわかっている確信はあった。それでも、アブラがどう答えるのかをぜひきいておきたかった。アブラがどの程度意識しているのかを見さだめたかったからだ。

最初アブラは床に目をむけた――銀器類の抽斗が落ちていた。抽斗が一気に食器棚から飛びだして床に落ちたときの衝撃で、外に跳ね飛ばされたナイフやフォークもあった。しかし、スプーンは一本も落ちていなかった。スプーンは一本残らず天井からぶらさがっていた――なにやら不可解な磁石の力で天井に吸い寄せられ、そこにとらえられているかのように。天井の照明器具からも二本のスプーンが垂れて、ゆったりと揺れていた。いちばん大きなサービングスプーンは、レンジ上にある換気扇のフードから垂れていた。

子供はだれでも、自分なりに気分を落ち着ける方法をもっている。ジョンはこれまでの長い経験から、大半の子供たちが親指を口に突き入れることで自分を落ち着かせていることを知っていた。アブラの場合には、いささかちがうようだ。いまアブラは右手で顔の下半分を覆い、手のひらで唇をこすっていた。結果として、アブラの言葉はくぐもっていた。ジョンはその手をとりのけた――やさしい手つきで。

「なんていったのかな？」

アブラは小さな声で答えた。「わたし、いけないことした？　い……いけないこと……」その小さな胸がしゃっくりのようにひくひく動きはじめた。アブラは気分を落ち着かせてくれる手をもちあげようとしたが、ジョンはその手を押さえたままにしていた。「だって、ミンストロシオさんみたいにしたかったんだもん」

そういうとアブラは泣きはじめた。ジョンが力を抜くと、アブラは片手を口もとにあてがい、しゃにむに唇をこすりはじめた。

デイヴィッドがアブラを抱きあげて、頬にキスをした。ルーシーは夫と娘のふたりを両腕で抱きしめて、愛娘の頭のてっぺんにキスをした。

「いいのよ、ハニー。いけなくなんかないの。あなたはいい子よ」

アブラは母の首筋に顔を埋めた。同時にすべてのスプーンが落ちた。その騒音に全員が飛びあがった。

13

その二カ月後、ニューハンプシャー州のホワイト山脈でようやく夏がはじまったころ、デイヴィッドとルーシーのストーン夫妻はジョン・ドルトンのオフィスにすわっていた。オフィスの壁は、これまで長年のあいだにジョンが治療してきたたくさんの子供たちの笑顔の写真で埋めつくされていた──なかには、すでに自分たちの子供をもつほどに成長した者もいた。

ジョンはいった。「コンピューターに詳しい甥を雇ったんです──いえ、給料はわたしが払いますし、そもそも安い金で働いてくれますから、その点はご心配なさらず。娘さんとおなじような事例が記録に残されているかどうかを調べ、記録が残っていれば調査するためです。甥は調査範囲をこの三十年間に絞り、九百を越える事例を見つけました」

デイヴィッドは驚きに口笛を吹いた。「そんなにたくさん！」

ジョンは頭を左右にふった。「それほど多くはありません。もしこれが本当に病気であれば──現実には病気ではないので、議論を蒸し返す必要はありません──象皮病と同程度には稀ということになります。あるいは皮膚のブラシュコ線に沿って発生する皮膚疾患なみに稀だと──ああ、簡単にいうと肌に縞馬のような筋ができる病気です。ブラシュコ線の発症率は七百万人にひとり。アブラのこの例は、おおむねそのレベルだということです」

「アブラの例といいますが、正確にはいったいなんなの？」ルーシーはすでに握っていたデイヴィッドの手を、さらに強く握りしめた。「テレパシー？　念動力《テレキネシス》？　それとも〝テレ〟ではじまるほかのもの？」

「いま名前が出たような能力も明らかに一部ではあります。アブラにはテレパシー能力があるか？　人が訪問してくるのを事前に察しとったり、ミセス・ジャドキンズが怪我をしているのを察しとったりしている以上、答えはイエスでしょう。では念動力があるのかどうか？　アブラの誕生パーティーの日にキッチンでなにを見たかを考えれば、答えは断固イエスです。千里眼的な力は？　いや、もっとしゃれた言い方をするなら予知能力があるのかどうか？　9・11

事件がらみの話やドレッサーの裏に落ちていた二十ドル札の話はその能力をうかがわせはしますが、はっきり断定はできません。しかし、ある晩テレビのすべてのチャンネルが〈ザ・シンプソンズ〉で埋めつくされていた件はどうでしょう？　そんな現象をどんな名前で呼べばいいのでしょう？　あるいは、空中からきこえてきたビートルズのメロディは？　音楽がピアノからきこえていたのなら、念動力といってもいい。しかし、おふたりはそうは話していませんでしたね」

「では、この先どうなるのかしら？」ルーシーはたずねた。「どんなことに目を光らせていればいいの？」

「わかりません。先を予想するための道筋がそもそもないんです。超常現象という分野に問題があるとするなら、じっさいには分野でもなんでもないことですね。きちんとした分野というには、あまりにもいんちきが多すぎましたし、かかわる人間のなかにも頭のいかれた者が多すぎました」

「つまり、どうすればいいかは教えてもらえないのね」ルーシーはいった。「こみいった話をあえて簡単にまとめてしまえば……」

ジョンは微笑んだ。「この先どうすればいいかは正確に教えられますよ――これからもアブラを愛しつづけることです。わたしの甥が正しければ――とはいえ、(A)甥はまだ十七歳で、(B)完全には信頼できないデータをもとに結論を出していることを頭に入れておいていただく必要がありますが――おふたりは娘さんがティーンエイジャーになるまで、不可解な現象をあれこれ目にすると予想されます。なかには見た目が派手な現象もありましょう。これが十三歳か十四歳ごろに高原期《プラトー》を迎えて安定し、そののちはしだいに減少していく。二十代になるころには、いまアブラが引き起こしているいろいろな現象も、おそらく無視できる程度になるでしょうね」ジョンは微笑んだ。「しかし、生涯を通じて無敵のポーカープレーヤーでありつづけるでしょうな」

「たとえば映画に出てきた幼い男の子のように、死人を見はじめたら？」ルーシーはたずねた。「そうなったら、親はなにをすればいいの？」

「そうなれば、死後の世界が実在するという証拠を手にいれられます。それまでは無用のトラブルを避けることです。もちろん、決して他言してはなりませんよ」

「ええ、いわれなくても」ルーシーはそう答えて笑みをのぞかせようとした。しかし、ここまでで口紅をあらかた舐めとってしまっていたせいで、自信ある笑みにはとても見えなかった。「娘の写真がインサイドヴュー紙のようなタブロイド新聞の一面に出ることだけは、なんとしても避けたいし」

「例のスプーンの一件を、ほかの子の親御さんたちに見られなくて本当によかった」デイヴィッドはいった。

「ひとつ質問があります」ジョンはいった。「アブラ本人は自分がどのくらい特別かを知っていると思われますか？」

ストーン夫妻は顔を見あわせた。

「どうかしら……本人は気づいていないみたいだけど」しばらくののち、ルーシーはそういった。「たしかにスプーン騒ぎが起こったあと……わたしたちはことさら騒ぎ立ててしまったけれど……」

「騒ぎ立てたといっても、おふたりの頭のなかでのことですよ」ジョンはいった。「アブラの頭のなかでは騒ぎはなかったかもしれない。たしかにあのとき少し泣いていましたが、すぐまた顔に笑みをのぞかせていましたね。怒鳴られもせず叱られもせず、罰を受けることも、また恥ずかしく思えといわれることもなかった。わたしからは、いましばらくはこのままようすを見るように助言します。いずれもう少し大きくなったら、学校では特別なトリックを披露しないようアブラに注意することもできるようになります。とにかくアブラをふつうの子扱いすることです――おおむねふつうの子供なんですから。いいですね？」

「ええ」デイヴィッドは答えた。「ほくろがあるとか、大きな腫れ物があるとか、三つめの目があるということではないんだね」

「あら、あの子にはそういう目があるわ」ルーシーはいった。「出産時にアブラが大網膜を頭にかぶっていたことを思い出しながら。「あの子にはいわゆる〝第三の目〟がある。あなたには見えないけど――でも、まちがいなくあるの」

ジョンは立ちあがった。「ご所望でしたら、甥が調べた資料をそっくりプリントアウトしてご自宅にお送りしますよ」

「ああ、頼む」デイヴィッドは答えた。「ぜひ読みたいな。きっと、お祖母ちゃまも読みたがるでしょうし」そういいながら、デイヴィッドは鼻の頭に小さく皺を寄せた。ルーシーはそれを見て眉を曇らせた。

「これからしばらくは、お嬢さんと楽しい日々を過ごされますように」ジョンはふたりにいった。「わたしがこれまで見てきたことをひっくるめていえば、アブラはとても楽しいお子さんだ。いずれはこれを乗り越える日が来ますとも」

しばらくのあいだにかぎっては、この言葉が正しく思えていた。

第四章　ドクター・スリープを呼びだす

1

二〇〇七年一月だった。〈リヴィングトン館〉の小塔下の部屋では、ダンが買った小型ストーブが全力で動いてはいたが、部屋はまだ寒いままだった。毎秒二十数メートルの強風にあおられて北東の山岳地帯から寒風が吹きおろし、眠れるフレイジャーの街に一時間あたり十二センチ以上もの雪を降り積もらせていた。翌日の午後にようやく嵐が去ったときには、クランモア・アヴェニューにならぶ建物の北側と東側に深さが四メートル近くに達する雪だまりさえできていた。

この寒さもダンには気にならなかった。ダウンの掛け布団二枚にくるまっていれば、紅茶とトーストなみにぬくぬくとしていられた。それでも風はいまダンが〝わが家〟と呼んでいるヴィクトリア朝様式の古い屋敷の窓枠やドア框《がまち》の隙間からはいりこみ、同様にダンの頭のなかへもはいりこんできた。夢のなかでは、ホテルのまわりを吹き荒れる風のうなりが耳をついた。

まだ幼い少年だったころ、ひと冬を過ごしたホテル。夢のなかのダンは、その幼い少年になっていた。

いまいるのは〈オーバールック〉の二階だ。母さんは寝ていて、父さんは地下室で昔の新聞を読んでいる。父さんは**取材**をしている。父さんが書くはずの本のための**取材**だ。ダニーは二階へあがってはいけないことになっているし、いま片手に握りしめているマスターキーを手にしてはいけないという決まりもある。しかし、近づかずにはいられなかった。いまダニーは壁にボルトで固定されている消火ホースを見つめている。ホースは何回も何回も折り畳まれていて、見た目は真鍮《しんちゅう》の頭部をそなえた蛇そっくり。もちろんホースは蛇ではない——見つめているのはキャンバス地であって鱗《うろこ》ではないのだ。しかし、それが蛇のように見えるのもまぎれもない事実だ。

ときには本当に蛇になる。

「やってみろよ」夢でダニーはホースに語りかける。恐怖で体が震えているくせに、なにかがダニーを駆り立てている。どうして？ なぜならダニーもまた自分なりの**取材**をしているからだ。「ほら、やってみろ、ぼくを噛んでみろ！ 噛めないのか？ そりゃそうだ、おまえはただの馬鹿な**ホース**なんだから！」

ただの馬鹿なホースの先についているノズルがもぞもぞと動く。次の瞬間、ダニーはもう横目でホースを見ているだけではなくなる——真正面から放水口を目にしているのだ。いや、口というべきか。黒々とした穴の下に、透明な液体のしずくがあらわれ、いましも垂れ落ちそうにふくらんできている。しずくのなかに映りこんでいる自分の大きく見ひらいた目が、ダニーを見返している。

ただの水滴、それとも毒液のしずく？

あれは蛇、それともホース？

だれにわかるんだろう、わが愛しきレドラム、レドラムわが愛しきもの？　だれにわかる？

それがダニーにむけてうなる。そのとたん激しい動悸を搏《う》っている心臓から恐怖がのどを通じて躍りあがってくる――ガラガラ蛇のうなり声にそっくりの音をたてている心臓から。

そしていまやホース／蛇のノズルは、それまで載っていたキャンバス布の山から離れ、どさりと鈍い音をたててカーペットに落ちる。またしてもそれがうなり声をあげる。いますぐあとずさらなくては、あれが飛びかかってきて嚙まれてしまうとわかっていてもダニーは凍りついたままダニーは動けずそれがうなり声をあげ――

「目を覚ませ、ダニー」トニーがどこからか声をかけてくる。「起きろ、目を覚ませ！」

しかし体を動かせないのとおなじで、目を覚ますことができない。ここは〈オーバールック〉で、いま自分たちは雪に閉じこめられ、物事のありようが前と変わっているからだ。ホースが蛇になり、死んだ女が目を見ひらき、そして父親は……**ああ大変、ぼくたちはここから逃げださなくちゃ、だって父さんはもうじき気が変になる。**

ガラガラ蛇がうなり声をあげる。うなり声をあげる。うなり

2

ダンの耳には風の咆哮《ほうこう》がきこえていたが、音は〈オーバールック〉の外で響いてはいなかった。ちがう――〈リヴィングトン館〉の小塔の外の音だ。北側の窓に雪が当たっている音もきこえた。砂が当たっているような音だ。そればかりか、インターフォンの低いうなりめいた呼出音もきこえていた。

ダンは上がけをはねのけてベッドから足を振りだしたが、温かな爪先が冷たい床に触れると思わず顔をしかめた。それから爪先だけで跳ね踊るように部屋を横切り、デスクスタンドのスイッチを入れて、はあっと息を吐きだした。吐息が白く見えてくるようなことはなかったが、小型ストーブのニクロム線が鈍く赤く光っていても、今夜の室温は摂氏十度にもとどいていないにちがいない。

びいいぃ。

ダンはインターフォンの《通話》ボタンを押していった。「はい。どちらさま?」

「クローデットよ。あなたに来てもらったほうがいいみたいね、ドック」

「ミセス・ウィニック?」たずねはしたが、まずまちがいないと思えた。となれば、パーカを着こまなくては。ヴェラ・ウィニックは〈リヴィングトン二号館〉に滞在中であり、この屋敷と二号館を結ぶ屋外通路はどうせ魔女のベルトのバックル以上に冷えきっているはずだ。あるいは、昔からのいいまわしをもじれば、井戸掘り職人の乳首にも負けないほどか。いや、そんないいまわしはどうだっていい。ヴェラはこの一週間、かろうじて一本の糸で吊り下がっているようなものだった——昏睡状態で、深い呼吸と浅い呼吸が交互にあらわれるチェーンストークス呼吸がつづいていた。今夜はまさに、衰弱した者がこの世からの旅立ちに選ぶのにふさわしい夜だ。それも、おおむね午前四時に。腕時計を確かめると、まだ三時二十分だった。しかし——お役所仕事の基準なら——誤差の想定内だろう。

ところがクローデット・アルバートスンの答えは、ダンには意外なものだった。「いいえ、ミスター・ヘイズよ——わたしたちとおなじ建物の一階にいる人」

「まちがいなく？」ついきのうの午後も、チャーリー・ヘイズとチェッカーの試合をしたばかりだ。急性白血病をわずらっているわりには、こおろぎのように元気な男性だった。

「断言はできないけど、アジーがあの人の病室にいるわ。ほら、あなたが自分でいってるじゃない」

ダンがいったのは、〝アジーは決してまちがえない〟という言葉だ。六年間の経験をもとにして導きだした結論だった。アジーことアズリールは、〈リヴィングトン館〉を構成している三つの建物を自由に出入りし、午後の時間の大半をレクリエーション室のソファの上で丸くなって過ごしているが、カードテーブルの上に寝そべって——つくりかけのジグソーパズルのあるなしに関係なく——無造作に投げおかれたストールのような姿を見せていることもままあった。滞在者のだれもがこの雄猫を気にいっているようで〈リヴィングトン館〉のマスコット猫をこころよく思わない向きもあるかもしれないが、その声はダンの耳に届いていなかった）、アジーもみんなのことが好きなようだった。ときには、半分死んでいるような高齢者の膝に飛び乗ることもあった……しかし決して痛い思いをさせないよう、いつもかならずそっと飛び乗っているようだった。体の大きな猫であることを思えば、これは驚きにほかならなかった。なんといってもアジーの体重は五キロ半に近かったのだ。

午後の昼寝の時間を別にすれば、アジーが一カ所に長くとどまっていることはほとんどなかった。この猫にはいつでも行くべき場所があり、会うべき人がいて、なすべき仕事があった（「あの猫は道楽もんよ」以前クローデットはそうダンに話した）。スパを訪ねて、前足を舐めながらちょっと体を温めている姿を見せることがあった。〈ヘルス・スイート〉で、停止しているトレッドミルの上でくつろいでいることもあった。放置されたストレッチャーの上にちょこんとすわって虚空に目を凝らし、猫にしか見えない〝なにか〟を見つめていることもあった。裏庭で両耳を頭にぴったりつけ、猫科動物が獲物を狙うときの典型的なしぐさで狩りをしていることもあった。ただし首尾よく鳥や縞栗鼠《しまりす》をつかまえた場合でも、アジーは獲物を隣近所の庭や道をはさんだ街の公共広場にもちだして解体していた。

レクリエーション室は二十四時間あいていたが、ひとたびテレビが消されて滞在者たちが引きあげたあと、アジーが訪れることはめったになかった。夕方がしだいに夜になっていき、〈リヴィングトン館〉の脈搏がゆるやかになるころ、アジーはそわそわとしはじめて、敵領地に接する地域を担当する歩哨のように廊下をパトロールしはじめる。ひとたび照明が落とされたあとは、まっすぐのぞきこまないかぎり、アジーの姿は目にとまらなくなる。これといって特徴のない鼠色の毛が、闇にすっかり溶けこんでしまうからだ。

アジーが滞在者の個室にはいっていくことは決してない――その滞在者がいよいよ死にかけているのでないかぎり。

そしてそういうときアジーは（ドアの鍵がかかっていなければ）個室へはいっていく。ドアが閉まっていれば、尻尾をうしろ半身に巻きつけてドアのすぐ前にすわり、存在を認めてほしいことを礼儀正しく示す低い声で《みゃーおぅ》と鳴くのだった。そして存在を認めてもらうと、滞在者（〈リヴィングトン館〉では彼らはつねに滞在者であって、患者呼ばわりはされなかった）のベッドにひらりと飛びあがり、低くのどを鳴らしながらその場に腰を落ち着ける。

そんなふうに選ばれた人物がたまたま目を覚ましていれば、アジーを撫でることもあった。ダンの知るかぎり、アジーを個室から追い払ってくれといった滞在者はひとりもいない。彼らはみな、アジーがひとりの友人として個室を訪れたことを知っているかのようだった。

「当直のドクターはだれ？」ダンはたずねた。

「あなた」クローデットは打てば響くように答えた。

「なにがいいたいかはわかるだろう？　本物の医者だよ」

「エマースン。でもさっきサービスに電話をかけたら、係の女の人から馬鹿をいっちゃ困るといわれたわ。ベルリンからマンチェスターにかけて、あらゆる交通機関が麻痺してるの。すでにターンパイクに出動したものはともかく、それ以外は除雪車さえ明るくなるまで待ってもらってる、という話よ」

「わかった」ダンは答えた。「これからそっちへ行くよ」

3

このホスピスで働きはじめてしばらくたつと、死にかけている者たちのあいだにも階層による序列があることがダンにもわかってきた。中央の本館では滞在者用の設備のあれこれが〈リヴィングトン一号館〉や〈二号館〉よりも広く、高級だった。かつてヘレン・リヴィングトンが一時期住んでロマンス小説を執筆していたヴィクトリア朝様式の屋敷では個室はスイートと呼ばれ、それぞれにニューハンプシャー州在住の有名人の名前がつけられていた。チャーリー・ヘイズが滞在している部屋は宇宙飛行士の名前をとった〈アラン・シェパード・スイート〉だ。そこへ行くには、階段のあがり口前のスナックコーナーを通らなくてはならなかった――ここには数台の自動販売機とプラスティックのベンチが用意されていた。フレッド・カーリングがベンチのひとつに体をあずけてピーナツバターのクラッカーをむしゃむしゃ食べながら、ポピュラーメカニクス誌のバックナンバーを読んでいた。カーリングは夜中の十二時から朝の八時までを担当する三人の看護助手のひとりだ。ほかのふたりはひと月二回は昼間の勤務に変わる。カーリングは変わらない。夜更かし男を自称している筋肉男で、勤務時間をのらくら過ごしているだけだ。袖から出ているもつれあったタトゥーだらけの腕は、かつてバイク乗りだったことを示している。

「おやおや、これはこれは」カーリングはいった。「ダニー・ボーイのお出ましか。それとも今夜は、別の秘密の身分になってるのかな？」

ダンはまだ半分しか目が覚めておらず、冗談をやりとりしたい気分ではなかった。「ミスター・ヘイズのこと、なにか知ってるかい？」

「いや、猫があの人の部屋にはいっていったことや、あの猫が部屋に行けば遠からずそこの人が死ぬってことしか知らない」

「出血は？」

大男のカーリングは肩をすくめた。「ああ、たしかに少しばかり鼻血を出してた。血のついたタオルは決まりどおり専用の〝ばっちぃバッグ〟に全部入れたよ。確認したけりゃ、洗濯室Aにあるはずだ」

〝少しばかりの鼻血〟にしては、どうして処理に二枚以上のタオルが必要だったのかと質問したい気持ちがこみあげてきたが、ダンはあえてなにもいわずにすませた。カーリングは人の気持ちのわからない薄ら馬鹿で、そんな男がどうやってここでの仕事につけたのか——たとえ滞在者の大半が眠っているか、ほかの人に迷惑をかけまいとして寝つこうとしている夜中の時間帯の勤務とはいえ——ダンにはまったくわからなかった。だれかが手をまわして、あちらこちらの伝手《つて》をたぐった結果ではあるまいか。世の中はえてしてそういうものだ。そういえば自分の父親も伝手をたぐって、生涯最後のあの仕事——〈オーバールック〉の管理人という仕事——についたのではなかったか？　もちろんそれだけでは、知人を頼って働き口をさがすのがろくでもない行為だと裏づける証拠にはならないが、それなりに示唆に富む事実ではある。

「楽しい夜を祈ってるぞ、ドクター・スリイイ、イ、イ、イ、イプ、」カーリングがうしろから声をかけてきた——少しは声を抑えようという努力ひとつせずに。

ナースステーションではクローデットがカルテの記入をしていたが、ジャニス・バーカーのほうは音量を低く抑えて小型テレビを見ていた。いま放送していたのは宿便を一掃するというふれこみの腸内洗浄剤《コロンクレンザー》の際限なくつづくコマーシャルのひとつだったが、ジャニスは目を丸く見ひらき、口をぽかんとあけたまま画面を見つめていた。ダンがカウンターを爪で軽く叩くと、ジャニスはぎくっとして飛びあがった。それを見てダンは、このナースがテレビに夢中だったのではなく、半分寝ていたことに気がついた。

「どちらでもいいから、チャーリー・ヘイズについてなにかまっとうな情報を教えてもらえないかな？　カーリングはなにも知らないも同然だった」

クローデットは廊下にちらりと目をむけフレッド・カーリングの姿がないことを確かめ、それでもやはり声を殺してこういった。「あの男ときたら、雄牛のおっぱいなみの役立たず。前からずっと、あんなやつ馘《くび》になればいいって思ってる」

ダンは同様の意見を胸にしまっておいた。ずっと酒を断ちつづけていると、口をしっかり閉ざしておく能力が驚くほど高まることをダンは発見していた。

「十五分前にようすを確かめました」ジャニスがいった。「アジー・ザ・キャットがお見舞いに来た滞在者のようすは、とりわけ小まめに確かめるんです」

「アジーが部屋へ来て、どのくらいたつ？」

「夜中の十二時に勤務についたときには、あの子はドアの前でにゃあにゃあ鳴いてたわ」クローデットはいった。「だからあの子のためにドアをあけてやった。そしたらすぐベッドに飛び乗ってた。あの子がどんなだかは知ってるでしょう？　それですぐあなたに電話をかけようとしたけど、チャーリーが目を覚まして質問に答えたのよ。ハーイと声をかけると、すぐに返事をして、アジーを撫ではじめて。だから、ようすを見ることにしたわけ。あの男には、汚れたタオルは全部〝ば時間後。フレッド・カーリングがきれいに拭きとった。あの男には、汚れたタオルは全部〝ば

っちいバッグ〟に入れろといわなくちゃならなかったわ」

〝ばっちいバッグ〟とはこの施設のスタッフの隠語で、滞在者の体液や組織が付着した衣類やリネン類やタオルをしまっておくための分解性ビニールの袋のことだ。血液による病原体の拡散を最小限に抑える目的で、こうした処理方法は州の法令でさだめられていた。

「四十分か四十五分前に見にいったときには――」ジャニスがいった。「あの人は眠ってた。肩を揺すると瞼をあけたんだけど、目がまっ赤に充血してたの」

「それでエマースンに電話をかけたの？」と、クローデット。「でもサービス受付の女の子からけんもほろろに断わられたので、あなたを呼びだしたの。どう、これからあっちへ行く？」

「そのつもりだよ」

「幸運を」ジャニスがいった。「なにか用があったらベルを鳴らして」

「そうするよ。ところで、どうしてテレビショッピングの腸内洗浄剤のCMを真剣に見てるんだ？　あ、立ち入りすぎた質問だったかな？」

ジャニスはあくびをした。「だってこの時間のショッピング番組といったら、ほかは〈アーブラ〉ばっかりなんだもの。あのブラジャーなら、もうもってるし」

4

〈アラン・シェパード・スイート〉のドアは半分あいたままになっていたが、それでもダンは一応ノックをした。返答がないことを確かめたのち、ドアをすっかり押しあける。だれかが（といってもナースのひとりだろう――フレッド・カーリングでないことはほぼ確実といえる）ベッドの上半身部分をわずかに上げていた。シーツはチャーリー・ヘイズの胸まで引きあげてある。いま九十一歳のヘイズは痛ましいほどに痩せていて、もうこの世界にはいないのではないかと思えるほど青白い顔色だった。この老人のパジャマの胸がもちあがってはさがっていく動きを見せていると確認するまで、たっぷり三十秒間は息をつめて立って見ていなくてはならなかった。アジーはヘイズの腰がつくるわずかなふくらみのすぐ横で体を丸くしていた。ダンが個室にはいっていくと、アジーはいつもどおり真意の読みとりがたい目で一瞥してきた。

「ミスター・ヘイズ？　チャーリー？」

ヘイズの目はひらかなかった。瞼は青黒くなっている。目の下の皮膚はさらに紫がかったどす黒い色だった。ベッドのすぐ横までいくと、それ以外の色が目についた。乾いた血の小さなかけらがそれぞれの鼻孔のすぐ下と、引き結ばれた口の片方の端にへばりついていたのだ。

ダンはいったんバスルームへ行ってフェイスタオルを手にとると、ぬるま湯にひたしてからよく絞った。ダンがヘイズのベッドのもとへ引きかえすと、アジーが立ちあがり、眠っている男の体の反対側へ静かな足どりでまわっていって、ダンが腰かけるための場所をあけた。シーツにはアジーの体のぬくもりが残っていた。ダンはヘイズの鼻の下に残っていた血をそっと拭いとった。そのあと口もとを拭いていると、ヘイズがふっと目をあけた。

「ダン。きみなんだろう？　いや、目がかすんでよく見えないんだ」

かすんでいるというよりは、まっ赤に充血しているというべきだ。

「ご気分はいかがですか、チャーリー？　どこか痛むところは？　痛みがあるのなら、クローデットにいって痛み止めの薬をもってこさせます」

「痛みはないよ」ヘイズはそういい、いったん視線をアジーへむけてから、またダンにもどした。「その猫がここへ来た理由はわかる。それから、きみがここへ来た理由も」

「ぼくが来たのは、風の音で目が覚めたからですよ。アジーは、だれかといっしょにいたかっただけでしょうね。ほら、猫は夜行性ですから」

脈をとるためにチャーリー・ヘイズのパジャマの袖をめくりあげると、枯れ枝のように痩せ細った老人の前腕に四つの痣がならんでいるのが目に飛びこんできた。白血病の末期の患者は、それこそ息を吹きかけられただけでも痣になる。しかし、これは指がつけた痣だし、こんな痣が出来た理由もダンにはあますところなくわかった。酒を完全に断っているいまは、昔よりも強い自制心で癇癪を抑えこめるようになっている。しかし、癇癪が完全に消えたわけではなかった——ときおりこみあげてくる、一杯やりたいという強い衝動とおなじように。

《カーリング。おまえはなんという人でなしだ。この人の動作がおまえには遅すぎて我慢できなかった？　それとも、すわって雑誌を読みながらあのクソみたいな黄色いクラッカーを食べたかったのに鼻血の始末なんか押しつけられたものだから、むかっ腹が立ってならなかったとか？》

ダンはこうした自分の内心を顔に出さないよう努めたが、アジーは感じとっていたかのようだった――小さく苛立たしげな鳴き声をあげたのだ。こういった場面でなければ、ダンはあちこち質問してまわりたいところだった。しかしいまは、対処するべきさしせまった問題がある。今回もアジーは正しかった。老人の素肌に触れただけで、ダンにはそれがわかった。

「すごく怖いんだよ」チャーリー・ヘイズはいった。その声はささやきよりもわずかに大きいだけだ。外から絶え間なくきこえてくる風の低いうなりのほうが、まだしも大きく響いていた。「自分が怖がるなんて思ってもいなかったのに……怖くてたまらないんだ」

「怖いことはなにひとつありませんよ」

ヘイズの脈をとる代わりに――いまさらそんなことをしても、なんにもならない――ダンはこの老人の片手を自分の手で包んだ。ヘイズの双子の息子たちが、四歳のときにぶらんこで遊んでいる光景が見えた。寝室のカーテンを閉めているヘイズの妻も見えた――妻は結婚一周年のプレゼントにヘイズが与えたベルギー製のレースのスリップだけをまとった姿、ふりかえってヘイズのほうへ顔をむけたときにポニーテールの髪が揺れたところも、その顔が《イエス》と大きく語っている笑みに輝いたところも見えた。ストライプの傘が座席にさしかけてあるファーモール製のトラクターが見えた。ベーコンの香りが鼻をつき、散らばった作業台に工具が置いてあった。本体にひびのはいったモトローラ製のラジオから流れるフランク・シナトラの

〈カム・フライ・ウィズ・ミー〉がきこえてきた。ハブキャップにいっぱいに溜まった雨水に赤い納屋が映りこんでいる光景が見えた。ブルーベリーを味わい、鹿を解体し、どこか遠くにある湖で釣りをしていた——絶え間なく降りつづく秋の雨が湖面にまだら模様をつくっていた。六十歳では在郷軍人会ホールで妻と踊っていた。三十歳では丸太を割っていた。五歳では半ズボンを穿いて赤いワゴンを引いていた。そしてすべての映像がぼやけ、達人の手がシャッフルするトランプのカードのようにひとつに溶けあっていき、風は山岳地帯から大雪を運んできて降らせつづけ、この部屋にはただ静寂とアジーの真剣に見つめる目があるばかり。こういったとき、ダンは自分がなんのためにいるのかがわかった。こういったとき、これまでに感じた苦しみや悲しみや怒りや恐怖をダンが悔やむことはいっさいなかった。なぜならそういった経験があってこそ、いま外で風がひゅうひゅうとうなっているこの部屋にこうしているのだから。

チャーリー・ヘイズはすでに境界にたどりついていた。

「地獄を怖がってるわけじゃない。わたしはまっとうに生きてきたし、そもそも地獄なんて場所があると思っちゃいない。なにもないことが怖いんだよ」ヘイズは息をするのも苦しそうだった。右目の端に血のしずくがひと粒ふくらんできた。「生まれる前にはなにもなかった……そんなことはみんな知ってる……だからこれからあとだって、なにもないと考えるのが理屈にあってるんじゃないかね？」

「でも、なにもないわけじゃないんです」ダンはチャーリー・ヘイズの顔を濡らしたタオルで拭った。「ぼくたち人間はそこでおわってしまうわけではありませんよ。どうしてそんなことになるのか、それにどんな意味があるのかはわかりません。でも、その先になにかがあることだけはわかります」

「わたしが乗り越えるのに力を貸してくれるか？　きいた話だと、きみには助ける力があるそうじゃないか」

「はい。ぼくなら助けられます」ダンはヘイズのもう一方の手をとった。「眠りにつくようなものです。そして目が覚めたら――そう、目が覚めるに決まってます――なにもかも、もっとよくなっているはずですよ」

「天国か？　きみがいっているのは天国なのか？」

「ぼくにはわかりません、チャーリー」

今夜は力が高まっていた。その力が握りあわせた自分たちの手を通じて電流のように流れているのを感じたダンは、もっと穏やかに進めろと自分をいましめた。ダンの一部はいましも機能を停止しつつある薄れゆく肉体のなかにあり、いましも消えかけている衰えた意識のなかにあった。いまダンは昔に劣らない鋭さをたもった精神
（お願いだ　急いでくれ）

（お願いだ　急いでくれ　もう時間だ）

のなかにはいりこみ、その精神が最後の思考を宿していることを感じとっていた……少なくともチャーリー・ヘイズとしての最後の思考を。

充血しきった目が閉じられ、ふたたび瞼がひらいた。のろのろと。

「なにもかもよくなるんです」ダンはいった。「あなたは眠るだけでいい。眠りはあなたを楽にしてくれます」

「あれをそんなふうに呼ぶんだな？」

「そうです。ぼくは眠りと呼びます。眠りには害はいっさいありません」

「行かないでくれ」

「どこへも行きません。あなたといっしょにいます」その言葉に嘘はなかった。これはダンがそなえた恐るべき特権だった。

チャーリー・ヘイズの目がふたたび閉じられた。ダンも目を閉じると、闇のなかでゆっくりと明滅をくりかえす青い光が見えた。一回……二回……停止。一回……二回……停止。外ではあいかわらず風が吹いていた。

「眠ることです、チャーリー。あなたは立派にがんばっている。でも、あなたは疲れていて、だから眠りが必要なんです」

「妻が見える」これ以上は小さくなりようもないささやき。

「ほんとうに？」

「妻がいってる……」

その言葉の先はつづかず、ただダンの目の裏の奥に青い閃光が最後にいまいちど光り、ベッドの男が人生最後の呼気を吐きだしただけだった。ダンは目をひらき、風の音にききいり、最後のひと幕を待った。それは数秒後にやってきた——チャーリー・ヘイズの鼻と口と目からくすんだ赤い霧が立ちのぼったのだ。タンパにいた年配のナース——ビリー・フリーマンと同程度の〝きらめき〟をそなえていた者——はこれを〝あえぎ〟と呼んでいた。ナースはこれを何度も見たと話していた。

ダンは毎回かならず目にしていた。

赤い霧は立ちのぼったあと、老人のなきがらの上にしばし浮かんでいたのち、すっと消えていった。

ダンはチャーリー・ヘイズのパジャマの右袖をめくって脈をさぐった。形式にすぎなかった。

5

いつもならアジーはすべてがおわる前に部屋を出ていくが、今夜はちがった。チャーリー・ヘイズの腰のあたりをはさんでダンの反対側にすわったまま、じっとドアを見ているばかりだった。ダンはふりかえった——クローデットかジャニスがいるのだろうと思ったのだが、だれもいなかった。

いや、だれもいないわけではなかった。

「ハロー？」

無。

「きみは、たまにぼくの黒板に字を書いていく女の子かな？」

答えはなかった。しかし、だれかがそこにいることだけはまちがいなかった。

「きみの名前はアブラ？」

ごくかすかな音……風の音のせいでかき消されそうなほどの音量で、さざなみのようなピアノの音がきこえた。ダンもうっかり思いすごしだと信じてもおかしくなかったが（ダン本人も思いすごしと〝かがやき〟をいつも明確に区別できるわけではない）、この部屋にはアジーがいた。アジーは耳をぴくぴくと動かしたまま、その目は無人の廊下を片時も離れていなかった。そう、だれかがそこにいて個室を見ているのだ。

「きみはアブラかい？」

またしてもさざなみめいた音がきこえて……それっきりまた静かになった。ただし、今回は不在の静けさだった。どんな名前かはともかく、少女はいなくなっていた。アジーが伸びをしてベッドから飛び降り、そのままふりかえらずに部屋を出ていった。

ダンはそれからもややしばらく腰かけたまま、風の音をただきいていた。それからベッドのリクライニングを下げ、シーツを引きあげてチャーリー・ヘイズの顔を覆うと、このフロアで死者がひとり出たことを告げるためにナースステーションへ引き返した。

6

自分が担当する書類を完成させると、ダンはスナックコーナーへ足を運んだ。以前には、早くも拳を握りしめて走ってむかったところもあったが、そういった日々は過去のものになっていた。いまはもう心臓と精神を落ち着けるためにゆっくりと深呼吸をしながら、歩いてむかう。AAに伝わる格言に「飲む前に考えろ」というものがある。しかしケイシー・キングズリーが週に一度のおしゃべりの機会に話してくれたのは、およそどんなことでも実行する前に考えろということだった。

《せっかく酒をやめていながら愚かになっては元も子もないぞ、ダニー。この次〝うずうず・むずむず・そわそわ・いそいそ〟の声が頭のなかできこえだしたら、そのことを思い出すんだ》

とはいえ、あの忌まわしい指の痕。

カーリングは椅子にそっくりかえってすわり、いまは〈ジュニアミンツ〉を食べていた。手にした雑誌はポピュラーメカニクス誌から、不良少年ものの最新の連続ドラマに主演した俳優を表紙にあしらったグラビア誌に変わっていた。

「ミスター・ヘイズが亡くなったよ」ダンは穏やかにいった。

「そりゃお気の毒さまだ」雑誌から目もあげないまま。「だけど、あの連中はそのためにここへ来てるんじゃないのか――」

ダンは片足をもちあげると、カーリングがすわっている椅子の傾いた前脚にひっかけて、力まかせに足を引いた。たちまち椅子がひっくりかえって、カーリングが床に尻もちをついた。手から〈ジュニアミンツ〉の箱がふっ飛んだ。カーリングは信じられない思いもあらわな目でダンを見あげた。

「これで、しっかりと目を見て話をきいてもらえるかな？」

「このクソ野郎——」カーリングは起きあがりかけたが、ダンはすかさず靴でこの男の胸を押さえこみ、そのまま壁のほうへ押しつけた。

「まじめに話をきいてもらえるようだな。よかった。いまのところは、起きあがらずにいたほうがおまえの身のためだ。そこにすわったまま話をきいてもらう」

ダンは前かがみになって、両手を自分の膝に押し当てた。それも力をこめて——なぜなら、いまこの両手が望んでいるのは殴ることだけだったからだ。ひたすら殴ること。ただ殴りつづけること。こめかみがずきずき脈打っていた。

《落ち着け》そう自分にいいきかせた。《そんなものにつけいる隙を与えるな》

しかし、かなりの難事だった。

「今度ここの滞在者の体におまえの指の痕が残っているのを目にしたら、いいか、その場で写真を撮ってミセス・クローセンに報告するぞ。そうなれば、どんなコネがあろうとも、おまえは路頭に放りだされるはずだ。ひとたびおまえがこの施設の一員でなくなれば、ぼくはおまえをさがしあてて、半殺しの目にあわせてやる」

カーリングは背後の壁に背中を押しつけながら体を起こした。そのあいだもダンに注意深い目をむけつづけていた。カーリングのほうが長身で、体重でも四十五キロはまさっているだろう。カーリングが拳を握った。「だったら、やってみやがれ。さっそくいまでもいいんだぜ？」

「いいとも——ただし、ここではだめだ」ダンはいった。「眠りにつこうとしている人がたくさんいるし、いま廊下の先には死人がひとりいるんでね。そうさ、おまえの指の痕が体に残っている死人が」

「なんだよ、おれはあいつの脈をとっただけだ。白血病になると、どれだけあっけなく痣ができるかは知ってるだろう?」

「もちろん」ダンはいった。「しかし、おまえはあの人をわざと傷つけた。そんなことをした理由はわからないが、おまえがやったことはわかってる」

カーリングの濁った目にちらりと光が走った。みずからを恥じる光ではなかった——そもそもダンは、この男がそんな感情をおぼえるとは思っていなかった。見抜かれたことで落ち着かない気分になっただけだ。それから、つかまることへの恐怖。「ご大層なことをいいやがって。ドクター・スリイイィィプ。自分のクソだけはくさくないとでも思ってやがるのか?」

「もうよせ、フレッド。さあ、外へ行こう。こっちは喜んで受けて立つぞ」嘘ではなかった。ダンの内側には、ふたりめのダンがいた。いまではもう第二のダンが水面近くに来ることもなくなったが、存在まで消えたわけではないし、いまも昔と変わらず下劣で理屈の通じない下衆《げす》野郎でありつづけている。目の隅に、廊下を半分ほど進んだあたりに立っているクローデットとジャニスの姿がちらりと見えた。ふたりとも目を見ひらき、おたがいの体に腕をまわしている。

カーリングは考えをめぐらせた。たしかに自分のほうが体が大きく、たしかに腕も長い。しかし、体がなまってもいた——中身をいっぱいに詰めこんだブリトーを食べすぎたし、ビールをがぶ飲みしすぎたうえ、二十代のころとくらべれば息も切れやすくなっている。それに、いま目の前にいる痩せっぽちな男には気がかりな点がなくもなかった。前にもおなじものを目にしたことがある——バイカー集団〈ロード・セインツ〉の一員としてバイクを走らせていたころだ。ある種の男たちの頭のなかには、ろくでもないブレーカーが隠れている。あっけなく切れるブレーカーだ。ひとたびブレーカーが切れると、その手の男たちは燃えつきるまで自分を燃やしつづける。このダン・トランスのことは、食べ物が口にあるあいだは決してしゃべらない、お上品ぶったチビのおたく男だと思っていたが、いまそれが見当ちがいだとわかった。こいつの秘密の身分はドクター・スリープではない……ドクター・クレイジーだ。

その点にじっくり考えをめぐらせたのち、カーリングはこう答えた。「時間の無駄はまっぴらごめんだね」

ダンはうなずいた。「けっこう。ふたりとも外の雪で凍傷になる危険を避けられる。ただし、ぼくの話をくれぐれも忘れないように。病院行きをまぬがれたければ、いいか、その手を自分の体にぴったりくっつけたままにしておけよ」

「おやおや、だれかお偉いさんでも死んで、おまえを後継者に指名したのか？」

「さあね」ダンは答えた。「本当に知らないんだ」

7

ダンは自室へ引き返し、ベッドへ引き返したが、眠れなかった。〈リヴィングトン館〉で働くようになって以来、ざっと四十人ほどの臨終のベッドに立ち会ってきたし、そのあとも心穏やかでいられた。しかし今夜はちがった。まだおさまらぬ怒りに体が震えていた。理性をつかさどる精神はあの赤い嵐を憎んでいたが、赤い嵐を愛している部分が底辺近くにひそんでいた。おそらく、昔ながらの単純な遺伝学に還元できるのだろう──生まれが育ちを打ち負かすという意味で。断酒期間が長くなればなるほど、昔の記憶が頭の表面によみがえってくることが多くなった。なかでも明瞭に思い出されてきたのは父親の怒りの発作だった。先ほどダンはカーリングが挑戦を受けて立つことを願っていた。雪と風のなかに出ていくことを望んでいた──外でならジャックの息子のダン・トランスがあのけちくさい青二才に罰を受けさせてやれたものを。

父親とおなじ人間になりたいなどと思っていないのは確かだ。父親にとって酒を断っていた期間は、すなわち〝関節が白くなるほど拳を強く握りしめている日々〟だった。AAは怒りについても力になるという建前だし、おおむね役に立ってくれたが、今夜のようにそれがいかに薄っぺらい障壁でしかないかを痛感させられることもままあった。自分がなんの価値もない人間に思え、そんな自分にふさわしいのは酒だけだと思えることもあった。そんなとき、ダンは自分が父親にきわめて近くなっているように感じた。

ダンは思った。《ママ》

ダンは思った。《キャンニィ》

ダンは思った。《けちくさい青二才には罰として薬が必要だ。どこで薬を売ってるかを知ってるか？　そりゃもうどこだって売ってるさ》

颪は激しい怒りに駆られた烈風へと強まり、小塔にうめき声をあげさせていた。その音が途切れると、黒板の少女がそこにいた。ダンには少女の息づかいがきこえるようだった。

片手を布団から外に出して高くかかげてみた。最初は冷えた空気のなかに手が浮いているだけだったが、すぐに少女の手――小さくて温かな手――が滑りこんでくる感触があった。

「アブラ」ダンはいった。「きみの名前はアブラ、でもまわりの人からアビーと呼ばれることもある。そうじゃないかな?」

答えは返ってこなかったが、実をいえば答えは必要なかった。必要だったのは、自分の手であの温かな手の感触を感じとること、それだけだった。その感覚がつづいたのはわずか数秒だったが、心をなごませるには充分だった。ダンは目を閉じて眠った。

8

そこから約三十キロ離れたアニストンの街では、アブラ・ストーンが目を覚ましたまま横になっていた。アブラの両手をつつみこんだ大人の手は、一、二秒のあいだばかりはそこにあった。それから手は霧になって消えていった。しかし存在したのは確かだった。あの男の人はここにいた。最初に男を見つけたのは夢のなか。しかし目を覚ますと、夢は現実だとわかった。アブラはある部屋の入口の前に立っていた。部屋のなかに見えたのは恐ろしい光景だったが、その一方ですばらしい光景でもあった。死があった。死は不気味だが、そこには他人を助ける行為もあった。助けていた男にはアブラの姿が見えなかったが、猫には見えていた。猫の名前はアブラに似てはいるが、完全におなじではなかった。

《あの人にはこっちが見えてないけど、わたしを感じてはいる。そしてついさっきは、いっしょにいた。あの人を助けてあげられそう……ちょうどあの人が亡くなった人を助けていたように》

すてきな考えだった。アブラはその考えを（幻の手を握りしめたように）しっかり握りしめたまま寝返りを打って横向きになると、兎のぬいぐるみを胸もとに引き寄せて眠りについた。

第五章 〈真結族〉

1

〈真結族〉は会社組織ではなかったが、もしまっとうな会社だったら、メイン州やフロリダ州、コロラド州やニューメキシコ州の幹線道路ぞいの施設のいくつかは、一企業に依存している〝城下町〟とでも呼ばれていたかもしれない。そういった街では——複雑にからみあった持株会社群をたどることで——大きな商店や土地の大多数を所有しているのが〈真結族〉だとわかるはずだ。ドライベンド、ジェルーサレムズ・ロット、オリー、サイドワインダーといったいずれも華やかな名前をもつそういった〈真結族〉の街は、彼らの安全な隠れ場所だったが、長期滞在することは決してなかった。彼らはおおむね放浪生活を送っていた。アメリカのターンパイクや主要な高速道路を車で走ったことがある人なら、彼らを見かけた経験があるかもしれない。たとえば州間高速道路九五号線のサウスカロライナ、それも南北をディロンとサンテイーにはさまれた部分で。あるいは州間高速八〇号線のネヴァダ州内、ドレイパーの西の山地のなかで。あるいは国道四一号線のジョージア州内、それもティフトン郊外の悪名高いスピード違反監視スポットのあたりを——自分にとってなにが利益かを心得ていれば控えめなスピードで——走っているときなどに。

のろのろと走るRV車に前をはばまれて排ガスを吸わされながら、追越しのチャンスをじれったい思いで待っていた経験があなたにはどのくらいあるだろう？　その気になれば法律的になんの問題もなく時速百五キロまで——あるいは百十五キロ近くまでも——出せる道でありながら、六十五キロでのろのろ走らざるをえなかったことは？　そのあげくやっと追越車線の車が途切れて車線を変更したとたん……なんたること……大量にガソリンを食う同種の車がずっと先まで長い行列をつくっていることがわかるのだ。どの車も制限速度をきっかり十五キロ下まわるスピードで、しかもまだまだ元気そうな眼鏡の年寄りがもたれかかるようにハンドルを握っている——ハンドルが飛んで逃げると思っているみたいに、力いっぱい握りしめて。

あるいは、そろそろ足を伸ばしたいとか、自動販売機に数枚の二十五セント玉を入れてなにか買いたい気分で立ち寄ったターンパイクのパーキングエリアで彼らに出会った人もいるかもしれない。パーキングエリアへの進入路は、どこも決まってふた手に分かれているのでは？　普通車はこちらの駐車エリア、トレーラートラックやRV車はあちらの駐車エリア。ひょっとしたら、その駐車エリアで一カ所にあつまっている〈真結族〉のキャンピングカーの大集団を目にした人もいるかもしれない。そればかりか、車の所有者たちがメインの建物へむかって歩く姿を目にした人もいることだろう。ゆっくりした足どりで——大多数がいかにも年寄りらしい見た目で、なかにはとんでもなく太っている者もいる——いつも決まって集団をつくり、いつも決まって仲間うちで固まっている。

そんな彼らが高速道路を降りて、出口近くのガソリンスタンドやモーテルやファストフード店が立ちならぶ界隈《かいわい》に立ち寄ることもある。そういったところの〈マクドナルド〉や〈バーガーキング〉の駐車場にたくさんのRV車がずらりととまっているのを目にしたら、人は素通りするはずだ——どうせカウンター前は長蛇の列に決まっている。男たちは薄っぺらいゴルフ帽かつばの長い釣り用の帽子をかぶり、女たちはストレッチパンツ（色はパウダーブルーと決まっている）に《あたしの曾孫の話をきいてちょうだい》とか《イエスこそが神》とか《楽しい放浪者》といったたぐいの文句が大書してあるTシャツといった服装。だったら一キロ弱ばかり先まで車を走らせて、〈ワッフルハウス〉か〈ショーニーズ〉へ行くほうがいいのでは？というのも、彼らが注文に果てしなく時間をかけることは周知の事実だからだ。メニューをためつすがめつながめ、クォーターパウンダーからピクルスを抜いてくれだの、ワッパーのソースを抜いてくれだのという。おまけに、このあたりのおもしろい観光スポットはどこかと店員に質問したりもする——信号が三つだけの名もない田舎町、最寄りのハイスクールを卒業するなり若者たちが出ていってしまう街だということくらい、だれの目にも明らかなのに。

そんな彼らの姿はめったに見かけないのでは？　どうして目にとまらないかって？　しょせんRV族にすぎないからだ。高齢の年金生活者とそれよりは多少年下の仲間たち、ターンパイクやうら寂しい幹線道路を移動する根なし草の暮らしを送り、オートキャンプ場に滞在するときには〈ウォルマート〉で買ったローンチェアで丸い輪をつくってすわり、火鉢《ヒバチ》で料理をつくりながら投資だの釣りの穴場だの、肉とじゃがいもと野菜を煮こむホットポットのレシピだの、そのほか神のみぞ知るあれこれの話題に花を咲かせている連中。彼らはまたフリーマーケットやガレージセールがあれば、かならず立ち寄りもする。そのときには腹立たしいほど馬鹿でかい恐竜みたいな車を数珠つなぎにぎっしりと、それも車体の半分は路肩に、半分は道路にはみだしたままとめるものだから、横を通ろうとする車は極端にスピードを落とすことを余儀なくされる。彼らは、やはりターンパイクやうら寂しい幹線道路でまま目にするバイク愛好会の面々とは正反対――〈荒くれ天使たち《ワイルド・エンジエルズ》〉ならぬ〈まったり天使たち《マイルド・エンジエルズ》〉だ。

たしかにその手の天使たちが集団でパーキングエリアに舞い降りてトイレを占拠していると なると、腹立たしいかぎりだ。しかし、貨物を溜めこんでいながらすわりっぱなしで麻痺した彼らの排泄器官がようやく動き、さらに自分もトイレに腰をおろせてほっとひと息つけたとなると……もう彼らのことは念頭から消え去ってしまうのでは？　しょせんは電線にならんでとまっている鳥の群れや、道路の左右にひろがる野原で餌をついばんでいる鴉の群れとおなじで、ことさら目を引く存在ではなくなる。そうそう、燃料をどか食いする怪物めいた車にガソリンを入れられるような金の余裕がどうして連中にあるのかと、首をかしげる向きがあってもおかしくない（そもそも彼らには潤沢な固定収入があるに決まっている――そうでなければ、こんなふうに時間のすべてを注ぎこんで国じゅうをドライブしてまわることなどできっこない）。さらには、引退後の悠々自適の日々なのに、わざわざ〝ごおごお・があがあ〟やかましい車にはさまれて、際限なくつづくアメリカの道路をえんえんと走ろうと思ったりするのだろうか、と疑問に感じることもあるかもしれない。しかし、彼らのことをそれ以上あれこれ考える人はまずいないだろう。

　また、不幸にもわが子がどこかへ消えてしまった人々でも——通りの先の空き地にぽつんと自転車が残されていただけ、あるいは近所の川の岸辺の茂みに小さなシルクハットが落ちていただけ——そのことと彼らを結びつけて考える人はまずいないのではないか。なぜわざわざそんなふうに考えたりするだろう？　いや、あれはたぶんホームレスのしわざだ。あるいは（できればそんなことを考えたくはないが、背すじが凍るほどにありうる話として）自分が住んでいる街にひそむ病的な悪党のしわざかもしれない。その人物がおなじ町内にいるのかもしれないとか、自分とおなじ通りの住人かもしれないとは思うだろう。自分を巧みに正常な人間に見せかけている忌まわしい変態殺人鬼がいる……だれかがその男の家の地下室から散らばった骨なり裏庭に埋められた骨を発見しないかぎり、正常な人間のふりをしつづけているのだろう、と。しかしＲＶ族のことは考えもしない——人生なかばにして年金生活者になった者や、花のアップリケつきのゴルフ帽やサンバイザーをかぶっている陽気な老人集団のことは、まずだれも考えない。

　そういった態度はおおむね正しいといえる。ＲＶ族は全国で数千人はいるのだ。しかし二〇一一年に残っている〈結族〉はたったひとつ、〈真結族〉だけだった。彼らは移動をつづけるのが好きだった。これはいいことだった。移動せざるをえなかったからだ。ひとつところに定住すれば、遅かれ早かれ注目をあつめてしまう。ふつうの人とは年のとりかたがちがうからだ。〈エプロン・アニー〉と〈ばっちい《ダーティ》フィル〉（下民時代の名前はアン・ラモントとフィル・カプート）のふたりが、一夜にして二十歳も老けこむこともあるかもしれない。〈リトル・ツインズ〉（ピーとポッド）は、二十一歳から一瞬にして十二歳に（あるいはほぼその年齢に）若返ることもありうる。ふたりの〈回生〉が十二歳のときだったからだ。とはいえ、ふたりの〈回生〉そのものは大昔の出来事だ。〈真結族〉のなかで本当に年若いのは、いまは〈蛇咬傷《スネークバイト》のアンディ〉と呼ばれるようになったアンドレア・スタイナーだけだ……そのアンディでさえ、見た目ほど若くはなかった。

足もともおぼつかず文句ばかりいっている八十歳の老女が、いきなり六十歳に逆もどりすることもある。顔の肌がなめし革のようになった七十歳の老人が、いきなり杖を投げ捨てられる体にもどることもある——同時に、腕や顔にあった腫瘍がきれいさっぱり消えてなくなることが。

〈ブラックアイド・スー〉は、足を引きずって歩かなくてもよくなる。

白内障で視力が半分以下になっていた〈ディーゼル・ダグ〉は鋭い眼力をとりもどし、頭の禿げていた部分も魔法のように消えてなくなる。さあさ、お立ち会い、ほらこのとおり、あっというまに四十五歳に逆もどりの巻。

〈命気頭《スチームヘッド》のスティーヴ《スティーヴ》〉のねじ曲がっていた背骨がまっすぐになる。妻の〈ババ・ザ・ラシアン〉は穿き心地のわるい尿漏れパンツを捨て去って、ラインストーンの鋲《スタッド》で飾られた〈アリアット〉のブーツを履き、ラインダンスを踊りにいきたいといいはじめる。

そういった変貌ぶりを観察できるだけの時間があったら、人々は不思議に思い、人々は話題にするようになる。そうなればいずれは記者が取材にやってくる。〈真結族〉はこれまで人目につくことを避けつづけてきた——吸血鬼《ヴァンパイア》が日光を避けていたという話そのままに。

しかし、現実には彼らは一カ所に定住していないのだから(一族の企業城下町のひとつで一定期間過ごす場合には、仲間うちだけで閉じこもっていた）、巧みに溶けこんでいた。それも当然。彼らはほかのＲＶ族とおなじような服装をして、おなじ安物のサングラスをかけ、おなじ土産物屋でＴシャツを買い、おなじように全米自動車協会発行のロードマップを調べるからだ。愛車のバウンダーやウィネベーゴに貼るステッカーもおなじ、これまでに訪ねたあらゆる珍しい場所を宣伝するようなステッカーだし（たとえば、**《クリスマスランドで世界最大のツリーの枝を切る手伝いをしてきたぞ！》**）、そんな彼らの車に前を阻まれて、追越しのチャンスをまっているあいだ、いやでも目につくバンパーステッカーもおなじだ（たとえば**《年寄りだけど死んでない　老齢者医療保険制度《メディケア》なんぞ無駄づかい　わたしは保守派・欠かさず投票!!》**）。彼らはカーネル・サンダースのチェーン店でフライドチキンを食べ、たまにコンビニエンスストアの〈ＥＺオン・ＥＺオフ〉――ビールや釣餌や弾薬やモータートレンド誌や一万種類ものキャンディバーを売っている店――でインスタントくじを買ったりもする。立ち寄った街にビンゴホールがあれば、かならず何人かが足を運んでテーブルをとり、最後のカバーオールゲームまで遊んでいく。その手のビンゴゲームで、あるとき〈がめついＧ《グリーディ》〉（下民時代の名前はグレタ・ムーア）が五百ドルの賞金を獲得した。グリーディはこのことを何カ月たっても自慢していた。〈真結族〉の面々はだれも金に不自由していなかったが、この自慢話が女性陣の一部をわけもなく怒らせた。男性陣では〈トークン・チャーリー〉が愉快に思わなかったひとりだ。抽選機からＢ７が出るだけで五ならびが達成できるというときに、Ｇがビンゴを達成したからだ。

「グリーディ、おまえさんは運のいいクソ女だよ」チャーリーはいった。

「そしてあんたは運に見はなされたクソ男ってこと」グリーディは答えた。「それも運に見はなされた黒人のクソ男ね」そういいそえて高笑いをあげた。

メンバーのだれかがスピード違反を取り締まる〝ねずみとり〟にひっかかったり、ごく軽微な違反でつかまったりしたとしても（きわめて稀だが、皆無ではなかった）、警官が見つけるのは有効な運転免許証ときちんと更新されている保険カード、非の打ちどころなく整理された書類だけだった。出廷通告書の綴りを手にした警官が車の横に立っているあいだは——たとえそれが明白ないいがかりであっても——声を荒らげる者はひとりもいなかった。違反切符を切られても異論をとなえる者はいなかったし、科された罰金はいつもかならず満額納付された。アメリカが生きている巨大な肉体だとするなら、幹線道路はその動脈だ——そして〈真結族〉は動脈のなかを、いわば静かなウイルスとして通過していた。

しかし、犬はいなかった。

ふつうのＲＶ族なら、たくさんの犬を旅の仲間にしている。たいていは毛が白く、派手な首輪をつけられ、やたらに怒りっぽい小型のクソ製造マシンじみた犬だ。心当たりもあるだろう——耳が痛くなるほどやかましくきゃんきゃん吠え、こちらが不安になるほどの知性を小さな目玉にうかがわせる犬ども。そのたぐいの犬がパーキングエリアにあるドッグランの敷地の芝生をくんくん嗅ぎながら歩き、うんち始末道具を手に用意した飼い主がうしろを歩いている光景を見た人もいるだろう。こうしたふつうのＲＶ族は自分たちのキャンピングカーに定番のステッカーやバンパーステッカー以外に、**《ポメラニアンが乗っています》**とか**《アイ♥《ラブ》うちのプードル》**という文字がはいった黄色い菱形のステッカーを貼っている。

しかし、〈真結族〉はちがう。彼らは犬をきらい、犬は彼らをきらっている。犬は彼らの真の姿を見すかすといってもいいだろう。安物のサングラスに隠された鋭く油断ない目を見すかす。〈ウォルマート〉で買ったポリエステルのスラックスに隠された、ハンターならではの筋肉の発達した足を見すかす。入れ歯に隠れて、いつか突きだす日々を待っている鋭い牙を見すかす。

彼らは犬がきらいだ。しかし、ある種の子供たちのことは大好きだ。

そう、そのとおり――彼らはある種の子供たちのことが心底から大好きだった。

2

二〇一一年五月、アブラ・ストーンが十歳の誕生日を祝い、ダン・トランスがAAこと〈無名のアルコール依存症者たち《アルコホーリクス・アノニマス》〉の一員となって酒を断って十年めを祝ってから間もないある日のこと、〈クロウ・ダディ〉が〈ローズ・ザ・ハット〉のアースクルーザーのドアをノックした。このとき〈真結族〉はケンタッキー州レキシントン郊外にあるコージー・オートキャンプ場に滞在していた。彼らはコロラドへの途上にあった――夏のあいだはおおむね、前述した彼らの街のひとつに滞在する予定だった。そこはまた、ダンが夢で訪問することのある場所でもあった。ふだんなら、どこへ行くにも彼らが急ぐことはなかったが、今年の夏は急ぐべき事情があった。〈族〉全員がそのことを知っていたが、しかし口に出す者はいなかった。

そのあたりはローズが対処することになっていた。いつものことだった。

「どうぞ」ローズはいい、クロウは踏み段をあがってキャンピングカーにはいった。

ビジネス関連の用事で外出するとなると、クロウは上等なスーツを着て、鏡にも負けないほど磨きあげた高価な靴を履く。さらに伝統にしたがいたい気分が高まったときには、ステッキを持参することさえあった。きょうの朝はサスペンダーでバギーパンツを吊り、魚のバスが描かれたTシャツを着ていた（魚の下には**《おれのケツ《アス》にキスしろよ》**ならぬ**《おれのバスにキスしろよ》**とある）。頭にはひらべったい工員風の帽子をかぶっていたが、ドアを閉めながらさっと脱ぎ去っていた。クロウはローズの恋人をつとめることもあったし、ローズの右腕的な存在でもあったが、決して敬意を忘れなかった。それもまたローズが好きなこの男の数多い美点のひとつだった。自分が死んでも、クロウがリーダーシップをとれば〈真結族〉はその先へ進みつづけられる、とローズは思っていた。少なくともしばらくのあいだは。しかし、あと二百年もつだろうか？　無理かもしれない。おそらく無理だ。クロウは弁舌が巧みだし、下民たちを処理する必要に迫られれば、かならずきれいにあと始末をする。しかし計画を立てる能力はまだ初歩段階だし、未来を見すえるヴィジョンは皆無だ。

けさのクロウは不安をかかえた顔を見せていた。

ローズはぴったりした先細りのカプリパンツと無地の白いブラジャーという姿でソファにすわってタバコを吸いながら、大型の壁かけ式テレビで〈トゥデイ〉の三時間めの枠を見ていた。この枠は〝ソフト〟な内容だ――有名なシェフを特集したり、俳優たちが新作映画のプロモーションに出演したりする。ローズのシルクハットは頭の上でちょっと傾いていた。〈クロウ・ダディ〉がローズと知りあって、すでに下民の寿命以上の歳月が流れているが、このシルクハットがどんな魔法で重力を否定するような角度で固定されているのかはいまだに謎だった。

ローズはリモコンを手にとって、テレビの音声をミュートした。「これはこれは、だれかと思えばお久しぶりのヘンリー・ロスマン。おまけにとってもおいしそう。でも、わたしに味見されるために来たわけでもなさそうね。だっていまはまだ朝の十時十五分前だし、そもそもそんな顔つきだもの。で、だれが死んだの？」

いったローズは冗談のつもりだった。しかしクロウのひたいにぎゅっと皺が寄っている暗い顔つきを見ると、冗談ではないことがわかった。ローズはテレビの電源を切ると、いま感じている悲しみを悟られまいとしながらタバコの灰を落とした。かつて〈真結族〉は総勢二百人強を誇っていた。それがきのうの時点では四十一人。クロウの陰鬱な表情の意味を読みまちがえていなければ、きょうまたひとりメンバーをうしなったことになる。

「〈トラックのトミー《トミー・ザ・トラック》〉だよ」クロウはいった。「あいつが眠りについた。いったん転じただけで、それっきりどろんだ。まったく苦しまなかった。知ってのとおり、きわめて稀なことだぞ」

「ナットはトミーを見たの？」頭のなかでは《まだトミーの姿が見られるうちに》といい添えたが、口には出さなかった。ナットことウォルナットは——下民用の運転免許証と下民用のクレジットカードによれば、アーカンソー州リトルロック在住のピーター・ウォリスなる人物——〈真結族〉の医者だ。

「いいや、あまりにも急だったからね。〈おでぶのメアリー《ヘヴィ・メアリー》〉がいっしょだった。トミーが手足をばたつかせて、メアリーが目を覚ました。どうせ悪夢でも見ただけだろうと思ったメアリーは、肘で一撃を食らわせた……んだが、肘鉄を食らわせるものがなにもなくて、そこに残っていたのはパジャマだけだった。たぶん心臓発作だろうな。トミーはたちのわるい風邪にかかってた。ナットは、それも死因のひとつだったかもしれないといってたよ。ほら、あの野郎ときたら、いつだって煙突みたいにタバコをぷかぷか吸っていたじゃないか」

「わたしたちは心臓発作なんか起こさないの」それから、不承不承ながら言葉をつづける。「もちろん、普通なら風邪だってひいたりしない。トミーはこの何日か、たしかにぜいぜいと苦しそうな息をしていたんじゃなかった？　ああ、かわいそうなトミー」

「かわいそうなトミー、ほんとだよ。とにかく解剖しないことには正確な死因はわかりっこないとナットはいってる」

ところが検死解剖がおこなわれるはずがない。いまはもう、切り開くべき死体そのものが存在しないのだ。

「メアリーのようすは？」

「どう思う？　そりゃもう見るも哀れなほど打ちひしがれてるさ。ふたりのつきあいは、〈トミー・ザ・トラック〉がまだ〈馬車のトミー《トミー・ザ・ワゴン》〉だった時代にまでさかのぼるんだぞ。かれこれ九十年近くだ。〈回生〉後のトミーの世話をしたのがメアリーだった。〈回生〉の翌日に目を覚ましたトミーに、最初の命気を吸わせてやったんだよ。いまメアリーは、いっそ自分で自分を殺したいといってる」

ローズはめったにショックを受けないが、この言葉にはそれだけの効果があった。〈真結族〉には自殺した者がひとりもいない。命は——陳腐ないいぐさになってしまうが——彼らが生きていくための唯一の理由だ。

「たぶん口先だけのことだとは思う」クロウはいった。「しかし……」

「しかし……なに？」

「おれたちがふだん風邪を引くことはないっていう、さっきのおまえの言葉はそのとおりだよ。だけど、近ごろじゃ風邪っぴきがかなりたくさん出てる。ほとんどはちょっとした鼻風邪で、すぐに治っちまうさ。ナットは栄養不足が原因じゃないかっていってる。もちろん、当て推量でいってるだけだが」

ローズはすわったまま剝きだしの腹部をとんとんと指で叩き、テレビの黒い長方形の画面をじっと見つめながら考えをめぐらせた。しばらくして、ローズは口をひらいた。「オーケイ、たしかにこのところ栄養が不足しているのは、そのとおりだと思う。でも、つい一カ月前にデラウェア州で命気を吸ったたし、そのころにはトミーは元気だった。丸々と太ってたし」

「たしかにね。でも、ロージー——デラウェアのあの若いのはそれほどでもなかった。頭に命気が詰まっているというより、ただの第六感が詰まってるだけといったほうがいいかな」

ローズはこれまでそんなふうに考えたことはなかったが、いわれてみれば、なるほどそのとおりだ。それにあの若者は、運転免許証によれば十九歳だった。あと十年もすれば、ただの下民になっていたことだろう。いや、五年で充分だったかもしれない。食べ物としてはそれほどでもなかった——そのとおり。しかし、いつもステーキにありつけるとはかぎらない。ときには、豆もやしと豆腐《トウフ》で我慢するしかない場合もある。それでも、次に牛を好きなようにできる機会がめぐってくるまで、体と魂をひとつにまとめておける。

ただし……精神バージョンの豆もやしと豆腐《トウフ》では、〈トミー・ザ・トラック〉の肉体と魂をひとつにまとめておけなかった――そういうことでは？

「昔はもっと命気がたくさんあったもんだがな」クロウはいった。

「馬鹿なことをいわないで。そんなの、五十年前はもっとご近所づきあいがあったといっている下民そっくり。ただの神話よ。あなたにはそんな話を広めてほしくない。それでなくても、みんな不安になってるんだから」

「おまえのほうが事実をよくわかってるじゃないか。いわせてもらえば、おれは神話だとは思ってない。五十年前は、あらゆるものがもっとたくさんあった――石油、手つかずの大自然、耕作に適した土地、きれいな空気なんかがね。そればかりか、ほんとに誠実な政治家だって少しはいたもんだ」

「ほんと！」ローズは声を高めた。「リチャード・ニクソンを覚えてる？　ほら、別名〝下民たちのプリンス〟を？」

しかしクロウは、この目くらましのための餌に食いついてこなかった。なるほど、クロウは将来のヴィジョンという分野では才能に欠ける男だが、集中力を削がれることはめったにない。だからこそ、ローズの右腕をつとめられるのだ。そればかりか、クロウのいうことにも一理あるかもしれない。太平洋ではマグロの数が減っているというが、〈真結族〉必須の養分をもたらす特殊な人間は減少していないと断言できる者がいるだろうか？

「保存容器をひとつ、あけたほうがいいかもしれないぞ」クロウはローズが目を大きく見ひらいたのを見てとり、手をかかげてその口を封じた。「だれもそんな話を口に出しちゃいないが、〈族〉のみんながそのことを考えてる」

その点はローズも疑っていなかった。それにトミーが栄養不足に起因する合併症で死んだという考えには忌まわしいまでの信憑性がある。命気の供給が不足すれば、生きることが難事になり、生きることの旨味もなくなる。〈真結族〉は昔のハマーフィルムの恐怖映画に出てきた吸血鬼《ヴァンパイア》ではないが、食べ物が必要なことに変わりはない。

「第七の波にありついてから、もうどのぐらいになる？」クロウがたずねた。

といっても答えは知っていたし、それはローズも同様だった。〈真結族〉にはかぎられた未来予知能力しかないが、真に大規模な下民たちの大惨事が近づいてくると——第七の波——全員がそれを感じとった。ワールドトレードセンターへの攻撃の詳細な部分が明瞭に見えてきたのは二〇〇一年の夏のおわりが近づいたころだったが、ニューヨーク・シティでなにかが起こることだけは何カ月も前から感じられていた。そのときの喜びと期待は、いまもまだローズの記憶に新しい。腹をすかせた下民たちが、キッチンで調理中の抜群に美味な肉料理の香りを嗅いだら、やはりおなじように感じるのではないか——そうローズは思っていた。

あの当日とつづく数日間は、全員にたっぷり行きわたるだけのものがあった。ふたつのタワーが崩落したときに落命した真の命気頭は、せいぜいふたりぐらいだろう。しかしそれなりに大規模な惨事が発生したさいには、苦悶や非業の死といった要素が栄養価を高める役割を果たす。昆虫が明るい光に引き寄せられるように、〈真結族〉が事故現場に引き寄せられるのは、そんな理由からだ。しかし、命気をそなえた下民を見つけだすのは、それよりずっとむずかしかった。しかも、そういった下民をとらえる特殊なソナーを頭のなかにそなえている者はわずか三人——〈グランパ・フリック〉と〈バリー・ザ・チンク〉、それにローズ自身だけだ。

ローズはソファから立ちあがると、きれいに折り畳まれたボートネックのトップをカウンターからとりあげ、頭からかぶって身につけた。いつもながら、わずかにこの世のものならぬ雰囲気を帯びた美しい姿だったが（高く張った頬骨とわずかに吊りあがった目のせいだ）、同時にきわめてセクシーでもあった。ローズはシルクハットをかぶりなおすと、幸運のおまじないとして軽く叩いた。

「中身がフルに詰まっている保存容器がいくつ残っていると思う？」そうクロウにたずねる。

クロウは肩をすくめた。「十二？　それとも十五？」

「まあ、そのあたりね」ローズは答えた。たとえ右腕であっても、自分以外の者には実状を伏せておくにかぎる。いまいちばん歓迎できないのは、現在の不安がまぎれもないパニックに発展してしまう事態だ。「今夜、このオートキャンプ場を完全に貸切にできる？」

「本気できいてんのか？　ガソリンと重油がこんなに値上がりしているんだ。たとえ週末だって、経営者は定員の半分も客を入れられずにいるよ。貸切を申し出れば、チャンスとばかり飛びついてくるさ」

「だったら貸切にして。今夜は保存容器の命気をみんなで吸いましょう。みんなに教えておいて」

「わかった」クロウはローズにキスをし、キスをしながら片方の乳房を撫でた。「これは、おれがいちばん好きなトップだよ」

ローズは笑ってクロウを押しのけた。「なかにおっぱいがはいっていれば、それがいちばんのお気に入りになるくせに。さあ、もう行って」

しかしクロウは唇の片側を笑みに吊りあげたまま、すぐには出ていこうとしなかった。「そういや、あの〝ガラガラ蛇娘《ラトルスネーク・ガール》〟は、まだおまえの気を引こうとしてつきまとってんのか?」と、アンディのことをたずねた。

ローズは手を下に伸ばし、クロウのベルトの下あたりを一瞬だけぎゅっと握った。「あら、びっくり。いまこの手に感じた硬いものは、世にいう嫉妬の骨かしら?」

「ああ、嫉《や》いてるね」

怪しいものだとローズは思ったが、わるい気分はしなかった。「あの女ならいまはセイリーといっしょだし、ふたりともこのうえなく幸せにやってる。でもアンディの話題が出たついでだから話しておくけど、あの女の力は役に立つわ。どう役立つかは、あなたならわかるはず。さっきの話を広めて――でもアンディにはまっさきに話すこと」

クロウが出ていくと、ローズはアースクルーザーのドアをロックして運転席に行き、床に膝をついた。それから、運転席とアクセルやブレーキのペダル類がある場所のあいだのカーペットの隙間に指をこじ入れた。カーペットの一部がフロアから剝がれた。その下からキーパッドが埋めこまれた四角い金属パネルが出てきた。ローズが暗証番号を打ちこむと、金庫の扉がぽんと四、五センチ跳ねあがってひらいた。ローズは扉を最後までもちあげて、その下へ目をむけた。

中身がフルに詰まっている保存容器が十二本から十五本。クロウはそう推測していた。〈真結族〉メンバーの思考は――下民たちの思考を読みとるようには――読みとれないが、クロウがローズを鼓舞するために、あえて容器の数を少なめにいっていたことには確信があった。

《あの人が真実を知ってさえいたら……》ローズは思った。

交通事故にあった場合でも保存容器が壊れないように、金庫には発泡スチロールの緩衝材が内張りされ、全部で四十の収納ポケットが用意されていた。ケンタッキー州で迎えた好天のこの五月の朝の時点で、収納ポケットにおさめられた四十本の容器のうち、三十七本までが空《から》だった。

ローズは中身がフルに詰まっている三本のうちの一本に手を伸ばして収納ポケットから引き抜いた。軽かった――手の上で重さを測ったら、なにもはいっていないと誤解されそうだった。ローズはキャップをはずして内側のバルブ部分を点検し、封緘《ふうかん》が破られていないことを確かめた。それから金庫の扉を閉め、容器を慎重な――うやうやしいとさえいえる――手つきで、先ほどまで折り畳まれたボートネックのトップがあったカウンターに置いた。

今夜が過ぎれば、残る容器は二本だけになる。

なんとしても、ふんだんな命気を見つけだして、せめて空き容器の数本に補充しておく必要がある――しかも、時間の余裕はもうほとんどない。〈真結族〉はまだ背中を壁に押しつけるほどには追いつめられてはいないが、壁はわずか十数センチにまで迫っていた。

3

コージー・オートキャンプ場の所有者夫妻は、ペンキを塗ったコンクリートブロックの上に動かないよう固定したトレーラーハウスに住んでいた。四月の雨が五月にふんだんな花をもたらし、夫妻の前庭は多くの花であふれていた。アンディことアンドレア・スタイナーはふと足をとめてチューリップやパンジーを惚れ惚れとながめてから、レッドマンの大型トレーラーハウスに通じる三段の階段をあがっていき、ドアをノックした。

ほどなく、夫のコージー・キャンプ場氏がドアをあけた。小柄な男で、突きだした太鼓腹をきょうは鮮やかな赤のランニングシャツで包んでいた。片手にはパブスト・ブルーリボンの缶を、反対の手にはマスタードを塗った豚肉のソーセージをふわふわの食パンでロールしたものをもっている。ちょうど妻が別室に行っていたので、夫はひととき黙ったまま、目の前の若い女を——ポニーテールからスニーカーにいたるまで——とっくりと目で検分していった。

「なんの用かな？」

〈真結族〉のなかには多少の誘眠力をもつ者が数人いる。しかしアンディの力は群を抜いていたし、そんなアンディの〈回生〉は〈真結族〉に多大な利益をもたらしていた。そればかりかアンディはいまでもおりおりにこの力を利用して、自分に引き寄せられてきたある種の年輩の下民紳士の財布から、まんまと現金を抜きとってもいた。ローズはこれを危険ぶくみの子供っぽい行為だと思っていたが、アンディ自身が〝問題だ〟といっているこの行動も、自分の経験からそのうち消えるはずだとわかってもいた。〈真結族〉にとって唯一の問題は生き残ること、それだけだ。

「ちょっとききたいことがあって」アンディはいった。

「もしトイレ関係の厄介ごとならね、お嬢ちゃん。詰まったうんちを流してくれる業者は木曜まで来ないよ」

「そうじゃないの」

「だったらなにかな？」

「あなたは疲れてない？　ぐっすり眠りたくない？」

夫は即座に目を閉じた。缶ビールと豚肉ソーセージが手からこぼれ落ちていき、玄関マットを汚した。

《まあ、いいか》アンディは思った。《クロウは千二百ドルをこの男に前払いしたんだもの。カーペットクリーナーの一本くらい余裕で買えるはず。いや、二本だって無理じゃないかも》

アンディは夫の両腕をとって体を居間まで引きずっていった。居間にはインド更紗のカバーがかかった夫妻用の肘掛け椅子が二脚――どちらも前にテレビトレイがセットしてあった。

「すわって」アンディはいった。

夫は目を閉じたまま椅子にすわった。

「若い女にちょっかいを出すのが好きなんでしょう？」アンディはたずねた。「チャンスさえあれば、ちょっかいを出すんじゃない？　まあ、若い女に追いつけるほど速く走れればの話だけど」両手を腰にあてがって、夫の全身をとっくりとながめる。「胸のわるくなるような男ね。自分でもそう思うでしょう？」

「おれは胸のわるくなる男だ」夫は同意し……いびきをかきはじめた。

キッチンから夫人が姿をあらわした。アイスクリームサンドイッチをぱくついている。「ちょっと、あんたはだれ？　うちの亭主になにを話してたの？　なにが目当て？」

「あんたに眠ってもらうこと」アンディはいった。

夫人の手からアイスクリームが落ちていった。つづいて膝から力が抜けて、夫人は床にへたりこんだ。

「まったくもう」アンディはいった。「だれがそこにすわれっていったの？　さあ、立って」

夫人は、つぶれたアイスクリームサンドをワンピースの背中にへばりつかせたまま立ちあがった。〈スネークバイト・アンディ〉は、あるかどうかも定かではない夫人のウェストに腕をまわして、もうひとつの肘掛け椅子へ連れていき、ちょっとだけ足をとめ、溶けかかったアイスクリームを夫人の尻から剥がしてやった。ほどなく夫婦はともに目をつぶったまま、ならんだ椅子に腰かけていた。

「これからふたりで、ひと晩じゅう眠るのよ」アンディはふたりにそう指示した。「旦那は若い女の子を追いかける夢を見ているといい。奥さんは、旦那が心臓発作であの世行きになり、あとに百万ドルの生命保険を残してくれてるっていう夢。どう？　すてきでしょ？」

アンディはテレビのスイッチを入れて、音量をあげた。司会者のパット・セイジャックが、

〈栄光にあぐらをかくことなかれ〉なるパズルを解きおわったばかりの超巨乳の女に抱きすくめられていた。しばし豊満な乳房で目の保養をしてから、アンディは夫妻にむきなおった。

「十一時のニュースが終わったら、テレビを消して、ふたりで寝るといいわ。あした目を覚ましたときには、わたしがここへ来たことは忘れ去っているはず。なにか質問は?」

夫妻に質問はないようだった。アンディはふたりを残して外へ出ると、RV車があつまっているところへ急いでもどった。腹が減っていた。もう何週間も前からだ。今夜は全員がたらふく食べられるはず。あしたのことは……いや、そのたぐいの心配をするのはローズの仕事だし、〈スネークバイト・アンディ〉にとっては、そのままでもいっこうにかまわなかった。

4

午後八時には外はすっかり暗くなった。九時になると〈真結族〉の面々は、コージー・オートキャンプ場のピクニックエリアに集結した。最後に姿をあらわしたのは、保存容器を手にした〈ローズ・ザ・ハット〉だった。容器を目にした面々のあいだから、腹をすかせた者の低いうめき声があがった。彼らがいまどんな気分か、ローズにも痛いほどわかった。ローズ本人がかなりの空腹を感じていたからだ。

ローズは、数多くの頭文字が刻まれたピクニックテーブルのひとつの上にあがると、〈真結族〉の面々をひとりずつ見つめていった。

「われらは〈真結族〉なり」

「われらは〈真結族〉なり」一同が応じた。みないちように真剣な顔つきで、目は飢えでぎらぎらしていた。「結びあわされたものは、決してほどいてはならじ」

「われらは〈真結族〉、われらは生き長らえる者なり」

「われらは生き長らえる者なり」

「われらは選ばれし者なり。われらは幸運に恵まれし者なり」

「われらは選ばれし幸運に恵まれし者なり」

「彼らはつくる者なり、われらは奪う者なり」

「彼らのつくるものをわれらが奪う」

「これを摂《と》り、大切につかえ」

「われら大切につかう」

かつて……というのは二十世紀の最後の十年間だが、オクラホマ州イーニッドの街にリチャード・ゲイルズワーシーという少年が住んでいた。《誓っていうけど、あの子はわたしの心が読めるの》と、母親はいっていた。まわりの人々はただ微笑むだけだったが、母親はふざけていっていたのではない。それに、リチャードが読んでいたのは母親の心だけではなかったようだ。リチャードは事前に勉強もしていないテストでAの成績をおさめた。父親が何時に上機嫌で帰ってくるかも、何時に湯気を噴くほど怒って帰ってくるかもわかったし、怒りの理由が所有する配管資材の会社がらみの問題であることもわかった。あるときリチャードは母親に、当選番号がわかっているので、六つの数字を選ぶ〈ピック・シックス〉のくじをやってくれと懇願した。ゲイルズワーシー夫人は断わった――一家が敬虔なバプテストだったからだが、あとで後悔した。リチャードがキッチンの備忘録用ホワイトボードに書きつけた六つの数字は、すべてが合っていたわけではなかったが、五つまでが合っていた。宗教上の信念を守ったばかりに、あたら七万ドルもの獲得する機会を逃したのだ。母親はこのことを父親には秘密にしてくれとリチャードに頼み、リチャードは黙っていると約束した。リチャードはすばらしい息子、愛らしい少年だった。

せっかくの宝くじをふいにしてから二カ月ほどたったころ、ミセス・ゲイルズワーシーはキッチンで何者かに射殺され、すばらしくも愛らしい息子リチャードは行方不明になった。いまでは少年の体は、廃業した農場の裏に広がる荒れ果てた畑の地中で、とうの昔に腐って消えていることだろう。しかし今夜〈ローズ・ザ・ハット〉が銀色の容器のバルブをひらくと、リチャードのエッセンスが――あの少年の命気が――きらめく銀色の霧がつくる雲になって噴きだしてきた。霧は容器から一メートルばかり上まで立ちのぼると、パネル状に広がった。〈真結族〉の面々は期待の顔つきで霧を見上げていた。ほとんどの者が震えていた。すすり泣いている者さえいた。

「さあ、滋養をとりいれて生き長らえなさい」ローズはそういうと、指先が霧にまで届くほど高く手をかかげた。つづいて、その手でさし招く。霧はただちに沈みはじめ、大きな傘の形をとりながら、下で待ちこがれている面々のもとへむかっていった。霧に頭を包まれると、だれもが深々と息を吸いこみはじめた。これがほぼ五分間つづいた。なかには過呼吸を起こして卒倒し、地面に倒れこむ者もいた。

ローズは自分の体がふくらんで、精神がこれまで以上に鋭敏になったように感じていた。この春の宵に満ちているあらゆる芳香のそれぞれが、ひとつひとつきわだっていた。目のまわりや唇のまわりの小皺が消えかけていることもわかった。髪にちらほら混じっていた白い筋が黒さをとりもどしつつあった。今夜はこのあとクロウがローズのキャンピングカーに来るはず……そしてふたりは、ベッドで松明のように燃えあがるはずだ。

一同は、リチャード・ゲイルルズワーシーが消え失せるまで——すっかり完全に消え失せるまで——この少年を吸いこんだ。白い霧が薄れていき、やがて消えた。卒倒した者たちも上体を起こして地面にすわり、笑顔であたりを見まわしていた。〈グランパ・フリック〉が〈バリー・ザ・チンク〉の妻の〈ペティ・ザ・チンク〉の肩をつかみ、その体をすばやくわずかに揺すった。

「手を離してよ、老いぼれの驢馬《ろば》！」口調こそ鋭かったが、ペティは同時に笑い声をあげていた。

〈スネークバイト・アンディ〉は〈サイレント・セイリー〉とディープキスをかわしていた。アンディは両手をセイリーの鼠色の髪の毛の奥にまで突き立てていた。

ローズはピクニックテーブルから飛び降りて、クロウに顔をむけた。クロウは親指と人差し指で輪をつくって、にやりと笑いかえしてきた。

《なにもかもクールに決まったたな》クロウの笑みはそう語っていたし、じっさいそのとおりだった。しかし幸福感で天にものぼる心もちになる一方、ローズは金庫に残っている保存容器のことを考えていた。これで空き容器は三十七本から三十八本になった。〈真結族〉の背中は、壁にまた一歩近づいたのである。

5

〈真結族〉は、翌朝の最初の光が空に射しそめると同時に出発した。ぎっしりと数珠つなぎになった十四台のRV車からなる行列は、州道一二号線を経由して州間高速道路六四号線にはいった。州間高速にはいると、一同は集団だということがあまりあからさまにならないように間隔をとったうえ、万が一トラブルが発生したときにそなえて無線で連絡をとりあった。

あるいは、いきなり好機が転がりこんできた場合にそなえて。

一方、ひと晩ぐっすりとすばらしい睡眠をとったアーニー・サルコウィッツと妻のモーリーンは、例のRV車集団の客はこれまででも最上の客だ、ということで意見の一致を見ていた。使用料を現金で払い、オートキャンプ場をきれいに片づけていったばかりか、だれかが夫妻の住むトレーラーハウスへの階段の最上段にアップルブレッド・プディングを置いていってくれた。謝意を書きつけたカードまで上に添えてあった。サルコウィッツ夫妻はこのプレゼントを朝食に食べながら、運がよければあの集団はまた来年も来てくれることだろう、と話しあった。

「おもしろい話をしてあげる」モーリーンがいった。「保険会社のあの女の人——フローだったっけ？――が夢に出てきて、あなたを大型の生命保険に加入させたの。そんないかれた夢ってきいたことある？」

アーニーは生返事をして、自分のプディングにさらにホイップクリームをかけた。

「あなたはなにか夢を見たの？」

「いや、なにも」

しかし、そう答えながらアーニーは妻の目から目をそらしていた。

6

〈真結族〉の運が上むいてきたのは、暑い七月のある日、アイオワ州内でのことだった。ローズはいつものように車列の先頭を走っていたが、アデアの街のすぐ西に出たとき、頭のなかでソナーの探知シグナルが鳴った。頭を吹き飛ばすほど強くはなかったが、そこそこ大きな音《チンク》だった。ローズはすぐさまCB無線で〈バリー・ザ・チンク〉に連絡した――二つ名こそ中国人だが、アジア人にほど遠いこと、トム・クルーズ並みの男だ。

「バリー、いまのを感じた？――どうぞ」

「ああ」バリーは口数の多い男ではない。

「きょう、〈グランパ・フリック〉はだれの車に乗ってるの？」

バリーが答えるよりも先に会話への割り込みの合図であるダブルブレイクの音がCB無線に流れ、〈エプロン・アニー〉が話しはじめた。「フリックなら、あたしと〈のっぽのポール《ロング・ポール》〉の車に乗ってるよ。いまのって……いまのは有望そう？」

アニーの声は不安そうだったし、ローズにもその気持ちは理解できた。なるほど、リチャード・ゲイルズワーシーはすこぶる良質だった。しかし六週間は食事のあいだの期間としては長いし、リチャードの効き目も薄れはじめていた。

「そこの老いぼれは元気？」ローズはアニーにたずねた。

アニーが答えるよりも先に、かすれた声で返事があった。「わしなら元気だぞ」〈グランパ・フリック〉

たしかに、ときおり自分の名前さえ思い出せなくなる男にしては、はまずまず元気な声だった。不機嫌そうな声だったことは確かだが、呂律《ろれつ》がまわらない口調にくらべればましだ。

二度めの探知シグナルがローズの頭に響いた。前ほど強くはなかった。わざわざ下線で強調する必要のないことに下線を引くように、〈グランパ・フリック〉がいった。「おれたちは反対方向へむかってる」

ローズはいちいち返事をせず、マイクからダブルブレイクの合図を送った。「クロウ？　応答して」

「ああ、きいてる」いつもながら打てば響くような返事。声がかかるのをただ待っている。

「残りの車を先導して次のサービスエリアにはいって。わたしとバリーとフリックは別行動をとる。次の出口で高速を降りて引き返すわ」

「クルーは必要かい？」

「もっと接近するまではなんともいえないけど……でも……いらないと思う」

「オーケイ」一拍の間。それからクロウはいい添えた。「くそ」

ローズはマイクをラックにもどすと、四車線道路の左右に何ヘクタールにもわたって広がっているとうもろこし畑に目をむけた。もちろんクロウはがっかりしていた。メンバーならだれでもがっかりするはずだ。たっぷり命気をそなえている者は、誘惑への抵抗力をもそなえている。となると、力ずくで拉致するほかはない。ところが、友人や家族が妨害してくることも珍しくはなかった。目あての相手を眠らせることもある——ただし、いつもではない。たっぷり命気をもつ子供なら、たとえ〈スネークバイト・アンディ〉が渾身の力で眠らせようとしても、その力をブロックしてしまう。そのため、人間を殺さざるをえない局面もある。誉められたことではない。しかし、それに見あう成果が入手できる。生命と力をスチールの容器に保存すればいい。凶作にそなえて貯えておける。そればかりか、多くの場合においては余禄にもあずかれる。命気は遺伝性であり、標的の家族の全員が多少なりとも命気をそなえているからだ。

7

〈真結族〉の大半の者はカウンシルブラフスの東の、涼しい日陰がふんだんにあるパーキングエリアで待機していたが、三人の探測者《ロケイター》を乗せたRVは逆もどりし、アデアで州間高速をおりて北へむかった。ひとたび州間高速道路八〇号線を離れてへんぴな片田舎へやってくると、アイオワ州のこの地域の土地に大きな格子をつくっている、整備の行き届いた砂利敷きの農道で捜索を開始した。探知シグナルの発信地点を目指して、別々の方向から近づいていく作戦。三角測量法。

探知シグナルは強まりつつあった……いまなおわずかに強まって……それから一定の強度をたもつようになった。良質の命気だが、最上級ではない。いや、もちろんかまわない。せっぱつまっているときには、より好みをしていられないのだ。

8

ブラッドリー・トレヴァーは、きょうはいつもの農作業の手伝いを休んで地元リトル・リーグのオールスター・チームの練習に出てもいい、という許可をもらっていた。父親がこれを拒めば、チームのコーチが選手のほかの面々を率いてやってきて、リンチ・パーティーを開催したかもしれない。ブラッドはチームきっての強打者だからだ。といっても、見た目からでは決してわからない――熊手の柄なみの痩せっぽちのうえ、わずか十一歳だからだ。それでもブラッドは、この地区最高のピッチャーからヒットや二塁打を打つことができた。相手が並以下のピッチャーなら、いつも決まって深いところへ打球を飛ばした。そんなことができるのは、ひとつには農場育ちならではの力強さのおかげだったが、断じてそれだけではなかった。ブラッドには、ピッチャーが次にどんな球を投げるのかがわかるかのようだった。といっても、サインを盗んでいるのではない（地区の他チームのコーチたちはこれを疑って、あれこれ邪推をめぐらせていた）。ただ次の球がわかるのだ。たとえば家畜用の井戸を掘るとき、ブラッドには最適の場所がわかるように。あるいはまた、おりおりに群れから一頭だけはぐれた牛がどこへ行ったのかがわかるように。あるいはまた、母さんが結婚指輪をなくしたときに、そのありかがわかったように。《サバーバンのフロアマットをめくって下を見てごらん》ブラッドはいい、はたして指輪はそこにあった。

きょうの練習でのブラッドの出来はことのほかよかったが、試合後の反省会ではひとりオゾン層に浮かんでいるようにぼんやりしていただけではなく、氷水で冷やしたソーダをすすめられても断わった。そろそろ家へ帰って、母さんが洗濯物をとりこむのを手伝ったほうがいい気がする——ブラッドはそういった。

「というと、これから雨になるのかい？」コーチのマイカー・ジョンスンはたずねた。こういったことでは、もうみんながブラッドを信じるようになっていた。

「わからない」ブラッドは落ち着かないようすで答えた。

「気分がよくないのか？　ちょっと痩せたみたいだし」

たしかにブラッドはあまり気分がよくなかった。朝起きたときには頭痛がしたうえ、わずかに熱っぽくもあった。ただし、いま家へ帰りたくなった理由はそれではなかった——自分がもう野球のグラウンドでは必要とされていないと、強く感じられてならなかったのだ。なぜか心が……自分のものには思えなかった。自分が本当にこの場にいるのか、それともこの場にいる自分を夢で見ているだけなのか、それさえ判別できなかった――どこまでいかれた話なんだ？ブラッドはぼんやりとしたまま、前腕の赤い発疹をぽりぽりと掻いた。

「あしたもおなじ時間ですね？」

コーチのジョンスンがその予定だと答えると、ブラッドは片手にグローブをぶらさげた姿でその場を歩いて離れた。いつもなら小走りになるところだが、きょうはそんな気分ではなかった。頭がまだ痛んだし、足も痛みはじめていた。ブラッドはグラウンド観覧席の裏のとうもろこし畑に姿を消した――三キロちょっと離れた自宅まで、近道をつかって帰ろうと思ったのだ。ブラッドが頭についたとうもころしのひげを、夢で見ているようにのろのろとしか動かない手で払い落としながら町道D線に出ていくと、中くらいの大きさのワンダーキングがその場にとまって、エンジンをアイドリングさせていた。その横に笑顔で立っていたのは、〈バリー・ザ・チンク〉だった。

「やあ、よく来てくれた」バリーは話しかけた。

「おじさんはだれ？」

「友だちだよ。さあ、乗った乗った。うちまで送ってやる」

「よろしく」ブラッドは答えた。いまのような気分では、車で家まで送ってもらうのがうれしかった。ブラッドは腕の赤い発疹を掻いた。「おじさんはバリー・スミス。おじさんは友だち。ぼくがこの車に飛び乗れば、おじさんがうちまで送ってくれる」

それからブラッドはRVに乗った。ドアが閉まった。ワンダーキングが走りはじめた。あしたになれば、郡は総力をあげて、アデア・オールスター・チームのセンターにして最強の打者の行方を捜索しはじめるはずだ。州警察のスポークスマンは、見慣れない乗用車やヴァンを見たら、かならず警察に通報するよう住民に呼びかける。数多くの通報が寄せられるが、どれひとつとして事件解決には結びつかない。探測者を乗せていた三台のRVはどれもヴァンより大型だった（おまけに〈ローズ・ザ・ハット〉の愛車は巨大という言葉がふさわしかった）にもかかわらず、通報は一件も寄せられなかった。それというのも彼らはRV族、いっしょに旅をしていただけだからだ。ブラッドはただふっと……消えてしまった。

不幸な目にあったほかの数千人の子供たちとおなじく。ブラッドもまたなにかに飲みこまれてしまったのだ——それも、どうやらわずかひと口で。

9

彼らはブラッドを拉致現場から北へ、最寄りの農場から三キロ以上も離れているエタノール製造工場の廃屋へ連れていった。クロウがローズのアースクルーザーから少年を運びだし、地面にそっと横たえた。ブラッドはダクトテープで縛られ、すすり泣いていた。〈真結族〉の面々がそのまわりを（掘ったばかりの墓穴のまわりにたたずむ弔問者たちのように）とりかこんで立つと、ブラッドはいった。

「お願い、うちへ帰して。だれにもいわないから」

ローズはブラッドの横に片膝をついてしゃがみ、ため息をついた。「帰してあげたいのは山々だけど、そうはいかないの」

ブラッドの目がバリーを見つけた。「おまえはいったじゃないか、自分は善人のひとりだって！　ちゃんときいてた。おまえはそういったんだ！」

「ごめんよ、坊主」バリーはそういったが、どう見ても謝罪している表情ではなかった。飢えもあらわな顔つきだった。

ブラッドは目をローズへもどした。「わるく思わないでくれ」「まさか、ぼくに痛い思いをさせるつもり？　お願い、痛いのはよして」

もちろん、彼らはブラッドに痛みをたっぷりと与えるつもりだった。悲しいことだが、苦痛は命気の純度をあげるし、〈真結族〉も食べなくてはならない。ロブスターもぐらぐらと湯の沸き立つ鍋に投げこまれれば痛みを感じるが、だからといって下民たちがロブスターを食べるのをやめるわけではない。食べ物は食べ物、生存はあくまでも生存だ。

ローズは両手を背中へまわした。〈グリーディ・G〉がその片方の手に一本のナイフを置いた。刃わたりは短いが、刀はきわめて鋭利だった。ローズは笑顔で少年を見おろしていった。

「できるだけ痛くないようにするわ」

ブラッドは長いあいだもちこたえた。それこそ、声帯が引き裂けて叫び声がかすれた咆哮になるまで悲鳴をあげつづけた。途中でローズは手をとめ、あたりを見まわした。長く力強い両手は、鮮血がつくる真紅の手袋をはめていた。

「どうかしたかい？」クロウがたずねた。

「あとで話す」ローズは答え、また仕事にかかった。十本以上もの懐中電灯の光が、エタノール工場裏のこの一画を間にあわせの公開手術室につくりかえていた。

ブラッド・トレヴァーが蚊の鳴くような声でいった。「お願い、もう死なせて」

ローズは安心させるような笑みをむけて答えた。「ええ、すぐにね」

しかし、死はまだまだ訪れなかった。

かすれた悲鳴がふたたびあがり、やがてそれが命気に変わった。

夜明けとともに〈真結族〉は少年の死体を地中に埋め、ふたたび移動を開始した。

第六章　不気味なラジオ

1

少なくとも三年はなにもない状態がつづいていたが、世の中には忘れられないことがある。たとえば、夜の夜中に自分の子供がいきなり悲鳴をあげはじめる、というようなことは。その夜はルーシーしかいなかった――デイヴィッドが二日にわたってボストンでひらかれる学術会議に出ていたからだ。しかし――ルーシーにもわかっていたが――もし在宅していれば、デイヴィッドはすぐに廊下の先にあるアブラの部屋へ走ったはずだ。デイヴィッドもまた、あの夜のことを忘れてはいないからだ。

ふたりの愛娘はベッドで上体を起こしていた。顔は青ざめ、寝癖のついた髪の毛が四方八方に突き立っていた。両目を大きく見ひらき、虚空をうつろに見つめている。シーツは――暖かい時期には、シーツを一枚体にかけるだけで充分だった――完全に押しやられ、アブラのまわりでおかしな形の繭のように丸まっていた。

ルーシーはアブラの隣に腰かけて、片腕を肩にまわした。石像をハグしているような感触だった。これが——アブラがすっかり眠りから抜けだしてくるまでのあいだが——最悪だった。娘の悲鳴で夜中に叩き起こされるだけでも恐ろしいが、娘がまったく反応しないことは、それ以上に恐ろしかった。五歳から七歳にかけて、こうした夜の恐怖はかなり頻繁に起こっていたし、ルーシーの心にはいつも、いずれ娘の精神がこの重圧に負けて崩壊してしまうのではないかという恐怖が宿っていた。呼吸こそつづけているが、目はアブラにだけ見えて他人には見えない世界を——どんな世界かはともかく——ひたすら凝視しているばかりになるのではないか、と。

《そんなことにはならないさ》デイヴィッドはルーシーの不安をなだめようとしてそういったし、ジョン・ドルトン医師もこれについては同意見だった。

《子供には柔軟性があります。アブラに後遺症が残っているふしがひとつも見られなければ——たとえば部屋に引きこもるとか他人をいっさい寄せつけないとか、なにかにとり憑かれた行動をとるとか、さらにはおねしょなどの症状がないかぎりは——おそらく心配はないでしょうね》

しかし、子供が真夜中に悪夢を見て、悲鳴をあげて目を覚ますのは問題ではないとはいえなかった。ときには騒ぎの余波で一階から調子はずれのピアノの和音がきこえたり、廊下の突きあたりにあるバスルームで水道の蛇口が勝手にひらいたり、あるいはルーシーかデイヴィッドがスイッチを入れると、アブラのベッドの上にある照明の電球がすぐに爆発したりするのは、決して問題ではないとはいえなかった。

やがてアブラのもとを見えない友人がたずねてくるようになると、悪夢の間隔がしだいにひらいてきた。しばらくすると、悪夢はすっかり消え去った。今夜になるまでは。いや、正確にいうなら、もう夜とはいえない時刻だった。東の地平線が夜明けの最初の光でほんのりと白んでいるのが見えて、ルーシーは胸を撫でおろした。

「アブラ？　母さんよ。なにかいってちょうだい」

なんの反応もないまま五秒、あるいは十秒が過ぎていった。ルーシーが腕をまわしていた石像からふっと力が抜けて、以前の少女にもどった。アブラは体を震わせながら、長い時間をかけて息を吸いこんだ。

「また怖い夢を見たの。昔よく見ていたような夢を」

「ええ、母さんもそうじゃないかなって思ってたわ」

そうした夢の内容となると、アブラはほとんど覚えていないようだった。ときには人々が怒鳴りあっていたり、拳骨で殴りあっていたりする夢だった。《男の人がテーブルをひっくりかえして、女の人を追いかけてた》などと話すこともあった。また、目が片方だけになったラガディ・アン人形がハイウェイに転がっている夢もあった。あるとき——四歳のとき——見た夢では、フレイジャーの人気観光アトラクションである〈ヘレン・リヴィングトン号〉に〝幽霊みたいな人たち〟が乗っていた。この列車はティーニータウンを出発して〈クラウドギャップ〉という景勝地まで行ってから、周回コースで出発点にもどってくる。ルーシーとデイヴィッドはアブラの左右にすわり、ともに娘の体に腕をまわして話をきいていた。いまでもルーシーは、アブラのパジャマのトップの湿った感触をおぼえていた——汗でぐっしょりと濡れていたのだ。

《あの人たちは幽霊だってわかったの。だってみんな、古くなった林檎みたいな顔で、お月さまの光が顔に透けてたんだもん》

翌日の午後には、アブラは友だちと走りまわって遊び、いっしょに声をあげて笑っていたが、ルーシーはそのとき想像した光景を忘れることができなかった。死んだ人々が小さな列車に乗って森のなかを走っている……彼らの顔は月明かりを通す透明な林檎そっくり……。ルーシーはコンチェッタに、曾孫とふたりで過ごす〝女子会〟の日にアブラを遊園地の列車の乗り物へ連れていったかどうかをたずねた。コンチェッタの返事はノーだった。ティーニータウンへは行ったが、ミニ列車が定期点検中で、しかたなく回転木馬に乗った、という話だった。

そしていまアブラはルーシーを見あげて、こうたずねた。「父さんはいつ帰ってくる？」

「あさってよ。お昼までには帰ってくるって」

「それじゃ遅すぎて間に合わない……」アブラはいった。その目からひと粒の涙がこぼれて頬をつたい、パジャマのトップにぽとりと落ちた。

「なにに間に合わないの？　夢で覚えてることはある、アバ・ドゥー？」

「たくさんの人が男の子に痛い思いをさせてた」

話の詳細をききだしたくはなかったが、その必要を感じてもいた。過去にアブラが見た夢が現実の出来事と関連していた例があまりにも多かったからだ。ノースコンウェイ・サン紙の紙面に片目のラガディ・アン人形の写真が掲載されていたのを見つけたのはデイヴィッドだった。写真の上には**《オスシピーの交通事故で三人死亡》**という見出しがあった。アブラが

〝人々が怒鳴りあっていたり、拳骨で殴りあっていたり〟する夢を二回見た翌日、警察の逮捕記録のなかに家庭内暴力事件があることを見つけたのはルーシーのほうだった。ジョン・ドルトン医師でさえ、ひょっとしたらアブラは〝頭のなかにある不気味なラジオ〟――これはドルトンの言葉そのまま――の放送を受信しているのかもしれない、と認めたほどだった。

いまルーシーは娘にたずねた。「男の子ってだれ？　このあたりに住んでる子？　あなたにはわかる？」

アブラはかぶりをふった。「ずっとずっと遠いところ。でも覚えてない」その顔がぱっと輝いた。朦朧《もうろう》とした遁走《とんそう》状態からあっという間に普段の状態に復帰するその豹変ぶりが、ルーシーには遁走状態そのものとおなじくらい恐ろしかった。「でもトニーには話したと思う。だからトニーが自分のお父さんに話したかもしれない」

トニーというのは、アブラの見えない友だちだった。その名前を口にするのはほぼ二年ぶりだった。これが退行を示すものでなければいいのだが……ルーシーはそう思った。十歳というのは、見えない友だちをもつには少々年がいきすぎている。

「トニーのお父さんなら、もしかしたらあれをやめさせられたかも」そういってから、アブラは顔を曇らせた。「でも、やっぱり遅すぎたみたい」

「そういえば、トニーはしばらく来ていなかったんじゃない？」ルーシーは立ちあがると、乱れたシーツをふわりと浮かばせて、まっすぐに伸ばした。浮かんだシーツが顔をかすめると、アブラはくすくすと笑った。ルーシーにとって、この笑い声は世界で最高にすてきな声だった。正気を示す声。しかも、話をしていたあいだに部屋はどんどん明るくなっていた。まもなく、いちばん早起きの鳥たちが歌いはじめるだろう。

「母さんってば、くすぐったいんだけど！」

「母親はくすぐるのが好きなの。それもまた母親の魅力のひとつ。さあ、さっきのトニーの話はどうなの？」

「わたしにトニーが必要になったら、いつでも駆けつけるっていってた」アブラはそういいながら、またシーツの下に体を横たえて、ベッドの自分の隣を手で叩いた。ルーシーは娘とならんで寝そべり、ひとつの枕を母娘で分けあった。「とっても怖い夢だったから、トニーに来てほしかったの。でも、もうどんな夢か覚えてない。トニーのお父さんはホットスパイスで働いてるんだって」

これは初耳だ。「チリをつくる工場のようなところ？」

「はずれよ、お馬鹿さん――もうじき死ぬ人のための場所のこと」

アブラは教師がものを教えるときのような優越感のにじむ口調で答えたが、それでもルーシーの背すじを悪寒が駆けのぼってきた。

「トニーの話だと、病気がすごく重くて、もう治らないっていう人たちがそのホットスパイスに行くと、トニーのお父さんがその人たちの気分をよくしてくれるみたい。それにトニーのお父さんは猫を飼ってて、猫の名前がわたしと似てるの。わたしはアブラ、猫はアジー。不気味だけど、なんとなくおかしい話だと思わない？」

「そうね。不気味だけどおかしな話」

ジョン・ドルトン医師やデイヴィッドなら、名前が似通っているところに着目して、猫にまつわる部分は非常に聡明な十歳の少女が空想で補った結果の作話《さくわ》だろうといったかもしれない。しかし、そのふたりも自分たちの意見には半信半疑だろうし、ルーシーは頭から信じなかったはずだ。たとえ〝ホスピス〟と正しく発音できなかったにしても、どういった施設かを知っている十歳児がどれだけいるというのか？

「あなたの夢に出てきた男の子のことを教えて」アブラが落ち着きをとりもどしているいまなら、そういった話題を出しても大丈夫に思えた。「その男の子に痛い思いをさせていたのはだれなの、アバ・ドゥー？」

「覚えてない。覚えてるのは、その男の子が〝バーニーは友だちだとばかり思っていたのに〟って考えていたことくらい。もしかしたらバーニーじゃなくてバリーかも。母さん、ホッピーといっしょに寝てもいい？」

ホッピーことホップスターは兎のぬいぐるみで、いまはアブラの部屋のいちばん高い棚の上で〝垂れ耳の流刑地〟にすわっていた。アブラがホッピーといっしょに寝なくなってから少なくとも二年はたっている。ルーシーはホップスターをとってきて、娘の両腕に抱かせた。アブラは兎をピンクのパジャマのトップに引き寄せて抱きしめ、ほとんど即座に眠りこんでいた。うまくいけば、あと一時間、あるいは二時間ほどは眠っていることだろう。ルーシーは娘の横に腰をおろして、じっと寝顔を見下ろした。

《ドルトン先生が話していたように、こういったことがあと数年のうちにすっかりなくなってしまえばいいのに。いいえ、いっそきょう、きょうこの日の朝を最後にしてくれたらもっといい。お願い、これ以上はよして。地元の新聞をすみずみまで調べて、どこかの小さな坊やが継父に殺されたとか、シンナー遊びでハイになった不良連中に殴り殺されたとか、とにかくその手の記事をさがすのはもうたくさん。だから、もうおわりにしてちょうだい》

「神さま」ルーシーは押し殺した小さな声でいった。「もしあなたがいるのなら、わたしの頼みをきいてくれませんか？　娘の頭のなかにあるラジオのスイッチを切ってくれませんか？」

2

〈真結族〉の面々が夏のあいだを過ごす予定にしているコロラドの高地へ行くために（もちろん、近場で大量の命気をあつめられるチャンスが転がりこまないことを前提とした予定だ）、州間高速道路八〇号線上をふたたび西を目指していたそのとき、〈クロウ・ダディ〉はローズの運転するアースクルーザーの助手席にすわっていた。そのあいだクロウ自身のアフィニティ・カントリーコーチのハンドルを握っていたのは、〈真結族〉が誇る凄腕会計士の〈ジミー・ナンバーズ〉だった。ローズの車の衛星ラジオはアウトロー・カントリーという局にあわせてあって、ハンク・ウィリアムズ・ジュニアの〈ウィスキー・ベント・アンド・ヘル・バウンド〉が流れていた。いい曲だった。クロウは曲がおわるのを待ってから、ボタンを押してラジオを切った。

「おまえはあとで話すといってたな。いまがその〝あと〟だ。あそこでなにがあったんだ？」

「〝のぞき見〟がいたの」ローズはいった。

「まじか？」クロウは眉を吊りあげた。この男もまた、ほかのだれにも負けないほどブラッド・トレヴァーの命気をたっぷりと吸収していたが、そのわりに外見は若返っていなかった。命気を食べたあとでも若返ることのめったにない男なのだ。それだけではなく、食事と食事のあいだの期間に——その期間がかなり長引かないかぎりは——老けこむこともない。ローズはこれを、なかなかいい交換条件だと思っていた。クロウの遺伝子に関係しているのかもしれない。自分たちにまだ遺伝子があればの話だが。医者のナットことウォルナットは、遺伝子があると見てほぼまちがいはない、という意見だった。「そいつは命気頭なんだな？」

ローズはうなずいた。前方では、ちらほら浮かぶ積雲が斑点模様をほどこしている褪せたデニム色の空のもと、州間高速道路八〇号線がひたすら先へ延びていた。

「命気がたっぷりかい？」

「ええ。とんでもない量よ」

「どのくらい遠い？」

「東海岸……だと思う」

「つまりおまえさんは、そのだれかさんが二千五百キロ近くも離れたところからのぞき見していたといってるわけか？」

「もっと遠く離れていてもおかしくない。もっともっととんでもなく遠く、はるかカナダからのぞき見していたとしてもね」

「男の子か、それとも女の子？」

「たぶん女の子。でも、ほんの一瞬だった。せいぜい三秒間ね。性別が重要？」

重要ではなかった。「それだけ大量の命気をボイラーにたくわえてる子供となると、保存容器をいくつ満杯にできる？」

「なんともいえないわ。最低でも三本はいっぱいにできると思う」今回、わざと低く見積もった数字を口にしたのはローズのほうだった。のぞき見していた正体不明の者なら、保存容器を十本は満杯にできるだろうし、十二本も夢ではないとローズは考えていた。存在を感じとれたのはごく一瞬だったが、圧倒的な強度をそなえていた。のぞき屋はローズたちがなにをしているのかを見ていた。のぞいていた女の子（本当に女の子だったと仮定しての話）が感じていた恐怖のあまりの強さに、ローズの手が凍りついたように動きをとめたばかりか、つかのま嫌悪感さえおぼえていた。もちろん、ローズ自身の感情ではなかった――下民の解体は、しょせん鹿の解体と同程度の嫌悪の対象でしかない。嫌悪を感じたのは、精神の弾丸がどこかに当たって跳ねかえってきた結果にすぎなかった。

「じゃ、ここでUターンしたほうがいいかもな」クロウはいった。「しっかり探測できるうちに、その女の子をつかまえるんだ」

「いいえ。今度の相手はまだまだ力を強めているところみたい。だから、あと少し熟すのを待ちましょう」

「それは事実として知ってることか？　それともただの勘？」

ローズは片手をかかげ、宙で指をもぞもぞ動かした。

「その女の子が轢き逃げにあって死んだり、小児性愛の変態に殺されたりする危険をおかしても、いいほど強い勘なのかい？」クロウの口調に皮肉の響きはまったくなかった。「白血病なり、ほかの癌なりにかかる危険はどうなんだ？　命気頭がその手の病気になりやすいことは、おまえさんも知ってるだろうが」

「〈ジミー・ナンバーズ〉に話をきけば、平均余命表はわたしたちの味方だと教えてくれるわ」ローズは愛情たっぷりの手つきでクロウの太腿をそっと叩いた。「とりこし苦労よ、ダディ。わたしたちはこれから予定どおりサイドワインダーへ行く。そのあと二カ月ばかりしたら南下してフロリダを目指す。バリーも〈グランパ・フリック〉も、今年はハリケーンがどっさり来るはずだっていってるし」

クロウは顔をしかめた。「ごみの収集容器から食い物をあさるような真似だな」

「そのとおり。でも、あの手の収集容器からかきあつめたものが、とんでもなくおいしい場合もある。栄養豊富な場合だってね。ミズーリ州ジョプリンの竜巻を逃してしまったことが、いまも悔しくてならない。もちろん、あの手の突発的な嵐の場合には事前の警告もあまりないのだけれど」

「さっきのガキ。その子はおれたちを見たんだな」

「ええ」

「おれたちがなにをしているのかも見た」

「なにがいいたいの？」

「その女の子がおれたちの存在を突きとめるんじゃないか？」

「ハニー、あの子がもし十一歳以上だったら、わたしはこのシルクハットを食べてみせるわ」

いいながらローズはシルクハットを叩いて、自分の言葉を強調した。「どうせ両親は、娘が何者なのかも、どんな力をもっているかも知らないでしょうよ。知っていたとしても、頭のなかで必死に過小評価しようとしてるに決まってる――そうすれば、あまり深く考えなくてもすむもの」

「あるいは両親は娘を精神分析医のところへ連れていって、薬のひとつも出してもらおうとするのかも」クロウはいった。「そうなれば女の子の精神が混濁して、ますます見つけにくくなるぞ」

ローズは微笑んだ。「わたしの見立てが正しければ――見立ての正しさには自信があるといっておく――あの女の子に抗鬱剤のパキシルを飲ませるのは、サーチライトにサランラップをかぶせるようなものよ。いずれしかるべき時期がきたら、わたしたちはあの子を見つけだす。心配しないで」

「おまえさんがいうならね。ボスはそっちだ」

「ええ、そのとおり、憎い人《ハニーバンチ》」今回ローズはクロウの腿を叩くのではなく、股間のふくらみをぎゅっと握った。「今夜はオマハ?」

「ホテルはラ・クィンタ・インだ。一階の裏側の部屋をすべて予約で押さえてある」

「よかった。だって今夜は、ジェットコースターに乗るみたいにあなたに乗るつもりだから」

「どっちがどっちに乗るかを楽しみにしようじゃないか」クロウはいった。ブラッド・トレヴァー少年のおかげで陽気な気分になっていた。ローズもおなじだった。ほかの面々も残らずおなじだった。クロウはまたラジオのスイッチを入れた。クロス・カナディアン・ラグウィードが、オクラホマから来た連中はマリファナタバコの巻き方がてんでなってない、と歌っていた。
〈真結族〉は西を目指して進んだ。

3

ＡＡこと〈無名のアルコール依存症者たち《アルコホーリクス・アノニマス》〉には寛大な助言者《スポンサー》もいれば、手ごわいスポンサーもいる。そしてケイシー・キングズリーのように、ＡＡスラングでいう〝鳩〟——指導している相手——の糞めいたふるまいをいっさい受けつけない者もいる。ふたりの関係がはじまった当初、キングズリーはダンに九十九・九九パーセントの実践を望み、毎朝七時にかならず電話をするよう要求した。やがてダンがミーティングの九十回連続出席という目標を達成すると、毎朝の電話の儀式は廃止され、それ以降は週に三回、カフェ〈サンスポット〉でともにコーヒーを飲むという義務がもうけられた。

二〇一一年七月のある日の午後、ダンがコーヒーショップにはいっていくと、キングズリーはもうボックス席にすわっていた。キングズリーはまだ定年退職にはいたっていなかったが、ダンの目には長年ＡＡで自分のスポンサーをつとめてくれている人物（そしてニューハンプシャー州で最初に自分を雇い入れてくれた人物）がひどく老けこんでいるように見えた。髪の毛はあらかた抜け落ち、歩くときには足を引きずっているのがかなり目立っていた。人工股関節手術が必要なのに、キングズリーは手術を先延ばしにしつづけていた。

ダンは挨拶をして席につくと、手を組みあわせ、キングズリーが〝教理問答〟と呼ぶ質疑応答がはじまるのを待った。

「きょうは断酒をしているのかな、ダン？」

「はい」

「そのような奇跡ともいえる節制に成功したのはどうしてかな？」

ダンは決まり文句を述べた。「ひとえにアルコホーリクス・アノニマスのプログラムと、自分なりに理解した神のおかげです。またわがスポンサー氏もささやかな役割を果たしてくれました」

「しゃれた褒め言葉だが、お世辞は無用だ——こっちも、きみにお世辞をいったりはせん」

パティ・ノイエスがコーヒーポットを手にして近づき、なにもいわれないうちからダンのカップにコーヒーを注いだ。「ごきげんいかが、ハンサムさん？」

ダンはにやりと笑いかけた。「上々さ」

パティはダンの髪をくしゃくしゃっとかきまわすと、いつもより若干ヒップの振り幅を大きくした歩き方でカウンターへ引き返していった。ふたりの男は——男なら当然のことだが——パティの振り子が揺れるさまに目を奪われた。ついでキングズリーはダンに視線をもどした。

「その〝自分なりに理解した神〟の面で進歩した部分はあったかね？」

「あまりありません」ダンは答えた。「一生をかけるライフワークになるような気がしています」

「それでも朝には欠かさず、きょう一日自分を酒から遠ざけてくれと祈っているね？」

「はい」

「ひざまずいて？」

「はい」

「夜寝る前には感謝の言葉を捧げているかな？」

「はい。床にひざまずいて」

「なぜ？」

「酒のせいで床にまで落ちてしまったことを思い起こす必要があるからです」ダンはいった。

嘘いつわりない真実だった。

キングズリーはうなずいた。「それが最初の三ステップだ。三つのステップを簡潔にまとめるとどうなる？」

「『ぼくには無理、神ならできる、神にすべてを委ねよう』です」ダンはいい添えた。「自分なりに理解した神に」

「ただし、きみは神を理解してはいない」

「そのとおりです」

「では、なぜ酒を飲んだのかを教えてもらおうか」

「ぼくが酒飲みだったからです」

「母親が愛情を与えてくれなかったからではない？」

「ちがいます」母のウェンディにはいくつもの欠点こそあったが、息子ダンへの愛情は——ダンから母ウェンディへの愛情もまた――一瞬もぶれることはなかった。

「父親から愛情を与えてもらわなかったからでもない？」

「ちがいます」《――いくら父さんがぼくの腕の骨を折ったことがあり、最後にはぼくを殺しかけたといってもだ》

「遺伝で酒を飲んだのでは？」

「ちがいます」ダンはコーヒーをひと口飲んだ。「しかし、遺伝があることは事実です。あなたもそのことはご存じなのでは？」

「たしかに。同時にわたしは、それが重要な要素ではないことも知っているよ。わたしたちが酒を飲んだのは、わたしたちが酒飲みだからだ。それ以上の答えは得られるべくもない。いわばわたしたちは霊的状態を根拠に、一日ごとに刑の執行延期を与えられているようなもの――いい、それこそが重要な点だね」

「そのとおりです、ボス。この話はもうおしまいですか？」

「もうすぐおわる。きょう、酒を飲もうという考えが頭をよぎったかな？」

「いいえ。あなたはどうです？」

「まさか」キングズリーはにやりと笑った。笑うと顔がぱっと明るくなり、若返ったように見えた。「奇跡だよ。どうだ、奇跡といえるんじゃないか？」

「ええ、同感です」

パティがバニラプディングの大きな皿をもって――てっぺんにはチェリーがひとつのところ、特別にふたつ載せてある――ふたたびテーブルへやってくると、ダンの前へ置いた。「どうぞ召しあがれ。店からのプレゼント。あんたは痩せすぎだもん」

「わたしにはなにをくれるのかな、スイートハート？」キングズリーはたずねた。

パティは鼻を鳴らし、「あらまあ、ご冗談を。でもお望みなら、松の木《パインツリー》フロートをおごってあげる。水に爪楊枝を浮かべたドリンクよ」と、とどめの文句を首尾よく口にすると、気取った歩き方で去っていった。

「まだあの子とよろしくやってるのか？」ダンがプディングを食べはじめると、キングズリーはたずねた。

「すてきな質問だ」ダンは答えた。「配慮を感じさせるばかりか、ニューエイジ的でもありますね」

「ありがとう。で、いまもまだよろしくやってるのか？」

「たしかに四カ月ばかりつづきましたけど、それだってもう三年も前ですよ。パティはいま、グラフトン在住のすてきな青年と婚約中の身です」

「グラフトンか」キングズリーはにべもなくいった。「景色がきれいな最低最悪の街だ。それにあの子は、きみが店にいると婚約中らしからぬふるまいだな」

「ケイシー――」

「いやいや、誤解しないでくれ。わたしとてわが〝鳩〟に、現在進行形のふたりのあいだにくちばしを突っこめと――いや、それをいうなら一物を突っこめなどとも――助言する気は毛頭ない。そうなれば、酒に手を出すのにうってつけの局面になる。それはそれとして……いまはだれかとつきあっているのかね？」

「あなたに関係あるんですか？」

「それがたまたま大ありでね」

「いまはだれともつきあっていません。〈リヴィングトン館〉のナースがいましたが——前にお話ししたと思いますが……」

「セーラ……苗字はなんといったかな？」

「オルスンです。いっそ同棲したらどうかという話も少し出たのは事実ですが、そのあとセーラはマサチューセッツ総合病院で好条件の働き口を見つけましてね。いまは、たまにメールで話すくらいです」

「最初の一年は、いかなる種類の関係も御法度《はっと》——それが一般則だ」キングズリーはいった。

「その規則を真剣にとらえる元依存者はめったにいない。きみは真剣に受けとめた。しかし……きみもそろそろだれかと交際するべきだよ」

「おやおや、ぼくのスポンサーがここへ来てテレビ心理学者のドクター・フィルになってしまうとは」ダンはいった。

「きみの毎日の暮らしは向上したのではないかな？　きみがそのケツを引きずり、目から血の涙を流しながらバスを降りて、初めてこの街にやってきたときとくらべて、いまのほうが向上しているのでは？」

「ご存じのくせに。いや、じっさい想像をはるかに超える向上ぶりです」

「だったら、そのすばらしい日々をだれかとともに過ごすことを考えたまえ。いいたいのはそれだけだ」

「心にとめておきます。さて、そろそろほかの話題にしませんか？　たとえば……レッドソックスとか？」

「きみのスポンサーとして、その前にまず質問したいことがある。それをすませたら、ふたたび友人同士にもどってコーヒーを飲もう」

「オーケイ……」ダンは警戒のまなざしをキングズリーにむけた。

「きみがホスピスでおこなっている仕事について話しあったことは、これまで一度もなかったね。きみがどんなふうに人々を助けているのか……」

「ええ」ダンは答えた。「できればこれからも、そのままの状態にしておきたいと思っています。毎回のミーティングのあとで口に出される決まり文句なら、あなたもご存じでしょう——『ここで目にしたこと、ここで耳にしたことは、あなたがここを出たあとも、この場にとどまるものとする』。ぼくの生活のほかの部分については、そんなふうにしておきたいんです」

「生活のほかの部分のうち、どのくらいまでが飲酒の影響をこうむっていたんだね？」

ダンはため息をついた。「その答えはご存じのはずですよ。影響は生活のあらゆる面におよんでいました」

「それで？」この質問にダンはなにも答えなかった。キングズリーはつづけた。「〈リヴィングトン館〉のスタッフは、きみをドクター・スリープと呼んでいる。人の口に戸は立てられないのだよ、ダン」

ダンは黙っていた。まだプディングが少し残っていたし、このまま食べずに残せばパティからお小言をくらいそうだ。しかし、食欲はすっかり失せていた。いずれはこの話題が出てくるのはわかっていた気がしたし、十年というもの酒を一滴も飲まなかったのだから（おまけにキングズリーには、ほかに目を光らせるべき〝鳩〟がひとりふたりいることもあって）、この男が個人の境界線を尊重してくれることもわかってはいたが、それでもこの話題が出るのは愉快ではなかった。

「きみは死にゆく人々を助けている。といっても、顔に枕を押しつけるような方法ではないし、だれもそんなことは考えていない。きみの方法は、ただ……ああ、わたしにはわからないな。知っている者はひとりもいないらしい」

「そういった人のそばにすわっているだけですよ。少し話しかけることもあります。そういう希望ならば」

「ステップを実践しているかね、ダン？」

もしこれが会話の方向転換を示すものだと思いこんでいれば、この質問も歓迎できたかもしれない。しかし、そうではないことはわかっていた。「実践していることくらいは知っているはずです。ぼくのスポンサーなんだから」

「ああ、きみは朝には助けを願い、夜には感謝の祈りを捧げている。それも床にひざまずいて。つまり、最初の三ステップだ。第四ステップは、モラル面での棚卸しをおこなえという話だな。第五ステップはどうだ？」

ステップは全部で十二ある。これまで出席したすべてのミーティングの冒頭でその十二のステップがかならず読みあげられていたので、いまではダンもすべてを暗記していた。

「『神に対し、自分に対し、そしてもう一人の人に対して、自分の過ちの本質をありのままに認めた』」

「そのとおり」キングズリーはカップをもちあげてコーヒーをひと口飲むと、カップごしにダンを見つめた。「そのステップを実践したかね？」

「ええ、だいたいは」いいながらダンは、ここはちがう場所にいたかったと思っている自分に気がついた。ここ以外なら、ほぼどんな場所でもいい。それだけではなかった——本当に久しぶりだったが、いまダンは酒を欲しがっている自分にも気づいていた。

「当ててみようか。たしかにきみは自分に対して、過去の過ちのすべてを話したのだろう。さらに、きみなりの理解がおよばない神に過ちのすべてを打ち明け、自分以外のひとりの人に——というのは、わたしだろうな——過ちのほぼすべてを話した。どうだ、当たりではないかな？」

ダンは無言だった。

「ここからはわたしの考えを話させてもらうよ。まちがっていたら、遠慮せずに訂正してくれ。第八ステップと第九ステップに書かれているのは、わたしたちが週に七日、一日二十四時間ずっとへべれけに酔っ払っていたあいだに残してきた残骸を、きれいにあと始末することだ。ホスピスできみがやっている仕事の一部は——それも重要な一部は——過去の埋めあわせをすることなのではないかとにらんでいる。さらにわたしは、きみには完全には乗り越えられない過ちがまだひとつあると見ている——なぜ乗り越えられないかといえば、きみ自身があまりにも恥ずかしく思っていて、話題にすることさえできないからだ。これが正解なら……そういう立場の者はなにもきみが初めてではないよ。嘘じゃない」

ダンは思った。《ママ》

ダンは思った。《キャンニィ》

赤い財布と、そのなかにあった見るだけで悲しくなる食料切符の束が見えた。わずかな現金も見えた。七十ドル――四日のあいだ酔っ払いつづけるには充分な金額。いや、食べ物を最小限の栄養に絞りこめば五日間は酔っていられる。最初は自分の手のなかの現金が見えて、その現金が自分のポケットにおさまる場面がつづいた。ブレーブスのTシャツを着て、おむつがずり落ちている幼児の姿が見えた。

ダンは思った。《あの子の名前はトミー》

ダンは思った――これが初めてではなかったし、また最後でもなかった。《このことは決して話さないぞ》

「ダン？　わたしに話しておきたいことはあるかな？　あると思う。きみがどれだけ長く、そのクソ重たい荷物を背負ってきたのかは知らない。でも、その荷物をわたしのもとに残していけば、五十キロばかり軽くなった気分でこの店を出ていけるぞ。そういう効果があるんだ」

ダンはあの男の子がどんなふうに母親
（**ディーニー　あの女の名前はディーニーだった**）

のもとへよちよち歩いていったかを思い出し、母親が酒に酔いつぶれて眠っていたにもかかわらず、息子の体に腕をまわして自分に引き寄せていたようすも思い出した。寝室の汚れた窓ごしに射しこむ朝日のなか、母子は顔を寄せあっていた。

「そんな話はひとつもありません」ダンはいった。

「素直になりたまえ、ダン。わたしはいま、きみのスポンサーとして話しているだけではなく、友人として話しているんだ」

ダンは目の前の〝もう一人の人〟をしっかり見つめたまま、なにもいわずにいた。

キングズリーはため息を洩らした。「これまでにきみが出たミーティングで、だれかの口から〝病の深さは隠した秘密の数だ〟という言葉が出たことが何回ある？　百回か？　いや、千回にはなりそうだ。ＡＡのあらゆる決まり文句のなかでも、これがいちばん古い言葉だからね」

ダンは無言だった。

「人間だれしも、どん底に落ちるものだ」キングズリーはいった。「いずれはきみも、その経験を話さざるをえなくなる。いつまでも隠したままでいれば、そのうちきみはバーで酒のグラスを手にしている自分に気づくだろうね」

「おっしゃりたいことはわかりました」ダンはいった。「さて、そろそろレッドソックスの話に移りませんか？」

キングズリーは腕時計に目をむけた。「それはまた次の機会に。わたしは家へ帰らなくては」

《そうだね》ダンはいった。《愛犬と金魚のいるわが家へ、か》

「オーケイ」ダンはキングズリーが手を伸ばすよりも先に勘定書きを手にとった。「では次の機会に」

小塔の部屋へ帰りついたダンは黒板をかなり長いあいだ見つめていたのち、ゆっくりと手を動かし、黒板に書きつけてあったこんな文字を消していった。

4

あの人たちが野球少年を殺してる！

黒板をまっさらの状態にもどすと、ダンはたずねた。「野球少年とはなんのことかな？」

答えはなかった。

「アブラ？　まだそこにいるのかい？」

いなかった。しかし、ここにいたのは事実だった。もしダンがケイシー・キングズリーとの不愉快なコーヒー会談から十分早く帰宅していれば、幻めいたアブラの姿を目にできていたかもしれない。しかし、アブラは自分に会うためにきたのだろうか？　そうではない気がした。いかれきった考えであることは否定しようもないが……トニーに会いにきたのではないか。トニー、それは昔々ダンの見えない友だちだった少年だ。ときおりは幻影を見せてくれた。警告を発してもくれた。やがてダン自身よりも深みと知恵をそなえた、もうひとりのダンだと判明した存在だ。

〈オーバールック〉ホテルでがむしゃらに生き残ろうとしていた、あの怯えた幼い少年にとって、トニーは自分を守ってくれる兄だった。皮肉だったのは、酒をきっぱりとやめたダニエル・アンソニー・トランスがいまでは立派な一人前の成人になったのに、トニーが少年のままだという点だった。ひょっとしたらトニーは、ニューエイジ導師《グル》連中がいつも話している、有名な〝内なる子供〟とさえいえるのかもしれない。あの手の〝内なる子供〟の話は、あまたの自分勝手で破壊的な行為（ケイシー・キングズリーが好んでいう、〝いますぐ・やらなくちゃ症候群〟）を実行するときに口実としてもちだされるものだ——ダンはそんなふうに感じていたが、その一方では成人した男女の脳のどこかに、成長のあらゆる段階の自分が保存されているとも感じていた——つまり〝内なる子供〟だけではなく、内なる乳児がいて、内なるティーンエイジャーがいて、内なるヤングアダルトがいる、と。謎めいたアブラがここまでやってきたのなら、成人したダンの横を素通りして、もっと自分と年齢の近いだれかをさがすのは当然ではないだろうか？

遊び相手？

自分を守ってくれる存在？

もしそうなら、そのどちらもかつてトニーがこなしていた役割だ。しかし、アブラは保護を必要としているのか？　アブラのメッセージ

（あの人たちが野球少年を殺してる）

に激しい苦痛がふくまれていたのは確実だったが、ダンが遠い昔に発見したように〝かがや

き〟には苦痛がつきものでもある。ほんの小さな子供は、あまり多くを見聞きしないものと決まっている。もちろんアブラをさがしあてることは可能だし、もっと情報をあつめることも不可能ではないだろうが、いざアブラの両親と会ったときになにを話せばいいというのか？《やあ、そちらはぼくをご存じありませんが、ぼくは娘さんのことを知ってます。娘さんはたまにぼくの部屋へやってくるんですよ。おかげでいまでは、いい友だちになっています》とでも？

アブラの両親が郡警察の署長に自分のことを通報するとは思えなかったが、通報されたとしても無理はないだろうし、これまでの波瀾万丈の半生を思うと、あえて危険をおかしたくはない。それより、トニーに遠く離れたアブラの友人でいてもらうほうがよかった——もし、いま起こっていることがそういう事態なら。トニーは目に見えない存在だが、少なくとも年齢の面では多少なりともアブラにふさわしいといえる。

もともと黒板に書きとめておくべき名前や部屋番号を書き直すのはあとまわしにできる。ダンはその前に溝から短くなったチョークをつかみあげ、黒板にこう書いた。**《トニーもぼくも、きみがすてきな夏の一日を過ごすように祈ってるよ、アブラ！　きみのもうひとりの友だち、ダン》**

ダンはしばしこの文章を見つめたのちにうなずき、窓ぎわに近づいた。美しく晴れた夏の日の夕方、しかも休日はまだ残っている。これから散歩でもして、ケイシー・キングズリーとの不安をかきたてられた会話のことを頭からはらい捨ててしまおう——ダンはそう思い立った。そのとおり——ダンはウィルミントンのディーニーのアパートメントでのひと幕こそ、自分のどん底だと思っていたが、あそこであったことを秘密にしていても、十年におよぶ禁酒の日々を積みあげることはできた。このまま秘密にしていても、断酒をあと十年つづけられない理由はないのではないか。あるいは二十年でも。だいたい、なぜ年単位で物事を考える？　ＡＡのモットーは〝一日一日を着実に〟ではないか。

ウィルミントンはもう大昔のこと。人生のあのひと幕はすでにおわっている。

部屋を出ていくときには、いつものとおりドアに鍵をかけた。しかし謎めいたアブラが部屋をたずねたいと思ったら、錠前では阻めない。部屋に帰ってきたら、アブラからの新しいメッセージが黒板に書きつけてあるのかもしれなかった。

《よければペンパルになってもいいかもしれないね》

そうとも、そんなことがあるのなら、〈ヴィクトリアズシークレット〉のモデルたちがつくる秘密結社が水素融合の秘密を解明しても不思議はない。

ダンはにやにやと笑いながら、部屋をあとにした。

5

アニストン公共図書館は恒例になっている夏のリサイクルフェアを開催中だった。アブラから本を見に連れていってくれといわれたルーシーは、喜んで雑用を中断して、娘といっしょにメイン・ストリートを歩いていった。図書館前の芝生にならべられたカードテーブルには、市民から寄付された本がどっさりとならんでいた。ルーシーが、まだ読んでいないジョディ・ピコー作品をさがしてペーパーバック・コーナーをながめているあいだ（一冊一**ドル、よりどり六冊で五ドル**）、アブラは《**ヤングアダルト**》と書かれたコーナーの本を見ていた。大人になるのは――それも、もっとも年下の区分の大人になるのも――まだまだ遠い先のことだが、アブラはファンタジーとSFを偏愛する貪欲な（そして早熟でもある）読書家だった。いちばんお気に入りのTシャツは、複雑怪奇な巨大機械のイラストの下に《**スチームパンク最高**》という文字が刷りこまれたものだった。

ルーシーが結局はディーン・クーンツの旧作とまずまず新しいリサ・ガードナーの作品で手を打とうと思いかけたとき、アブラが走って近づいてきた。アブラは満面の笑みを見せていた。

「母さん！　母さん！　あの人はダンっていうの！」

「ダンというのは、いったいだれなの？」

「トニーのお父さん。ダンはわたしに楽しい夏の一日を祈るっていってくれたのよ！」

ルーシーはあたりを見まわした。アブラと同年代の少年を連れた見知らぬ男の姿が目にとまるだろうという気持ちだった。見知らぬ人々はたくさんいたが――なんといっても、いまは夏だ――そういった親子は見あたらなかった。

アブラは母親がなにをしているのかを見てとり、くすくすと笑った。「ちがう、ここにはいないもん」

「だったらどこにいるの？」

「ちゃんとは知らない。でも近く」

「とにかく……よかったわね、ハニー」

アブラはたちまち、ロケット乗りや時間旅行者や魔法つかいの物語をふたたび漁りはじめるために駆けもどっていき、ルーシーにはかろうじて娘の髪の毛をひと撫でするだけの時間しかなかった。ルーシーはだらりと垂らした手に選んだ本があることさえ忘れたまま、その場に立って娘の姿を目で追っていた。夫のデイヴィッドがボストンから電話をかけてきたら、いまの一件を話しておいたほうがいいだろうか？ いや、話さないほうがいい――ルーシーは思った。不気味なラジオ――それだけのことだ。

だから、このまま流したほうがいい。

6

ダンは〈ジャヴァ・エクスプレス〉に立ち寄ってコーヒーを二杯買い、ひとつをティーニータウンのビリー・フリーマンへの差し入れにしようと思いついた。フレイジャー市民サービス課での勤務期間はきわめて短かったが、ふたりはいまにいたるまで十年以上も交友をつづけていた。ケイシー・キングズリーという――ビリーにとってはボス、ダンにとってはＡＡのスポンサー――共通の知人がいたこともあったが、交友がつづいた理由の大半は、ふたりともおたがいに好意をもっているということに尽きた。ダンはビリーの本音一本槍の態度が好きだった。

　またダンは、〈ヘレン・リヴィングトン号〉を運転するのが好きだった。おそらくこれも、内なる子供のしわざだったのだろう——精神分析医ならまずそう診断するはずだ。ビリーはいつも喜んで運転を代わってくれた。とりわけ夏のあいだは、ほっとした顔で運転席を譲ってくれていた。七月四日の独立記念日から九月初頭の〝労働者の日〟まで、〈リヴィングトン号〉は〈クラウドギャップ〉までの十五キロ以上になる周回ルートを一日十回もめぐっていたが、ビリーももう昔のように若くはなかったからだ。

　芝生を横切ってクランモア・アヴェニューに出ていくと、〈リヴィングトン館〉の本館と二号館をつなぐ通路の日陰に置いてあるベンチにフレッド・カーリングがすわっている姿が目にはいってきた。あの夜、チャーリー・ヘイズという哀れな老人の腕に指の痕を残したこの看護助手は、いまもまだこのホスピスの夜勤に出ていた。怠けがちなところも、すぐに癇癪を爆発させるところも変わらなかったが、少なくともドクター・スリープに近づかないだけの知恵は身につけていた。ダンにはなんの不満もなかった。

　まもなく勤務につくカーリングは、いま油染みのある〈マクドナルド〉の紙袋を膝に置き、ビッグマックをむしゃむしゃと食べていた。ふたりの男はひととき視線をあわせていた。どちらもハローひとつ口にしなかった。ダンはフレッド・カーリングをサディスティックな性格をもつ怠け者の下衆野郎だと見なしていたし、カーリングはダンをひとりよがりのお節介男だと考えていた——その点ではバランスがとれているといえた。ふたりがどちらも相手の邪魔だてをしないかぎり、すべてよし、問題なし、世はなべてこともなしだった。

ダンはコーヒーを買うと（ビリーのぶんには砂糖を四袋入れた）、夕方早くの黄金色の日ざしのなかで活況を呈している公共広場を横切っていった。母親たちや父親たちがぶらんこに乗っている幼児を押したり、滑り台から降りてくる子供たちを下でつかまえたりしていた。ソフトボール場では試合が進行中だった――フレイジャーのYMCAチームと、オレンジ色のシャツを着たアニストン市レクリエーション課チームとの試合だった。ダンは列車の駅で踏み台に乗り、クロームめっきを磨いているビリーに目をむけた。そのすべてがすばらしく見えた。ここそが帰る場所に見えた。

《そうでないとしても》ダンは思った。《こんなに帰るべき場所に近づけたのは初めてだ。あとはサリーという名前の妻とピートという名前の子供、ローヴァーという名前の犬がいれば完璧だな》

ダンはティーニータウン内のクランモア・アヴェニューをぶらぶらと歩いていって、ティーニータウン駅の日陰に足を踏み入れた。「やあ、ビリー。あんたの好みのコーヒー風味の砂糖水をおみやげにもってきたぞ」

その声を耳にして、フレイジャーの街で最初にダンに親しげな言葉をかけてきた人物が顔をめぐらせた。「やっぱり、あんたは友だち思いだな。ちょうど、なにか飲みたいと思ってたところ――おおっと、危ない」

ボール紙のトレイがダンの手から落ちていった。ホットコーヒーの熱いしずくがテニスシューズにかかったのが感じられたが、それもどこか遠いところの、どうでもいいことにしか感じられなかった。

ビリー・フリーマンの顔の上を蠅が這っていたのだ。

7

翌日ビリーは、ケイシー・キングズリーに会いにいくのも臨時休暇をとるのも気が進まないといい、医者に行くのはぜったいにいやだ、といって譲らなかった。ダンにむかってくりかえし、どこも調子のわるいところはない、元気そのもの、絶好調だ、といいつづけた。毎年六月か七月にはかならずかかる夏風邪にも今年はかからずにすんでいるくらいだぞ、と。

しかし、前夜ほとんど眠れなかったダンはノーの返事をいっさい受けつけなかった。いや、手遅れだとわかっていれば、ノーの返事を受け入れたかもしれない。これまで何度も蠅を目にしてきたおかげで、程度を見積もるすべは身についていた。蠅が大群だったら——せわしなく蠢《うごめ》く醜悪な昆虫がつくるヴェールで顔かたちがわからないほどなら——もはや希望の余地はない。十四程度なら、まだ打つ手があるかもしれない。数匹にとどまれば、時間の余裕があるということだ。ビリーの顔を這っていた蠅は三、四匹だけだった。

ホスピスにいる末期患者の顔に蠅がとまっているところは、一度も見たことがなかった。

ダンは死の九カ月前の母親を訪ねたときのことを思い出していた。あの日の母親も、調子のわるいところはない、元気そのもの、絶好調だと話していた。

《なにをそんなにじろじろ見てるの、ダニー？》ウェンディ・トランスはそうたずねた。《わたしの顔に汚れでもついてる？》

そういってウェンディはおどけたしぐさで、鼻の頭をこすってみせた。その指は、あごの先から髪の生えぎわまで隈《くま》なく——まるで大網膜のように——覆っている死の蠅の大集団のなかを通り抜けていた。

8

ケイシー・キングズリーは仲裁役に慣れていた。皮肉を好むキングズリーは、それこそが六桁という気前のいい年俸を稼げる理由だと好んで人々に話していた。

キングズリーはまずダンの話をきいた。つづいて、夏の観光シーズンまっさかりのいま、朝の八時出発の〈リヴィングトン号〉に乗りたい一心の人々が早くも行列をつくっているいま、とても仕事を休むわけにはいかないというビリーの主張に耳をかたむけた。そもそも、飛びこみ同然で自分を診察してくれる医者がいるわけはない。いまは医者も大忙しの時期だ。

「最後に健康診断を受けたのはいつのことだ？」ビリーがようやく話しおわると、ケイシー・キングズリーはそう質問した。ダンとビリーはいま、キングズリーのデスクの前に立っていた。キングズリーはオフィスチェアにゆったりともたれて、壁の十字架のすぐ下という定位置に頭をあずけ、腹の上で両手の指を組みあわせていた。

ビリーは弁解するような顔をのぞかせた。「たしか、前は二〇〇六年だったかな。そのときは異常なしだった。医者が血圧を見て、自分のほうが十も高いくらいだっていってましたからね」

キングズリーは視線をダンへ移した。どちらも臆測や好奇心をいだいていたが、眉唾に思う気持ちはみじんもなかった。〈無名のアルコール依存症者たち《アルコホーリクス・アノニマス》〉のメンバーは、仲間内以外のもっと広い世界とふれあうときにはおおむね口をきっぱりと閉ざしているが、グループ内ではかなり自由に話をするし、ときにはゴシップに興じたりもする。それゆえキングズリーは、ダン・トランスには末期患者が安らかに死ねるように手助けできる能力があることも、それがダンの唯一の能力ではないことも知っていた。噂話のネットワークごしに洩れきいた話では、ダン・トランスはおりおりに有用な直観を得ているという。それも、理屈だけでは説明がつかないような直観を。

「きみはジョン・ドルトンと親しかったな？」キングズリーはそうダンにたずねた。「ほら、小児科医の？」

「ええ。ノースコンウェイでの毎週木曜日のミーティングでは、だいたいいつも顔をあわせてます」

「連絡先はわかるか？」

「わかります」ダンは知りあったＡＡメンバー全員の連絡先電話番号を、以前キングズリーからもらった手帳のうしろに書きとめていたし、いまも手帳を肌身離さずもち歩いていた。

「電話をかけてくれ。ここにいるわからず屋を、いますぐ医者に診せる必要があると話してほしい。ビリーに必要なのは何科の医者かはわかっているのか？　こいつの年齢を考えたら、小児科の医者でないことだけは確かだな」

「ケイシー――」ビリーが口をひらいた。

「静かにしてろ」キングズリーはそう一喝し、ふたたびダンにむきなおった。「ああ、きみならわかっているはずだ。肺か？　この男のタバコの吸いっぷりからして、それがいちばんありそうだ」

ダンは自分がもうあともどりできないほど深くまで足を踏み入れてしまったことを悟った。ため息をひとつついてから、こう答える。「いいえ、腸のどこかだと思います」

「そりゃ、ちょっとは消化不良だが、それ以外おれの腸は――」

「黙っていろ――そういったんだぞ」それからダンにむきなおる。「だったら消化器専門の医者だ。ジョン・Dにそう伝えるんだ」キングズリーはいったん言葉を切った。「どうかな、ジョンはきみを信じるだろうか？」

この質問をむけられて、ダンは内心でほっと安心していた。これまでニューハンプシャーで過ごしていたあいだに、ダンは数人のAAメンバーを助けていた。もちろんその全員に黙っていてほしいと頼んだが、秘密を他人に明かした者やいまも話のネタにしている者がいることも充分に承知していた。いまの質問でジョン・ドルトンがそのひとりではないとわかって、ダンはうれしい気持ちになった。

「ええ、信じてくれると思います」

「よし」キングズリーはビリーに指をつきつけた。「きょうは有給休暇をとりたまえ。健康上の理由による休暇だ」

「でも、〈リヴィングトン号〉が――」

「〈リヴィングトン号〉の運転ができる人間なら、この街には十人以上いる。これから何本か電話をかけて、そのあと最初の二回はわたしが自分で運転するさ」

「でも、あんたは腰を痛めていて――」

「わたしの腰など知ったことか。さあ、後生だからオフィスから出ていってくれ」

「でも、ケイシー、おれはどこも具合なんか――」

「たとえウィニペソーキー湖まで駆けっこで行けるほど元気がありあまっていたとしても、そんなことはどうだっていい。きみはこれから医者の診察を受ける――以上、話はおわりだ」

ビリーは恨みがましい目つきでダンを見つめた。「おまえのせいで、とんだトラブルにはまりこんじまったぞ。まだ朝のコーヒーだって飲んでないのにな」

きょうの朝、その顔に蠅は見あたらなかった――しかし、まだそこにいることはまちがいない。見たければ、神経を集中すれば見えてくるはずだ……が、いったいどこのだれがそんなものをわざわざ見たがるというのか？

「わかってるって」ダンはいった。「重力なんて存在しない、人生なんてつまらない……ってやつだね。ケイシー、電話を貸してもらえますか？」

「つかいたまえ」キングズリーは立ちあがった。「わたしはわたしで、鉄道の駅までえっちらおっちら歩いていって、切符にはさみを入れるとしよう。わたしの頭にあうサイズの機関士用帽子はあるかな、ビリー」

「ありません」

「ぼくの帽子がぴったりですよ」ダンはいった。

9

自身の存在を宣伝せず、商品を売るわけでもなく、手から手へとまわされるバスケットや野球帽に投げこまれる皺だらけのドル紙幣だけで運営されている組織ではあるが、〈無名のアルコール依存症者たち《アルコホーリクス・アノニマス》〉はミーティングに利用している数多くの貸しホールや教会の地下室の玄関を越えて、ずっと遠くまで広範囲に強い影響力をおよぼしている。少年時代の友人同士のネットワークではないが——ダンは思った——ともに酔いどれ時代を過ごした人々のネットワークだ。

ダンはジョン・ドルトンに電話をかけた。ジョンはグレッグ・フェラートンという内科の専門医に電話をかけた。フェラートンは断酒プログラムに参加した経験こそなかったが、ドルトンに借りのある身だった。ダンはその詳細を知らなかったし、知りたいとも思わなかった。重要だったのはたったひとつ、当日の午後遅い時間にビリー・フリーマンがルイストンにあるフェラートンの診察室で診察用ベッドの上に横たわっていたこと、それだけだった。ちなみにフレイジャーからこの診察室までは車で百十キロ以上の道のりがあり、道中ビリーはずっと口汚くわめきつづけていた。

「気になっているのは、本当に消化不良だけなのかい？」ダンはパイン・ストリートにあるフェラートン家の小さな駐車場に車を入れながらたずねた。

「そうともよ」ビリーはいったんそう答え、ためらいがちな口ぶりでいい添えた。「最近は、ちょっとばかりわるくなってる。いや、そうはいっても夜眠れないほどじゃないんだが」

《噓つき》ダンは思ったが、きき流すことにした。ここにいるのは腹が立つほど頑固なクソ男なので、ただきき流すのがむずかしかった。

ダンが待合室にすわり、美しいけれども痩せっぽちの花嫁とならんでいるイギリスのウィリアム王子の写真が表紙になったOK！誌をめくっていると、廊下の先のほうから痛みの悲鳴がきこえてきた。十分後、フェラートンが診察室から出てきてダンの隣に腰をおろした。医師はOK！誌の表紙をちらりと見ていった。

「その男はイギリスの王位継承者かもしれませんが、四十歳になるころにはビリヤードのボールそっくりに禿げあがっているはずですよ」

「先生のおっしゃるとおりでしょうね」

「ええ、この意見が正しいに決まってる。人間のあれやこれやの問題では、真の王者といえるのは遺伝子だけです。さて、お友だちですが、いまメイン州中部総合病院でCTスキャンをしてもらうように手配しています。検査の結果には、いまから確信がありますよ。わたしの見立てどおりなら、ミスター・フリーマンにちょっとした〝切った貼った〟を受けてもらいますので、血管外科医による手術も予約します」

「どこがわるいんですか？」

ビリーがベルトのバックルを締めながら、廊下を近づいてきた。日に焼けた顔がいまでは土気色になり、汗で濡れていた。

「先生がいうには、大動脈にふくらんだ部分があるんだそうだ。車のタイヤの一部がぽこっとふくらんでるみたいにね。ただ車のタイヤなら、ふくらんでるところをついたって悲鳴をあげはしないがね」

「動脈瘤です」フェラートンはいった。「もちろん腫瘍の可能性もありますが、わたしはそうは考えません。いずれにしても迅速な対応が必要です。ピンポン玉ほどの大きさになっていますからね。あなたがこの人に簡単な検査を受けさせたのは正解でした。もし近くに病院がない場所で動脈瘤が破裂でもしたら……」フェラートンはそういって、頭を左右にふった。

10

CTスキャンの結果、動脈瘤というフェラートンの診断が裏づけられた。その日の午後六時には、ビリーは病院のベッドに寝かされていた。ベッドの上のビリーは、なんだか縮んでしまったようにも見えた。ダンはその横にすわっていた。

「だれかを殺したいほどタバコが吸いたいんだが」ビリーは切望のにじむ声でいった。

「それればかりは力になってやれないな」

ビリーはため息をついた。「まあ、タバコをすっぱりやめるにはいい機会かも。ところで〈リヴィングトン館〉じゃ、おまえさんがいなくて困ってないか？」

「有給をとったよ」

「せっかくの有給なのに、とんだ一日を過ごさせちまったな。それはそうと、あした医者連中がナイフだのフォークだのでおれを殺さなかったら、おまえさんが命の恩人になりそうだ。なんでおまえさんに見抜けたのか、そんなことは知らんよ。ただ、もしおれでも力になれることがあれば、なんでも――言葉どおり、本当になんでもいい――おれにひとことといってくれ」

ダンは十年前、州間高速路線バスのステップを降りたときのことに思いを馳せた――ステップを降りて、ウェディングドレスのレースのようにきめこまかな雪がふわふわ舞い散るなかへと足を踏みだしたときのことを。〈ヘレン・リヴィングトン号〉を引っぱっている鮮やかな赤い車体の機関車を目にしたときに感じた喜びの念を思い出した。同時に目の前にいるこの男が、〝おまえとは関係ないものにべたべた触ったりせずに、とっととどこかへ行け〟などといわず、ミニ列車は好きかとたずねてきたことを思い出してもいた。ちょっとした親切――しかしそれが、いま手もとにあるものすべてに通じる扉をひらいてくれたのだ。

「ビリー・ボーイ、借りがあるのはぼくのほうだよ――それも、いつまでも返しきれないほどの大きな借りがね」

11

　禁酒をつづけているあいだに、ダンは妙な事実に気づかされていた。毎日の暮らしが上々とはいえない時期には——ぱっと思い出されてくるのは、何者かが愛車のリアウィンドウを石で割ったことに気づいた二〇〇八年のある日の朝だ——めったに酒のことを考えない。しかし順風満帆の日々がつづいていると、いつしか昔の酒への渇きがこっそり忍び寄ってくる。ビリーにおやすみをいったあとの夜、万事順調に運んだゆえの上機嫌でルイストンから自宅へもどる道で〈カウボーイ・ブーツ〉というドライブイン式の居酒屋が目にとまるなり、立ち寄っていきたいという抵抗できないほど強烈な衝動が一気にこみあげてきた。ビールをピッチャーで注文して、ジュークボックスをたっぷり一時間は鳴らしつづけられるだけの二十五セント硬貨を手にいれる。席に腰をすえてウェイロン・ジェニングズやアラン・ジャクソンやマール・ハガードをきき、だれとも話さず、騒ぎを起こすこともせず、ただハイになっていく。断酒がもたらす重み——ときには鉛の靴を履かされている気分だった——が消えていくのを感じる。手もちの二十五セント硬貨が五枚だけになったら、ハンク・ウィリアムズ・ジュニアの〈ウィスキー・ベント・アンド・ヘル・バウンド〉を六回連続でかけてやろう。

　ダンは酒場の前を素通りして、そのすぐ先にある〈ウォルマート〉の広大な駐車場に車を入れると、携帯電話をひらいた。ケイシー・キングズリーの番号の上で指を浮かばせていると、この男と最後にかわしたカフェでのつらい会話が記憶によみがえってきた。キングズリーはあの議論を再開したがるかもしれない——とりわけダンが隠しているかもしれない秘密、いまはまだ明らかになっていない例の話題を。それでは電話をかけてもどうにもならない。

ダンは幽体離脱を体験しているような気分で酒場まで引き返すと、未舗装の駐車場のいちばん奥に車をとめた。気分がよかった。同時に、弾薬を装塡した拳銃を手にとって、こめかみに銃口を押しつけた男になった気分もあった。車の窓があいていたので、店内でバンドがデレイラーズの往年のヒット、〈ラヴァーズ・ライ〉を演奏しているのがきこえた。それほどまずい演奏でもない。酒の二、三杯もはいれば、最高のサウンドにきこえてくるだろう。店にはダンスしたがっている女の客もいるはずだ。髪がカールした女、真珠で飾った女、スカートを穿いた女。この手の店にはかならずいる。店にはどんなウィスキーがあるのだろうかと考えると……ああ、神よ、偉大なる神よ……酒への渇きが我慢できないほどになった。ダンは車のドアをあけて片足を地面にふりおろし……立ちあがらずにすわりこんだまま、顔を伏せた。

十年。すばらしき十年間。それをその気になれば十分で投げ捨てられる。いとも簡単なことだ。《蜜蜂が蜜に吸い寄せられるみたいに》

《人間だれしも、どん底に落ちるものだ。いずれはきみも、その経験を話さざるをえなくなる。いつまでも隠したままでいれば、そのうちきみはバーで酒のグラスを手にしている自分に気づくだろうね》

《あんたのせいにすることだって無理じゃないぞ、ケイシー》ダンは冷ややかに思った。《ふ

たりで〈サンスポット〉でコーヒーを飲んでいるあいだ、あんたがこの考えをぼくに植えつけた、とだっていえるんだから》

店の入口の上で、赤いネオンの矢印が点滅していた。その下には《**午後九時まで　ピッチャー二ドル　ミラーライト　来店歓迎**》という看板がある。

ダンは車のドアを閉めると、ふたたび携帯をひらいてジョン・ドルトンに電話をかけた。

「お仲間はなんともないかな？」ジョンはたずねた。

「しっかり病院に閉じこめて、あしたの朝七時からの手術にそなえさせてます。ジョン……いまぼくは飲みたくてたまりません」

「よせ、ぜえぇったいだめだ！」ジョンは震える裏声《ファルセット》で叫んだ「ぜったい飲むなあぁっ！」

そしてそれっきり、飲みたい気持ちが嘘のように消えていった。ダンは笑った。「オーケイ、いまみたいに一喝されることが必要だったみたいです。でも、今度また先生がマイケル・ジャクソンばりの声を出したら、ぼくはぜったいに酒を飲みますよ」

「わたしが歌う〈ビリー・ジーン〉をきみにきかせたいよ。わたしはカラオケ・マニアでね。さて、質問させてもらってもかまわないかね？」

「どうぞ」フロントガラスごしに、〈カウボーイ・ブーツ〉を出入りしている得意客たちの姿が見えていた。彼らの話題はミケランジェロではなさそうだった。

「きみの能力がなんであれ、酒を飲むと、その力を……どういえばいいのかな……黙らせることができるのかね？」

「くぐもらせることができます。あいつの顔の上に枕を押しつけ、がむしゃらに空気を求めさせてやることができるんです」

「いまは？」

「スーパーマンじゃありませんが、〝真実と正義とアメリカン・ウェイ〟の実現のために自分の能力をつかってます」

「つまり、それについては話題にしたくない？」

「ええ」ダンはいった。「そのとおり。でも、前よりはよくなってます。これほどよくなるとは思いもしなかったほどです。ティーンエイジャーのころは……」

そこまでいいかけて、ダンは言葉を途切らせた。ティーンエイジャーのころは、毎日が正気をたもつための苦闘の連続だった。頭のなかにきこえる声がつらかった——頭に浮かぶ映像は、さらにつらいものばかりだった。それ以前は母親と自分自身に、まちがっても父さんのような酒飲みにはならないと誓っていた。しかしハイスクールの新入生時代に酒の味を覚えると、途方もない安堵をおぼえた。もっと早くから飲みはじめればよかったと——最初のうちは——悔やんだほどだった。ひと晩じゅう悪夢に苦しめられることを思えば、朝のふつか酔いはその一千倍もましだった。そういったことすべてから、ひとつの疑問が導きだされてきた——自分のどのくらいの部分があの父親の息子なのか？　そういえる癖や習慣がいくつあるのか？

「きみがティーンエイジャーのころ……なにがあった？」ジョンがたずねた。

「なにも。たいしたことじゃありません。すいません、ここを離れたほうがいいみたいだ。いまは酒場の駐車場にいるんです」

「本当に？」ジョンは好奇心をかきたてられた声を出した。「どこの酒場だ？」

「〈カウボーイ・ブーツ〉です。午後九時まではピッチャーが二ドルだそうです」

「ダン」

「なんですか、ジョン？」

「わたしが昔よく知っていた店だよ。もしこれから人生をトイレに流して捨てるとしても、その店からはじめるのはおすすめできないね。女たちは口から覚醒剤《メタンフェタミン》の悪臭をただよわせるスカンクぞろい。男子洗面所ときたら、黴《かび》のはえた股間用サポーターみたいなにおいがたちこめてる。はっきりいえば〈ブーツ〉は、どん底にまで落ちたときだけに行く店だ」

おやおや、まただ——またこのフレーズが登場した。

「だれにだってどん底がある」ダンはいった。「ちがいますか？」

「とにかく、そこを離れろ、ダン」ジョンはいまや真剣な声音になっていた。「いますぐだ。一秒もぐずぐずするな。屋根の上にカウボーイ・ブーツの形のネオンサインがある……そいつが車のバックミラーから完全に消えて見えなくなるまで、わたしとの電話を切るなよ」

ダンは車を発進させて駐車場をあとにすると、州道一一号線に引き返した。

「だんだん遠ざかってます」ダンはいった。「だんだん遠ざかって……ついに、ついに……消えました」

同時に言葉にできないほどの安堵がこみあげてきた。同時に苦い未練も——九時になるまで、一杯二ドルのピッチャーを何杯飲めたことだろうか？

「いいか、途中でビールの六缶パックやワインを買わずに、フレイジャーまで帰ってこい、いいな」

「ええ。もう大丈夫です」

「そのあと木曜の夜に会おうじゃないか。早めに来るといい。わたしがコーヒーを淹れよう。それもとっておき、秘蔵の〈フォルジャーズ〉のコーヒーだぞ」

「では、そのときに」ダンはいった。

12

小塔の部屋にもどり、照明のスイッチを入れると、黒板に新しいメッセージが書きつけられていた。

きょうは最高の一日だったよ!

あなたの友だちの
アブラ

「よかったね、ハニー」ダンはいった。「ぼくもうれしいよ」

ぶうん。インターフォンだ。ダンは近づいていき、《**通話**》ボタンを押しこんだ。

「やっぱりそこだったのね、ドクター・スリープ」ロレッタ・エイムズがいった。「さっき帰ってくる姿を見かけたの。厳密にいえば、有給休暇の一日がおわってないのはわかってる。でも、よかったらこっちへ往診にきてほしくて」

「だれのところへ？　ミスター・キャメロンか、それともミスター・マレイあたり？」

「キャメロン。夕食後すぐの時間から、アジーがずっとあの人に付き添ってるの」

ベン・キャメロンがいるのは〈リヴィングトン館〉の一号館だ。二階。当年八十三歳の元会計士で、鬱血性心不全の持病がある。たぐいまれな好人物だ。〈スクラブル〉の名人であり、〈パーチージ〉をやらせればみんなを困らせる——いつも鉄壁の守りを固めて、対戦相手たちに気が変になるような思いをさせるからだ。

「すぐそっちへ行くよ」ダンはいった。部屋を出る途中でいったん足をとめてふりかえり、黒板のメッセージに目をむけた。「おやすみ、ハニー」

それっきり二年のあいだ、アブラ・ストーンからの連絡はなかった。

おなじその二年のあいだ、〈真結族〉の血流のなかでなにかが眠っていた。それは、ブラッドリー・トレヴァー——別名、野球少年——のちょっとした置き土産とでもいうべきものだった。

第二部　空っぽの悪魔たち

第七章　わたしを見かけませんでしたか？

1

　二〇一三年八月のある日、コンチェッタ・レナルズはボストンの自宅アパートメントで朝早くに目を覚ました。いつもとおなじく、目覚めてまっ先に気づいたのは、部屋の隅のドレッサーのわきに犬が身を丸めて寝ていないことだった。ベティが世を去ってからもう何年にもなるが、いまでも愛犬を忘れられずにいた。それからローブをまとってキッチンへむかった。朝のコーヒーを淹れるつもりだった。これまでに何千回となく歩いた道のりだったし、けさがこれまでとちがう道のりになると信じる理由はひとつもなかった。当然のことながら、これが一連の凶事につながる最初の一歩になるとは夢にも思っていなかった。転んだわけじゃない——この日もっと遅くなってから、コンチェッタは孫のルーシーにそう話すことになる——なにかにつまずいたわけでもない、と。ただ体の右手側のなかほどあたりから、なにかが弾けるようなちっぽけな音がきこえたかと思うと、次の瞬間には床に倒れて、足を生温かい痛みが駆けのぼっては駆けおりていくのを感じた、それだけだ、と。

コンチェッタはそのまま三分ばかりじっと横たわって、磨きこまれた硬木づくりの床にうっすらと映りこんだ自分の顔を見つめながら、痛みが軽くなることを祈っていた。同時に、内心で自分にこう語りかけていた。

《同居人がひとりもいないなんて、まったく馬鹿な老いぼれ。デイヴィッドからは、この五年というものずっと、ひとり暮らしをするには年をとりすぎてるといわれてたじゃない――こうなったが最後、あの話をきりもなくきかされるに決まってる》

しかし、だれかを同居させるとなればルーシーとアブラのための部屋をつぶさなくてはならないが、いまのコンチェッタは孫娘と曾孫の訪問を楽しみに生きている身だ。ベティがいなくなり、あらゆる詩が体から出つくしたように思われるいまは、なおさらその思いが強かった。九十七歳になってはいたが、いまもって出歩くのに不自由はなく、体調もよかった。女の側に優秀な遺伝子が受け継がれる家系だった。たしか自分の母親は四人の夫と七人の子供の葬式を出して、百二歳まで生きたのではなかったか?

ただし真実を告白するなら(たとえ相手が自分だけにせよ)、この夏はあまり体調がよくなかった。今年の夏は、あれこれのことが……むずかしくなっていた。

ようやく痛みが――わずかながらも――軽くなると、コンチェッタは短い廊下を這ってキッチンのほうへむかいはじめた。廊下には、いまでは朝日があふれていた。しかし床から見上げているのでは、せっかくの美しい薔薇色の光も楽しめないことがわかった。痛みが耐えがたいほどになるたびに、骨ばった片腕に頭をあずけ、荒い息をつぎながら休憩をとった。こういった休憩のときには、人の誕生から老年までの〝人生の七段階〟や、それが完璧な（完璧なまでに愚かしい）円環をつくっていることに思いを馳せた。ずいぶん昔も、こうやって這うことが移動手段だった。あれは第一次世界大戦の四年めのことで、そういえばあの戦争は——いまとなればお笑いだが——〝あらゆる戦争に終止符を打つための戦争〟と呼ばれていた。当時の名前はコンチェッタ・アブルッツィ。ダヴォリにあった両親の農場の玄関前の庭を這いまわり、いつもスピードでは勝てない鶏をなんとかつかまえようとしていた。そんなふうな土埃だらけの場所からはじまって、これまで実り多くおもしろい人生を送ってきた。二十冊におよぶ詩集を刊行し、グレアム・グリーンとお茶を飲み、ふたりの大統領と食事をとり、そして——これが最高にすばらしいことだったが——愛らしく才気煥発なうえ、奇妙な能力をもった曾孫娘にも恵まれた。そんなすばらしき人生の一切合財が自分をどこへ導いたのか？

ここだ——またしても這いまわるだけの場所。ふりだしに逆もどり。これはびっくり《ディオ・ミ・ベネディカ》。

キッチンまでたどりついたコンチェッタは、鰻《うなぎ》のように這って楕円形に床を照らす日ざしのなかを抜け、これまで大半の食事をとってきた小さなテーブルにまでたどりついた。それからテーブルの脚の一本をつかんで揺さぶるうちに、携帯電話がすべってテーブルのへりを越えて落ちてきた。ありがたや《メノ・マーレ》、携帯は床に落ちても壊れなかった。コンチェッタは、こういったクソのような事態が発生した場合の連絡先として人からきかされていた番号に電話をかけ、二十一世紀文明のありったけの不条理性を煮つめたような自動音声案内が、この通話はすべて録音されていると告げおわるのを待っていた。

それがすんでようやく——マリアさま、ありがとう——血の通った人間の声がきこえてきた。

「こちらは九一一です——どのような非常事態ですか？」

かつてイタリア南部で鶏を追いまわし、いまは床に横たわっている老女は、痛みにもかかわらず、はきはきした声でわかりやすく話した。「わたしはコンチェッタ・レナルズ、住んでいるのはマルボロ・ストリート二一九番地のコンドミニアムの三階。どうやら股関節を骨折したみたい。お手数だけれど救急車をよこしてもらえる？」

「どなたかが付き添ってますか、ミセス・レナルズ？」

「なんの因果か、ここにいるのはわたしだけ。あなたが話しているのは、自分は元気だからひとり暮らしも不自由ないといいつづけた愚かな老いぼれよ。そうそう、ついでにいっておけば、このごろではミセスじゃなくてミズと呼ばれるほうが気にいってるの」

2

ルーシーがコンチェッタからの電話をうけたのは、祖母本人が手術室へ運びこまれる寸前というタイミングだった。

「股関節を骨折したの。でも、お医者さまたちが治してくださるって」コンチェッタはそういった。「金属のピンを入れたりなんだりするんでしょうね」

「お祖母ちゃま、ひょっとして転んだの？」ルーシーがとっさに思ったのはアブラのことだった――いま娘は夏のキャンプに行っていて、家に帰ってくるのは一週間後だ。

「ええ、転んだわ。でも転ぶ原因になった骨折はあくまでも自然に発生したものよ。わたしくらいの年寄りにはよく見られる骨折みたい。昨今では、わたしくらいの年寄りがそれはもう多くなってきているから、医者もたくさんの例を見ているの。あなたにいますぐ来てもらう必要はないけれど、早めに来てもらえたら助かりそう。あれこれの手配について話しあっておく必要がありそうだもの」

ルーシーは胃の底にひんやりと冷たいものが宿るのを感じた。「手配って……どういう手配の話？」

ヴァリアムかモルヒネか、とにかくその手の薬を投与されているせいだろう、コンチェッタはいまとても穏やかな気分だった。「どうやら股関節の骨折は、わたしがかかえている問題のなかではいちばん小さいものらしいの」コンチェッタは説明をつづけた。それほど時間はかからなかった。話のしめくくりに、コンチェッタはこういった。「お願いだからアブラには話さないでね、かわいい《カーラ》孫。あの子からはメールを十通ばかりもらったうえ、本物の手紙までもらったけれど、夏のキャンプを思いきり楽しんでいるみたい。だから、ばあばが死にかけていることを知らせるのはあとまわしにしてもいいと思うの」

ルーシーは思った。《わたしが伏せていればアブラにこの話を隠しておけると本気で思っているのなら――》

「あなたがなにを考えてるかは、超能力者ではないわたしにだってお見通しよ。でも、もしかしたら今回ばかりは、悲しい知らせがあの子のもとに届かないかもしれないでしょう？」

「ええ、もしかしたら」ルーシーはいった。

コンチェッタとの電話を切るか切らないかのうちに、ふたたび呼出音が鳴った。

「母さん？　母さん？」アブラだった。アブラは泣いていた。「家に帰りたい。ばあばが癌になっちゃった。わたし、家に帰りたい」

3

メイン州内のキャンプ・タパウィンゴーから予定を早めて帰宅してきたあと、アブラは離婚した両親のあいだを行き来する生活がどういうものかを肌で知ることになった。アブラとその母ルーシーは、八月最後の二週間と九月の第一週を、マルボロ・ストリートにあるコンチェッタのコンドミニアムで過ごした。股関節骨折の手術後の経過はきわめて良好で、コンチェッタはこれ以上の入院をしないことに決めていた――それをいうなら、医師が発見した膵臓《すいぞう》癌についてはいかなる治療もしない、という決断をくだしてもいた。

「鎮痛薬は不要、化学療法も不要。九十七年も生きればもう充分。あなたについていえばね、ルチア、これから半年ずっとわたしに食事や薬を運んで下《しも》の世話をさせるつもりはないわ。あなたには家族があるし、わたしには二十四時間の介護サービスを依頼できるだけのお金があるから」

「お祖母ちゃまには、人生最後の日々を赤の他人のなかで過ごさせたりするものですか」ルーシーは、〝わたしにはかならず従うべし〟という響きの声でいった。アブラもアブラの父親も、この声に逆らってはいけないことを学んでいた。さしものコンチェッタでさえ、ルーシーのこの声に逆らうことはできなかった。

アブラが曾祖母の家に滞在する件は、議論することもなく決まった。九月九日には、アブラはアニストン・ミドルスクールで新八年生になる予定だった。またこの年はデイヴィッドの研究休暇年《サバティカル・イヤー》にあたっていた。デイヴィッドはこの休暇をつかって、〝狂乱の二〇年代〟と〝高度成長の六〇年代〟を比較する本を書く予定だった。そこでアブラは――キャンプ・タパウィンゴーでいっしょに過ごした多くの女の子たちと同様に――両親のあいだを行き来することになった。ウィークデイは父親と過ごし、週末にはボストンへ行って、母親とばあばのもとで過ごした。アブラはこのうえさらに不幸なことが起こるとは思っていなかった……しかし、不幸の上に不幸が重なることはありえなくないし、そうなることは珍しくない。

4

自宅で仕事をしているいまも、デイヴィッド・ストーンがドライブウェイを歩いて郵便物をとりにいくことは決してなかった。アメリカ郵政公社は既得権益を守っているだけの官僚組織にほかならず、そんなものは世紀の変わり目あたりを境にして重要性をうしなっている、というのがデイヴィッドの持論だった。たまに小包が届くこともあった——デイヴィッドが仕事の参考に注文した本のこともあったが、それよりはルーシーが通販カタログで注文した商品のことが多かった。しかしそれ以外の郵便物は、ぜーんぶ紙屑だ、とデイヴィッドは主張した。

ルーシーが在宅していれば、ゲートわきの郵便受けから郵便物をとりだして、午前なかばのコーヒーを飲みがてら目を通す習慣だった。たしかに大半は紙屑も同然で、そういった郵便物はデイヴィッドがふざけて〝円筒ファイル〟と呼ぶ屑入れに直行した。しかし九月初旬にはルーシーは自宅をあけており、そのため名ばかりではあれ一家の主婦になっていたアブラが、スクールバスを降りたあとで郵便受けをチェックする役になっていた。それ以外にもアブラは食器を洗い、週二回は自分と父親の大量の洗濯物をこなし、忘れなければお掃除ロボットの〈ルンバ〉をスタートさせた。アブラはこうした家事を不平不満ひとつついわずにこなした。母親がばあばの世話をしていて、父親がとても大事な本を執筆中であることを知っていたからだ。父親によればその本は**学術的**なものではなく、**一般向け**になるとのこと。本の売行きが好調なら、教職をやめて——しばらくのあいだだけにせよ——フルタイムで執筆できるようになるかもしれない。

そしてこの日、九月十七日に郵便受けにはいっていたのは、スーパーマーケットの〈ウォルマート〉のちらしと、地元で歯科医院が新しく開業したことを知らせる葉書（とびっきりたくさんの笑顔を保証！）、そして地元の登録不動産業者がコロラド州マウントサンダー・スキーリゾートの共同所有権を売りこむ豪華なパンフレットが二通。

さらに料金別納郵便を利用している地元の無料新聞、アニストン・ショッパー紙も配達されていた。最初の二ページには通信社から配信されたニュース記事が数本掲載され、中央部分には地元のニュースがいくつか載っていた（地域のスポーツ関係の記事が圧倒的に多い）。それ以外は広告とクーポンで占められていた。ルーシーがいれば、あとでつかうために数枚のクーポン類を保存し、それ以外のショッパー紙のページは資源ごみ容器に入れてしまうところだ。娘のアブラが目にすることはなかっただろう。ところがこの日はルーシーがボストンにいたため、アブラがショッパー紙を目にすることになった。

アブラはのんびりとドライブウェイを歩きながらページをめくり、次に裏返した。最終ページには、郵便切手と大差のない大きさの四、五十枚の顔写真が掲載されていた。大半はカラー写真だが、ちらほらと白黒写真もある。いちばん上にはこんな見出しがあった。

わたしを見かけませんでしたか？
アニストン・ショッパー紙が毎週提供

最初は、指定された品物をあつめるパーティーゲームのような一種のコンテストなのかと思ったが、すぐに掲載されているのが行方不明の子供たちなのだと気がついた。そのとたん、だれかに胃の内側の柔らかい組織をわしづかみにされ、雑巾のようにぎゅっとねじりあげられたような衝撃が襲ってきた。ランチの時間に学校のカフェテリアで〈オレオ〉の三枚いりのパックを買い、帰りのバスの車中でそれを食べてきたが、いま胃をぎゅっとつかまれたことで、クッキーがのどの奥まで迫りあがってくるのが感じられた。

《気になるんだったら見ちゃだめ》アブラは自分にいいきかせた。動顚したり混乱したりすると、アブラはよくこのいかめしい訓戒口調の声をつかって自分をいましめていた（アブラ本人ははっきりとは意識していなかったが、これはばあばの声だった）。《ほかの紙屑といっしょに、ガレージのごみ箱に投げこむといい》

しかし、紙面から目をそむけることはできないかのようだった。

シンシア・アベラードという少女がいた。DOB《デート・オブ・バース》は二〇〇五年六月九日。ちょっと考えて、DOBが生年月日の略だとわかった。というとシンシアはいま八歳。まだ生きていれば、ということだ。行方不明になったのは二〇〇九年。

《どうしてまた四歳の子を見うしなったりするんだろう？》アブラは思った。《ずいぶん不注意な両親だったみたい》

しかし、両親が見うしなったのではないかもしれない。どこかの異常者が獲物を物色しながら住宅街を歩きまわり、一瞬のチャンスを逃さずにシンシアをさらったのかもしれない。

マートン・アスキューという名前もあった。DOBは一九九八年九月四日。この少年は二〇一〇年に行方不明になっていた。

またページのなかほどには、エンジェル・バーベラというヒスパニック系の美しい少女の写真があった。七歳のときにカンザスシティの自宅から姿を消し、以来九年間も行方不明のままだという。エンジェルの両親は、このちっぽけな写真が娘をとりもどす助けになると本気で考えていたのだろうか。もし本気だったとして、両親はいまのエンジェルを見て娘だとわかるのだろうか？　それをいうなら、エンジェルは両親を見て両親だとわかるのだろうか？
《そんなものは捨てなさい》ばあばの声がいった。《わざわざ行方不明の子供の写真なんか見ないでも、あんたには心配ごとの種がどっさりあるんだから――》
アブラの目が、最下段にあった一枚の写真を見つけだした。そのとたん、小さな声が洩れた。うめき声だったかもしれない。最初は理由がわからなかった。といっても、あと一歩で理由がわかりそうでもあった。たとえるなら英語の作文でつかいたい単語があるのに、知っているはずのその単語があと一歩で出てこないときの感覚に似ていた。
写真に写っているのはショートヘアの白人の少年で、なんだかいかれたような満面の笑みを見せていた。頬にはそばかすがあるように見えた。写真が小さすぎてよくわからなかったが
（これはそばかす　そばかすがあるのは知ってた）
それでも確実にそばかすだとわかった。そう、頬にはそばかすが散っていて、お兄さんはいつもそばかすのことで弟をからかい、この子の母親はじきに消えてしまうと話していた。
「お母さんはこの男の子に、そばかすは幸運のしるしだと話してたんだ」アブラはささやいた。
《ブラッドリー・トレヴァー。DOB二〇〇〇年三月二日。二〇一一年七月十二日より行方不明。白人。アイオワ州バンカートン在住（当時）。現在の年齢＝十三歳》そしてその下には、ほとんどが笑顔の少年少女の写真すべての下にあるのとおなじ、こんな文章があった。《ブラッドリー・トレヴァーを見かけたと思われる方は全国行方不明児童・被虐待児童センターにご連絡を》
とはいえ、ブラッドリーの件でセンターに連絡をとる者が出てくるはずはない。だれもブラ

ッドリーを目にするはずがないからだ、現在の年齢も十三歳ではない。ブラッドリー・トレヴァーは十一歳で停止したままだ。いわば、一日二十四時間ずっとおなじ時刻を示しつづけているだけの壊れた腕時計のようなもの。気がつくとアブラは、そばかすは地中で消えたのだろうか……と考えていた。

「野球少年」アブラはささやいた。

ドライブウェイは両側を花壇にふちどられていた。アブラは両手を膝にあてがってかがみこむと——背中のバックパックがいきなり耐えがたいほど重くなった——〈オレオ〉や学校で食べた昼食を母親が育てているアスターにむかって吐きだした。二度めの嘔吐がないと確信できるようになると、アブラはガレージへはいっていって、郵便物を屑入れに投げ捨てた。すべての郵便物を。

結局は父親が正しかった——ぜーんぶ紙屑だった。

5

父親が仕事部屋につかっている小部屋のドアはあいていた。アブラがキッチンのシンク前で足をとめ、消化された〈オレオ〉の酸味がまじったチョコレート味を口から洗い流そうとしてグラスに水をついでいると、父親がコンピューターのキーボードを打っている音が間断なくきこえてきた。いい兆候だった。音のペースが落ちてきたり、完全にきこえなくなったりしたときには、父親は不機嫌になりがちだった。アブラのようすに敏感になりがちでもある。きょうは、自分のようすを敏感にとらえられたくなかった。

「アバ・ドゥー、おまえかい？」父親は半分歌っているような声だった。

いつもなら、頼むから赤ん坊のときの呼び名をつかわないでくれと頼むところだが、きょうはその言葉を口にしなかった。「そう、わたしよ」

「学校は楽しかったかい？」

〝ぱち・ぱち・ぱち〟という一定のリズムを刻んでいた音がとまっていた。

《お願いだからこっちへ出てこないで》アブラは祈った。《お願いだから、いまここへ出てきて、なんでそんなに顔色がわるいのかとかなんとか、そんな質問をわたしにしないで》

「楽しかったよ。ご本はどう？」

「きょうはすごく快調に進んでる」父親はいった。「いまはチャールストンやブラックボトムといったダンスのことを書いてるんだよ。ヴォ・ドォ・ディー・オー・ドォ……てな具合さ」

どういう意味かはさっぱりわからなかったが、そんなことはどうだっていい。大事なのは、〝ぱち・ぱち・ぱち〟がまたはじまったことだけだ。神さま、ありがとう。

「よかったね」アブラはグラスを洗って水切りかごに入れた。「じゃ、わたしは二階で宿題をやってる」

「それでこそ父さんの娘だ。二〇一八年のハーヴァードのことを考えるんだぞ」

「わかった、父さん」その言葉どおりにするかもしれなかった。なんだっていい――二〇一一年のアイオワ州バンカートンのことを考えないようにするためなら。

6

しかし、考えずにはいられなかった。

なぜなら。

なぜなら……なんだろう？　なぜなら……どうして？　なぜなら……ええと……。

《なぜなら、わたしにもできることがあるからだ》

アブラはひとしきり友だちのジェニカとインスタントメッセージのやりとりでおしゃべりをしていたが、ジェニカは両親と〈パンダガーデン〉で夕食をとるためにノースコンウェイのショッピングモールへ出かけてしまった。そこでアブラは社会科の教科書をひらいた。第四章を読むつもりだった──「わたしたちの政府のしくみ」と題された二十ページの、おおむね退屈な章だ。しかし教科書が勝手にはらりとひらくと、そこは第五章──「市民としてのわたしたちの義務」という章だった。

やれやれ──きょうの午後アブラが目にしたくない単語があるとすれば、この〝義務〟の一語だ。アブラはバスルームへ行って、またグラスに水を注いだ。口のなかにまだ不快な味が残っていたからだが、気がつくと鏡で自分自身のそばかすを見つめていた。そばかすは全部で三カ所——ひとつは左の頬で、ふたつが鼻の頭。わるくない。そばかすの面では幸運に恵まれたといえる。ベサニー・スティーヴンズのように生まれついての痣もなく、ノーマン・マッギンリーのような斜視でもなく、ジニー・ホイットロウのように言葉につかえることもなく、かわいそうないじめられっ子のペンス・エファシャムのように珍妙な名前でもない。いうまでもなくアブラはちょっと風変わりな名前だ。しかしアブラは立派な名前だし、まわりからは興味深く思ってもらえる。ペンスのようなおぞましい名前ではない。ペンスは男子からこっそり〈ペンス・ザ・ペニス〉と陰口をいわれていた（しかし、女子はこの手のことをかならず嗅ぎつける）。

《でもいちばんの幸運は、泣こうとわめこうと、やめてくれとお願いしようと、まったく耳を貸さない頭のいかれた連中に体を切り刻まれずにすんでること。いざ死んでしまう前に、その頭のいかれた連中の何人かが手についたわたしの血を舐めるところを見なくてもすんだこと。アバ・ドゥーは運のいいちびすけってこと》

いや、もしかしたらそれほど運のいいちびすけでもないのかもしれない。運のいいちびすけだったら、知らなくてもいいことを知ってしまったりしない。

アブラは便器のふたを閉めて腰をおろし、両手で顔を覆って声もなく泣き濡れた。ブラッドリー・トレヴァーのことや、あの少年がどのようにして死んでいったかを無理矢理考えさせられるだけでも災難だ。しかし、ブラッドリーだけではなかった。地獄の学校の全校集会よろしく、ショッパー紙の最終ページに詰めこまれたあまりにもたくさんの子供たち、あの子供たちのことも考えずにいられなかった。歯の隙間をのぞかせた笑顔のすべて、いまのアブラよりも少ししか世界を見ていない目のすべて——そのアブラにしても、なにを知っているというのか？「わたしたちの政府のしくみ」さえ知らないのに。

あの子たちの両親はなにを考えていたのだろう？　そのあとの人生をどんなふうに歩んだのだろう？　朝起きてまず頭に浮かぶのも、夜寝る前に最後に頭に浮かぶのも、シンシアやマートンやエンジェルのことなのでは？　子供たちがいつ帰ってきてもいいように部屋はそのままにしてあるのか？　それとも、服やおもちゃのありったけを慈善団体のグッドウィルに寄付した？　レニー・オメイラが木から落ち、頭を岩で打って死んだあとで、レニーの両親がそうしたという話を耳にした。レニー・オメイラは五年生になって、そこであっさりと……停止した。しかし、もちろんレニーの両親は息子が死んだことを知っていた。おりおりにおとずれては花をたむける墓があるし、そこにちがいがあるのかもしれない。ないのかもしれないが、アブラはちがいがあると思った。そうでなければ、いつもいつもあれこれ考えてしまうに決まっているではないか？　たとえば朝食をとっていたら、行方不明になったわが子

（シンシア　マートン　エンジェル）

もどこかで朝食をとっているのではないかと考えてしまう。あるいは凧をあげているのだろうか、それともどこかで移民たちといっしょにオレンジ摘みをさせられているのかとかなんとか。頭のずっと奥のほうでは、わが子がすでに死んでいることを確信しているはずだし、行方不明になった児童の大半はそういう運命をたどる（チャンネル６の〈アクションニュース〉を見るだけでわかる事実だ）。それでも、百パーセント断言することはできない。

シンシア・アベラードやマートン・アスキューやエンジェル・バーベラの両親が感じている

不安は、アブラにはいかんともしがたい。彼らになにが起こったかをまったく知らないからだ。しかし、ブラッドリー・トレヴァーについてはそうはいえない。

ブラッドリーのことは、ほとんど忘れていた。それなのにあの馬鹿げた新聞……あの馬鹿げた写真……それをきっかけに、すべてが思い出されてきた。自分が知っているということさえ知らなかったようなことまでもが。さまざまな場面の映像がなにかに驚いて、アブラの無意識からいっせいに飛び立ったかのように。

そして……自分にはできることがある。これまで両親に話さなかったあれこれ——両親を心配させたくなくて、これまで話せなかったことだ。ある日の放課後、ボビー・フラナガンといちゃついたこと——といっても、熱いキスや愛撫のようないかがわしいことはしていない——を話せば、両親はやはり心配するだろう。あれは両親が知りたくないと思うようなことだ。両親の頭のなかでは自分が八歳のまま凍りついていて、いずれ乳房がふくらんでくるまではそのままだろうとアブラは考えていた（これはあながち見当ちがいでもなかった——テレパシーで知ったわけではないが）。その乳房がまだふくらみはじめていないのは確かだ——いずれにせよ、他人の目にとまるようなものはまだない。

これまでのところ両親は、まだアブラと**あれの話**をしてもいなかった。ジュリー・ヴァンドーヴァーは、あの手の重大な情報を明かすのは決まって母親だといっていたが、最近アブラが母親から明かされた重大な情報といえば、木曜日の朝にはスクールバスに乗る前にごみ出しを忘れないことが大事だ、という話だけだ。

「あなたにそれほど多くの家事を頼んだりはしないわ」母ルーシーはそういっていた。「今年の秋は、家族全員で力をあわせることがなによりも大事なのよ」

曾祖母のコンチェッタは、少なくとも**あれの話**に近づこうとしていた。コンチェッタは春のある日にアブラをわきへ引き寄せて、こうたずねたのだ。「男の子と女の子が大きくなっておまえくらいの年になると、男の子が女の子になにを求めてくるかは知ってる?」

「セックスでしょ?」アブラはそう答えた……とはいえ、いつもおどおど、こそこそしているペンス・エファシャムがアブラに求めているのは、クッキーを一枚わけてほしいとか、自動販売機でなにかを買うために二十五セント硬貨を貸してほしいとか、そうでなければ〈アベンジャーズ〉を何回見たかを吹聴したいとか、せいぜいその程度でしかないようだった。

ばあばはうなずいた。「人間の性質を責めてもしかたがない——そういうものなのだから。でも、男の子たちのいいなりになってはだめ。以上。話はおわり。考えなおしたければ、十九歳になってから考えなおすことね」

多少は気恥ずかしい一場だったが、少なくとも単刀直入ですっきりした話だった。一方いまアブラの頭のなかにあるものには、すっきりした部分がひとつもなかった。これこそがアブラの生まれついての痣だ——目には見えないがたしかに存在する痣。両親はもう、アブラが小さな子供だったころの奇妙な出来事の話をしなくなっている。もしかするとふたりとも、ああいった出来事を引き起こした能力がほとんど消えてなくなったと思っているのかもしれない。たしかに、ばあばが病気になったことを察しはしたが、いかれたピアノの音楽や、バスルームの蛇口がひとりでにひらいたことや、(アブラ自身はほとんど覚えていない)誕生パーティーの席上でキッチンの天井にたくさんのスプーンがぶらさがった件とはわけがちがう。アブラはその力をコントロールすることを学んだばかりだった。完全に意のままにあやつれるわけではないが、いまではおおむねコントロールできる。

　しかも、力そのものも変化していた。いまでは、なにかが起こるのを事前に知ることはめったになくなっていた。品物を動かすこともめったにできなくなっていた。六歳とか七歳のころには、精神を集中すれば教科書の山を天井にまで浮かびあがらせることができた。たいした手間もかからなかった。ばあばの口癖を借りれば、〝猫の半ズボンを編むみたいに簡単〟だった。それがいまでは、たとえ本一冊でも――両耳から脳味噌が噴水のように噴きでるんじゃないかと思えるほど一心に精神を集中させたところで――机から数センチ浮かびあがらせるのが精いっぱいだ。しかもこれは調子がいい日の話で、ふだんの日にはページをめくることさえできなかった。

　しかしアブラには、それ以外にできることがあった。幼いころにできていたこととくらべると、こちらのほうが大多数の場面ではずっと役に立つ。たとえば、他人の頭のなかをのぞく力だ。相手がだれでもできるわけではない――完全に頭を閉ざしている人もいれば、断続的な閃光を発しているだけの人もいる――が、大半の人はカーテンをあけた窓のようなものだった。その気になれば、いつでも頭のなかをのぞくことができた。といっても、ふだんはあまり見たいと思わなかった。見えたものが悲しかったりショッキングだったりすることがあったからだ。たとえば六年生のときの担任の先生で大好きだったミセス・モランが不倫をしていると知ってしまったのが、これまでで最大の衝撃だった――決して心地よい衝撃ではなかった。

　このところアブラは自分の精神のなかで〝見る〟ことをつかさどっている部分の活動を、おおむね停止させていた。最初のうちその方法を身につけるのは——うしろむきのスケートや左手で字を書くこととおなじで——むずかしかったが、それでもちゃんと身につけた。練習をしたからといって（まだいまのところは）完璧にこなせるわけではなかったが、役に立つのは事実だった。いまでもときおり他人の頭をのぞき見ることはあったが、いつも用心を欠かさず、不気味なものや忌まわしいものが目にはいったら即座に引き返す準備を決して怠らなかった。さらに両親の精神や、それをいうならばあばの精神もぜったいにのぞかなかった。人として許されないことのように思えたからだ。もしかしたら、だれが相手でもやはり人として許されないことなのかもしれない。しかし、いみじくもばあばがいっていたではないか——人間の性質を責めるわけにはいかないと。そして、あまたの性質のなかでもっとも人間らしい性質とは好奇心だ。

ときには他人になにかをさせることもできた。全員ではないし、その半分にさえ達していなかったが、さりげない誘導に驚くほど従順な人は多かった（おそらく、テレビで売っている商品を買えば皺がなくなるとか、髪がふたたびふさふさになると本気で信じているのとおなじ人たちだろう）。この能力が筋肉とおなじく、鍛えればそれだけ発達するのはわかっていたが、アブラはなにもしなかった。自分のこの能力が怖かったのだ。

能力はこれだけにとどまらず、アブラが名づけていない能力もあったが、いま考えている才能にはすでに名前をつけていた。その能力をアブラは〝遠視〟と呼んでいた。ほかの特殊能力と同様に、遠視能力も発揮できるときとできないときがあったが、本気でつかいたいと思えば——そして精神を集中する対象の品物が手もとにあれば——いつでも召喚することができた。

《いまだってできる》

「黙りなさい、アバ・ドゥー」アブラは緊張もあらわな小声でいった。「黙っててよ、アバ・ドゥー・ドゥー」

アブラは今夜すませておくべき『初級代数』の宿題のページをひらいた。しおり代わりにはさんである紙には、ボイドとスティーヴとキャムとピートという四つの名前が、それぞれ少なくとも二十は書きつけてあった。この四人はラウンド・ヒアという、いまアブラがいちばん好きなボーイズバンドのメンバーだ。すっごくホット。なかでもキャムが最高だ。いちばんの親友のエマ・ディーンもおんなじ意見だ。青い瞳と無造作にもつれあったブロンドの髪といったら。

《わたしなら力になれるかも。ブラッドリーのお父さんやお母さんを悲しませることになるけれど、少なくとも事実を知ることはできるし》

「黙りなさい、アバ・ドゥー。黙りなさい、アバ・ドゥー・フォー・ブレインズ」

《$5x - 4 = 26$ のときのxの値を答えなさい》

「六千億！」アブラはいった。「いくつだっていいじゃん」

ふっと視線が、紙に書きつけたラウンド・ヒアのキュートな男の子たちの名前をとらえた。どの名前も、アブラとエマが好んでつかう丸っこい筆記体で書いてある（「だってこんなふうに書いたほうがロマンティックだし」エマはかつてそう断じた）。それがいまいきなり、馬鹿馬鹿しく幼稚、勘ちがいもはなはだしいものとしか思えなくなっていた。あの連中はブラッドリーの体を切り刻み、ブラッドリーの血を舐めただけじゃなく、もっとひどいことをしていた。

そんなことが起こりうるこの世界で、ボーイズバンドにうつつを抜かしているのは、人の道に反するよりもなお劣ることに思えた。

アブラは教科書を一気に閉じると一階へ降りていき（父の仕事部屋からは、いまも〝ぱち・ぱち・ぱち〟という打鍵音が途切れずにきこえていた）、外のガレージへ出ていった。ごみ箱から例の新聞をとりだして自室へもっていき、机で伸ばして皺をとる。

たくさんの子供たちの顔。しかしいまアブラが関心をむけているのは、たったひとつの顔だけだった。

7

アブラの心臓は〝どくん・どくん・どくん〟と搏っていた。これまでにも意識して遠視をおこなおうとしたり、思考を読みとろうとしたときに恐怖を感じたことがあった。しかし、これほど怖い思いは初めてだ。このレベルに近づいたことすらない。

《真実がわかったら、なにをするつもり？》

この疑問はとりあえずあとまわしだ。真実はわからないかもしれない。アブラの精神の弱腰で臆病な部分は、そうなることを祈っていた。

アブラは左手の人差し指と中指をブラッドリー・トレヴァーの顔写真の上に置いた——左手

のほうが右手よりもよく見えるからだ。できれば親指以外の四本の指を写真にあてがいたかったが（対象が物体なら左手でつかんだはずだ）。新聞の写真は小さすぎた。二本の指をあてただけで、写真は完全に隠れて見えなくなった。いや、見えた。アブラには鮮明に見えていた。真っ青な瞳――ラウンド・ヒアのキャムの目にそっくり。新聞写真からではわからなかったが、ブラッドリーも深みをそなえた青い目をしていた。アブラにはわかった。
《わたしとおなじで右きき。でも、わたしとおなじで左きき。次にどんなボールが来るかを知るのは左手――速球かカーブか……》
アブラの口から小さな驚きの声が洩れた。野球少年はいろいろなことを知っていた。
目を閉じると、少年の顔が見えてきた。
《そう、まちがいない。だから、あの人たちはブラッドリーをさらったんだ》
ド。野球少年。ときには野球帽を前後逆にしてかぶることもあった――一発逆転を狙うときのラリーキャップだからだ。父親は農夫だった。母親はパイを焼いて、一家の屋台で売っていたほか、地元のレストランに卸《おろ》してもいた。兄が大学進学で実家を離れると、ブラッドは兄のACD／DCのCDをすべて引き継いだ。ブラッドと親友のアルがことのほか気にいったのは〈ビッグ・ボールズ〉という曲だった。ふたりはブラッドのベッドにすわり、曲にあわせてふたりで歌っては際限もなく笑いころげた。
《ブラッドはとうもろこし畑を突っ切って歩いた……ひとりの男がブラッドを待ちかまえてた。ブラッドは男をいい人だと思いこんだ。善人だと思った。なぜかというと――》
「バリー」アブラは低い声でささやいた。閉じた瞼の奥で目玉がせわしなく左右に動いていた

──荒々しい夢にとらえられている睡眠者のように。「男の名前は〈バリー・ザ・チャンク〉。その男にだまされたのね、ブラッド。そうなんでしょう?」

しかし、バリーだけではなかった。もしバリーだけだったら、ブラッドも勘づいたかもしれない。となると、〝懐中電灯の人々《フラッシュライト・ピープル》〟全員が一致協力して、おなじ思念を送りこんでいたにちがいない──〈バリー・ザ・チャンク〉のトラックだかキャンピングカーだかに乗っても困ることはひとつもない、バリーは善人だから、と。善人たちのひとりだ、と。友だちだ、と。

そして彼らはブラッドをさらっていった……。

アブラはさらに深くへ踏みこんだ。ブラッドがなにを見たのかを確かめるような手間はとらなかった──ブラッドの目が見ていたのは、ほとんど灰色のカーペットだけだったからだ。ブラッドはテープを体に巻かれ、〈バリー・ザ・チャンク〉が運転している車の床にうつぶせに寝かされていた。しかし、それはかまわなかった。同調をおえたアブラには、いまブラッドよりも広い範囲を見ることができた。見えたのは──

《ブラッドのグローブ。〈ウィルソン〉の野球のグローブ。そして〈バリー・ザ・チャンク〉は──》

ついで、その場面が遠ざかっていった。流れるような動きで後方へ去ったのかもしれないし、そうではなかったのかもしれない。

夜だった。肥料のにおいがした。工場があった。なにかの
(**すでに廃屋になっている**)

工場。車が列をなしてその工場へむかっていた。小さな車もあれば大きな車もあり、巨大とい

える車も二、三台はあった。だれかに見られないための用心として、どの車もヘッドライトを消していたが、空には半円よりもふくらんだ月が出ていて、あたりのようすを見てとれる程度の明るさはあった。車の列は穴があいたりこぶがあったりしているアスファルト舗装の道を進み、給水塔の横を通り、屋根が壊れている小屋の横を通り、ひらいたままになっている錆びついたゲートを通過して、標識の前を走りすぎた。一瞬で通りすぎてしまったので、アブラには標識の文字が読めなかった。そして工場。壊れた煙突と壊れた窓がある工場の廃屋。ここにも標識があり、月明かりのおかげでアブラにも文字が読みとれた――**《カントン郡警察署長の命令により無断侵入禁止》**。

　車の列は工場の裏へまわっていった。いざ裏へ行ったら、彼らは野球少年ブラッドに痛い思いをさせ、そのあと死ぬまで痛い思いをさせつづける。その部分は見たくなかったので、アブラはすべてを逆回転させることにした。きつく閉まっている瓶のふたをあけるのとおなじで、それほど簡単ではなかったが、なんとかやりおおせた。引き返したかった時点まですべてを逆もどりさせると、アブラは力を抜いた。

《あの〈バリー・ザ・チャンク〉という男が野球のグローブを気にいっていたのは、幼い少年だったころのことを思い出させてくれるから。だからこそグローブをはめてみようと思い立った。グローブをはめ、革が硬くならないようにブラッドが擦りこんでいたオイルのにおいを嗅ぎ、球受け部分に拳を二、三回たたきつけて――》

　しかし、いま物事は前へ前へと進んでいって、アブラはまたブラッドの野球グローブのことを忘れた。

給水塔。屋根の壊れた小屋。錆びついたゲート。そして最初の標識。あれにはなんと書いてあった？

なにも見えなかった。月の光は明るかったが、なにぶん速すぎる。アブラはふたたび時間を巻きもどし（いまではひたいに汗の粒が浮くようになっていた）、手を放した。給水塔。屋根の壊れた小屋。そして標識。今回は読むことができたが、はたして理解できたかどうかは自信がなかった。

アブラは、馬鹿馬鹿しい男の子の名前を何度も何度も書きつけていたノートの用紙をつかんで裏返した。それから忘れないうちに、標識から読みとった文字のすべてを急いで書きとめていった。**《オーガニック・インダストリーズ社》**と**《第四エタノール工場》**、**《アイオワ州フリーマン》**、そして**《現在閉鎖中》**とあった。

オーケイ。これで彼らがブラッドをどこで殺したかがわかったし、遺体や野球のグローブなどの一切合財をそこに埋めたことも——これには確信があった——わかった。次はなにをすればいい？　全国行方不明児童・被虐待児童センターに電話をかけたところで、幼い少女の声がきこえたとたん、向こうの人は注意をむけなくなるだろう……ただしその人たちがアブラの電話番号を警察に知らせるかもしれず、そうなれば警察に逮捕されるかもしれない。ただでさえ悲しみに沈んでいる不幸な人々に悪質ないたずらを仕掛けた罪で。次に考えたのは母親だったが、ばあばが病気でこれから死のうというときなのだから母親に話すのは問題外だ。こんな話をきかせなくても、母親には手にあまるほどの心配ごとがある。

アブラは立ちあがって窓に歩み寄り、家の前の通りや角のコンビニエンスストア〈リケテイ・スプリット〉（アブラよりも年長の子供たちはこの店をふざけて〈リケティ・スプリッフ〉とマリファナタバコの俗語で呼んでいた——大型ごみ容器がある店の裏手でその手のタバコを吸っている連中が大勢いるからだ）をながめ、晩夏の澄みきった青空へむけてそびえているホワイト山脈に目をむけた。いつしか口もとをごしごしとこすっていた——不安になったときの癖で、両親はこの癖をやめさせようとしていたが、ここには両親はいない。だから、あっかんべえだ。そんなことのなにもかも、あっかんべえしてやる。

《父さんならいま一階にいるけど》

　いや、父親にも話そうとは思わなかった。父親には本を完成させるという仕事があるからではない——たとえ信じてもらえたとしても、こんなことに父親がかかわろうとするとは思えないからだ。考えをいちいち読みとらなくても、この程度のことはわかった。

　では、だれに話せばいい？

　この疑問に筋の通った答えが出るよりも先に、窓の外に見えていた世界が——まるで巨大な円盤の上に載せられているかのように——回転しはじめた。アブラは小さな悲鳴を洩らしながら左右の窓枠をつかみ、カーテンの布地を握りしめた。以前にも経験したことだったし、前ぶれもなく起こるのもいつものことだったが、それでもこの現象に見舞われるたびにアブラは怖くてしかたがなかった。痙攣《けいれん》をともなう発作にも似ていたからだ。アブラはもう自分の肉体にいなかった——遠視のように〝遠くを視ている〟のではなく、〝遠くに存在している〟状態だ。もどれなくなったらどうすればいい？

　ターンテーブルの回転スピードが落ちていき、やがて停止した。気がつくとそこはもう自分の寝室ではなくスーパーマーケットだった。どうしてわかったかといえば、前方に精肉売場のカウンターが見えたからだ。カウンターの上の看板はこんな約束をしていた（明るい蛍光灯の光のおかげで看板の文字はなんなく読みとれた）——**《当〈サムズ〉ではつねに特選カウボーイカットのお肉をご提供》**。一、二秒のあいだ、精肉カウンターが近づいてきた。先ほどのターンテーブルの回転で、歩いている人物の体内にアブラが押しこめられたからだ。歩いて、しかも買物をしている人物に。〈バリー・ザ・チャンク〉？　いや、バリーは近くにいるが、これはバリーではなかった——アブラがここにたどりつくきっかけこそバリーだったが、そのあとバリーよりも強い力をそなえている人物に引き寄せられてしまったのだ。食料品を積みこんだショッピングカートが視界の底辺近くに見えた。ついで前進の動きがとまり、またあの感覚、あの異様な

（ひっかきまわしている　こじあけようとしている）

感覚が襲ってきた——何者かが自分の**内側**にいる感覚だ。アブラはスーパーマーケットの通路の突きあたりにある精肉カウンターを見ていた。そしてこの別人は、いまリッチランドコートにあるアブラの部屋の窓から、遠くのホワイト山脈を見ていた。

　体の内側でパニックが爆発した。炎にガソリンをそそいだときそっくりだった。唇からは、なんの声も洩れなかった——いま上下の唇はただの縫い目にも見えるほどきつく結ばれている。しかしアブラは頭のなかで、出せるとは思ってもいなかったほどの大きな声で絶叫していた。

（いや！　わたしの頭から出ていって！）

8

家全体が震動するのを感じ、仕事部屋の天井からチェーンで吊られた照明が揺れているのを目にしたとき、デイヴィッドがとっさに思ったのは

（アブラ）

娘が例の超常能力の発作を起こしたのではないか、ということだった。とはいえ念動現象はもう何年も起こっていなかったし、そもそもこんな現象は一度もなかった。あたりが落ち着いたころ、デイヴィッドの頭に浮かんできたふたつめの——デイヴィッド本人にはずっと理性的に思えた——考えは、いましがた自分はニューハンプシャー州で初めて地震を体験したのだ、というものだった。おりおりに地震があることは知ってはいたが……これはびっくりだ！

デイヴィッドはデスク前の椅子から立ちあがると（その前にはぬかりなく《保存》のボタンをクリックするのを忘れずに）、走って廊下に出ていった。それから階段のあがり口に立って、大きな声で呼びかけた。「アブラ！　いまの揺れを感じたかい？」

部屋から出てきた娘は青ざめ、いささか怯えた顔を見せていた。「うん、感じたみたい。わたし……てっきり…あれ……」

「地震だよ！」デイヴィッドはにこやかな笑みでアブラに話しかけた。「おまえは生まれて初

めて地震を体験したんだ！　どうだ、ちょっとしたもんだろう？」

「ええ」アブラは答えたが、あまり楽しそうではなかった。「ちょっとしたものだったわ」

デイヴィッドが居間の窓に目をむけると、隣人たちが玄関ポーチや庭に出て立っている姿が見えた。そのなかに親しい友人のマット・レンフルーの顔もあった。「父さんはこれから向かいのマットのところに行って、ちょっと話をしてくる。いっしょに来るかい？」

「それより代数の宿題をすませておきたいの」

デイヴィッドはいったん玄関にむかいかけたが、そこで足をとめてふりかえり、アブラを見あげた。「怖がってないだろうね？　怖がらなくたっていい。もうおわったんだから」

そのとおりならどんなにいいことか――アブラは思った。

9

〈ローズ・ザ・ハット〉はふたりぶんの買物をしていた。〈グランパ・フリック〉の体調がまた悪化していたからだ。スーパーマーケット〈サムズ〉の店内には〈真結族〉の数人の仲間がいて、ローズは彼らにうなずきかけた。缶詰のコーナーでいったん足をとめ、妻が作成した買物リストを手にした〈バリー・ザ・チンク〉と話をした。バリーはフリックの健康を心配していた。

「いずれはもちなおすわ」ローズはいった。「〈グランパ〉がどういう人かは知ってるでしょう？」

バリーはにやりと笑った。「殺したって死にそうもないな」

ローズはうなずき、またショッピングカートを押して動きはじめた。「ほんと、そのとおり」

ウィークデイの午後を迎えた、ごく普通のスーパーマーケットの店内。バリーのもとを離れながら、最初ローズは自分の身に起こっていたことをごく普通のこと、たとえば血糖値の低下のようなことだと勘ちがいした。低血糖になりやすいローズは、ハンドバッグにチョコレートバーを常備していた。ついでローズは、頭のなかに他人がはいりこんでいることに気づいた。だれかが視ているのだ。

ローズが〈真結族〉のリーダーにまでのぼりつめたのは、決して決断力のなさが理由ではない。ローズはカートを精肉カウンター（次の目的地だった）の方向にむけたまま足をとめると、危険な存在になるかもしれないこの穿鑿《せんさく》好きな人物が穿った通路に身を躍りこませた。相手は〈真結族〉のメンバーではなかった——もしそうなら一瞬でわかったはずだ——が、ありふれた下民でもない。

いや、〝ありふれた〟どころの話ではない。

スーパーマーケットの店内の光景がぐらりと揺れて消え、ローズは窓から山なみをながめていた。ロッキー山脈ではない——ロッキー山脈なら、すぐにそれとわかる。もっと小さな山脈だ。キャッツキル？　アディロンダック？　そのどちらでもおかしくないし、ほかの山脈ということも考えられる。そして山をながめている人物……ローズにはそれが子供に思えた。まずまちがいなく少女だ。前にも遭遇したことのある少女だった。

《この子の顔かたちをなんとしても確かめなくては。あとあと好きなときに見つけられるように。なんとかして、この子に鏡をのぞかせて――》

しかし次の瞬間、締め切った部屋でショットガンをぶっぱなしたときの銃声にも匹敵する思考

（いや！　わたしの頭から出ていって！）

がローズの思考をきれいさっぱり拭い去っていき、衝撃によろめいた体がスープや野菜の缶詰がならぶ棚にぶつかった。衝撃で缶詰が次々に床へ落ちて、四方八方に転がっていった。つかのまローズは自分も缶詰を追うように――それこそロマンス小説に出てくる初心《うぶ》なヒロインのように――倒れてしまうのではないかとさえ思った。ついでローズはわれに返った。少女が接続を遮断したのだ――それも、かなり派手な方法で。

鼻血が出ているだろうか？　ローズは鼻の下を指先でこすって確かめた。出ていない。よかった。

商品陳列係の少年が走って近づいてきた。「お客さま、なんともありませんか」

「ええ、大丈夫。一瞬、気が遠くなっただけ。きのう歯を抜いたから、そのせいかもしれない。もうおさまったわ。すっかり散らかしちゃったわ。ごめんなさい。ガラス瓶でなくて缶詰だったのが不幸中のなんとかね」

「かまいません、ええ、かまいませんとも。店の正面出口の先にタクシー待ち用のベンチがありますから、そこでお休みになっていかれては？」

「そこまでする必要はないわ」ローズは答えた。そのとおりだった。しかし、きょうはもう買物はおわりだった。ローズはカートをふたつ先の通路まで押していくと、その場に残して店を出た。

10

サイドワインダーの西の高地にあるオートキャンプ場からここまでは、タコマ（古い車だが信頼度は抜群）を走らせてきた。運転席にのりこむと、ローズはハンドバッグから携帯電話をとりだして、短縮ダイヤルのボタンを押した。目指す相手は一回めの呼出音で出てきた。

「なにかあったのかい、ロージー・ガール？」〈クロウ・ダディ〉だ。

「問題発生よ」

もちろん、これは格好のチャンスでもある。あれだけの強烈な爆発を起こせるだけの——さらにローズの存在を探知するだけではなく、ローズをよろめかせるほどの力をボイラーにたくわえている子供となれば、ただの命気頭ではない。世紀の大発見だ。いまローズは、宿敵になる巨大な白鯨を初めて目にしたときのエイハブ船長の気分だった。

「話をきかせてくれ」真剣そのものの口調になっている。

「二年とちょっと前。アイオワの男の子。あの子のことを覚えてる？」

「もちろん」

「あのとき、だれかがのぞき見しているとわたしが話したことは？」

「覚えてる。東海岸。おまえは、たぶん女の子だろうと話してた」

「まちがいない、女の子だった。その子がついさっき、またわたしを見つけたの。わたしが〈サムズ〉で買物をしていたとき、いきなりその場にあの女の子があらわれたのよ」

「なんだってまたいまごろになって？」

「知らないし、知りたくもない。でも、あの女の子をつかまえる必要がある。ええ、なんとしてもあの子をつかまえなくては」

「その子はおまえがだれかを知っているのかい？　おれたちがどこにいるのかも？」

それについては、スーパーマーケットからトラックまで歩いてくるあいだに考えをめぐらせていた。侵入者に姿を見られていないことには確信がある。あの女の子はローズの内側にいて、そこから外を見ていただけだ。では、女の子はなにを見たのか？　スーパーマーケットの通路だ。アメリカ国内にスーパーマーケットの通路がいくつある？　百万はあるだろう。

「どっちも知られてないと思う。でも、大事なのはそんなことじゃない」

「じゃ、なにが大事なんだ？」

「あのときわたしが、この女の子にはたくさんの命気があると話したのを覚えてる？　とんでもなく大量の命気をそなえていると話したのを？　そう、現実にはそれをさらに上まわっていた。女の子にされたのとおなじことを仕返そうとしたけど、あの子はわたしを頭からあっさり吹き飛ばした――このわたしを、唐綿《とうわた》の柔毛《にこげ》みたいに吹き飛ばしたのよ。あんな目にあわされたのは生まれて初めて。自分で経験していなかったら、ぜったいにありえないと断言したところね」

「〈真結族〉のメンバー候補か？　それとも食料候補？」

「まだわからない」とは答えたが、ローズの心はさだまっていた。いまは新メンバーを徴用することよりも、命気のほうが――命気をたくわえておくことのほうが――ずっと重要だ。あれほど強い力をそなえた者には〈真結族〉にくわわってほしくない気持ちもあった。

「オーケイ。どうやってその子を見つける？　なにかアイデアは？」

ローズは、サイドワインダーのスーパーマーケット店内へ礼儀もへったくれもない流儀で叩き返される前に見ていた光景を思い返した。それほど多くを目にしたわけではなかったが、商店が一軒あった……。

ローズはいった。「あの子は近くのコンビニエンスストアを〈リケティ・スプリッフ〉と呼んでたわ」

「はあ？」

「なんでもない、気にしないで。その件については考えてみる必要がある。でも、とにかくあの子をつかまえるの。なんとしてでもつかまえなくては」

間があった。そののち話しはじめたときのクロウは用心深い口調だった。「おまえの口ぶりから察するに、十本以上の保存容器を満たすだけの命気はありそうだな。いや、あくまでもおまえがその子を〈回生〉させたくなければの話だが」

ローズはとり乱しているかのような引き攣った笑い声をあげた。「わたしの見立てどおりなら、女の子からは手もちの保存容器のありったけでも足りないくらい大量の命気がとれる。山にたとえるならエベレスト級の子ね」クロウはなにも答えなかった。顔を見たり精神をのぞいたりしないでも、クロウが茫然としていることは察しとれた。「もしかしたら、そのどちらの対処法もとらずにすむかもしれないし」

「話がわからないな」

それも当然だ。長期まで先を見越した計画を立てるのは、クロウの得意技ではない。

「この女の子を〈回生〉させる必要もなければ、殺さなくてもいいかもしれないってこと。ほら、牛を考えてみて」

「牛……」

「一頭の牛を解体すれば、二カ月くらいはステーキとハンバーガーにありつける。でも生かしておいて世話をしていれば、六年は牛乳を飲むことができる。ひょっとしたら八年でも」

沈黙。長いあいだ。ローズは沈黙の時間が延びるにまかせた。ようやく答えの言葉を口にしたとき、クロウはこれまで以上に慎重な口ぶりになっていた。「そんな前例は話にもきいたためしがない。命気を奪うだけ奪って殺すか、〈回生〉しても生き延びられるほど強い相手なら〈回生〉させる。八〇年代にアンディを〈回生〉させたあの流儀でね。そりゃまあ、〈グランパ・フリック〉ならちがうというかもしれないが——なにせ本人の言葉を信じるなら、ヘンリー八世が女房たちを殺していた十六世紀に物心ついた男だからね——おれは〈真結族〉が命気頭になにもせず、ただ飼っていた前例はないと思う。くだんの女の子がおまえのいうように強い力をそなえているのなら、当然そこには危険もあるだろうし」

《お願いだから、わたしが知らないことを話して。わたしが感じたことを体験していれば、あの子を飼うなんて、考えるだけでも正気の沙汰じゃないとあなたはいうかも。ええ、わたしは正気ではないのかもしれない。しかし……》

しかし、ローズはもう自分の時間の大半を――ファミリー全員の時間の大半を――食料を求めてあたふた駆けまわることに注ぎこむ暮らしに倦《う》んでいた。十世紀のヨーロッパの放浪民族のような暮らしにも倦んでいた――本来なら、この世界の王と王妃のように暮らして当然。じっさい、自分たちは王と王妃だ。

「体調が回復しているようなら、フリックに話してみて。それから〈ヘヴィ・メアリー〉にも――あの人はフリックにも負けないくらい昔からいるもの。あとは〈スネークバイト・アンディ〉。まだ新顔だから、首の上に回転のいい頭をもってるかもしれない。それ以外にも、役に立つ情報を頭にためこんでいそうな人がいたら話をきかせてもいいわ」

「おいおい、ロージー。おれにはそんな見当も――」

「わたしだって見当もつかない――いまのところはね。まだ考えてるところなんだから。いまあなたに頼んでいるのは、いってみれば下準備よ。なんといっても、あなたは先発要員なんだから」

「オーケイ……」

「そうそう、ウォルナットにも忘れずに話しておいて。下民の子供を長期にわたって、おとなしく従順にさせておくにはどんな薬を飲ませればいいか、きいておいてちょうだい」

「その女の子が、おれにはどうもただの下民とは思えないんだが」

「あら、下民は下民よ。たっぷり肉のついた老いぼれ下民牛ね」
《いや、それはちがう。むしろ、あの子は巨大な白鯨だわ》
ローズは、〈クロウ・ダディ〉がこれ以上なにか発言するかどうかを確かめないまま電話を切った。ボスはあくまでも自分だ——そのボスである自分の立場でいうなら、クロウ相手の会話はおわっていた。
《あの子は白鯨。わたしはあの子が欲しい》
しかしエイハブ船長が自分の白鯨を欲しがったのは、モービイ・ディックから何トンもの脂身や数えきれないほどの樽を満たす鯨油がとれるからではなかった。おなじようにローズが例の女の子をつかまえたがっているのは——適切にブレンドした各種の薬剤を少女に投与し、強力な超能力で鎮静化をほどこせば——命気をほぼ無限に確保できるからではない。もっと個人的な理由だった。〈回生〉させるため？　〈真結族〉の一員にするため？　とんでもない。あの子は〈ローズ・ザ・ハット〉を頭からあっさり蹴りだした——戸別訪問で世界の終末を訴えるパンフレットを押しつけていく、あの手の邪魔くさい宗教かぶれ連中を玄関先で追い払うように。あんなふうにローズを追いだした者はこれまでひとりもいなかった。どれだけ強烈な力をもっているかはともかく、あの少女にきっちり作法を叩きこまなくては。
《それができるのはこのわたしだけ》
〈ローズ・ザ・ハット〉はトラックのエンジンをかけると、スーパーマーケットの駐車場から出て、一族が所有しているブルーベル・オートキャンプ場を目指した。キャンプ場があるのはじつに美しい土地だ。それも当然ではないか。その敷地には、かつて世界でも屈指のリゾートホテルが建っていたのだ。
しかし、いうまでもなく〈オーバールック〉ホテルはもう何十年も前に全焼していた。

11

マットとキャシーのレンフルー夫妻は町内のパーティー開催係をもって任じており、その場の思いつきで〈地震バーベキュー大会〉をひらくことを決定した。ふたりはリッチランドコートの住人全員を招待し、招かれた者はほぼ全員が顔をだした。マットは炭酸飲料をひとケースと数本の安ワインを用意したほか、道の先の〈リケティ・スプリット〉でボール状のビールサーバーを買いこんできた。じつに楽しいひとときだったし、デイヴィッド・ストーンはこの時間を大いに楽しんでいた。デイヴィッドの見たところ、娘のアブラも楽しんでいるようだった。アブラは友だちのジュリーやエマといっしょにいたし、デイヴィッドは娘がハンバーガーと多少のサラダを食べるように確実を期していた。ルーシーから、ふたりでアブラの食生活に目を光らせる必要があるという話をきかされていたからだ。アブラはそろそろ、少女たちが体重や顔かたちをすこぶる気にしはじめる年代にさしかかっていた――この年代はまた、げっそりやつれた顔に拒食症や過食症の兆候が浮かびやすい年代でもある。

デイヴィッドが見逃していたのは（ただし、この場にルーシーがいれば気づいたかもしれない)、友人たちがみんなほぼ休みなく笑っているのに、アブラだけは笑いの輪にくわわっていないことだった。アイスクリームをカップ一杯（それもかなり小さなカップだった）食べおわると、アブラは宿題をすませたいので、通りの向かいの自宅へ帰りたいと父親に申し出た。

「いいとも」デイヴィッドはいった。「ただ、その前にレンフルーさんたちにちゃんとお礼をいうんだぞ」

いわれなくてもお礼をいうつもりだったが、アブラはそんなことはいわず、わかったとだけ返事をした。

「どういたしまして、アビー」キャシー・レンフルーはアブラをそう愛称で呼んだ。グラスで三杯飲んだ白ワインのせいで、目が超自然的ともいえるほどの輝きを帯びていた。「ちょっとしたものだったでしょう？　もうちょっと地震が多くてもいいくらい。でもね、さっきヴィッキー・フェントンと話していたら——ポンド・ストリートのフェントンさんご一家は知ってるでしょう？　たった一ブロック先の。それでヴィッキーのうちでは、だれも揺れひとつ感じなかったんですって。変な話もあったものじゃない？」

「ほんとにそうですね」アブラは相槌を打ちながら、〝変な話〟にかぎるなら、レンフルーの奥さんは真相の半分も知らないんだ、と考えていた。

12

アブラが宿題をおえ、父親といっしょに一階でテレビを見ているところに母親から電話があった。アブラは母親としばらく話してから、電話を父親にまわした。母親がなにか話していたが、父親がちらりと視線をむけてくる前から、アブラには話の中身がわかっていた。

「ああ、あの子は元気だよ。宿題を全部すませたところ……だと思う。このごろの学校は、ずいぶんたくさん宿題を出すからね。こっちで小さな地震があったこと、あの子からきいたかい？」

「上に行ってるね」アブラがいうと、父親は気のないようすで手をふってよこした。

アブラは机についてコンピューターを起動させたが、すぐに電源を落とした。〈フルーツニンジャ〉をプレイする気分ではなかったし、だれかとインスタントメッセージをやりとりしたい気分でもなかった。それより、これからどうするかを考えなくては。とにかく、なにかしなくてはならない。

教科書をバックパックにしまってふっと目をあげると、スーパーマーケットにいたあの女が窓からアブラをじっと見つめていた。そんな馬鹿なことがあるはずはない——この部屋は二階にある。しかし、女はそこにいた。女の肌はしみひとつない純白、頬骨は高く、黒っぽい瞳の目は左右の間隔があいていて、目尻がわずかに吊りあがっている。これほど美しい女は見たことがないとアブラは思った。同時にすぐさま、一点の疑いのかげりもなくこう悟った――この女は正気ではない。非の打ちどころのない、どことなく傲慢そうに思えるその顔をたっぷりとした黒髪がふちどって、そのまま両肩にまで垂れ落ちていた。ふさふさの髪の上には――いかれているとしか思えない角度で傾いていながらも落ちないで載っているのは――びろうどが傷だらけになっている洒落《しゃれ》たシルクハットだった。

《あの女はほんとはここにはいないし、わたしの頭のなかにだっていない。なぜいまあの女が見えるのかはわからないけど、見えてはいる。それに、向こうが知っているとは思えない――》

暗くなりかけた窓の外で、頭のいかれた女がにたりと笑った。上下の唇がわかれると、女の口には上の歯が一本あるだけだということがわかった――変色した巨大な一本の犬歯しかない。これこそブラッドリー・トレヴァーが生涯最後に見たものであることがわかって、アブラは悲鳴をあげた。精いっぱいの大声で悲鳴をあげた……といっても頭のなかだけで。のどがきつく閉まって、声帯が凍りついていたからだ。

アブラは目をぎゅっと閉じた。ふたたび目をひらいたとき、にたにた笑う白い顔の女は消えていた。

《そこにいないだけ。でも、また来ることはできる。あの女はわたしのことを知ってて、いつでもここへ来られるんだ》

その瞬間にアブラは、本来なら工場の廃屋を目にした瞬間に悟っていなければならなかったことを悟った。自分が助けを求められる相手はたったひとりだ。力を貸してもらえるただひとりの人物。アブラはふたたび目を閉じたが、今回は恐ろしい幻から隠れるためではなく、助けを乞うためだった。

（トニー！　あなたのお父さんが必要なの！　お願い、トニー、お願いよ！）

あいかわらず目を閉じたまま――しかしいまでは睫毛や頬に涙のぬくもりが感じられた――アブラは小声でささやいた。「助けて、トニー。わたし、怖いの」

第八章　アブラの関係性理論

1

一日をしめくくる〈ヘレン・リヴィングトン号〉の終列車は〝サンセット・クルーズ〟と呼ばれていた。ホスピスでの勤務シフトにあたっていない夜、ダンは何度も何度もこの終電の運転を担当した。市職員になってからの歳月で最終便をざっと二万五千回は担当してきたビリー・フリーマンは、この役目を喜んでダンにゆずった。

「おまえさんは運転に飽きないんだろう？」あるときビリーはダンにたずねた。

「ぼくが恵まれない幼年時代を過ごしたことが原因だね」

現実には断じて〝恵まれない〟とまではいえなかったが、見舞金が底をついたあとは母ウェンディとふたりで各地を転々として暮らし、そのあいだ母親は多くの職についた。大学の学位をもっていないため、大半が低賃金の職場だった。母親のおかげで母子の頭の上には雨露をしのぐ屋根があり、テーブルに食べ物がならびはしたが、それ以上の余裕ができたことは一度もなかった。

かつて——というのはダンのハイスクール時代、ふたりがフロリダ州のタンパからほど近いブレイデントンに暮らしていたころ——どうしてだれともデートをしないのかと母親にたずねたことがある。そのころには、母親がまだ容色をたもっていることがわかる程度の年齢になっていた。ウェンディ・トランスはいびつな笑みを見せながらこう答えた。「男はもう、ひとりでたくさんよ、ダニー。それに、いまはおまえがいるし」

「お母さんはきみが酒を飲んでいることをどの程度まで知っていたのかな？」カフェ〈サンスポット〉での面談のおり、ケイシー・キングズリーからそうたずねられたこともあった。「ずいぶん早くから飲みはじめたという話だったね？」

質問に答えるために、ダンはしばらく考えをめぐらせなくてはならなかった。

「母は、当時ぼくが察していたよりも多くのことを知っていたと思います。でも、親子でその話をしたことはありません。母は話題をもちだすのに腰が引けていたんでしょう。それに——あくまでも当時の話ですが——それまで警察の厄介になったこともなかったし、ハイスクールは優等で卒業しました」コーヒーカップごしに、ダンは暗い笑みをキングズリーにむけた。「もちろん、母に手をあげたことはありません。この点がちがいになったのだと思います」

電車のおもちゃも買ってもらえなかったが、ＡＡこと〈無名のアルコール依存症者たち《アルコーリクス・アノニマス》〉の基本的な生活信条は、〝酒を飲まなければ事態は改善する〟だ。じっさいそのとおりになった。いまでは、男の子が夢見るおもちゃの機関車のうちでも最大のものを自由にできる身になれたし、ビリーのいうとおり、飽きることがなかった。十年か二十年もすれば飽きるだろうが、そのときもまだ一日の最終列車の運転担当に名乗りをあげている気もした——夕暮れどきに〈リヴィングトン号〉を走らせ、〈クラウドギャップ〉の折り返し場まで行って帰ってくるためだけに。ソーコ川の流れが穏やかなら（雪解け水による春の突発的な増水がおさまれば、おおむね流れは穏やかだった）、あらゆる色を目にすることができた——川の上に広がる空の色と下の川面に照りはえる色と。〈リヴィングトン号〉のコースの最遠点では、すべてが静まりかえっていた——まるで神が息をひそめているかのように。

最高にすばらしいのは、九月初頭の〝労働者の日〟から、〈リヴィングトン号〉が冬季運休にはいる十月第二週のコロンブス記念日までの運行だった。観光客はすでにいなくなり、数少ない乗客は地元の人たちだった——いまではダンも、その人たちを気安くファーストネームで呼ぶようになっていた。今夜のように週末ともなれば、乗客は十人にも満たない。しかし、不満はひとつもなかった。

ダンが〈リヴィングトン号〉をティーニータウン駅のホームに滑りこませたときには、あたりはもうすっかり暗くなっていた。ダンはいちばん前の客車の車体に寄りかかり、帽子（つばのすぐ上に赤い字で《**ダン機関士**》と刺繍されていた）をうしろへ傾けた姿で、降りていくひと握りの乗客それぞれに、おやすみなさいの挨拶をしていた。ビリーはベンチにすわってタバコを吸っていた——タバコの先端が断続的に赤く光って、その顔を浮かびあがらせていた。そろそろ七十歳になるが、いかにも健康そのものの顔色だった。二年前の開腹手術の影響はもう影も形もなく、まだまだ引退するつもりはないと話していた。

「引退しておれにどうしろというんだ？」ダンが一度だけその件を話に出したとき、ビリーはそういった。「おまえさんが働いてる死人牧場にでも引っこむか？　で、おまえさんのペットの猫ちゃんが、おれの部屋を訪ねるのをただ待っている？　金をもらっても願い下げだ」

最後の二、三人の乗客がぶらぶらとした歩きぶりで帰途につくと——おおかた夕食にありつける場所をさがすのだろう——ビリーはタバコをもみ消してダンのもとへやってきた。

「おれがこいつを機関庫に入れてくるよ。ま、おまえさんがその仕事をやりたくなければだ」

「わたりに船だ。頼む。あんだけ長いことケツをすえてれば充分だろ？　いつになればタバコをやめる？　腹のなかの病気の原因のひとつはタバコだと、お医者さんもいってるだろう？」

「あと一歩でやめられるところまでは減らしたぞ」ビリーはそう答えたが、すっと下へずらした視線が真実をあからさまに語っていた。その気になればビリーがタバコの本数をどれほど減らしたのかを知ることもできたが——その程度の情報だけなら、ビリーの体に手を触れなくても得られたかもしれない——ダンは控えた。夏のあいだにダンはひとりの少年のTシャツに、道路標識を模した八角形のイラストが描いてあるのを目にとめた。本物なら八角形のなかに一時停止の**《止まれ》**が書いてあるが、Tシャツのイラストでは**《TMI》**になっていた。ダンがその意味をたずねると、少年はあわれむような笑みをむけながら——四十代以上の紳士用に用意してある笑みだろう——こう答えた。

「〝そんな情報いらないぜ《トゥー・マッチ・インフォメーション》〟の略だよ」

ダンは礼をいいながら、《わが人生の縮図みたいな言葉だね、坊や》と思っていた。

人間だれしも秘密をもっている。ダンはまだ幼い子供時代にそのことを学んでいた。まっとうな人たちには秘密を守る権利がある。そしてビリー・フリーマンは、まっとうさが服を着て歩いているような男だ。

「コーヒーでも飲みにいかないか？　時間はあるんだろう？　このあばずれをベッドに寝かしつけるには十分もあれば充分だ」

ダンは愛情をこめた手つきで機関車の側面を撫でた。「いいとも。でも、口に気をつけてくれよ。こいつはあばずれなんかじゃない。まさに貴婦人――」

ダンの頭が爆発したのは、まさにこの瞬間だった。

2

気がついたとき、ダンはビリーが先ほどタバコを吸っていたベンチに仰向けで寝かされていた。そのビリーは心配そうな顔で隣にすわっていた。心配どころか、死にそうなほど怯えた顔といってもいい。ビリーは携帯電話を手にして、番号ボタンの上に指をかざしていた。

「電話はしまっていいよ」ダンはいった。その言葉は、かすれたしゃがれ声になって出てきた。咳払いをしてから、あらためてビリーにいう。「ぼくなら大丈夫だ」

「ほんとに？　いやまあ、おったまげた――おまえさんが脳卒中でも起こしたかと思ったぞ。まちがいないと思ったんだ」

《本当にそうなったみたいな気分だったけどね》

ついでダンは数年ぶりに、〈オーバールック〉ホテルの傑出した総料理長、ディック・ハローランのことを思い出した。ディックは、ジャック・トランスの幼いひとり息子が自分とおなじ能力をもっていることを初対面の場で即座に見抜いた。ディックはいまも存命だろうか？ダンは思った。いや、もう世を去ったと見てまちがいあるまい。あのころでさえ、六十歳近かった。

「トニーってのはだれだ？」ビリーがたずねた。

「なに？」

「おまえさんは、『お願いだ、トニー、お願いだ』っていってた。だれなんだい、トニーっていうのは？」

「まだ酒を飲んでいた時分の知りあいだよ」即興でついた嘘としてもお粗末な嘘だったが、いまだに靄《もや》のかかったような頭では精いっぱいの答えでもあった。「親友さ」

ビリーはそのあともしばし携帯電話の明るくなった四角い画面をながめていたが、ゆっくりと携帯をたたんでポケットにしまいこんだ。「いっておけば、そんな話はこれっぽちも信じちゃいない。おれは、おまえさんが例のまぶしい光を見たんだと思ってる。ほら、おまえさんがおれのこれを――」腹をとんとんと叩きながらいう。「――見つけてくれたときみたいにね」

「いや、その……」

ビリーはさっと片手をかかげた。「みなまでいうな。おまえさんが大丈夫なら、それでいい。おれの体にどこかわるいところがあるとかいう話でなければ、それでいい。ま、なにかあるなら知りたいって話だけどな。みんながそうだとまでは思えないが、おれの場合は知りたいいんだ」

「あんたのことじゃない」ダンは立ちあがった——自分の足が体を支えてくれたことにほっとした。「でも、さっきのコーヒーの話は、すまないけど雨天順延にしてくれないかな？」

「いいってことよ。家へ帰って、しばらく横になっていたほうがいいぞ。まだ顔色がわるいな。なんだったか知らないが、ずいぶんな衝撃だったみたいだ」ビリーは〈リヴィングトン号〉にちらりと目をむけた。「とにかくおまえさんが運転席にすわって、あいつを時速六十キロ以上で飛ばしてるときじゃなくてよかったよ」

「ほんとにそのとおりだ」ダンは答えた。

3

ダンはクランモア・アヴェニューを〈リヴィングトン館〉側へわたった。最初はビリーの助言を受け入れて自室で横になるつもりだったが、ゲートまで来ても、そこで曲がって大きな古いヴィクトリア朝様式の本館に通じている、花壇にはさまれた邸内路には足を踏み入れず、少し散歩をしようと考えなおした。気分も落ち着いてきたし——自分をとりもどした気分になっていたし——夜気が甘かったこともある。さらにはいましがたの出来事について——すこぶる慎重に——考えをめぐらせる必要もあった。

《なんだったか知らないが、ずいぶんな衝撃だったみたいだ》
そこでまた思いはディック・ハローランのことと、ケイシー・キングズリーにこれまで話していないことのあれこれにおよんだ。この先も話すつもりはなかった。ディーニーへの悪事——同時に、なにもしなかったということではディーニーの幼い息子への悪事だったともいえる——は、歯茎に深く埋もれた親不知《おやしらず》のように頭の奥底にしまいこまれ、この先も外へ出ることはない。しかし五歳のダニー・トランスは悪事をはたらかれた側だったし——むろん、母ウエンディもだ——悪事の実行犯は父ジャック・トランスだけではなかった。そしてディック・ハローランはその点に対処してくれた。そうでなかったら、ダンも母ウェンディも〈オーバールック〉で死んでいてもおかしくなかった。この手の昔のことを考えるといまも胸が痛むし、記憶はいまなお、不安と恐怖という子供っぽい原色の毒々しい色あいのままだ。できれば二度と考えずにすませたいが、いまはそうもいっていられない。なぜなら……そう……。
《なぜなら、すべてはぐるっとまわって、もとどおりになるからだ。幸運かもしれないし運命かもしれないが、どちらにしても、すべてはぐるっとまわってふりだしにもどる。あの金庫をくれた日、ディックはなんと話していた？　生徒の準備ができれば教師があらわれる。といっても、なにかを他人に教えるような資格がいまのぼくにあるわけではないが、酒を口にしなければ酔っ払うこともないともいえる》
ダンはブロックの端にたどりつき、そこで踵《きびす》を返して来た道を引き返した。歩道をひとりで占拠している状態だった。ひとたび夏が過ぎ去ったとたん、たちまちフレイジャーから人が消えていくさまは不気味とさえいえ、そこからダンは〈オーバールック〉から人々が去っていったようすを思い出していた。ささやかなトランス一家の三人が、たちまちホテル全体を占拠したときのことを。

とはいえ、幽霊たちはホテルにとどまっていた。彼らは決していなくならなかった。

4

あのときディック・ハローランはダニーに、自分はこれからデンヴァーへ行き、飛行機で南のフロリダを目指すと話していた。それからダニーに、〈オーバールック〉の駐車場まで荷物を運ぶのを手伝ってくれないかとたずねた。ダニーはバッグのひとつをディックのレンタカーまで運んでいった。ブリーフケースと大差ない小さなバッグだったが、当時のダニーは両手をつかわなくては運べなかった。荷物がすべてトランクにしっかりとおさまり、ふたりで車内に腰を落ち着けると、ディックはダニーの頭のなかにあるもの――両親がその存在を半信半疑だったもの――に名前をさずけてくれた。
《ちょっとした才能があるってことだよ。わしはそれを〝かがやき〟って呼んでる。わしのおばあさんがやはりそう呼んでたんだ。おばあさんもそれをもってたのさ。ちょっぴり寂しかったんじゃないのかい？――自分ひとりだという気がして？》
そのとおり、寂しかったし、そのとおり、こういう人間は自分ひとりだという気がしていた。

ディックはその誤解を正してくれた。それ以来の歳月のあいだには、ダンも――ディックの言葉をそのまま借りれば――「多少の〝かがやき〟をもってる人間」にずいぶんたくさん出くわしてきた。たとえばビリーがそのひとりだ。

しかし、今夜ダンの頭のなかで悲鳴をあげた少女のような者にはこれまで会ったことがなかった。あの悲鳴には、全身をずたずたに切り裂かれるような気分にさせられた。

自分もかつてはあれほど強い力をもっていたのだろうか？　同等か、ほぼ同等の力があったように思えた。〈オーバールック〉が冬季休業にはいるあの日、ディックが隣の座席にすわった悩める少年にかけた言葉は……なんだった？

ディックは、「わしにむかって力を送ってごらん」といったのだ。

《それで、なにを考えればいいかとぼくがたずねると、ディックは「ただ強くそれを考えるんだ」といった。ぼくは最後の土壇場で力を――ほんの少しだけ――弱めた。弱めなかったら、あの場でディックを殺してしまったかもしれない。ディックはぎくりと体をのけぞらせ――ちがう、うしろに叩きつけられて――唇をうっかり噛んでしまった。血が流れていたのは覚えてる。それからディックはぼくをピストルだといった。そのあとで、トニーというのはだれかとたずねてきた。目に見えないぼくの友だち。だから、ぼくはトニーのことを話してあげた……》

そのトニーがもどってきているようだ――といっても、もうダンの友人ではない。いまトニーは、アブラという少女の友だちだ。そしてアブラは、かつてのダンとおなじく問題に直面していた。しかし、いい年をした大人の男が少女をさがしあてようとしたら、注目と疑惑をあつめかねない。いま自分はフレイジャーでなに不自由のない暮らしを送っている——あれだけの歳月を無為に過ごしたのだから、こういった暮らしを送るのも当然だという思いもある。

　しかし……。

　しかし、かつて自分がディック・ハローランを必要としたとき——最初は〈オーバールック〉で、そのあとはフロリダでマッシー夫人がもどってきたとき——ディックは来てくれた。AAこと〈無名のアルコール依存症者たち《アルコホーリクス・アノニマス》〉で〝十二番めのステップ・コール〟と呼ばれる局面だ。生徒の準備がととのったとき、教師があらわれる。

　ダンはこれまでにも何度か、〝十二番めのステップ・コール〟に応じて、ドラッグや酒に深くはまりこんでしまった男たちのもとをケイシー・キングズリーやほかのメンバーといっしょに訪ねたことがある。当人の友人や上司がこのサービスを要請する場合もあるが、いちばん多いのはほかに頼れるあてもなくなり、万策尽きてしまった親戚たちだった。長い年月のあいだにはこうした訪問が効を奏したこともなくはなかったが、たいていは鼻先でドアを乱暴に閉められるだけか、〝信心家ぶった宗教もどきのおためごかし〟は肛門にでも突っこんでおけ、と提案されておわった。ある男——ジョージ・ブッシュの輝かしきイラク遠征に参加した従軍経験者で覚醒剤《メタンフエタミン》中毒になった男——は、本当にダンたちへむけて拳銃をふりたてた。この元兵士が怯える妻ともども引きこもっていたチョコルアという田舎の狭苦しいあばら家から引き返すあいだ、ダンはこういった。

「今回は時間の無駄そのものでしたね」

「これが彼らのためにしていることなら、ああ、時間の無駄だな」キングズリーはいった。

「しかし、これは彼らのためではなく、わたしたち自身のためにやっていることだ。ダニー・ボーイ、きみはいまの暮らしぶりが気にいっているかね？」

キングズリーがこの質問をむけてきたのはこれが初めてではなかったし、最後になることもなかった。

「ええ」そう答えることに、迷いはなかった。ゼネラルモーターズ社の社長ではないかもしれないし、ケイト・ウィンスレットと全裸のラブシーンを演じたりもしていないかもしれないが、少なくとも頭のなかではその両方を手中におさめていた。

「その暮らしは自力で勝ちとったものだと思うかね？」

「いいえ」ダンは笑みをのぞかせた。「そうは思ってません。これだけの暮らしを自力で勝ちとれるわけがない」

「では、朝ここで目覚めてよかったと思う場所へ毎日きみが帰れるのは、なんのおかげかな？　幸運？　それとも神の恩寵？」

キングズリーは神の恩寵だという答えをいわせたかったのだろう。しかし酒をきっぱりと断って以来の歳月で――落ち着かない気分にさせられることもあるにせよ――ダンはつねに正直に答える習慣を身につけていた。「わかりません」

「それでいい。背中が壁にへばりつくほど追いつめられていたら、どうだろうと差はないからだよ」

5

「アブラ、アブラ、アブラ」いまダンは〈リヴィングトン館〉への道を歩きながら、そう口にしていた。「きみはどんな目にあってるの？　ぼくをどんな目にあわせようとしているの？」

そのアブラに接触するには――いつも信頼できるとはかぎらないが――〝かがやき〟を利用しようと考えていた。しかし小塔の部屋に足を踏み入れるなり、その必要のないことがわかった。黒板に丁寧な文字でこんなふうに書いてあったからだ。

cadabra@nhmlx.com

数秒ほどはアドレスの〝カダブラ〟というユーザー名に首をひねらされたが、すぐに合点がいくと同時に笑い声が出た。「うまいよ、じつにうまいぞ」

ダンはノートパソコンを立ちあげ、数秒後には新規メール作成画面をじっと見つめていた。アドレスを打ちこんだあとも、点滅するカーソルを見つめているばかり。アブラは何歳なのか？　これまでの数えるほどの会話から察するところ、賢い十二歳からやや幼い十六歳というところか。前者に近い年齢の気がした。それにひきかえ自分のほうは、ちょっとひげを剃るのを忘れると、無精ひげにぽつぽつ白いものが混じってしまう年齢だ。そんな自分がいま、コンピューター経由で少女とおしゃべりをしようとしている。ネットのチャットルームでスタッフが未成年者を装って囮《おとり》になり、性的関係目あてで近づいた不埒《ふらち》な大人を暴露する〈トゥ・キャッチ・ア・プレデター〉というテレビのリアリティショーがあったが、もしやそれなのでは？

《なんでもないかもしれない。そうに決まってる――アブラはただの子供、それだけだ》

そのとおり――ただし心底から怯えている子供でもある。それに、アブラに好奇心をかきたてられてもいた。しばらく前からだ。ディックもこんな好奇心をダンに感じていたのだろう。

《今夜は、神の恩寵を多少つかわせてもらってもいい。それから、幸運のほうはありったけを》

新規メール作成画面のいちばん上にある件名欄に、ダンは「ハロー、アブラ」と書きこんだ。それからカーソルを本文欄までおろして、深々と息を吸いこむと、短い文章を打ちこんだ。

《どうしたのかを教えてほしい》

6

翌土曜日の午後、ダンは壁が蔦《つた》に覆われたアニストン公共図書館の外で、さんさんとした日ざしを浴びているベンチに腰をおろしていた。手にはマンチェスターで発行されているユニオンリーダー紙をもっていた。新聞のページにはたくさんの言葉が載っていたが、なにが書いてあるのかはさっぱりわからなかった。そのくらい神経質になっていた。

二時きっかりにジーンズ姿の少女が自転車で近づいてきて、傾斜している芝生のいちばん下にある専用ラックに自転車をおさめた。それから少女はダンに手をふりながら、満面の笑みをむけてきた。

そういうこと。アブラ。つづく言葉はカダブラ。

年齢のわりには背の高い少女で、しかもその長身のほとんどは足によるものだった。たっぷりあるカールしたブロンドの髪をうしろでまとめて大ぶりのポニーテールをつくっていたが、髪がいまにも反乱を起こして四方八方にばらけてしまいそうに見えていた。ちょっと肌寒い日だったので、《アニストン・サイクロンズ》というチーム名が背中にスクリーン印刷された薄手のジャケットを着ていた。自転車の荷台にバンジーコードで縛りつけてあった二冊の本を手にとると、アブラはあいかわらずあけっぴろげな笑みのままダンに駆け寄ってきた。愛らしかったが、美しい顔立ちではない。ただし間隔のあいた青い目は例外。青い目はたしかに美しかった。

「ダン伯父さん！　やっと会えて本当にうれしい！」そういうとアブラは心のこもったキスをダンの頬に見舞った。ダンが思い描いていた脚本には、こんな展開はなかった。ダンのことを基本的には善人だと思いこんでいる信頼ぶりが、かえってそら恐ろしかった。

「ぼくもきみに会えてうれしいよ、アブラ。さあ、すわって」

ダンはアブラに自分たちは注意する必要があると話し、アブラは——生まれ育った文化の子ならでは——即座にその意味を理解した。ふたりは、人目のあるひらけた場所で会うのがいちばんいいという点で意見が一致した。ひらけた場所ということなら、図書館前の芝生以上にひらけた場所はアニストンの街にはないも同然だった——図書館そのものが、さして広くはないダウンタウン地区の中心にあった。

　アブラはいま興味を隠しもしない視線で、ダンを見つめていた——そこには飢えの気持ちすらあったかもしれない。いまダンは小さな指のように感じられるなにかが、頭の内側をそっと叩いてくるのを感じていた。

（トニーはどこ？）

　ダンはこめかみをそっと指さした。

　アブラは笑顔をのぞかせた——この笑顔でアブラの美しさが完成し、四、五年後には何人もに失恋のつらさを味わわせることになりそうな少女へと変身した。

（ハーイ、トニー）

　ダンが思わず顔をしかめたほどの大きさだった——このときも、レンタカーの運転席にすわっていたディック・ハローランがぎくりと身をのけぞらせ、ひととき目がうつろになった光をたたえていたことが思い出された。

（声に出して話さなくちゃだめだよ）

（オーケイ、了解）

「ぼくはお父さんの従兄《いとこ》だ。いいね？　ほんとは伯父さんじゃないけど、きみはぼくをそう呼んでいるんだ」

「わかってる、わかってる、ダン伯父さんでしょ？　なんにも心配いらないわ――母さんの親友がここへ顔を見せなければね。名前はグレッチェン・シルヴァーレイク。うちの家系図をすっかり知ってるみたいなの――といっても、たいした人数はいないけど」

《まいったね》ダンは思った。《穿鑿好きの友人か》

「でも大丈夫」アブラはいった。「上の息子さんがフットボール・チームにはいってて、サイクロンズの試合は欠かさず観戦にいってるから。ていうか、ほとんどだれもが試合見物にいってるの。だから心配しないで――他人からこんなふうに思われたりは――」

アブラは発言を精神で描いた一枚の画像でしめくくった――じっさいには漫画といったほうがいい絵だった。絵は一瞬にして花ひらいた――タッチは素朴だったが、線は鮮明だった。薄暗い路地でひとりの少女が、トレンチコートを着た大男に脅かされている絵。少女の左右の膝がぶつかりあっていた。この絵がふっと消える寸前、ダンは少女の頭の上に漫画でいう吹き出し《バルーン》が浮かびあがるのを目にしていた。《きゃあああ、ヘンタイ！》

ダンは自分でも頭のなかで絵を描き、返事としてアブラに送った。縞模様の囚人服を着せられたダン・トランスが大柄な警官ふたりに引き立てられていく図。こんなことをした経験はなかったし、アブラほど巧みには描けなかったが、自分にもできることがわかるとうれしかった。ついで――なにが起こったのかをダン自身が察するよりも早く――アブラがダンの絵に手を入れて、自分の絵にしてしまった。絵のなかのダンがベルトから拳銃を抜いて警官のひとりにむけ、引金を引いた。拳銃の銃口から飛びだしたのは、**《ずどん！》**と書いてあるハンカチだった。

ダンはあんぐり口をあけたままアブラを見つめた。

アブラは握り拳を口もとにあてがって、くすくすと笑った。「ごめんなさい。でも我慢できなかったんだもん。午後のあいだずっとこれで遊んでられそうじゃない？　ぜったい楽しいに決まってるし」

それればかりか、大きな解放感を味わえそうだった。アブラはもう何年も前からすてきなボールをもっていながら、キャッチボールの相手がいない状態だった。いうまでもなくダンもおなじだった。子供時代以来初めて——ディックを相手にしたとき以来初めて——ダンは送信と受信の両方をおこなっていた。

「たしかにそうだね。楽しいと思う。でも、いまはそんなことをしてる場合じゃない。もう一度、今度の一件を最初からおさらいしてくれないか。きみのメールからでは要点しかわからなかったから」

「どこからはじめればいい？」

「まずは、きみの苗字からはじめては？　ぼくはきみの名誉伯父なんだから、やっぱり知っておくべきじゃないかな」

これがアブラから笑いを引きだした。ダンは真面目な顔を崩すまいとしたが無理だった。自分でもびっくりしたことに、ダンは早くもこの少女が好きになっていた。

「わたしはアブラ・ラファエラ・ストーン」アブラはいった。ふいに笑みは消えていた。「いまはただ、シルクハットの女がこの名前をさぐりあてていないことを祈るだけ」

7

それからふたりは四十五分のあいだ、秋の暖かな日ざしを顔に浴びて図書館の外のベンチにすわっていた。アブラは、これまでずっと困惑の種であり、ときには恐怖さえ感じた自分の才能に、生まれて初めて無条件の楽しさを――さらには喜びさえ――感じていた。ダンのおかげで、その才能に名前もつけられた――〝かがやき〟という名前だ。いい名前であり、心なごむ名前でもある。これまでは自分の能力を暗いものとしか考えていなかったからだ。

話すべきことはたくさんあった――くらべあうノートが何冊も何冊もあったようなものだ。ふたりが話のとっかかりにもさしかかっていないとき、ツイードのスカートを穿いた五十代の女性が挨拶のために近づいてきた。女性はダンに好奇の目をむけたが、断じて怪しむような好奇の目ではなかった。

「こんにちは、ジェラード先生。こちらは、伯父のダンです。去年はジェラード先生の読み書きや話し方の授業があったの」

「お会いできて光栄です、先生。ダン・トランスです」

ジェラード先生はダンがさしだした手をとると、生真面目に一回だけ強く握ってきた。アブラはダンが――ダン伯父さんが――リラックスするのを感じた。よかった。

「お住まいはこのあたりですか、ミスター・トランス？」

「道を少し行った先のフレイジャーです。向こうのホスピスで働いています。〈ヘレン・リヴィングトン館〉をご存じですか？」

「ええ。ご立派なお仕事をなさってるのね。ところで、アブラ、『修理屋』はもう読みおわった？　ほら、わたしが推薦したマラマッドの長篇よ」

アブラは顔を曇らせた「電子ブックリーダーの〈Ｎｏｏｋ〉に入れました――お誕生日にギフトカードをもらったので――でもまだ読みはじめてません。なんだかむずかしそうで」

「あなたはもうむずかしいものを読めるようになってるわ」ジェラード先生はいった。「いいえ、それどころじゃない。それにうかうかしていたら、あっという間にハイスクール入学になって、すぐに大学入学になる。きょうから読みはじめることをおすすめするわ。これからもよろしくね、ミスター・トランス。あなたは抜群に頭のいい姪御さんをおもちよ。でもね、アブラ――頭のよさには責任がともなうことを忘れないで」ジェラード先生は強調のため、アブラのこめかみを指でとんとん叩いてから、階段をあがって図書館のなかへ消えていった。

アブラはダンにむきなおった。「そうわるくなかったでしょう？」

「これまでは順調だね」ダンはうなずいた。「もちろん、あの先生がきみのご両親に話をすれば……」

「その心配はないわ。母さんはいまボストンで、ばあばの面倒を見てるから。ばあばは癌なの」

「気の毒に。で、ばあばというのは」

（お祖母さん）

（ひいお祖母さん）

「それに――」アブラは口でいった。「あなたが伯父さんっていうのも、まったくの嘘ってわけじゃない。去年の理科の授業でステイリー先生が、人類は全員がおなじ遺伝子をもっていて、それぞれのちがいをつくっているのは、ごくごく些細な部分だけだって話してた。そういえば、人間と犬の遺伝子構造は九十九パーセントまでがおなじだって知ってた？」

「知らなかったよ」ダンは答えた。「でも、いまの話で合点がいったな――ドッグフードの〈アルポ〉を見ると涎《よだれ》が出そうになる理由がね」

アブラは笑った。「だから、あなたがわたしの伯父さんでもおかしくないし、それをいうなら従兄弟だのなんだのでもおかしくない。いいたいのはそういうこと」

「アブラの相対性《リラテイヴイテイ》ならぬ関係性《リラテイヴイテイ》理論かい？」

「そんなところ。親戚の関係にあるからって、目の色や髪の生えぎわの形がかならずおなじになるわけじゃないでしょう？　それにわたしと伯父さんのあいだには、ほかの人にはめったにない特別な共通点がある。それこそが、わたしたちを特別な親戚関係にしてる。この能力って、青い目とか赤毛とおんなじで遺伝的なものだと思う？　そうそう、話のついでだけど、人口あたりの比率で赤毛がいちばん多いのはスコットランドだって知ってた？」

「知らなかった」ダンはいった。「きみは知識の泉だね」

アブラの笑みがわずかに翳《かげ》った。「それ、けなしてる？」

「ぜんぜん。さっきの話だけど、〝かがやき〟は遺伝かもしれないが、ぼくはそうは考えていない、というのが答えだ。〝かがやき〟は計量不能だと思う」

「つまり、なんだかわからないものってこと？　神さまとか天国とか、その手のあれこれとおんなじで？」

「そうだ」気がつくとダンはチャーリー・ヘイズのことや、自分がドクター・スリープという人格になって以来――チャーリー以前にも以後にも――この世界から旅立っていくところを見送った人々すべてのことを思っていた。人によっては死の瞬間を"他界する"と表現するが、ダンはこの表現が気にいっていた。文字どおり、そんなふうに思えるからだ。自分が見まもる前で人々がこの世界から去っていくところを――世間が現実と呼ぶこのティーニータウンをあとにして、死後の世界である〈クラウドギャップ〉へむかっていくところを――目にすれば、考え方も変わる。死に臨んでいる人々には、世界が自分から去っていくように感じられるのだろう。人々が境界の門をくぐるこの瞬間、ダンはいつも目に見えない巨大なものの存在をありありと感じていた。彼らは眠り、彼らは目覚め、彼らはどこかへ行く。彼らは先へ進む。ダンにはそう信じる根拠があった――それこそ、まだ子供のうちから。

「ね、なに考えてるの？」アブラがたずねた。「考えが見えるけれど、わたしにはわからない。でも、わかりたいの」

「そういわれても、どう説明すればいいのかがわからなくて」ダンは答えた。

「考えの一部は〝幽霊みたいな人たち〟に関係したことでしょう？　前にもそういう人たちを見たわ――フレイジャーの小さな列車に乗ってるところを。夢だったけど、でも本当のことだったと思う」

ダンは目を大きく見ひらいた。「本当に見たのかい？」

「ええ。あの人たちはわたしを傷つけようとしてたとは思えない――わたしを見てただけだもん。でも、なんとなくおっかない感じだった。もしかしたら、昔あの列車に乗っていた人たちなのかも。伯父さんは幽霊みたいな人たちを見た？　見たんじゃない？」

「見たよ。それも、そんなに昔のことじゃない」しかも何回かは、幽霊以上の存在を目にした。ただの幽霊なら、トイレの便座やシャワーカーテンに汚れを残していくことはない。「アブラ、ご両親はきみの〝かがやき〟のことをどの程度まで知ってる？」

「父さんは、いくつかの例外を残して――たとえば、ばあばの病気のことをわたしが知ってキャンプから電話をかけたときね――そんな力が消え去ったと考えてるし、それでよかったとも思ってる。母さんのほうは、まだ力が残ってるって知ってるわ。だって、たまになくした品を見つけるのを手伝ってくれって頼まれるから。先月は車のキーだった――母さんがガレージにある父さんの作業台に置き忘れてたの。でも母さんも、ど、ど、ど、どのくらいの力がわたしに残ってるかは知らない」アブラはいったん言葉を切った。「ばあばは知ってる。母さんや父さんみたいにわたしの力を怖がってはいないし。でも、気をつけなさいとはいってた。もしまわりに知られたら――」アブラは目玉をぎょろりとまわし、口の端から舌先を突きだして、おどけた顔をつくった。「きゃあああ、ヘンタイ。わかる？」

（**わかる**）

アブラはわが意を得たりと微笑んだ。「当たり前よね」

「ほかにはだれが？」

「ええと、ばあばはドクター・ジョンには話すべきだっていってる――これまでにも、多少はあの力のことを知ってるから。先生はわたしがまだずっと小さなころにスプーンでやったあることを、その場で見てたの。わたし、たくさんのスプーンを天井からぶらさげちゃったのよ」

「ひょっとして、その医者はジョン・ドルトンかい？」

アブラの顔がぱっと輝いた。「先生を知ってるの？」

「意外かもしれないけど、知りあいだよ。あの医者のために、ある品物を見つけてあげたんだ。なくした品物をね」

（腕時計！）

（正解）

「でも、ドクター・ジョンにもすべてを話すわけじゃない」アブラはいった。落ち着かない顔になっていた。「野球少年のことはまず話さないだろうし、シルクハットをかぶった女のことはぜったいに話さないに決まってる。話せば、先生がうちの両親に話すに決まってるし、それでなくたって両親にはいろいろ考えごとがたくさんあるんだから。だいたい、あの人たちになにができるというの？」

「その問題はとりあえず棚あげにしよう。野球少年というのはだれなんだい？」

「ブラッドリー・トレヴァー。ブラッド。たまに野球帽を前後逆にしてかぶって、ラリーキャップって呼んでた子。ラリーキャップって知ってる？」

ダンはうなずいた。

「トレヴァーは死んでる。あいつらが殺した。でも、その前にあいつらはブラッドを痛めつけた。ひどく、痛めつけたの」アブラの下唇が震えはじめ、たちどころにその顔は十二歳ではなく九歳に近くなっていった。

（泣くんじゃない　アブラ　人目を引いちゃまずいんだ）

（わかってる　わかってる）

アブラは顔を伏せて二回ほど深々と息を吸いこむと、あらためてダンの顔に目をむけた。目はやけにぎらぎら輝いていたが、唇の震えはとまっていた。

「大丈夫」アブラはいった。「ほんと。自分ひとりがこれを頭のなかにかかえこんでいなくてもよくなって、すっごくほっとしただけ」

8

二年前に初めてブラッドリー・トレヴァーの存在を知ったときのことを思い起こしながらアブラが語る話に、ダンは注意深く耳をかたむけた。といっても、それほど長い話ではなかった。アブラが得たいちばん明瞭なイメージは、地面に寝かされているブラッドを何本もの懐中電灯の交差しあう光が照らしている光景だった。それからブラッドの悲鳴。そういったことは覚えていた。

「あいつらがブラッドを照らしていたのは、ブラッドに手術みたいなことをしていたから」アブラはいった。「いえ、あいつらが手術と呼んでただけで、本当はただ拷問していたの」

それからアブラは、アニストン・ショッパー紙の最終ページで、ほかの数多くの行方不明の子供たちのなかでブラッドの顔写真を見つけたことを物語った。そのときブラッドのことをもっと知ることができるかどうかを確かめるため、写真にそっと指を載せたことも。

「あなたにはできる？」アブラはたずねた。「なにかの品物に触れると、頭のなかにイメージが浮かびあがってくることは？　なくなったものを見つけたりとか？」

「できるときもある。いつもじゃない。小さな子供のころには、もっといろんなことが——もっと確実に——できたんだけどね」

「わたしも大きくなったら、いまの力がなくなると思う？　そうなってもかまわないんだけど」アブラはいっとき口をつぐんで考えこんだ。「でも、やっぱり気になるかも。うまく説明できないけど」

「その気持ちはわかる。これはぼくたちの問題だ、そうだね？　つまり、ぼくたちになにができるかという話だ」

アブラは微笑んだ。

「彼らがその男の子をどこで殺したのかは、確実にわかっているんだね？」

「ええ。あの子を埋めたのもおなじ場所。野球のグローブも埋めてた」アブラはノートから切りとった紙をダンに手わたした。最初に自分が書きつけたメモではなく、中身を書き写したものだった。ラウンド・ヒアのメンバーの名前を——一度ならず、くりかえし何度も何度も——書いていたのを他人に見られたら、顔から火の出るような思いをしたことだろう。いまにして思えば、その書きぶりそのものさえもがまるっきり見当はずれに思える――〝大好き〟ではなく〝だぁい好きっ〟をあらわすつもりで書いた、あの大きな丸まっこい文字そのものが。

「大げさに書きすぎて文字の形を崩しちゃだめだ」ダンはアブラが書きつけた言葉に目を通しながら、ぼんやりした口調でいった。「きみくらいの年齢のとき、ぼくはフリートウッド・マックのスティーヴィー・ニックスに夢中だった。それから、ハートのボーカルのアン・ウィルスンにもね。たぶんきみがきいたこともない名前だろうな。いまじゃ懐メロもいいところだ。でも当時のぼくはしょっちゅう、グレンウッド・ジュニアハイスクールで金曜の夜にひらかれていたダンスパーティーにアン・ウィルスンを招待するところを想像していたよ。どうだ、馬鹿馬鹿しいだろ？」

アブラは口をあんぐりあけたまま、ダンを見つめていた。

「馬鹿馬鹿しいけれど、いたって正常なことでもある。世界でもいちばん正常なことだ。だから、あんまり自分を責めるな。いっておけば、ぼくはのぞき見していないからね。いやおうなく目に飛びこんできたんだ。目の前にいきなり飛びだしてきた感じで」

「いやだ」アブラの頬が見る見るまっ赤に染まっていった。「慣れるまでにちょっと時間がかかりそうじゃない？」

「どっちにとってもね」ダンはふたたび紙に目を落とした。

オーガニック・インダストリーズ社
第四エタノール工場
アイオワ州フリーマン

現在閉鎖中

「これを……どうやってこれを読みとった？　くりかえし何度も見たのかな？　映画のシーンをくりかえして再生するように？」

「《**無断侵入禁止**》の標識は簡単に読めたけど、オーガニック・インダストリーズ社とエタノール工場の部分は……そう、そうやって読んだ。伯父さんにはできない？」

「やってみたこともないよ。前はできたかもしれないけど、いまはもう無理だな」

「アイオワ州フリーマンがどこにあるかはコンピューターで調べたし」アブラはいった。「グーグル・アースで調べて、その工場を衛星写真で見つけたの。どの場所も本当にあったわ」

ダンはこのときもまたジョン・ドルトンのことを思った。断酒プログラムの参加者のなかには、失せ物を見つけだすダンの不思議な能力を話題にする者もいなくはなかった――しかし、ジョンは秘密を守っていた。といっても、これは意外ではない。AAでも参加者が誓いを立てるように、医者は患者の秘密を守る誓いを立てるのではなかったか？　となればジョンの場合は、保険に二重に加入しているようなものだ。

アブラが話していた。「伯父さんならブラッドリー・トレヴァーのご両親に電話をかけられるんじゃない？　あるいはカントン郡の警察署に？　わたしが電話したって信じてもらえないかもしれないけど、大人からの電話なら信じてもらえるはずよ」

「電話ならできなくもないと思うよ」しかし、遺体が埋められている場所を正確に知っている人物は、自動的に容疑者リストの先頭に名前を載せられる。つまり、もしも電話をかけるとなったら、どんなふうに電話をかけて話をするか、その点にすこぶる注意を払い、細心に進める必要があるだろう。

《アブラ、きみはなんというトラブルにぼくを引っぱりこもうとしてるんだ……》

「ごめんなさい」アブラはいった。

ダンはアブラの手に自分の手を重ねて、そっと握った。「謝る必要なんかないよ。いまの言葉はきみにきかせるつもりじゃなかったんだ」

アブラの体に緊張が走った。「これは大変。イヴォンヌ・ストラウドがこっちに来る。おなじクラスの子よ」

ダンは急いで手を引っこめた。見るとアブラとおなじ年格好の、茶色い髪をもつふくよかな女の子が歩道を近づいてくるところだった。バックパックを背負い、ルーズリーフノートを胸に当てて押し曲げている。きらきらと輝く目には穿鑿がましい光がのぞいていた。

「伯父さんのことを一から十まで教えろっていうに決まってる」アブラはいった。「文字どおり、なにからなにまで。おまけに人にしゃ、べ、り、ま、く、る、の」

まいったね、これは。

ダンは近づいてくる少女を見つめた。

(ぼくたちなんか、おもしろくもなんともない)

「手伝ってくれ、アブラ」ダンはいい、少女が加勢してきたのを感じた。ふたりが手をたずさえたことで、思念は深みと強さをそなえてきた。

(わたしたち、ちっともおもしろくないよ)

「いい調子」アブラはいった。「あとひと息ね。いっしょにやって。歌を歌うみたいに」

(あんたにはわたしたちが見えないも同然　わたしたちはちっともおもしろくないし
だいたいあなたにはもっと大事な用がある)

イヴォンヌ・ストラウドはせかせかした足どりで歩道を進み、気のない挨拶の要領でアブラにむかって手をふりはしたものの、足どりをゆるめはしなかった。それからイヴォンヌは図書館の階段を駆けあがって、館内へ姿を消した。

「これはぶったまげたな《アイル・ビー・ア・モンキーズ・アンクル》」ダンはいった。

アブラは真剣な顔でダンを見つめた。「アブラの関係性理論によれば、伯父さんは本当に〝猿の伯父さん《モンキーズ・アンクル》〟でもおかしくないもの。これがとっても似てるから」

アブラは洗濯紐に吊られて風にはためくジーンズの絵を送った。

(ジーンズ……遺伝子《ジーンズ》)

ついでふたりは声をあわせて笑った。

9

ダンは自分が正しく理解しているかどうかを確かめるため、アブラに〝ターンテーブル能力〟を三回くりかえして実践してもらった。

「これまでやったことがないの？」アブラはいった。「この遠視を？」

「幽体離脱みたいな？　やったことはない。きみはよく体験しているのかい？」

「せいぜい一回か二回。一度、川で泳いでる女の子のなかにはいったことがある。そのときには、うちの裏庭のいちばん低いところから女の子を見てたの。九歳か十歳のとき。なんであんなことになったのかは謎ね――だってその子は溺れてたわけでもなんでもなく、友だちと泳いでただけだし。あのときが、いちばん長くつづいてた。少なくとも三分間はそのままだったわ。伯父さんはあれを幽体離脱《アストラル・プロジェクション》って呼んでるの？　〝アストラル〟って〝星の世界の〟っていう意味でしょう？」

「ずいぶん古い用語なんだよ。百年ばかり昔の降霊会でつかわれていた言葉で、あまりいい言葉だとは思えない。結局は、意識だけが肉体の外へ出た経験という意味だね」どんなものにも、そんなふうに簡単にラベルをつけられたらいいのだが。「でも――誤解があるといけないので念のためにきくけど――泳いでいた女の子は、きみのなかへはいってきてはいないんだね？」

アブラは強く頭を左右にふった——ピッグテールの髪がぶんぶん揺れた。「あの子は、わたしが自分のなかにいることも気づいてなかった。おたがいの体にはいりあったのは、あの女のときだけ。シルクハットの女。ただ、そのときはシルクハットは見えなかった。わたしがあの女本人のなかにいたから」

ダンは指一本で空中に円を描いた。「つまり、きみがその女のなかにはいって、その女がきみのなかにはいってきた、と」

「そういうこと」アブラは身を震わせた。「ブラッド・トレヴァーの体を切り刻んで、ついにはあの子を死なせたのもあの女。笑ったとき、大きくて長い歯が一本だけ、上から生えてるのが見えたわ」

シルクハットについての話が記憶のなにかを刺激し、そのなにかがダンにウィルミントンのディーニーを思い起こさせた。ディーニーがシルクハットをかぶっていたから？　ちがう——というか、少なくともその点は記憶にない。あのときはべろべろに酔っていた。なんの意味もないのかもしれない。ときには脳が——とくにストレスにさらされているときには——無関係なもののあいだに関係の幻をつくることもある。それだけのことだし、真実をいうなら（いくらダン自身に認めたい気持ちがこれっぽちもなくても）ディーニーのことが頭から遠く離れたためしはなかった。靴屋のショーウィンドウでたまたまコルクサンダルを見かけただけでも、ディーニーが思い出されてくるくらいだ。

「ディーニーってだれ？」アブラはそうたずね……すぐにあわてた顔で目をしばたたき、ダンが目の前でさっと手をふったかのように、わずかに身を引いた。「いっけない。わたしがはいっちゃいけなかったみたいね。ごめんなさい」

「いいんだよ」ダンは答えた。「さあ、きみが見たシルクハットの女に話をもどそう。その次に女を見かけたとき――部屋の窓から姿を見かけたとき――そのときはおなじではなかったんだね？」

「ええ、ちがってた。あれが〝かがやき〟のせいだったかどうかもわからない。記憶がよみがえってきたんだと思うの――あの男の子を痛めつけている女を見たときの記憶が」

「だったら、そのときみは女に姿を見られていたわけではないんだ。つまり女は一度もきみを見ていないんだね」もしその女がアブラの信じているように危険な存在なら、この点は重要だ。

「うん。見られてないのは確か。でも、女は見たがってる」アブラは目を大きく見ひらき、ふたたび唇を震わせてダンを見つめた。「ターンテーブル現象が起こったとき、あの女は《鏡》って考えてた。わたしが自分の顔を見るように仕向けたかったのね。わたしの目をつかって、わたしの顔を見ようとしてたわけ」

「では、女はきみの目を通じてなにを見たんだ？　そっちを手がかりにして、きみをさがしだすことができるんじゃないか？」

アブラはじっくりと考えをめぐらせ、しばらくしてから答えた。「あれが起こったのは、自分の部屋の窓から外を見てたときよ。窓から見えるのは外の通りだけ。もちろん山々は見える。でも、山なんかアメリカじゅうにたくさんあるでしょう？」

「たしかに」シルクハットをかぶった女は――たとえばコンピューターで徹底的な検索をおこ

なって——アブラの目を通して見た山なみと一致する写真を見つけられるだろうか？　この一件にまつわる多くのこととおなじく、これもまたはっきり確認できないことのひとつだった。

「どうしてあの人たちは男の子を殺したの？　どうして野球少年を殺したのかしら？」

その答えはわかる気がしたし、隠せるものならアブラには隠しておきたかった。しかし、顔をあわせてまだ短時間でも、アブラ・ラファエラ・ストーンが相手だと隠し事のある関係は不可能だということはわかっていた。アルコール依存症から立ち直る人たちは〝自分のことはなんでも包み隠さずにいよう〟と思うが、実践できる者はめったにいない。ところがダンとアブラのあいだでは、これが避けがたいことになった。

（食べ物）

アブラはあっけにとられた顔でダンをまじまじと見つめた。「あいつら、男の子の〝かがやき〟を食べたの？」

（そうだと思う）

（あいつらは吸血鬼《ヴァンパイア》ってこと？）

それから、こちらは声に出していう。「〈トワイライト〉に出てくるみたいな？」

「それとはちがうな」ダンはまず答え、言葉をつづけた。「強くいっておくけど、ぼくが勝手に推測してるだけだぞ」

図書館のドアがあいた。ダンは、好奇心が過剰な先ほどのイヴォンヌ・ストラウドが出てきたのではないかと思って、あわてて周囲を見まわした。しかし出てきたのは、おたがいのことしか眼中にない少年と少女のカップルだった。ダンはアブラにむきなおった。

「そろそろ話をおわりにしたほうがいいかな」

「そうね」アブラは手をもちあげて唇をこすり、自分がなにをしているかに気づいて、手を膝にもどした。「でも、知っておきたいことがたくさんあるの。すっかり話すには何時間もかかりそう」

「でも、いまのぼくたちには時間がない。〈サムズ〉は確かなんだね？」

「なんのこと？」

「女がいたのは〈サムズ・スーパーマーケット〉でまちがいない？」

「ああ。まちがいないわ」

「あのチェーンなら知ってる。一、二回は買物をしたこともある。ただ、このあたりには支店はないね」

アブラはにやりと笑った。「ないに決まってるわ、ダン伯父さん。このあたりには一軒もない。西部にしか支店がないチェーン店よ。グーグルでも調べたんだもん」笑みが顔から消えた。「支店は全部で数百、ネブラスカからカリフォルニアまでのあらゆるところにあるわ」

「この件については、しばらく考えてみないと。きみもおなじだよ。重要な件だったら、ぼくに電子メールで連絡をとればいい。でも、それよりはこっちで――」いいながら、ひたいを指先で叩く。「――ちゃちゃっと話すほうがいいかな。わかるね？」

「うん」アブラはいって、にっこり笑った。「これにいいところがひとつあるとすれば、ちゃちゃっと話すやり方を知ってるお友だちができることね。それがどんなものかを知ってもいる友だちが」

「黒板はつかえる？」

「もちろん。あれはけっこう簡単」

「でもひとつだけ、なにをおいてもぜったいに頭に入れておいて、決して忘れちゃいけないことがある。きみをどうやって見つければいいか、シルクハット女にはわかっていないかもしれない。でも、きみがどこかにいることだけはわかってるんだ」

アブラはずいぶん静かになっていた。ダンはその思考をさぐろうとしたが、アブラがガードしていた。

「精神のなかに防犯アラームを設置できるかい？　もし問題の女が近くに来たら――精神だけが近づいてきた場合であれ、本人が近づいてきた場合であれ――そのことをきみに告げるようなアラームを？」

「あの女がわたしをさがしあてて近づいてくると思ってる？」

「そうしようとするかもしれない。理由はふたつある。ひとつは、きみがあの女の存在を知っているからだ」

「それから、女の友だちも」アブラは小さな声でいった。「あの女には友だちがたくさんいるの」

（**懐中電灯をもった友だち**）

「もうひとつの理由は？」しかし、ダンが答えるよりも先に――「わたしなら、とてもいい食べ物になるから。野球少年がいい食べ物だったのとおなじ意味で。そうなんでしょう？」

否定しても意味はなかった。アブラから見れば、ダンのひたいに窓があるも同然なのだから。

「アラームを設置できるかな？　近接アラームのような？　この言葉は——」

「〝近接〟の意味はわかる。できるかどうかはわからない。でも、やってみるわ」

アブラが次になにをいうつもりなのか、ダンにはわかっていた——思考を読む能力は関係なかった。なんといってもアブラはまだ子供だ。今回はアブラがダンの手をとった。ダンは手を引っこめなかった。

「約束して——わたしがあの女につかまるようなことにはさせないって。ダン、約束して」

ダンは約束した——アブラはまだ子供で、不安をなだめることが必要だったからだ。しかし、そんな約束を守る手段はひとつしかない。つまりは脅威を遠ざけること、それだけだ。

ダンはまた前とおなじことを思った。《アブラ、きみはなんというトラブルにぼくを引っぱりこもうとしてるんだ……》

そしてこのときもアブラは前とおなじことをいった——ただし声には出さなかった。

(ごめんなさい)

「きみのせいじゃない。だってきみが
(自分で招いたことじゃないし)

それはぼくもおなじだ。さあ、本をもって図書館へはいるんだ。ぼくはそろそろフレイジャーにもどらないと。今夜は夜勤なんだ」

「オーケイ。でも、わたしとダンは友だちよね？」

「すごく仲よしの友だちだよ」

「よかった」

「それから、『修理屋』はきっと気にいると思うよ。きみならわかる小説だと思う。きみだってこれまでに、いくつか修理した経験がある——そうだろう？」

アブラの口の両端に愛らしいえくぼができた。「そのうち話すわ」

「とにかく、ぼくを信じてくれ」ダンはいった。

ダンが見ていると、アブラはいったん階段をあがりかけたが、すぐに足をとめて引き返して来た。「シルクハットをかぶった女がだれかは知らないけれど、友だちのひとりならわかる。〈バリー・ザ・チャンク〉とかなんとか、そんなような名前の男。あの女がどこにいるかはわからないけれど、〈バリー・ザ・チャンク〉も近くにいると思ってまちがいない。わたしなら、あの男を見つけられる——野球少年のグローブさえ手に入れれば」アブラは美しいブルーの瞳から発する小ゆるぎもしない視線を、じっとダンにむけたままだった。「わたしならわかる——ほんの少しのあいだだけど、〈バリー・ザ・チャンク〉がそのグローブをはめてたから」

10

アブラの見たシルクハット女のことを考えながらフレイジャーまでの帰途を半分まで来たところで、ダンはふとあることを思い出し、そのとたん全身を電撃に刺し貫かれた。そのせいで、あやうく黄色い二重線のセンターラインからはみだしかけた。州道一六号線の対向車線を西へ走っていたトラックが、苛立ちもあらわにクラクションを鳴りわたらせた。

十二年前、まだフレイジャーへ来たばかりで、いまほどきっぱり断酒できていないころのことだ。あのときダンは、その日借りたばかりのミセス・ロバートスンの下宿屋へと歩いて帰っているところだった。雪嵐が接近していたので、ビリー・フリーマンは帰宅するダンにブーツをもたせた。《見た目はしょぼいが、とにかく右と左はちゃんとペアになってるさ》そしてモアヘッド・ストリートの角を曲がってエリオット・ストリートにはいったところで、目に飛びこんできたのは――

すぐ前方にパーキングエリアがあった。ダンは駐車場に車を入れると、流れる水の音のほうへむかった。いうまでもなくソーコ川だった――この川はノースコンウェイからクロフォードノッチまでのあいだに点在する二十あまりのニューハンプシャーの小さな街を通り抜け、ビーズに通した糸のように街と街をつなぎあわせている。

《あのとき、道ばたの排水溝を風に吹かれて転がっていくシルクハットを見たんだ。くたびれた古いシルクハット、マジシャンがかぶるようなタイプのシルクハットだった。あるいは、昔のミュジーカル・コメディの役者がかぶるような。ただし、シルクハットは本当にそこにあったわけじゃない。目をつぶって五まで数えてから目をあけると、シルクハットは消えていた》

「オーケイ、あれは〝かがやき〟だった」ダンは川の流れにむかっていった。「だからといって、あれがアブラの見たシルクハットとおなじものとはかぎらない」

そうはいったが、ダンは自分の言葉を信じていなかった。おなじあの日の夜遅くに、ディーニーの夢を見たからだ。夢のなかのディーニーは死んでいて、顔の肉が棒に貼りつけたパン生地のように剝がれて垂れていた。死んでいて、ダンがホームレスのショッピングカートから盗んだ毛布を身にまとっていた。《シルクハットをかぶった女に近づいてはだめよ、ハニーベア》あのときディーニーはそういった。それから、ほかのことも……なにを話していた？

《あの女は〈地獄城のあばずれ女王〉よ》

「おまえが覚えてるわけはないぞ」ダンは流れる川の水に話しかけた。「十二年も前の夢なんか、だれも覚えちゃいないさ」

しかし、ダンは覚えていた。そしていま、ウィルミントンに住んでいた死人の女がほかになにを話していたかも思い出していた。その言葉は——《むやみに手を出せば、生きながら食われるのがおち》。

11

ダンがカフェテリアで買った食事のトレイを手にして小塔の部屋へもどったのは、午後六時をまわってまもなくだった。まず黒板に目をむけ、そこに書いてあった文句に頬をゆるめる。

信じてくれてありがとう。

《ぼくに選択肢があったみたいな言い方じゃないか、ハニー》

ダンはアブラのメッセージを消すと、デスクに食事を置いて椅子に腰をおろした。パーキングエリアを出てからこっち、頭のなかにはディック・ハローランのことしかなかった。それも当然だろう——いよいよ他人から教えを乞われる立場になったとき、人は教え方を知りたくて、自分自身の教師を求めるものだ。酒を飲んでいた歳月のあいだにいつしかディックとは疎遠になってしまったが（もっぱらわが身を恥じる思いのせいだ）、その気になればディックがその後どうなったのかを調べることもできるだろうと思った。まだ生きていれば、連絡をとることも不可能ではないだろう。健康に気をつけるタイプなら、九十代になってもまだ生きている人は珍しくない。たとえばアブラの曾祖母がそうだ——まもなく九十代になろうという年齢のはずではないか。

《答えを教えてほしいんだよ、ディック。答えを知っていそうな心当たりの人間はあんたしかいないんでね。ぼくの頼みをきいてくれよ、友人……それに、頼む、まだ生きててくれ》

ダンはコンピューターを起動させると、ブラウザのファイアフォックスを立ちあげた。当時ディックが冬のあいだフロリダのリゾートホテルでコックとして働いていたことは知っていたが、あいにく東西どちらの海岸の街なのかは知らなかった。両方かもしれない——ある年はメキシコ湾に面した西海岸のネイプルズ、次の年は東海岸のパームビーチ、その次はサラソタかキーウェストといった具合。料理の腕があれば——それも高級な料理をつくれる腕があれば——仕事の口にはこと欠かないし、その点ディックは右に出る者のない腕のもちぬしだった。いちばん大きな手がかりは、ディックの苗字の奇妙な綴りにあるのではないか、とダンはにらんでいた——よくある Halloran ではなく、最後のnがふたつ重なった Hallorann なのだ。ダンはキーワードを書きこむ検索窓に《リチャード・ハローラン》という本名と《フロリダ》という地名を入力して、エンターキーを押した。検索結果は数千件におよんだが、いま自分が必要としているのは上から三番めの結果であることにはほぼ確信があり、思わずひそやかな失意のため息が洩れた。リンクをクリックすると、マイアミ・ヘラルド紙の記事が表示された。疑問の余地はなかった。見出しに名前だけではなく年齢も添えてあれば、それだけでどんな記事かは正確にわかる。

サウスビーチの高名なシェフ、
リチャード・〝ディック〟・ハローラン、八十一歳。

記事には写真も添えてあった。小さな写真だったが、なんでも心得ているような陽気な顔は、どこで見てもディックだとすぐにわかったはずだ。ディックはひとりで死んだのだろうか？　いや、それはないだろう。あの男は社交好きだったし……無類の女好きでもあった。大勢の人に見とられて亡くなったことは想像にかたくないが、本人が冬のコロラド州で命を助けたふたりはそのなかにいなかった。そのうちのひとり、ウェンディ・トランスには欠礼にも充分な理由があった——ディックよりも先に死んでいたからだ。しかし、息子のほうはといえば……。ディックが死んだとき、自分はどこぞの居酒屋でウィスキーをたらふく飲んだあげく、ジュークボックスにあわせてトラック野郎ご贔屓《ひいき》の歌でもがなっていたのだろうか？　それとも酒に酔ったあげくの迷惑行為で、警察のトラ箱でひと晩過ごすしかなかったのか？

死因は心臓発作だった。ダンはスクロールで記事の最初へもどり、日付を確かめた。一九九九年一月十九日。ダンの命と母ウェンディの命を救った男は、かれこれ十五年近くも前に死んでいた。となると、この方面からの協力は望めない。

背後から、チョークが黒板をひっかく静かな高い音がきこえてきた。ダンは冷めゆく食事とノートパソコンを前にして、しばし椅子に腰かけたままじっとしていた。それから、ゆっくりとうしろをふりかえった。

チョークは黒板のいちばん下にある桟《さん》に置かれたままだったが、それでも絵が出現していた。幼稚だったが、なんの絵かはわかった。野球のグローブだ。絵が完成すると、アブラのチョーク——目には見えないが、それでもあの耳ざわりな音を低くたてていた——がグローブの球受けの部分にクエスチョンマークを書きこんだ。

「その件についてはは考える必要があるよ」ダンはそういったが、じっさいに考えるよりも先にドクター・スリープを呼びだすインターフォンが鳴った。

第九章　死せるともがらの声

1

当年百二歳のエリナー・ウィレットは、二〇一三年秋の時点では〈リヴィングトン館〉の最高齢の滞在者だった——それも、苗字がアメリカ流に発音されるまでにいたらなかったほどの高齢だった。アメリカ流に〝ウィレット〟と呼んでも、この女性は返事をしなかった。フランス語の流儀でもっとエレガントに〝ウゥゥウレイ〟と呼ばなくてはならなかった。たまにダンがふざけて〝ミス・ウー-ラー-ラ〟と呼んだりすると、エリナーは決まって微笑んだ。ロン・スティムスン——このホスピスを回診で定期的に訪れる四人の医者のひとり——は以前ダンに、エリナーこそ〝生が死よりも強くなる場合もある〟ことの生きている証拠だと語った。

「肝機能はゼロも同然、肺は八十年におよぶ喫煙でぼろぼろ、おまけに大腸癌をわずらっていて——進行はかなり遅いペースだが、きわめて悪性の癌だ——心臓の壁は猫のひげなみに薄くなってる。それなのに、ああやって生きてるんだからね」

猫のアズリールが正しければ（いい添えるなら、ダンの経験ではこの猫が判断を誤ったことは一度もなかった）、エリナーの生の世界での長期契約期間もまもなく満了を迎えそうだったが、本人はふたつの世界の境界上にいるようには見えなかった。ダンが個室へはいっていくと、エリナーはベッドで上体を起こして猫の体を撫でていた。髪には美しくパーマがかかり——美容師がつい数日前に来たばかりだ——ピンクのナイトガウンはいつものように汚れひとつついていなかった。ガウンの上半分は血の気の失せた頬にわずかながら血色めいた色を与え、下半分は棒のように細くなった足から舞踏会用のガウンのように広がっていた。

ダンは両手を顔の横にあてがって、広げた指をひらひらと揺り動かした。「ウーーラーラ！ 美しき人《ユヌ・ベル・ファム》！ ぼくは恋してます《ジュ・スイ・アムルー》！」

エリナーはあきれたように目をむいてから小首をかしげ、ダンに笑みをむけた。「あなたはモーリス・シュヴァリエではないけれど、でもあなたのことは好きよ、愛しい人《シェール》。あなたは陽気で、これは大事。でもあなたは小癪なところがあって、こっちのほうがもっと大事ね。おまけにとってもかわいいお尻をもってて、これがなによりいちばん大事。殿方のお尻はこの世界を動かすピストン。あなたは立派なピストンをもってる。わたしがまだ女盛りだったら、親指でお尻にしっかり栓をして、あなたを生きたまま食べちゃいたいところ。できればモンテカルロのル・メリディアン・ホテルのプールサイドがいいわ。あそこなら、わたしが体の前でもうしろでもどれほど努力しているかを、みんなに賞賛の目で見てもらって、拍手喝采がもらえそうだから」

声こそしゃがれているが、リズミカルな語り口のせいで、下品ともいえるこのイメージがむしろチャーミングなものに変換されていた。ダンにはエリナーのしゃがれ声が、キャバレー歌手の声に思えた——それも一九四〇年の春、ドイツ軍の兵士たちが膝を曲げない歩き方でシャンゼリゼ通りを闊歩《かつぽ》する以前から、あらゆることを見聞きして経験してきた海千山千の歌手の声。倦み疲れているかもしれないが、疲れはてている状態からはほど遠い。いくら巧みに選んだナイトガウンのほのかな照り返しが顔に色を与えていても、いまのエリナーが〝神の死〟を思わせる容貌であることはまぎれもない事実だが、それをいうなら二〇〇九年に〈リヴィングトン館〉一号館の一五号室に引っ越してきた日からずっと、〝神の死〟を思わせていた。ただし、アジーが付き添っているという事実が、今夜は事情が異なることを告げていた。

「そうなったときのあなたは、きっと息をのむほどのすばらしさだったことと思いますよ」ダンはいった。

「ねえ、デートで会っている女の人はいるの、愛しい人《シェール》？」

「いまは、ええ、いません」会っている女性ならひとりだけいる——とはいえ、愛の行為《アムール》の相手にするにはまだまだ若すぎる年齢だ。

「もったいないこと。だって、いまはこうでも——」エリナーは骨ばった人差し指を上へむけてぴんと立ててから、力なく下へむけてつづけた。「——何年か後にはこんなふうになっちゃうもの。いずれわかるわ」

ダンは笑みを見せてベッドに腰かけた。これまで数多くのベッドに腰かけてきたように。

「ご気分はいかがですか、エリナー？」

「わるくはないわ」エリナーは、アジーがベッドからひらりと飛び降り、なめらかな動作でドアから外へ出ていくのを見送っていた——あの猫は今夜の仕事をすませたのだ。「きょうはたくさんお見舞いの人が来たわ。そのせいで、あなたの猫はずいぶん神経質になってた。それなのに、あなたが来るまでは出ていこうとしなかったの」

「ぼくの猫ではないんですよ。この館の猫なんです」

「いいえ」エリナーは、早くもこの話題に興味をなくしたような口調で答えた。「あの子はあなたの猫」

エリナーのもとにひとりでも見舞いが来たのかどうかすら怪しい——もちろんアズリールを例外としての話——とダンは思った。今夜にかぎらず、先週であれ先月であれ、それをいうなら昨年一年間でさえ。エリナーは天涯孤独の身だ。長年のあいだエリナーの資産関係のいっさいを取りしきってきた老齢の会計士も、かつては四半期ごとにサーブのトランクにも匹敵する大きさのブリーフケースを引きずってエリナーを訪ねてきたが、いまはすでに天国にいる身だ。モントリオールに親戚がいるらしいが、ミス・ウーーラーラの言によれば「わたしにはもう財産といえる財産も残っていないから、お見舞いに来る値打ちもないわけ」とのことだった。

「だったら、だれが訪ねてきたんです?」ダンはそうたずねながら、どうせ一号館で三時から十一時までのシフトに勤務しているふたりのナース——ジーナ・ウィームズとアンドレア・ボットスタイン——あたりだろうと思っていた。いや、ポール・ラースンがちょっと顔を見せておしゃべりをしていったことも考えられる。ポールは動作こそもっさりしているが、心くばりのできる看護助手で、ダンの頭のなかではフレッド・カーリングの正反対の存在だった。

「いったでしょう、たくさん来たって。いまだって、ほら、そこを通りすぎてる。途切れることのないお見舞いの人のパレード。にこにこしたり、お辞儀をしたり。子供たちはべろを突きだして、犬の尻尾みたいにひらひらさせてる。話をしてる人もいるのよ。ねえ、イオルゴス・セフェリスって知ってる？」

「いいえ、マダム、知りません」それではだれかが本当にここにいるのだろうか？　そうであってても不思議はないと信じる根拠こそあったが、ダンにはなんの存在も感じられなかった。といっても、〝彼ら〟をいつも感じとれるわけでもない。

「ミスター・セフェリスはその詩で、『あれはわれらが死せるとも、がらの声か／それともただの蓄音機か？』とたずねたの。いちばん悲しいのは子供たちね。井戸に落ちた男の子がここへやってきたわ」

「そうなんですか？」

「ええ。それから、ベッドのスプリングをつかって自殺を遂げた女の人も」

ダンはあいかわらず、そんな人たちの存在を毛ひと筋ほども感じなかった。アブラ・ストーンと接触したことで、あの能力が壊れてしまったのか？　考えられなくもない。いずれにしても〝かがやき〟は、自分でもパターンがまったく読めない潮汐カレンダーにしたがって出現したり消えたりしている。ただし今回の場合は、〝かがやき〟が消えたとは思えなかった。エリナーが幻覚を見るようになったのではないか。あるいは、エリナーがダンに一杯食わせようとしているか。ありえないことではない。エリナー・ウーラーラは、なかなかの食わせ者だからだ。だれだったか——オスカー・ワイルド？——死の床にあってもジョークを飛ばしたことで有名になった者がいたではないか。「あの壁紙が遠ざかっているか、わたしが遠ざかっているかだ」と。

「あなたは待っていればいい」エリナーはいった。その声にはもはやユーモアはかけらもなかった。「光が来訪を告げる。それ以外にも邪魔がはいるかもしれない。ドアがひらくはず。そうなったら、あなたのもとに客がやってくる」

ダンは疑わしい思いで廊下へのドアに目をむけた——ドアはあいたままだった。ダンはいつもドアをあけはなしておく。そうすれば、部屋を出たくなったアジーが好きに出ていけるからだ。ダンが用事を引き継ぐために顔を見せれば、アジーは決まって部屋から出ていった。

「エリナー、冷たいジュースでも飲みたくありませんか？」

「そうね、せっかくだし、もしあればジュースが飲みたい——」そこまでいいかけたところで、エリナーの顔から命が——穴のあいた洗面器から水が洩れるように——抜け落ちていった。両目がダンの頭の上の一点を見すえ、口があんぐりとひらいた。頰が垂れ、あごが筋ばった胸に届きそうなほど落ちていった。ついで上の総入れ歯がはずれて下唇の上まで滑り落ちてくると、見る人を不安にさせるほどあけっぴろげに笑う口もとにひっかかった。

《くそ、あっという間じゃないか》

ダンは慎重に指を入れ歯の下にひっかけて、口もとからとり除いた。唇がいったん引っぱられて伸び、一気にもとの位置にもどって〝ぴちゃ〟という小さな音をたてた。ダンは入れ歯をナイトテーブルにおいて立ちあがりかけ、また腰をおろした。それから赤い霧の出現を待った。タンパの年配のナースはあの霧を〝あえぎ〟と呼んでいたが……この呼び名では口から吐きだされるものではなく、吸いこまれるもののようだ。しかし、霧は出てこなかった。

《あなたは待っていればいい》

けっこう。待つことならできる——少しのあいだなら。アブラの精神をさがしたが、なにも見つからなかった。いいことなのだろう。思考を外から読みとられないよう、早々に手を打ったのかもしれない。あるいはダン自身の能力が——アンテナの感度が——衰えたのか。もしそうであっても、問題にはならないだろう。いずれは回復する。これまでいつもそうだったのだから。

それにしても、どうして〈リヴィングトン館〉の住民たちの顔に一度も蝿を見たことがないのだろうか——ダンは（前にもそう思ったように、いままた）疑問に思った。もしかしたら、蝿を見る必要がないからかもしれない。なんといってもここにはアジーがいる。ひょっとしてアジーは、あの賢そうな緑の瞳でなにかを見ているのか？　蝿ではないかもしれないが、なにかを？　そうにちがいない。

《あれはわれらが死せるともがらの声か／それともただの蓄音機か？》

今夜、このフロアは妙に静かだった——まだそれほど遅くない時間なのに！　廊下の突きあたりにある談話室からは、会話の声ひとつきこえてこなかった。テレビやラジオの音もいっさいきこえない。ポールのスニーカーの〝きゅっ・きゅっ〟という足音も、ナースステーションにいるジーナとアンドレアの低い声もきこえなかった。電話も鳴っていない。ダンの腕時計はどうかというと——

ダンは手首をかかげた。秒針のかすかな音がきこえてこなかったのも当然だ。時計はとまっていた。

「だれかいるのか？」

天井の蛍光灯がふっと消え、室内の明かりがエリナーのナイトテーブルにあるスタンドだけになった。蛍光灯がふたたび点灯すると、スタンドがちかちかとまたたいて消えた。スタンドの明かりがまた復活し、次は天井の蛍光灯といっしょに消えた。点灯して……消え……また点灯する。

ナイトテーブルのピッチャーがかたかたと小刻みに揺れて傾いた。ダンがとりはずした入れ歯が、一回だけ〝かちっ〟という不気味な音をたてた。エリナーのベッドに敷かれたシーツに奇怪なさざなみが浮かびあがった——シーツの下にひそんでいたなにかがいきなり活動をはじめたかのように。一陣の生ぬるい風がダンの頬に一瞬のキスをさずけて、それっきり消えていった。

「だれなんだ？」

心臓の鼓動は変わらなかったが、首と両手首の脈は感じられた。うなじの毛がこわばって濃くなったかのような感覚があった。ふいに、人生最後の数秒間にエリナーがなにを見ていたのかがわかった——パレード、それも

(幽霊みたいな人たち)

死者のつくるパレードが片方の壁からこの部屋にやってきて、反対の壁を通り抜けて去っていったのだ。先へ進んでいる？　いや、この世を去っているのだ。セフェリスの詩は知らなかったが、オーデンの戯詩なら知っていた。《死はみなを等しくさらいゆく——金がうなるほどある者も腹の皮がよじれるほど愉快な者も、ずっしり立派な逸物さげた者すらも》エリナーはそ

ういった者すべてを目にしていたし、その彼らはいまここにいて——

いや、彼らはここにはいない。いないことは知っていた。エリナーが見た大勢の幽霊はすでに去り、エリナーもパレードの一員になった。ダンは待っていればいいといわれた。いまダンは待っていた。

廊下に通じるドアがゆっくりと閉まった。ついでバスルームのドアがひらいた。

エリナー・ウィレットの死んだ口から、たった一語が出てきた。「**ダニー**」

2

サイドワインダーの街にはいるときには、**《アメリカの最高地点へようこそ！》**と書かれた標識の横を通りすぎる。この文句は事実ではないが、事実に近い。東部斜面《イースタン・スロープ》が西部に変わる地点からさらに三十キロ強進むと、幹線道路から一本の未舗装の道が枝わかれし、曲がりくねりながら北へむかっている。このわき道の入口にかかったアーチの材木には、焼き印でこんなふうに書いてあった。**《ブルーベル・オートキャンプ場へようこそ！　ゆっくり過ごせや、相棒！》**

これだけなら古きよき西部のもてなし精神が感じられるにすぎないが、地元の住民はこの道路がしばしばゲートで閉鎖されることも、閉鎖されるときにはもっとそっけない**《当面立入禁**

止》という標識がかけられることも知っていた。このオートキャンプ場の商売がどうやって成り立っているのかは地元民にも謎だ——そして地元民はみんな、山中へむかう道路が雪に閉ざされていないあいだ、オートキャンプ場が毎日営業してほしいと思っていた。かつて〈オーバールック〉がこの地にもたらしていた好景気を懐かしみ、オートキャンプ場が多少なりとも埋めあわせをしてくれることを願っているのだ（とはいえ、かつて地元経済に活力をもたらしたホテル族のような財力がキャンプ族にないことくらいは、地元民もわきまえていた）。それが現実になったためしはなかった。地元の共通理解では、オートキャンプ場は裕福な企業が節税対策に所有している土地であり、そもそもが赤字を出すことを目的とした施設だ、というものだった。

たしかにここは税金逃れのための施設だった。しかし、ここを利用している企業はすなわち〈真結族〉であり、彼らがここに滞在しているあいだ駐車場にとめてあるのはファミリーのRVだけだった。そのなかでもひときわ大きくそそり立っているのが、〈ローズ・ザ・ハット〉のアースクルーザーだった。

この九月の夜、〈真結族〉の九人のメンバーが〈オーバールック・ロッジ〉という名の、ひなびた雰囲気が好ましい天井の高い建物にあつまっていた。オートキャンプ場が一般にむけて営業していた当時、〈ロッジ〉はレストランの役割を果たしていて、一日に二回の食事——朝食と夕食——を出していた。いま食事をつくるのは〈ちびのエディ《ショート・エディ》〉と〈でかぶつモー《ビッグ・モー》〉（下民としての名前はエド・ヒギンズとその妻のモーリーン）。どちらも料理の腕ではディック・ハローランの域にはおよばなかったが（そんな者はいないも同然！）、そもそもキャンプ族が好んで食べるような品なら、しくじるほうがかえってむずかしい。ミートローフ、マカロニ・チーズ、ミートローフ、ログキャビン製のシロップをたっぷりかけたパンケーキ、ミートローフ、チキンシチュー、ミートローフ、ツナ・サプライズ、そしてマッシュルームいりグレイヴィソースをかけたミートローフ。食後はテーブルの上が片づけられて、ビンゴかトランプ大会になる。週末にはダンス。こういったイベントがひらかれるのは、オートキャンプ場が営業しているときだけだ。今夜——三つ東の時間帯ではダン・トランスが死んだ女の隣にすわって客人を待っていたその夜——〈オーバールック・ロッジ〉ではまったく異なる種類の仕事が進められていた。

よく磨かれた砂糖楓材の床の中央にひとつだけ置いてあるテーブルの上座には、〈ジミー・ナンバーズ〉がすわっていた。ジミーのパワーブックは電源がはいった状態で、ディスプレイには故郷の街の写真をつかったデスクトップが表示されていた——東ヨーロッパのカルパチア山脈の奥深くの街だった（ジミーはよく、自分の祖父はジョナサン・ハーカーというロンドンの若い事務弁護士を自宅でもてなしたことがある、とジョークを飛ばしていた）。

そのまわりにあつまってディスプレイを見ているのは、ローズと〈クロウ・ダディ〉、〈バリー・ザ・チンク〉と〈スネークバイト・アンディ〉〈トークン・チャーリー〉〈エプロン・アニー〉、それに〈ディーゼル・ダグ〉と〈グランパ・フリック〉といった面々。フリックの隣に立ちたがる者はひとりもいなかった。フリックからは、ズボンのなかでちょっとした惨事が発生していながらシャワーで洗い流すのを忘れた人の悪臭がたちのぼっていたからだ（ちなみにそうした惨事は、このところ以前よりも頻繁に起こっていた）。しかし今回は重要な用件だったため、だれもがフリックに我慢していた。

〈ジミー・ナンバーズ〉は髪の生えぎわが後退しかけた控えめな性格、どことなく猿に似た顔はともかく、人好きのする男だった。見た目は五十代だが、実際の年齢はその三倍だ。ジミーが口をひらいた。

「例の〈リケティ・スプリッフ〉という店名をググってみたが、役に立つ情報は見つからなかった。ただし、これは予想できていたことでね。気になる向きのためにいっておけば、この〝リケティ・スプリッフ〟というのは十代のスラングで、〝てきぱきこなすべき仕事を、とんでもなくのろのろやる〟という意味で——」

「そんなことは知りたくないね」〈ディーゼル・ダグ〉がいった。「話はちがうが、あんたはとんでもない悪臭をただよわせてるぞ、グランパ。気をわるくしないでほしいんだが、この前ケツを拭いたのはいつだ？」

〈グランパ・フリック〉はダグにむかって歯を——虫歯だらけの黄色く変色した歯を——剝きだした。「けさ、おまえの女房に拭いてもらったばかりだ。いっておけば、顔で拭かせてもらったよ。変態といえば変態だが、おまえの女房はその手の変態プレイにやみつきで——」

「お黙り、ふたりとも」ローズがいった。抑揚のない声には威嚇の響きのかけらもなかったが、ダグとフリックはともに身を縮こまらせ、ともに叱られた小学生のような表情でローズからあとずさって離れた。「ジミー、話をつづけて。でも、わき道は禁物よ。わたしはしっかりした計画を立てたいの——それもなるべく早く」

「どんなにしっかりした計画を立てようと、ほかの連中は気が進まないだろうよ」クロウがいった。「あいつらのことだから、命気の面ではいい一年だったといいそうだ。例の映画館の件があったし、リトルロックの教会火災やオースティンのテロ事件もあった。ファアレスの件はいうまでもない。国境を越えて南のメキシコへ足を伸ばすのはいかがなものかと思っていたが、いやはや、あれはよかった」

よかったどころではない。ファアレスはいまや世界の殺人の首都として有名だ——殺人事件が一年に二万五千件も発生することで、その名に輝いたのだ。多くは拷問の果ての殺害だ。ことのほか濃厚な雰囲気が街のいたるところに立ちこめていた。命気ではなかったし、いささか便意をもよおさせたりもしたが、用は足りた。

「まあ、豆ばっかり食わされたもんだから下痢になったけどな」と〈トークン・チャーリー〉がいった。「それでも、ちょっとしたつまみが旨かったことは認めるほかないな」

「いい一年だったことは確かね」ローズはうなずいた。「でも、わたしたちがメキシコで本業を進めるわけにはいかない——あまりにも怪しいのだもの。あっちの国では、わたしたちは裕福なアメリカ人《アメリカーノズ》よ。でも、この国なら背景に溶けこんでいられる。それに、毎年毎年、ずっとこんな暮らしをつづけることにうんざりしてない？　いつも移動しつづけて、いつも残った保存容器の個数を気にしていることに？　今回はちがうの。豊かな主鉱脈のようなものよ」

答える者はいなかった。ローズはリーダーであり、最終的にはだれもがローズの言葉にしたがうが、彼らは例の女の子のことを理解していなかった。それはそれでかまわない。いずれあの子に会えば、連中もいやおうなく理解するはずだ。首尾よくあの女の子を監禁して、すこぶる大量の命気をつくらせるようになれば、彼らはみな膝を屈してローズの足にキスをするだろう。賭けをするといわれたら応じてもいい。

「話をつづけて、ジミー。くれぐれも要点に絞ってね」

「あんたがつかんだのは、十代の若い子たちが〈リケティ・スプリット〉という店名をスラング流に崩したものだということは断言していい。ニューイングランドにあるコンビニエンスストアのチェーンだ。ロードアイランド州のプロヴィデンスからメイン州のプレスクアイルまでのあいだに、支店が全部で七十三店ある。iPadがあれば、小学生でも二分でわかる情報だ。支店の住所はプリントアウトしたし、〈ワール三六〇〉で店舗写真もあつめた。背景に山が写っている店が六店見つかった。二店がヴァーモント、二店がニューハンプシャーで、残り二店がメインにある」

ジミーのノートパソコン用ケースが椅子の下に置いてあった。ジミーはケースをつかみあげてサイドポケットをかきまわし、ファイルを抜きだしてローズに手わたした。

「そこにはいってるのは店の写真じゃない。店があるところの周辺各地から、山なみがどんなふうに見えているかをとらえた写真だ。こちらも、グーグル・アースとは比べものにならない高性能の〈ワール三六〇〉のおかげだよ——穿鑿好きなソフトウェアに万歳だ。写真を見て、ぴんと来るものがあるかどうかを調べてくれ。もしなかったら、逆にこれはちがうと除外できるものがあるかどうかを確かめるんだ」

ローズはファイルをひらき、じっくりと写真を一枚一枚調べていった。ヴァーモント州のグリーン山脈が写っている二枚は即座に除外。メイン州の写真の一枚もちがった——ローズが見たのはいくつもの山がつらなる景色だったが、この写真には山がひとつしか写っていなかった。

残る三枚は、もっと時間をかけて調べた。しばらくしてから、ローズは〈ジミー・ナンバーズ〉に写真を返した。

「そのうちのどれかね」

ジミーは写真を裏返した。「メイン州フライバーグ……ニューハンプシャー州マディスン……そしてニューハンプシャー州アニストン。この三カ所のうち、いちばんそれっぽく思えるのは？」

ローズはいま一度三枚の写真を受けとると、フライバーグとアニストンから撮影したホワイト山脈の写真をかかげた。「このどちらかだと思う。でも、その点はわたしが自分で確かめるつもり」

「どうやって確かめるんだ？」クロウがたずねた。

「あの女の子を訪ねるの」

「これまでのおまえの話がどれも事実なら、女の子を訪ねるのは危険じゃないかな」

「あの子が寝ているときを狙うわ。幼い女の子は熟睡するもの。わたしがその場にいることにも気づかないに決まってる」

「ほんとにそんなことが必要なんだな？　この三カ所はどれも近い位置にある。その気になりゃ、おれたちでまとめてチェックもできるさ」

「ほんと！」ローズは声を高めた。「だったら漫然と車を走らせて、こういえばいいわけね――『わたしたちは地元に住んでいる女の子をさがしてます。でも、いつもの方法ではその子を見つけられません。よかったらお力をお貸しください。このあたりで、予知能力や読心術の心得があるジュニアハイスクールの女の子をご存じありませんか？』ってね」

〈クロウ・ダディ〉はため息を洩らし、大きな手をポケットに突っこんでローズをじっと見やった。

「ごめん」ローズはいった。「ちょっと神経がぴりぴりしていたせい。わたしはこの計画を実行したいし、最後までやりとげたい。いいのよ、わたしのことなら心配はいらないわ。自分の面倒は自分で見られるから」

3

ダンはすわったまま、故エリナー・ウィレットを見つめていた。濁りはじめている見ひらいたままの目。どちらも手のひらを上へむけている小さな両手。しかし、もっぱら視線をむけていたのはあいたままの口だった。口のなかには、死がもたらす時計のない静寂が広がっているばかりだった。

「だれなんだ？」いいながら思う――《まるで本当に知らないみたいな質問だ》と。答えを求めていたのは、ほかならぬ自分ではなかったか？

「**立派に育ったじゃないか**」唇は動かず、言葉にはまったく感情がなかった。おそらく死が旧友から人間らしい感情を奪ったせいだろう。そうだとしたら、なんとも痛ましく残念なことだ。

いや、それともだれかがディック・ハローランのふりをしているのだろうか。あるいは……なにかが。

「もしおまえがディックなら、証明してみろ。ぼくとディックしか知らないことを話してみてくれ」

沈黙。しかし、その存在はまだそこにいた。感じられた。そして──

「**おまえはわしに、ブラント夫人はなぜ駐車場係のズボンを欲しがったのかと質問したっけ**」

最初は声がなにを話しているのか見当もつかなかった。しかし、すぐに思い出した。その記憶は、ダンが〈オーバールック〉にまつわる忌まわしい記憶のすべてをしまいこんでいる高い棚のひとつにあった。そこには、もちろん金庫も置いてある。ダニーが両親とともにホテルに到着した日、ブラント夫人はチェックアウトをすませてホテルから引きあげるところだった。ダニーは、〈オーバールック〉の駐車場係に車をまわしてもらっていた夫人のふとした思考をとらえた──（この男のズボンのなかにはいってみたいものだわ）という思考を。

「**あのときのおまえさんは、頭のなかにおっきなラジオをしまってる幼い男の子だった。わしにはおまえさんが哀れでね。おまえさんのことがおっかないくらい心配でもあった。どうだ、心配してたのは正解だっただろう？**」

この言葉には旧友がそなえていた親切な心とユーモアの、かすかで遠いこだまが感じられた。まちがいない、ここにいるのはディック・ハローランだ。ダンは茫然としたまま、死んだ老女を見つめた。個室の照明がまたちらちらと明滅をくりかえした。水のピッチャーがふたたび小さくかたかた揺れた。

「あまり長くはいられん。ここに来るのは苦しいんでね」

「ディック、じつはひとりの女の子が――」

「アブラ」ため息のような声。「あの子はおまえさんに似てる。すべてはぐるっとまわって、もとどおりだ」

「あの子はある女に追われていると思ってる。シルクハットをかぶった女だ。昔の人がかぶっていたようなシルクハットだよ。女の歯が、上から生えている長い歯一本だけになることもある。飢えているときにだ。とにかく、女の子はそう話してる」

「質問があるなら話してくれ。ここにはとどまれない。いまではこの世界は、わしにとって夢のまた夢なのでな」

「ほかにもいる。シルクハット女の仲間たちだ。アブラが見たときは何人もの仲間が懐中電灯を手にしていた。あいつらは何者なんだ？」

ふたたび沈黙。しかし、ディックはまだそこにいた。前とは変化していたが、まだそこにいる。ダンにはディックの存在が神経の先端に感じとれていた――眼球の湿った表面をある種の電気が滑っていくときのように。

「あいつらは空っぽの悪魔どもだ。あいつらは病気なのに、そのことに気づいちゃいない」

「話がわからないな」

「わからない。それでいい。もし連中に会っていれば――いや、連中に嗅ぎまわられただけでも――おまえさんはとうに死んでいるはずだ。利用され、そのあとは空き箱のように投げ捨てられてね。アブラが野球少年と呼んでいる男の子もそんな目にあった。おなじ目にあった者はほかにも大勢いる。〝かがやき〟をもった子供たちはあいつらの餌食……だが、そのあたりはもう見当がついてるんだろう？　この地上にいる空っぽの悪魔たちは、いわば皮膚にできた癌のような存在でな。昔は駱駝《らくだ》に乗って砂漠をさまよっていた。昔は幌馬車隊で東ヨーロッパを放浪しておった。やつらは悲鳴を食らい、苦痛をすすって生きている。おまえさんもおまえさんなりに〈オーバールック〉で恐ろしい思いをしたな、ダニー、しかし少なくともこの連中にはめぐりあわなかった。そして、シルクハットをかぶった奇妙な女が例の女の子を狙うと心をさだめたいま、連中は女の子をつかまえるまではぜったいに引かない。女の子を殺すかもしれん。〈回生〉させるかもしれん。あるいは女の子を生かしておき、絞り滓《かす》になるまで絞りとれるだけ絞りとるかもしれない——それが、なにをおいても最悪の場合だ」

「話がわからない」

「中身をそっくり抜きだしてしまうってことさ。女の子の中身をくり抜いて、連中とおなじ空っぽの悪魔にしてしまうんだよ」死んだ口から秋を思わせるため息が洩れた。

「ディック、いったいぼくはどうすればいい？」

「女の子の頼みをきいて願いをかなえてやれ」

「その空っぽの悪魔とかいう連中はどこにいる？」

「おまえが子供だったころ、あらゆる悪魔が出てきたところさ。これ以上話すことは禁じられてる」

「どうすればそいつらを阻止できる？」

「唯一の方法は殺すことだ。やつらにやつら自身の毒を食らわせろ。そうすれば、あいつらは

消えていく

「シルクハットをかぶった女、あの奇怪な女の名前は？　あんたは知ってるのかい？」

廊下の先から、バケツ型のモップ絞り器をつかっている音がきこえ、ポール・ラースンが口笛を吹きはじめた。個室の空気の質が変わった。絶妙なバランスをたもっていたなにかが、いま大きく揺れて消え去ろうとしていた。

「**友人たちのもとへ行け。おまえさんが何者かを知る友人たちのもとへ。わしにはおまえさんが立派な大人になったように見える。とはいえ、おまえさんにはまだ借金がある**」間がはさまれたのち、ディック・ハローランの声でありながらそうではない声が、最後のひとことを口にした——それも平板な命令口調で。「**借金を返せ**」

エリナーの目から、鼻から、そしてあいたままの口から赤い霧が流れでてきた。霧はおそらく五秒ばかりエリナーの上に浮かんでいたが、やがて消えていった。部屋の照明は明るさをたもっていた。ピッチャーの水も動かなかった。ディック・ハローランはいなくなっていた。いまダンといっしょにいるのは遺体だけだった。

空っぽの悪魔。

これ以上恐ろしい言葉を耳にしたことがあったとしても、その記憶はなかった。しかし、合点がいったことも事実だった……〈オーバールック〉が本当はどのようなところだったのかを目のあたりにしていれば。あのホテルには悪魔がうようよ巣くっていた。しかし、少なくともあそこにいた悪魔どもは死んでいた。シルクハット女とその仲間たちについては、おなじことがいえそうもない。

おまえさんにはまだ借金がある。借金を返せ。

そのとおり。かつて自分は、垂れ落ちたおむつとブレーブスのTシャツという姿の幼い少年を、ほかに頼れる人もいないまま残してきた。あの女の子におなじことをするつもりはなかった。

4

ダンはナースステーションでジョーディー＆サンズ葬祭場の霊柩車の到着を待ち、シーツをかけられたストレッチャーが〈リヴィングトン館〉一号館の裏口から出ていくのを見おくった。そのあと自分の部屋へもどり、いまは完全に人けの絶えたクランモア・アヴェニューを見おろした。夜風がオークの木々から早々と色を変えた葉を枝から引き剝がし、踊らせたり回転させたりさせながら、通りの先へと運んでいった。街の公共広場の奥では、おなじようにまったく人けのないティーニータウンがぎらぎらとしたオレンジ色の防犯ライトを浴びていた。

友人たちのもとへ行け。おまえさんが何者かを知る友人たちのもとへ。

ビリー・フリーマンは――ほとんど初対面のそのときから――ダンが何者かを知っている。ダンとおなじような力が多少はあるからだ。それにダンが借金を負っているのなら、ビリーもおなじように借金を負っているように思えた。自分よりもずっと強大なダンの〝かがやき〟のおかげで命拾いしたのだから。

《ただし、ビリーにはそんな言い方をしたくない……》

いや、そもそもそんな必要はなかった。

ジョン・ドルトンがいるではないか――腕時計をなくした小児科医で、たまたまアブラのかかりつけの医師でもある。ディック・ハローランは、エリナー・ウーーラーラの死んだ口を通じてなんといっていた？　そう、《すべてはぐるっとまわる》だ。

アブラの頼みについていえば、そちらはずっと簡単だった。ただし、頼まれた品を現実に入手するのは……いささか手のかかる話になるかもしれない。

5

日曜日の朝、アブラが目を覚ますと、dtor36@nhmlx.com からの電子メールが届いていた。

アブラ――ぼくたちふたりがもっている力をつかって、ある友人と話をした。その結果、きみの身が危険だと確信できるようになった。いまのきみの立場について、また別の友人に相談したいと思っている。きみも知っている人物だよ――医者のジョン・ドルトンだ。ただし、きみの許可がないかぎりはひとことも話をしない。ジョンとぼくが力をあわせれば、きみがうちの黒板に描いた品をとってこられると思う。

防犯アラームはセットしたかな？　きみを追っている連中がいるかもしれないし、なにより大事なのは連中に見つからないことだ。だから、きみは気をつける必要がある。

きみの幸運を祈る――安全なところにとどまっていろ。このメールは削除すること。

D伯父さんより

アブラに確信をいだかせたのはメールの文面ではなく、むしろダンがメールを送ってきたという事実だった。ダンがメールという通信手段を好んでいないことは、アブラも知っていた。ダンはアブラの両親がメールを盗み見て、娘が漫画の〈変態野郎のチェスター〉みたいな男とメル友になったと思いこむような事態を恐れているのだ。

わたしが本気で心配しなくてはならない変態野郎たちのことを、両親が知ってさえいれば……。

たしかにアブラは怯えていたが、同時に――明るい日の光を浴びているいま、窓からのぞきこんでいるシルクハットをかぶったいかれた美女もいないいまだからこそ――興奮で胸をときめかせてもいた。なんだかロマンスとホラーが合体したスーパーナチュラル小説――学校図書室の司書のロビンスン先生が、ふんと鼻を鳴らして〝ティーンエイジャー用のポルノ〟と一蹴するたぐいの小説――の登場人物になった気分だ。あの手の小説では女の子が狼男や吸血鬼と――そればかりかゾンビとだって――いちゃついているが、女の子がそういった怪物になることはめったにない。

大人の男が味方になってくれるのもいい気分のものだし、その男がなかなかのハンサムだという事実も決して損にならない。それも、ちょっとむさ苦しい雰囲気のハンサムだ——アブラが連想していたのは、エマ・ディーンとエマのPCでこっそり見ているドラマ〈サン・オブ・アナーキー〉の出演者のひとり、ジャックス・テラーだ。

アブラはダンからのメールを〝ごみ箱〟に移動させただけではなく、完全消去した。エマはこういったメールを〝放射性元彼《もとカレ》ファイル〟と呼んでいる（《それって、あなたに元彼がいたみたいな言い方じゃない？》アブラは意地悪くそう思った）。それからコンピューターをシャットダウンして、液晶ディスプレイを閉じた。返信メールは送らなかった。その必要はなかった。目を閉じるだけでよかった。

ちゃちゃっ。

送信完了。アブラはシャワーを浴びにいった。

6

ダンが朝のコーヒーから自室へもどると、黒板に新しいメッセージが表示されていた。

ドクター・ジョンに話すのはＯＫ。でも両親にはぜったい秘密。

もちろん。アブラの両親には話さない。少なくとも当面は。しかし両親も、いずれはなにかが進行中だと気づくはずだともわかっていた──〝遅かれ早かれ〟でいうなら〝早かれ〟のほうだろう。必要に迫られたら思いきって橋をわたることも辞さないつもりだった（し、橋を焼き落として退路を絶つつもりもあった）。ただし、さしあたりいまは、やるべき仕事が山積していた──手はじめは電話をかけることだ。

電話に出たのは子供だった。レベッカと話したいとダンが告げると、受話器がいきなり大きな音をたてて下へ置かれ、声の主が離れて遠ざかりながらあげている大声がきこえてきた。

「お祖母ちゃん、お祖母ちゃん！　電話だよ、電話だよ！」

数秒後に、レベッカ・クローセンが電話に出てきた。

「やあ、レベッカ。ダン・トランスです」

「ミセス・ウィレットのことなら、けさメールで連絡を──」

「それとは別の用件です。仕事を休ませてもらいたいと思いまして」

「あら、ドクター・スリープがお休みを欲しいといってるの？　信じられない。春にあなたに休暇をとらせたときは、わたしが本気で蹴りださなくちゃならなかったくらいだし、あのときだって一日に一、二回は職場に顔を出してたでしょう？　ご家族の関係？」

ダンはアブラの関係性理論を思い出しながら、そうだ、と答えた。

（以下下巻）

文春文庫

ドクター・スリープ　上

定価はカバーに表示してあります

2018年1月10日　第1刷

著　者　スティーヴン・キング
訳　者　白《しら》石《いし》朗《ろう》
発行者　飯窪成幸
発行所　株式会社 文藝春秋

東京都千代田区紀尾井町 3-23　〒102-8008
TEL 03・3265・1211㈹
文藝春秋ホームページ　http://www.bunshun.co.jp

落丁、乱丁本は、お手数ですが小社製作部宛お送り下さい。送料小社負担でお取替致します。

印刷製本・凸版印刷

Printed in Japan
ISBN978-4-16-791007-5

（　）内は解説者。品切の節はご容赦下さい。

シャイニング
スティーヴン・キング（深町眞理子　訳）（上下）

コロラド山中の美しいリゾート・ホテルに、作家とその家族がひと冬の管理人として住み込んだ——。S・キューブリックによる映画化作品も有名な「幽霊屋敷」ものの金字塔。（桜庭一樹）

キ-2-31

1922
スティーヴン・キング（横山啓明・中川　聖　訳）

かつて妻を殺害した男を徐々に追いつめる狂気。友人の不幸を悪魔に願った男が得たものとは。〝ダークな物語〟をコンセプトに巨匠が描く、真っ黒な恐怖の中編を二編。

キ-2-38

ビッグ・ドライバー
スティーヴン・キング（高橋恭美子・風間賢二　訳）

突然の凶行に襲われた女性作家の凄絶な復讐——表題作と、長年連れ添った夫が殺人鬼だと知った女性の恐怖を描く「素晴らしき結婚生活」の2編収録。巨匠の力作中編集。

キ-2-39

アンダー・ザ・ドーム
スティーヴン・キング（白石　朗　訳）（全四冊）

小さな町を巨大で透明なドームが突如封鎖した。破壊不能、原因不明、脱出不能のドームの中で、住民の恐怖と狂乱が充満する……。帝王キングが全力で放った圧倒的な超大作！（吉野　仁）

キ-2-40

悪霊の島
スティーヴン・キング（白石　朗　訳）（上下）

孤島に移り住んだ男を怪異が襲う。この島には何かがいる！やがて降りかかる死、死、死。悪しきものの棲む廃墟の館の秘密とは？　恐怖の帝王、渾身のモダンホラー大作。（東　雅夫）

キ-2-46

ジョイランド
スティーヴン・キング（土屋　晃　訳）

恋人に振られた夏を遊園地でのバイトで過ごす僕。生涯の友人にも出会えた僕は、やがて過去に幽霊屋敷で殺人を犯した連続殺人鬼が近くに潜んでいることを知る。巨匠の青春ミステリー。

キ-2-48

11／22／63
スティーヴン・キング（白石　朗　訳）（全三冊）

ケネディ大統領暗殺を阻止するために僕はタイムトンネルを抜けた…巨匠がありったけの物語を詰めこんで、「このミス」他国内ミステリーランキングを制覇した畢生の傑作。（大森　望）

キ-2-49

心理学的にありえない（上下）
アダム・ファウアー（矢口　誠　訳）

他人の心を操れる者たちが暗闘を繰り広げる謎の陰謀の全貌とは？　人間の心の謎を追い最後の驚愕の真実までノンストップの超絶サスペンス。『数学的にありえない』続編。（三橋　曉）

フ-31-3

WORLD WAR Z（上下）
マックス・ブルックス（浜野アキオ　訳）

中国奥地で発生した謎の疫病。感染は世界中に広がり、人類とゾンビとの全面戦争が勃発する。未曾有の災厄を描くパニック・スリラー。ブラッド・ピット主演映画原作。（風間賢二）

フ-32-1

真夜中の相棒
テリー・ホワイト（小菅正夫　訳）

美青年の殺し屋ジョニーと、彼を守る相棒マック。傷を抱えて裏社会でひっそり生きる二人を復讐に燃える刑事が追う。男たちの絆を詩情ゆたかに描く暗黒小説の傑作。（池上冬樹）

ホ-1-7

その女アレックス
ピエール・ルメートル（橘　明美　訳）

監禁され、死を目前にした女アレックス――彼女が秘める壮絶な計画とは？「このミス」1位ほか全ミステリランキングを制覇した究極のサスペンス。あなたの予測はすべて裏切られる。

ル-6-1

死のドレスを花婿に
ピエール・ルメートル（吉田恒雄　訳）

狂気に駆られて逃亡するソフィー。かつて幸福だった聡明な女は、なぜ全てを失ったのか。悪夢の果てに明らかになる戦慄の悪意！『その女アレックス』の原点たる傑作。（千街晶之）

ル-6-2

悲しみのイレーヌ
ピエール・ルメートル（橘　明美　訳）

凄惨な連続殺人の捜査を開始したヴェルーヴェン警部は、やがて恐るべき共通点に気づく――『その女アレックス』の刑事たちを巻き込む最悪の犯罪計画とは。鬼才のデビュー作。（杉江松恋）

ル-6-3

傷だらけのカミーユ
ピエール・ルメートル（橘　明美　訳）

カミーユ警部の恋人が強盗に襲われ、重傷を負った。執拗に彼女の命を狙う強盗をカミーユは単身追う。『悲しみのイレーヌ』『その女アレックス』に続く三部作完結編。（池上冬樹）

ル-6-4